現代輕小說

武則天的甜心 女宰相

鹿茗仙 著

博客思出版社

題記一

一說到武則天，您對她的第一感覺是什麼？她是個美豔霸氣，鐵腕高冷，陰柔毒辣，善弄權術，強悍淫奢的女皇？

啊，那是武則天的臉，卻非武則天的心！

武則天，

她有「明朝遊上苑，火速報春知。花須連夜發，莫待曉風吹。」的威嚴；

她有「看朱成碧思紛紛，憔悴支離為憶君。不信比來長下淚，開箱驗取石榴裙。」的柔情；

她有「敷政術，守清勤。升顯位，勵相臣。」的英明；

她有「九春開上節，千門敞夜扉。蘭燈吐新焰，桂魄朗圓輝。送酒惟須滿，流杯不用稀。務使霞漿興，方乘泛洛歸。」的情趣；

她有「三山十洞光玄籙，玉嶠金巒鎮紫微。均露均霜標勝壤，交風交雨列皇畿。萬仞高巖藏日色，千尋幽澗浴雲衣。且駐歡筵賞仁智，雕鞍薄晚雜塵飛。」的閒逸；

她有「九玄眷命，三聖基隆。奉成先旨，明臺畢功。宗祀展敬，冀表深衷。永昌帝業，式播淳風。」的抱負；

她有「菲躬承睿顧，薄德忝坤儀。乾乾遵後命，翼翼奉先規。撫俗勤雖切，還淳化尚虧。未能弘至道，何以契明祇。」的勤政；

她有「朝壇霧卷，曙嶺煙沉。爰設筐幣，式表誠心。筵輝麗璧，樂暢和音。仰惟靈鑒，俯察翹襟。」的虔誠；

她有「式乾路，辟天扉。回日馭，動雲衣。登金闕，入紫微。望仙駕，仰恩徽。」的氣魄；

武則天，

她亦有「雲何得長壽，金剛不壞身。複以何因緣，得大堅固力。雲何於此經，究竟到彼岸。願佛開微密，廣為眾生說。」的覺悟；

她更有「無上甚深微妙法，百千萬劫難遭遇，我今見聞得受持，願解如來真實義。」的道心；

……

本書作者筆下，將全新剖析武則天這位千古女皇的內心世界，讓我們再一次感受至尊女皇的真實靈魂！

題記二

　　武則天是中國幾千年封建史上唯一一位空前絕後，震古鑠今的女皇帝。女皇武則天永遠是話題不斷，故事不斷，影視改編不斷的重量級角色！

　　本書以武則天稱帝以後的大周時期為故事背景，以現代女生蒼陌雪（Michelle）穿越到神都洛陽一系列驚心動魄的經歷，從旁塑造出一位區別於主流影視作品所呈現的一代女皇武則天。

　　武則天不僅是位政績卓越的政治家，她還是鼎鼎有名的大詩人，大書法家，佛法造詣高深的白衣弟子。

　　本書中的武則天，卸下野史、豔史、秘史的娛樂判筆，呈現在您眼前的，將是一個睿智之餘更具幾分人情味的女皇帝。

　　本書在戲說的框架下尊重歷史，再現武則天執政時期，武周帝國神都洛陽百姓的生活面貌。

　　其中「放妻書」、「梧葉題詩」、「蹴鞠」、「燒尾宴」、「面脂」、「口脂」、「煎茶」等均為當時社會的生活細節，作者在書中將帶您詳細瞭解一些宮廷及民間的生活知識。

　　書中提到的「放妻書」即唐朝時期的離婚協議書，為作者參考敦煌出土唐代放妻書文獻格式所寫；

　　書中女皇武則天降詔禪宗六祖惠能大師的那道聖旨，為作者參考女皇武則天萬歲通天元年親筆親題的內容所寫，作者有意更接近當時社會風俗與女皇在佛法方面的修為。

　　例：一，
天冊金輪聖神皇帝賜寶

六祖大師宣詔：

師以通契無為，德光先聖。入大乘之頓教，表無相之真宗。既而名振十方，聲譽四海。萬機無惱，八識俱安。功超解脫之門，心證菩提之序。

朕以身居極位，事繼繁煎。空披頂戴之誠，佇想醒醐之味。恨不超陪下位，側奉聆音，傾求出離之源，高步妙峰之頂。

師以弘揚之內，大濟群生。橫舟輯於苦海之中，究沉溺於愛河之岸。

今遣中書舍人吳存穎專持水晶缽盂一副，磨衲一條，白氈兩端，香茶五角，錢三百貫，前件物微，少伸供養，以表朕之精誠。仍委韶州節加宣慰安恤僧徒，勿使喧繁寺宇。

萬歲通天元年　敕

（作者：唐·武則天）

二，

金輪聖神皇帝賜寶

六祖大師宣詔：

自大師得付衣法，曹溪開派以來，國中臣民，上至達官顯貴，下至販夫走卒，市井林麓，皆行禪風。

師以出世之究竟，行入世之圓滿，大濟浮萍於苦海，廣渡無量達彼岸。

蓋娑婆之世執有三空，障昧造因而難離三塗；人迷四忍，貪著其事而漩溺六道。

朕雖為萬乘之尊，坐擁天下，心亦常瞻慧日法王之圓融無礙，時亦常念正覺明行之妙義宗趣。

今遣使奉迎大師法駕入神都驅晦暗，開示無上妙法之真諦，灌以諸佛微密之真流，宣說頓教解脫之真宗，斷諸客塵，諮決心疑，樂聞深法，登彼大道。

同命鳳閣侍郎陸羽鑒專持千佛袈裟一幢，鎏金十二環錫杖一柄，錢三百貫，錦緞百匹，香茗、燈燭各二百，禮微物薄，少伸供養，以表朕稽首頂禮之心。

大周長壽三年　敕

（作者：鹿茗仙(徐維)）

《武則天的甜心女宰相》一書，以佛法融貫故事走向，本書表面上是一次身體的時空穿越，實際上是一次心靈的大唐取經！

這一年，武則天七十歲。當過皇后，當上皇帝，又再一次當了母親。

沒錯，武則天七十歲再當媽，武則天緣何七十歲再當媽？這個修身齊家治國平天下的女人，這個中國封建史上空前絕後震古鑠今的女皇，將如何演繹一齣人世間最平凡的母愛？

這其中，一個是自幼沒了媽媽的女兒，一個是早年長女夭折的母親，一個是寶刀未老的女皇帝，一個是後起之秀的女宰相。她們之間，是君臣？是母女？抑或亦師亦友的知心人？

一個現代小女生蒼陌雪，如何就敢三番四次與武則天討價還

價？她如何就敢把武則天的首席男寵薛懷義耍得團團轉？

她如何就敢站上萬象神宮要武則天封她為當朝總宰相？她如何就敢與武三思、太平公主、來俊臣等當時政治權勢幾番較量？

她如何能在伴君如伴虎的皇宮保住自己的小命？她又是如何搞定叱吒風雲的女皇武則天？

從穿越到洛陽被當作刺客，到最後被武則天收為義女封為聖陽公主，她是如何在距今一千三百多年前的武周王朝實現自己的華麗變身？

她與武則天之間，有哪些搞笑的趣事，又有哪些暖心的情意？

如果您能穿越，您最想穿越到哪個朝代？您最想見到歷史上哪些人物？千人的答案有千種，但絕對有一種是女皇武則天。

親，一起穿越到唐朝讓咱們遇見武則天吧，讓我們重新認識一個更富人情味的女皇武則天吧！

目錄

楔子

「爹，俺為啥叫雪兒？」

「爹拾到你那天啊，天上正飄著茫茫白雪。」

「爹，要是你拾到俺那天，天上正下雨，那俺是不是就叫雨兒？」

俺爹從黝黑的額頭上解下白帕帕，憨憨地抽起旱煙，伸直了雙腿躺上竹椅，微閉著雙眼對俺點點頭。

俺捏緊衣角立在一旁，聽了俺爹的話後，不禁退至牆角，冷不丁一哆嗦，手心後背全是汗！

好險！

好險！

蒼天在上，若是俺爹拾到俺那天正下雹子，那那那，那俺豈不是叫……叫雹兒？

嗚，俺不！

那時正四歲的俺問完俺爹後，兩隻小手顫顫巍巍地忙捧了滿滿一捧土，跑去土地廟謝天上地下各路神仙！

俺六歲那年，忽一日，俺爹煞有介事地捧著一本《百家姓》到俺跟前，慈愛地撫著俺那黃毛稀少的腦殼說道：

「雪兒啊，你就要上學咧。你給自己取個名兒吧，爹莫文化，也不知道自己姓啥，爹跟女子一樣，都是孤兒。你秀才叔說，所有人的姓都在這本《百家姓》上，雪兒你拿去。諏，你看中哪個，咱就姓哪個，爹隨你姓，爹莫意見。」

俺爹憨笑著把那本一豎起來就能倒出好多老鼠屎的《百家姓》擺到俺面前，一開嗓，吼出一曲秦腔，唱起《楊家將》來。俺兩手緊掩雙耳，嘴裡叼起《百家姓》上了房頂。

雖然俺不明白俺為啥要有個姓，就像俺爹不回答俺為啥沒個媽一樣。不過那時村裡，跟俺差不多大的娃兒都有正經的名字去上學。

於是乎，六歲的俺和俺老爹，兩個不識字的文盲，就開始「研究」俺要上學的名字。

俺抓著俺那黃毛小腦瓜，瞅著那本《百家姓》，瞅到屋裡已經點完兩盞煤油燈，俺生氣了！

俺氣呼呼地又著小腰，站在炕上沖竹椅上睡得直打呼嚕的老爹大叫：「爹爹爹爹爹，這都啥捏嘛這是？俺一個也瞅不懂，你給俺說說，這一個個滴，都是個啥？」

俺把書重重地往地下一甩，炕上炕下蹦蹦噠噠地鬧騰俺爹。屋裡的蚊子都被俺抓得來不及生下一代，可俺爹愣是半晌沒睜眼睛，耷拉倆耳朵完全游離在周公的世界裡！

俺沒把俺爹給鬧醒，倒是把隔壁家的狗嚇得叫喚夠嗆，隔壁再隔壁，狗狗相傳。那一晚，十里八村的狗都被俺這不明所以的情況嚇得叫喚了一夜。

那時屋外已經天光，全村的狗均已累趴下，而晨起打鳴的雞又屁趕屁地叫了起來。

俺跳下炕，穿上俺那雙「猶抱琵琶半遮面」的黑布鞋。那是一雙春夏秋冬不換季的破布鞋，十個腳趾頭總有那麼兩三個為了耍酷而露在外面乘涼，請相信俺，真的是為了耍酷。

俺飛也似地跑到隔壁村張秀才家問他：「秀才叔，俺爹說俺要去上學咧，俺來問你，俺要取個姓兒，還要取個名兒。」

張秀才霎時臉一沉，直勾兒地瞪了俺一眼，才慢慢吞吞搖頭晃腦地合上手裡的書，取來一本新華字典，沖俺面癱相地吼道：「取啥名兒？你就叫鵝毛雪好咧，你就姓鵝，鵝子的鵝，莫事莫事地上俺家門，你趕快的，取好咧就走！」

俺一時被張秀才的臉給臭傻了，呆呆地立在門邊。張秀才猛地把字典甩到俺手裡，翻著白眼沒好氣地沖俺埋怨道：「別跟這兒瞎耽誤工夫，屁大點的小黃毛。」

俺弱弱地擦了擦張秀才那漏風的牙齒噴在俺臉上的口水，才呆頭呆腦地攤開《百家姓》和新華字典，又偷偷瞄向一旁的張秀才，見他故作斯文地戴上圓框眼鏡，兩手交叉背在身後，正襟危坐地又

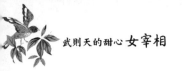

開始搖頭晃腦起來。

那時候俺以為張秀才在學鳥說話，俺只知道樹上的鳥兒老是張著嘴巴唧唧喳喳，張秀才也張著嘴巴唧唧喳喳。

那，是不是俺上學以後就會變成鳥，也張著嘴巴唧唧喳喳？

俺不知道！

翻字典的時候，俺想起俺四歲那年去土地廟謝神，俺一瞪眼皮決定了，俺就姓「蒼」，「蒼天」的「蒼」。

「蒼，蒼……」俺怪怪地念著這個姓，「蒼雪，蒼雪？」俺覺得蒼雪不好聽，於是俺又低下頭，眼睛趴在字典上瞅了好久。

直到張秀才不耐煩地要轟俺走，俺才一拍桌子一跺腳，指著字典上的一個字問他：「秀才叔，這個字念啥？」

「mò。」

張秀才把俺轟到門口，搶過俺手中的《百家姓》和字典，臭著臉朝院外頭一甩手，意思叫俺趕緊回家去，別賴在這兒煩他。

「陌？蒼雪陌？蒼陌雪？蒼……陌雪？俺叫蒼陌雪？嘿，俺叫蒼陌雪……」俺撅著小嘴，扯著嗓子，滿意地念著俺剛給自己取的新名字，蹦蹦跳跳奔家去。

隔壁胖驢子豎耳一聽，歪著圓乎乎的腦袋，瞪著圓溜溜的眼珠子，摁著那他圓鼓鼓的豬肚子，露出一口十三么裡缺中的門牙，笑俺是「蒼蠅」的「蒼」。

俺攥緊拳頭，怒目橫眉，一把將他推到在地，警告他：「俺，是蒼天的蒼。」

方圓幾十里的村子，就屬俺的名字最怪。跟俺年紀上下的女娃生在一月的便叫春花，生在二月叫蘭花、三月叫桃花、四月叫石榴、五月叫荷花、八月叫桂花，諸如此類；

男娃子們，殘瘦的叫猴子，壯實的叫熊子，勤快老實的叫牛子，撒潑無賴的叫驢子……

這些小爺的大名，不是富貴就是發財，可憐俺這「蒼陌雪」啊，一聽就是活受本地「財主」欺負的外地「乞丐」。

俺們那個村裡的娃，足有十來個人叫張發財陳富貴的，難道他

們團結就是力量？從胖驢子嘴裡噴出來的臭臭，一時間熏了周圍好幾個村子的娃子們，他們手持武器——彈弓，口袋裝滿石子，七足八腳地跑來俺家，堵上院門糗俺。

俺爹倒是憨厚一笑，莫意見，他也隨了俺的姓，將自己的名字改為蒼墓黑。

未隨俺姓蒼之前，村裡人都管俺爹叫墓裡黑，他們說俺爹是個盜墓賊。俺家就住在梁山腳下，山下村民世代守護梁山上兩位皇帝的地宮陵寢，這便是中國乃至世界那座獨一無二葬著兩位夫妻皇帝的合葬陵，即唐高宗李治和女皇武則天長眠的乾陵！

說來俺與這乾陵也有些淵源。據俺老爹說，那一年冬天，天上正飄著茫茫白雪，老爹帶著鐵夾子上了梁山，準備埋下暗器逮幾隻野兔送給正與他相親的姑娘家。

老爹正走在梁山南面的山腰上，忽聽得蒼松底下傳來一陣嬰兒微弱的啼哭聲。老爹走近一看，樹底下的襁褓中裹著一個粉嫩的小嬰兒，嬰兒的小臉已凍得發紫。

老爹慌忙將嬰兒抱起，細看四下無人，只好將這幼嬰——也就是俺，抱回家中收養。

老爹心好，可與老爹相親那姑娘不答應，說老爹本就是大齡剩男一枚，瞎操什麼心白白替別人家養孩子。

老爹聽後，默默地抱著俺回了家，悶著腦袋把心一橫，一個粗漢子愣是沒娶那婆娘，一心待俺如親生女兒。

俺長到六歲，從不問俺爹俺親生爹娘是誰？俺只知道，在俺心裡，俺爹就是世上最好的人，他就是俺的親爹。

每當村裡人說俺爹是賊，俺心裡可冒煙了，俺爹不是賊，俺爹不偷東西。

見過當賊的家裡窮成這樣的麼？看看俺家院裡，那雜草長得比俺個頭都高，俺那時候如果聽說過格林童話，非得以為俺家那雜草就是森林，俺家那房子就是森林中的城堡，俺就是那白雪公主！

五歲以前，俺最喜歡吃灌湯包子、葫蘆頭，喜歡看俺爹一手呼呼嚕嚕吞著冰冰麵，一手就著油潑辣子夾饃吃。

現在，俺只要看見隔壁孫寡婦家的肉夾饃，俺就直勾勾地流口水。每次，俺都拖著哭腔，哼哼哧哧地跑到俺爹跟前，揉眼擠淚地說：「爹，俺想吃白麵饃饃。」

可每次俺爹總是弱弱地告訴俺：「乖女子，爹去給你挖地瓜。」

十歲之前，俺看到地瓜跑得比兔子還多兩條腿。三好姐姐說就俺這潛質絕對能進國家隊，將來參加奧運會能拿田徑比賽的冠軍。

俺聽後，傻呼呼地問她：「奧運冠軍比肉夾饃好吃嗎？」

俺一直不理解，俺爹為啥不給俺找個媽？隔壁那孫寡婦，每回瞅俺爹臉都紅了。

而俺爹，每回碰見孫寡婦臉紅得發黑，每次俺都以為俺爹中毒了，孫寡婦給俺爹下毒了，俺爹要被孫寡婦毒死了。

俺爹說孫寡婦不好，她要是當俺媽會欺負俺，俺爹不同意委屈他女子，愣是一個單身漢帶著俺這一個孤女過活。

可俺偷偷觀察了孫寡婦好久，也沒見她給俺爹下毒。孫寡婦說，只要俺肯叫她「媽」，她就給俺肉夾饃吃。

嗚呼呼呼，俺那顆想吃肉夾饃的心啊，都快在俺體內長成肉夾饃的形了！

孫寡婦的兒子胖驢子把梯子架上圍牆，爬上牆頭得意地舉著肉夾饃沖俺喊道：「雪兒，你要是長大以後嫁給俺，俺就給你一個肉夾饃吃。」

俺弱弱地吮著手指道：「俺要兩個。」

胖驢子背過手，把肉夾饃藏在屁股後面沖俺吼道：「不給，就一個，給你一個，你嫁給俺。」

「不行，俺要兩個。」

「俺不給，就一個。」

「兩個。」

「一個。」

「兩個。」

「一個。」

「哼，」俺氣呼呼地撤了梯子，暗自罵道：「胖驢子，小氣鬼，俺才不嫁給你，俺就要兩個。」

後來，孫寡婦再拿肉夾饃誘惑俺讓俺叫她媽時，俺終於忍不住問她：「嬸兒，你為啥就看上俺爹了呢？」

「你爹人壯實，能保護俺。」孫寡婦羞羞地提起木桶捂著臉，佯裝去打水。

那時候俺覺得孫寡婦想嫁給俺爹，就跟俺想吃孫寡婦的肉夾饃是一個意思。俺那小小的心啊，多希望俺爹娶了孫寡婦，不看胖驢子，看肉夾饃份上嘛！

可俺爹死活不答應，黑著一副臉把孫寡婦的心給傷了。從此以後，俺連聞聞肉夾饃的味兒，都得等到熄了油燈，躺在炕上，蓋好被子，閉上眼睛後，纏著周公爺爺給做肉夾饃吃了！

嗚，爹呀！

俺爹也時常覺得愧疚於俺，從俺五歲那年開始，俺爹就一直在鑽研如何潛入乾陵地宮。

其實，那是村裡人笑話俺爹。後來俺才知道，五代時期，梁國的盜墓狂溫韜能把唐陵中最為堅固的昭陵給盜了，抄了太宗皇帝李世民的「家」；而女皇武則天的乾陵，在中國大地上一千多年來卻沒有誰能撼動過。

雖說研究古墓乃是俺爹興趣所在，可俺爹真不是盜墓賊，更不可能去盜乾陵，他只是喜歡瞎琢磨，才沒有找個正經活兒掙著錢給俺買肉夾饃吃。

俺爹抖了抖煙杆裡的煙灰，續上新的煙絲，默默抽了幾口，一用煙杆一跺腳，決定了！俺爹決定放棄他的興趣，找個正經活兒多掙幾個錢好好地把俺養大。

六歲那年秋天，俺開始上學，那時村裡沒有幼兒園，俺到村裡小學報名的第一天，俺老師問俺：「蒼陌雪小朋友，你知道放完暑假要幹啥嗎？」

俺燦爛地答道：「放完暑假，放寒假。」因為俺聽木椿哥哥說，他過完暑假就想過寒假，俺便照著木椿哥哥的話回答老師。

　　老師立馬拉下臉來，嚴肅地給了俺一句判詞：「朽木不可雕也！」

　　十歲之前，俺就這樣跟著俺爹在梁山腳下的小村子裡平靜地生活，俺們的日子雖然清貧，卻也快樂。

　　那時候，俺不知道，俺長大以後會是個啥樣？俺只知道，等俺長大，俺要讓俺爹吃上肉一夾一饃！

　　就在俺十歲那年，俺的生活中出現了一個從此改變俺命運的人，一個自稱顏建升的香港富商找到俺爹，說俺是他遺失十年的女兒。

　　當年，俺娘過世，才一歲多的俺被親爹送回咸陽交由爺爺奶奶撫養，可護送俺的人在車站不小心讓俺被人販子偷走了。九年後，人販子被捕，供出俺這離奇坎坷的身世。

　　據人販子說，與他約好的買主沒有來，而眼看俺呼吸越來越微弱，他就把俺遺棄在梁山南面山腰的一顆蒼松底下，那便是後來俺爹發現俺的地方。

　　親爹看過親子鑒定和老爹對過人販子的口供後，滿臉愧疚地說要帶俺回香港，補償這十年來對俺的虧欠。

　　俺死死地抱著老爹的腿哭喊道：「俺不走，俺有爹，俺有家，俺不跟你走。」

　　俺爹沒有安慰俺，也沒有抱俺，只將俺往親爹懷裡推。俺死哭死哭地抱著俺爹的腿不鬆手，老爹只是默默地抽著旱煙，一句話也不說。

　　親爹慈愛地寬慰道：「乖女兒，爹地知道你很愛老爹，可是雪兒跟爹地走，爹地可以給你更好的生活。爹地很感激你的老爹，將我的乖女兒養到這麼大，爹地會重重酬謝他。」

　　俺淌著滿臉的眼淚鼻涕問親爹道：「俺跟你走，俺爹可以天天吃肉夾饃麼？」

　　親爹對俺溫柔地點點頭，一雙溫暖白淨的手為俺擦乾眼淚。俺咬著嘴唇，眼神堅定地從齒縫裡擠出四個字「俺─跟─你─走」。

　　俺想讓俺爹吃上肉夾饃，俺不想看俺爹日日吃地瓜，只要俺

走，俺爹就能吃上白麵饃饃了。

老爹什麼也沒有說，也不對俺解釋什麼。可是俺懂，雖然俺年紀小，可俺心裡知道，俺爹不是不要俺，只是親爹千里迢迢苦等十年才找到俺，他不想傷俺親爹的心，俺懂，俺都懂！

離開的那天，俺爹沒有來村口送俺們，從俺親爹出現以後老爹就很少再跟俺說話，更是不敢親眼看著俺就這樣生生離開他。老爹默默坐在東屋門口，低頭抽著旱煙，把頭壓得很低，很低，低到額上的白帕帕足夠遮擋老爹濕潤的眼睛。

俺也表現得很懂事，沒有哭鬧，靜靜地牽著親爹的手走出院門。俺沒有帶走平日裡穿過的衣物，留下來，老爹想俺了，就看看！

上了車，俺趴在車窗上，親爹在身後抱著俺。俺伸著紮倆小辮的腦袋往後瞅，瞅著古樸熟悉的村莊一點點在俺濕潤的眼眶中越來越遠，越來越小，直到消失，直到俺再怎麼往窗外探頭，也看不見那個和老爹一起生活了十年的村子。

車子顛簸在坑窪的鄉間小路上，俺坐在親爹腿上咬著嘴唇流下眼淚，親爹小心地安慰道：「雪兒不哭，我們還會再回來看望老爹的。」

俺靠在親爹懷裡，弱弱地解釋道：「俺暈車。」

離開村子上了飛機，俺哭著喊著要下去，俺恐高。整個頭等艙的叔叔阿姨大爺大媽被俺鬧得直搖頭，親爹溫柔地將俺抱在懷中並不責備。

親爹的助理見俺抽泣不止，從褲兜裡拿出一樣奇奇怪怪的東西，賣力地哄俺道：「大小姐，別哭別哭，哥哥給你看樣好玩的東西。」

俺愣愣地看著那東西，好奇地問他：「這是啥？」

「大小姐，這是手機。」他摘下墨鏡戴在俺眼睛上說道。

飛機？手機？莫非俺要去一個到處養雞的地方？俺親爹是養雞的？俺只在心裡默默猜想，並不問他。

一路上，親爹只是默默地抱著俺，對俺溫暖地笑著，並不說什

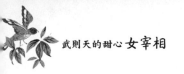

麼。

　　俺哭累了，便伏在親爹肩上沉沉地睡著。下了飛機，回到家裡，已是晚上十點多鐘，親爹在俺耳邊輕聲喚道：「乖女兒，醒醒，我們到家了。」

　　俺使勁揉了揉惺忪睡眼，定睛一看，為啥親爹家裡有一口這麼大的魚塘？為啥魚塘夜裡還會發光？俺心想，原來親爹不是養雞的，他是養魚的。

　　可俺看著這清澈見底的魚塘，不解地問道：「為啥魚塘裡沒有魚？」

　　「笨蛋，這是我家的游泳池。」一個約莫四五歲的男孩，揚著飛機頭，踩著閃燈輪滑車，趾高氣揚地沖俺嚷道。

　　俺還未回過神來，親爹嚴肅地看著他，嚴厲地訓斥道：「Fogg，She is your sister，be polite to her。」

　　Fogg撅著小嘴，沖俺直翻白眼，一臉的不服氣。

　　「我們家的大小姐回來咯。來，親愛的，媽咪抱抱。」一個衣著光鮮富態，妝容精緻，珠光寶氣的女人，正努力裝出一副巨熱情的樣子笑著朝俺走來。

　　只聽Fogg撲上去喊她「媽咪」。俺看她那妖嬈的樣子活像連環畫裡的妖精，俺心裡害怕，緊緊抱著親爹的脖子不讓她碰。

　　親爹沒有理會Fogg媽咪的熱情，默默將俺抱上樓，讓菲傭Christy幫俺沖過涼，換上粉粉小愛心的睡衣，把俺放進被窩裡。

　　「雪兒，這裡就是我們的家。Tiara是媽咪，Fogg是弟弟，你是姐姐，以後你就叫Michelle好嗎？雪兒放心，爹地會像你的老爹一樣疼愛你，保護你，決不讓我的寶貝女兒受半點委屈。」親爹柔聲地在俺床邊哄著眼眶濕潤的俺。

　　俺睡在公主床上，眼珠子轉了一圈又一圈，再一圈，還是沒看過來這漂亮的公主房裡，親爹親手佈置了多少俺從未見過的東西。

　　俺一轉頭，注意到床頭櫃上的一座相框，精美的相框中夾著一張一家三口的相片。相片上，親爹微蹲地抱著一個肉嘟嘟的嬰兒，倚在一個笑容溫暖的女人肩上，女人低眉望著嬌滴可愛的小嬰兒，

纖細的玉手搭在親爹手上。

　　這個小嬰兒是俺嗎？親爹身旁的女人是俺娘嗎？俺呆呆瞅著這張相片，久久才開口問親爹：「俺娘呢？」

　　「她在靜園，我們明天去看她。」親爹低著頭，語氣沉重道。

　　俺聽後，只呆呆地望著相片，沒有再問下去。初到香港的第一晚，雖然親爹在床邊陪了俺一整夜，可俺還是側過身躲在被窩裡默默地流淚。俺想家，俺想俺爹，也想明天才能去見的親娘！

　　可是第二天俺才知道，俺娘不是住在靜園，她是睡在靜園。親爹從口袋裡掏出一張俺娘的相片，俺看著俺娘甜美清秀的臉和墓碑上冰冷的遺像，俺哭了，俺撲在親爹肩上哭得厲害。

　　親爹緊緊抱著俺，也默默流下淚來，對俺道：「乖女兒，不哭！媽咪說我們的Michelle要做個快樂的孩子，要幸福平安地長大，我們一起答應媽咪好不好？Michelle，爹地向你保證，就算媽咪不在了，爹地也會保護好Michelle，一定不讓我們的寶貝女兒受到半點傷害。」

　　俺淚眼婆娑地看著親爹，吸了吸鼻涕，點點頭，用小手拭去親爹眼角滾燙的淚，伏在親爹肩上，呆呆地望著娘的相片。

　　相片上，娘，輕輕地對俺笑！

　　自那以後，俺便將俺娘的相片放在錢包裡時刻帶在身上。無論俺在哪裡，俺都覺得俺娘就在俺身邊，她會看著俺守護俺幸福平安地長大！

　　就這樣，十歲之前，俺還是梁山村下不諳世事的毛丫頭；十歲之後，我成了香港博帝亞地產集團總裁顏建升的千金。

　　我沒有改姓顏，我的身份證上依然叫「蒼陌雪」，「蒼」是我和老爹共同的姓，這個字代表著老爹對我的養育之恩！

　　我也接受了「Michelle」這個名字，這個名字代表著我與親爹之間的情，更因為，「Michelle」是我媽咪為我取的名字！

　　這個三口之家，對於我的突然回歸，對Fogg和他媽咪Tiara來說是種威脅。因為Tiara將我視為，長大後會同Fogg爭奪博帝亞集團繼承人位子的眼中釘。

而迫於爹地的威嚴，Tiara表面對我保持著井水不犯河水的客氣，私下裡卻無時無刻不提防著我。

偶爾Tiara看我不順眼，就會在爹地面前告我的狀，說我叫「Fogg」總是故意喊成「Fuck」，說我罵Fogg小混蛋，Tiara總拿這種無中生有的小事來挑撥我與爹地之間的感情。

而爹地，從來不會聽信Tiara的話來責備我，爹地的愛護，沒有讓Tiara成為我成長中，心靈的一道陰影。

Tiara時時刻刻都在算計，她讓Fogg在英國最好的貴族學校念書，卻以我與爹地失散多年，應該多陪伴在爹地身邊為由，將我留在香港，對我時時掌控。

而我，一直將媽咪的遺言作為終生箴言，一定會幸福平安地長大，一定會幸福平安地生活下去！

至於Tiara的擔心，現在，她已經放心多了。

因為……

三年前，我念高二，與我在香港最好的同學Sam、Suri同級。第二年，Sam順利升為學長，Suri升為學姐，我卻淪為學妹；第三年，我只能分別叫他們Uncle Sam and Aunty Suri。

這時候他們已經大一，而我……

而我，還在高二！

Sam拍拍我的肩膀勉勵道：「Come on，Michelle，明年就有學妹喊你Aunty了。」

Suri也常常眨著假睫毛跟我投訴道：「Michelle，我們不要一起上街啦，讓人看見老以為我拐帶低年級的小朋友咧。」

哼唔，多恨自己交了這麼兩個超沒口德的損友，總是不秉承中華民族的傳統美德，對我蹲級這件事尊一下老愛一下幼。

連續三年留級，我被學校勒令退學。爹地鼓勵我說沒有關係，不在香港念書，可以送我去歐美留學，只要我願意，爹地一切尊重我的選擇！

其實我只是學分成績不好，我在校外修的課程，成績都還不錯啊，比如西點師、手工藝、插花等等興趣課程。

　　對於上不上學我倒無所謂，我只盼著每個寒暑假可以回村子和老爹團聚。

　　爹地也沒有過多地要求我長大以後要成為一個多麼有成就的人，只要像我媽咪說的，只要我幸福平安，爹地就放心了。

　　幸福感爆滿的我，以擁有世上最好的兩個爹為傲！

　　現在，Tiara除了購物搓麻，就是取笑我被學校退學。在她看來，我已經成為她心靈負荷上隨時可以清掃的垃圾了，因為Tiara絕對認為我就像小學第一個老師給我下的判定那樣：朽木不可雕也！

　　從我被學校退學以後，Tiara對我表現得越來越客氣，她這是借我的失意，大辦慈善秀，以彰顯她的「大仁大義」。

　　Fine，我不計較，不氣，不鬧，更不讓爹地夾在我們中間為難！

　　雖然我與Tiara之間的笑容很虛偽，可是需要，我們需要保持表面上的和氣與客氣。

　　Tiara對我來說，只是一個後媽的稱謂同身份，我們之間沒有半點母女感情。而事實上，我從未因孫寡婦拿肉夾饃誘惑我，我就叫她「媽」；回到親爹身邊十三年來，也未喊過Tiara半聲「媽咪」。

　　我常常在想，如果我的媽咪還活著，我會有多幸福！

　　在我心裡，我的媽咪一定是世上最好最好的人。每年的母親節，我都會給媽媽準備禮物，雖然我從未像別的女兒一樣可以在媽咪懷裡撒嬌，但我知道，我天國的媽咪一定很愛我！

　　雖然年少多磨，我卻也平安快樂地長大了！

　　只是，Dear媽咪，Michelle很想你！

第一章　聞女皇，龍圖乍現

「Michelle，Hands up。」Fogg伏在二樓陽臺上，用鐳射玩具槍瞄準花園泳池邊上的蒼陌雪，粗聲令道。

「Well，Try to stand up。」蒼陌雪正在泳池邊上用星球模型模擬七星連珠的天象，望著二樓陽臺上的Fogg從容道。

Fogg正欲起身站立，突然感到腳下被強大的磁力相互排斥，剛一起身又猛地摔倒在地。這是蒼陌雪在陽臺上安裝的強力磁鐵機關，專門用來「伺候」她這個目中無人的弟弟。

「Shit，You tricked me，Hurry，Help me。」Fogg重重跌倒在陽臺上，氣急敗壞地沖樓下的蒼陌雪吼道。

「If you are a good boy，The world is a good world；If you are not kind，Every day is the end of the world，Remember吧，My dear brother。」蒼陌雪擦乾手上的水不緊不慢道，抬眼看了看剛「脫險」的Fogg正氣勢洶洶朝自己衝來。

Fogg踩著襪子，從二樓衝跑下來正揮拳朝蒼陌雪揍來。蒼陌雪從風衣口袋裡掏出強光手電筒，對準Fogg的眼睛快速晃動，自己則機靈地往旁邊一閃。

「啊啊啊啊……」Fogg被照在眼睛上的強光晃暈了視線，腳下來不及剎車，直直栽倒在冰冷的泳池裡，整個人不停地在水中撲騰，渾身上下冷得直哆嗦，泳池中的星球模型，也被Fogg這龐大身軀激起的水波沖散開。

「Oh，Fogg，Come on。」蒼陌雪淡淡地坐在岸邊沙發上，調皮地戲謔道。

「蒼陌雪，You'll regret this to me，Shit，You。」Fogg暈頭轉向爬上岸，搓著冰冷的手，粗暴地抖著身上的水，朝蒼陌雪怒吼道。

「No，No，No，Fogg，If you see somebody drowning，you should save him；If you see someone in the crime，you should call the police。So，I just do what I should do for you。」蒼陌雪看著

Fogg這副狼狼的樣子搖頭笑笑，慢條斯理道。

Fogg朝蒼陌雪狂甩著頭上的水，氣衝衝地跑回房間去換衣服。

菲傭Christy提著蛋糕從花園那頭過來，一個不小心被氣呼呼的Fogg擦肩撞倒在地。Christy急忙抱住蛋糕盒，驚叫道：「My dear, What happened？What's wrong with him？」

「Nothing，fine。」蒼陌雪笑笑，走過去扶起Christy。

「Your birthday cake，then？」Christy數了數蒼陌雪沙發旁立著的兩大拉杆箱，一隻拉杆背包，「Yes，your handbag。」Christy放下蛋糕又轉回房間去拿蒼陌雪的包包。

Tiara陪爹地在美國出差，Fogg因在學校打架，被爹地禁閉在香港已有半個多月。

從被學校退學以後，蒼陌雪兩年的時間在亞洲各地遊學，什麼日本壽司，韓國料理，關於吃的，蒼陌雪七七八八的都學了一點，這實在是作為一個吃貨該有的基本精神。

要說蒼陌雪學得有點造詣的，那便是精通港式、日式、韓式、泰式、歐式按摩推拿。不過迄今為止，也只有閨蜜阿貝做過她的「小白老鼠」。

嘿，至於說蒼陌雪的水準到何種程度？呃呵呵，看看香港有沒有牛就知道了。

蒼陌雪的小日子一向過得輕鬆自在，遊學回港後，這廝最近又瘋狂迷上唐朝歷史和考古。

出於對女皇武則天的崇拜，蒼陌雪足足收拾了三大行李箱的衣物，差不多把隨身可移動資產都裝上了，正打算回村子和老爹住上一年，一起「研究，研究」這乾陵。

蒼陌雪坐在沙發上等christy取來她的包包，一看手邊震動閃光的機屏上，彈出一條新聞。香港媒體援引新華社最新報導，一群蠢蠢欲動的盜墓賊又開始暗中對乾陵下手，有關部門已抓獲相當一部分破壞歷史文物的盜賊。

蒼陌雪隨意看罷，只歎這些人怎麼不偷無字碑呢？

蒼陌雪想，如果她有那盜墓的本事，憑那地宮裡有再多的曠世

珍寶她也不偷，她倒是想塗上唇膏，在女皇額頭上留下一個吻痕。

嘿，然後她這一輩子就不寂寞了，她就可以跟她的小夥伴們得意地吹噓，她是怎麼調戲了中國歷史上的至尊女皇武則天！

再然後，這件事就可以作為其後世子孫炫耀她這位先祖無上光榮史的史料，並得以記載在他們的族譜裡代代流傳下去。

那麼，這個故事就會演變成，

「你知道嗎？我媽媽曾進入過乾陵，調戲過中國歷史上的女皇武則天呢！」

「你不知道吧，我奶奶曾進入過乾陵，調戲過中國歷史上的女皇武則天呢！」

「你太奶奶有什麼厲害的，我太奶奶曾進入過乾陵，調戲過中國歷史上的女皇武則天呢！」

......

「啊，說起來，那是你太爺爺的太奶奶了，她呀，曾進入過乾陵，調戲過中國歷史上的女皇武則天呢！」

蒼陌雪這種神經任性病患者，實在該為後世子孫留下一點打打牙祭的神話傳說。

呵，玩笑歸玩笑，其實蒼陌雪心裡，對武則天是充滿了敬意的。

在蒼陌雪眼裡，這個女人上馬安邦下馬治國，她不僅能夠修身齊家，更能治國平天下，這真是給中國幾千年的女性長了臉啊，她簡直就是神嘛！

哈，從蒼陌雪迷上歷史起，武則天就成了她的終極偶像！

好友惠美谷澀發來電郵說下個月去看無字碑，蒼陌雪正想好好補補這段歷史知識，到時候好在惠美谷澀面前賣弄賣弄自己的學識，增收粉絲一枚！

明天是Halloween，蒼陌雪的生日。

爹地出差之前特地交待Christy，在蛋糕店為蒼陌雪定製生日蛋糕。蒼陌雪訂了晚上十點的航班，正想明天趕回村子和老爹一起慶生。

香港太平山頂別墅的家中，蒼陌雪坐在古銅色的NATUZZI皮革沙發上，望著夜空中清冽的月光投映在泳池裡，一看手腕上的卡通陶藝手錶，離航班起飛還有兩個半鐘頭。

坐在山頂花園俯瞰香港夜景，維多利亞兩岸璀璨的燈火，將整個香港映照得絢麗輝煌，處處彰顯出其作為東方明珠的高貴典雅。

香港是個更屬於夜晚的城市，只有夜晚，你才覺得她浪漫、風情、撫媚，活色生香地將人囊括其中，閉上眼睛又覺得飄然世外。

如果此刻，坐在迪士尼的城堡上，吹一個大大的泡泡糖，伸手將天上的星星打撈進泡泡裡，等到平安夜的晚上，和聖誕老人一起爬進每家每戶的煙囪，給孩子們派送星星，多有愛啊！

哎，其實筆者也不知道蒼陌雪來自哪個星球，她總愛這樣抓隻螢火蟲就幻想出滿天星光！

對於這種喜歡活在自己內心世界的幻想系森女，實在該擁有一架時光機，穿梭於歷史，未來，過去，做最浪漫的事！

今晚的氣溫有些偏低，這實在不像香港十一月該有的天氣。蒼陌雪哈了口氣，搓了搓有些冰涼的手，把手機放在一旁，又想起昨天收到老爹寄來的生日禮物，遂從拉杆包裡再次拆開禮盒，將那張看似普通到不能再普通的黃色絲綢取出來。

這黃綢，長四十三公分，寬二十八公分，眼睛掃描得出的結果只知道這絲綢是黃色的，而綢緞之上竟不見任何圖案。

莫非這黃綢無形中藏著什麼二維碼，得拿手機掃描一下？蒼陌雪正想拿起手機，又放下了這愚蠢的想法，怎麼可能呢？

蒼陌雪翻來覆去看著這塊黃綢，實在想不明白這其中到底蘊藏著什麼玄機，老爹為什麼要寄這塊絲綢？這到底是什麼東西？

老爹為什麼會有這麼一塊絲綢呢？作為生日禮物一定有什麼特別的寓意，但這寓意究竟是什麼？

蒼陌雪這腦容量有限的腦袋實在想不出來，也許明天見到老爹就會有答案了，對，明天！

Christy去準備車子，Fogg換好衣服朝泳池走來，冷臉將蒼陌雪的包包往沙發上一甩，指著蒼陌雪吼道：「You，roll away。」

　　蒼陌雪正入神地望著絲綢，Fogg一把蠻橫地抓過蒼陌雪手裡的絲綢，舉在空中，透過月光前後翻看。

　　「Give it to me。」蒼陌雪整了整自己的行李，朝Fogg要回黃綢。

　　「Maybe，I can help you。」Fogg說著便從口袋裡掏出手槍打火機就要燒掉黃綢。

　　Fogg步步後退戒備蒼陌雪，蒼陌雪見勢忙朝Fogg腳下一絆，只聽得一聲渾厚的「咚」，Fogg腳下失衡，一手拋了黃綢，再次側身倒進泳池裡。

　　「Michelle……」Fogg跌在水中好一陣掙扎，憤怒地朝岸上的蒼陌雪潑了幾瓢水，呲牙怒視。

　　「Sorry。」蒼陌雪拍拍外衣上的水，朝泳池中的Fogg伸手。

　　Fogg厭惡地推開蒼陌雪的手，瞪了蒼陌雪一眼，渾身打顫從扶梯爬上岸。蒼陌雪正欲彎下腰撿起掉落在地上的黃綢，Fogg縱身撲向黃綢，搶先一步從地上抓起。

　　「You，Fuck off。」Fogg粗聲怒吼道，兩手抓著黃綢欲將其撕裂。

　　「No，No，Fogg……」蒼陌雪望著Fogg緊張道。

　　Fogg漲紅的臉直通到耳根，鼓脹了脖子，兩隻手用盡力氣也沒把黃綢撕出半點口子來，蒼陌雪望著Fogg如同揉面的五官也有些疑惑。

　　Fogg卯足了渾身的勁，試了好幾遍也撕不開黃綢，憤怒之下，便將黃綢甩在地上，抬起右腳，正欲放腳踩爛黃綢。突然，

　　「吼……」

　　蒼陌雪還沒來得及出招對付Fogg，耳邊只聽得黃綢之內發出一陣震耳的怒吼聲。Fogg一時嚇得右腳愣在空中，張大嘴巴瞪著眼睛，死死盯著地上的黃綢，一動不動，一臉的驚恐。

　　蒼陌雪確定剛才那陣嘶吼聲自己沒有聽錯，也確定那聲音是從黃綢內發出來的，這難道是？蒼陌雪沒有時間細猜，見Fogg僵在原地，便欲快速將黃綢撿起。

　　Fogg身子一晃回過神來，眼角餘光掃見蒼陌雪的身影正朝自己這邊衝來，那懸在空中的腳就要踩下去，

　　「嗷……」

　　又是一記震耳的聲響，只見黃綢之上，一條金色的巨龍突然躥起，一半身子藏在黃綢之內，只將龍頭探出，兩撇龍鬚向Fogg身後繞去，將Fogg甩在空中，緊緊纏住。

　　龍？巨龍？傳說龍是鯰須鬣尾，蝦眼牛嘴，身長若蛇，長著魚的鱗、鹿的角，狗狗的鼻子，有爪似鷹，有鱗若魚，是這麼一種被中國人奉為圖騰的怪獸。

　　呃，不是不是，在中國，龍不能叫作怪獸，得叫它神獸。不是筆者豈有此理，怪獸這個「怪」字是指它的樣子長得怪嘛，馬臉鹿角牛蹄驢尾的麋鹿才稱之為「四不像」，而龍足足是「九不像」啊。

　　好吧，Sorry，So sorry，此處筆者真不應該打岔！

　　蒼陌雪使勁揉了揉眼睛，驚訝得一時也沒看清楚這龍大大，當然，也有可能是龍大媽，是否像傳說中形容的那個樣子。

　　「Michelle，Help me，Help me……」Fogg一見巨龍嚇得臉色煞白，連連後退，向蒼陌雪不停地哭喊求救，整個人已被龍鬚纏在半空中動彈不得。

　　蒼陌雪聽是聽見了Fogg被龍鬚纏在空中的呼喊聲，而整個人卻僵在地上愣了足有半分鐘才反應過來Fogg有危險。蒼陌雪望著巨龍，冷靜地後退了幾步，用力衝跑向前，將身躍起攀住龍鬚，望著巨龍的眼睛，輕聲道：「龍大大，乖，放了他吧。」

　　巨龍甩動龍鬚將Fogg甩飛到泳池裡，又是一聲渾厚中透著刺耳的「咚」，Fogg半小時內三次落水，被蒼陌雪戲弄了兩次，被巨龍懲罰了一次。呼呼，今天這是什麼日子，真是該看看黃曆。

　　蒼陌雪見巨龍鬆開了Fogg，才放開攀著龍鬚的手跳下地面。巨龍猛地又隱回到黃綢中，一切復又平靜，蒼陌雪再看黃綢，上面依舊什麼也沒有。

　　這太不可思議了？蒼陌雪望著剛才攀著龍鬚的兩隻手，咦，剛

才兩手攀著龍鬚是種什麼感覺？前後不到兩分鐘的時間，蒼陌雪竟一點也回憶不起剛才那種感覺，那龍鬚是軟的？硬的？蒼陌雪記不起來，只感覺剛才那一幕太像玄幻電影中的場景了，一點不敢相信那是真的。

　　蒼陌雪愣在泳池邊上還沒來得及細想老爹怎麼會有如此神奇的東西。Fogg癱軟著雙腿再次爬上岸，驚魂未定的他一手慌亂抓起之前掉落在地上的手槍打火機，扣動扳機卻不見槍口躥出火苗，Fogg氣急敗壞地再次抓起黃綢奮力撕扯。

　　「No，you can't do that，Fogg。」蒼陌雪回過神來，見狀忙上前制止。

　　「Fuck off，It＇s not magic，I don't believe。」Fogg粗暴地推開蒼陌雪，憋足了渾身的勁，額前已是青筋鼓脹，肥胖的身體已然重心不穩，不停地左右晃動。

　　只見一瞬間，黃綢中間裂開一道深邃直刺天穹的強光，剛才那條巨龍突然盤臥而起，騰飛在空中，翻雲攪月，地面已被強光照得睜不開眼。泳池裡，憑空直起幾十米高的水柱，懸在空中左搖右晃。

　　整個花園裡，強風卷起的花枝、樹葉和塵土團團將泳池圍住，彷彿此刻這是一個被切割隔離的空間，完全看不見外面。

　　「No，That's impossible，I never believe。」Fogg望著這一幕嚇得左腳絆右腳，跌爬到沙發後面捂著耳朵一頓尖叫。

　　「Cool……」蒼陌雪愣愣地望著眼前的場景，傻呼呼地讚歎道。

　　「呼……」

　　突然，巨龍翻身轉過頭，「嗖」地一聲從空中將龍頭伸到蒼陌雪面前，蒼陌雪傻呆呆地望著巨龍，朝它揮揮手道：「Hi，龍大大。」

　　只見巨龍眨巴眨巴眼睛，張大龍口。還沒等蒼陌雪反應過來這龍大大或龍大媽到底要幹什麼，巨龍便一口將蒼陌雪連人帶物一併吞了下去，還「呃」地打了個飽嗝，黃綢與巨龍才「唰」地消失在

蒼陌雪家的泳池花園裡，轉向黑洞洞的夜空騰飛而去。

「啊啊啊啊啊，哇哇哇哇呀，嗚呼呼呼呼呼……」

蒼陌雪歇斯底里地喊破了喉嚨，只感覺身體在一個漆黑的隧道裡超時速往下墜落。

那感覺，只差沒試過站在香港490米高的環球貿易廣場縱身一躍。

呃，不對，應該是阿拉伯聯合大公國的杜拜哈利法塔，加臺北101大廈，加上海環球金融中心，再疊上環球貿易廣場的高度，也難以形容此刻蒼陌雪正以光年的速度在時空中穿行。

這是要穿越了嗎？確定是要穿越了嗎？嗚嗚嗚，蒼陌雪心裡只求別穿越到怪物星球和恐龍時代，誰有那種雅興一個人玩宇宙大冒險啊？

「我不，不要啊，不要哇龍大大……」蒼陌雪正心想自己不會就要這樣去見天國的媽咪了吧？霎時，一道白光擊中了蒼陌雪的眉心，蒼陌雪瞬間失去了意識。

咳，龍大大，您這是要帶蒼陌雪去哪兒啊？

第二章　遇女皇，禍逢古稀天壽

巨龍一口吞掉了蒼陌雪和她的行李，正神遊於淵黑無盡的天際，去向不明。

香港這邊，對於蒼陌雪突然在自家泳池邊上憑空消失這件新的世界未解之謎，恐怕Christy的舌頭跟手手已經顫抖到不知如何報警了。

時空那頭，話說距今一千三百多年前，時，大周長壽三年，即西元694年二月十七日。

這一天，正是千古女皇武則天七十龍誕。聖神皇帝大赦天下，普天同慶，一時，神都洛陽驛道飛蹄，洛水擁擠，四海朝拜，萬邦來賀！

皇城太初宮各門各殿皆以黃金、瑪瑙、琥珀、珊瑚等寶物華麗嚴飾，宮內彩錦飄飄，燕樂浩浩；往來車馬震得地動，謁拜天壽之皇親國戚、文武百官、內外命婦、諸國使臣等賀壽之語驚得山搖。

洛陽城內更是燈火萬照，西市、東市、南市鑼鼓喧天，獅舞千湧穿行，龍燈東西騰空，高蹺、彩船水陸相和；北市亦有胡客夷商載歌載舞，同慶女皇古稀壽誕。

是日晚，則天宴皇親國戚、文武百官、內外命婦、諸國來使於萬象神宮。神宮富麗堂皇，巍峨弘壯，氣勢雄偉，赫然立於皇城中軸線上，傲然於世，睥睨天下。

呃，各位看官，歷史已不復存在，你的想像可以亂來。

整座神宮在漫天絢爛煙火的擁簇之下，更襯托出其作為人間盛世中的淩霄寶殿，那女皇傲視天下的雄奇之勢。

神宮殿內，宴客大殿上下三層，呈階梯狀，上殿設天子寶座，中殿乃朝臣親王之位，下殿為諸國使者之席；

殿中鑲金紫檀為梁，青玉琉璃作瓦，九龍捧鳳，漢白玉階，玉壁銅柱，金絲綢幔，雕金花磚鋪地，牡丹紅雲作毯；

神宮處處燈火通明，金、綠、褐等釉色彩陶蓮座宮燈將整個大

殿內外映照得流光溢彩，殿外金吾森嚴戒備，五千羽林神采威武。

整個神宮殿內，眾人歡飲，歌舞酒樂，奢華之至。作為萬邦朝賀的天朝，這番景象自然是九州四海諸國，聞所未聞，見所未見。

前隋亡室郡主上水莛秋領銜宮廷舞樂，剛彈落一曲《奉天》，龜茲國使謬占離席跪拜啟奏道：

「萬壽陛下，臣龜茲國使謬占奏請為陛下獻上一幕天女落凡之戲法，以表我龜茲國臣民對天朝陛下之忠心，願陛下與天同壽，恩澤四海。」

「允。」武則天含笑倚坐大殿高堂，接過上官婉兒剝過籽的上貢葡萄。

龜茲國使謬占已命人置放好佈景，正欲在神宮大殿門前演繹一出天女落凡的變人魔術。

席中，武則天的首席男寵薛懷義一時腹內脹痛，便悄悄離了席位回了白馬寺。

其他皇親國戚，文臣武將及各國來使皆驚歎於龜茲國使謬占魔術前奏的驚奇。

當下裡，謬占要在透明的幕布中憑空變出天女，正當他「唰」地拉動幕繩，

啊啊啊啊啊……

咳，什麼也沒有，幕布之內竟空無一物。眾人見證奇跡的時刻，砰地落空，謬占神情有些慌張，之前的彩排都是萬無一失，怎麼這會兒舞姬庫紮娜卻不見了？

無奈驚慌之下，謬占欲啟動應急設備，將第二根繩索奮力拉下。眾位朝臣、使臣大人們個個瞪大雙眼，定睛看去，哎呀呀，還是什麼也沒有哇！正當眾人疑惑之時，

突然……

大唐武周不明飛行物蒼陌雪和她的三大件箱包、手提包及蛋糕盒一齊毫無預兆地從空中垂降大殿門口。

「哐，哐，哐。」殿門四位金吾守將被蒼陌雪的三大拉杆箱包砸暈了三個，手提包掛在僅剩站立的那位金吾脖子上，蛋糕盒則不

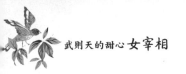

偏不倚地掛在金吾手中立起的長槍上，蒼陌雪昏厥在地，俯身趴在大殿門口。

「有刺客，保護陛下。」殿前四面金吾見狀，慌忙高聲喊道。

龜茲國使謬占一時嚇慌了神跪倒在地，不停地磕頭作禮向上殿乞求道：「天朝陛下，恕恕恕恕罪，陛下恕罪啊，小臣失失手，小臣該該死，求陛下下恕小臣死罪，恕臣死罪啊陛下。」

謬占以為自己魔術失敗，驚了聖駕，萬分惶恐地拜求武則天赦免。四面金吾齊刷刷揮動手中的長槍，直指謬占和蒼陌雪。

「護駕。」武三思從座中驚起，抽出寶劍跳上殿中。

「保護陛下，增派三千羽林軍護衛神宮。」殿外將軍見勢，忙傳令佈置兵力護駕。

武則天貼身金吾大將司空鷹槊橫眉察觀四周情形，挺劍護駕。當值金吾疾步躍上上殿奏報：「啟奏陛下，刺客已昏厥。」

一時間，萬象神宮殿內殿外氣氛緊張。殿內，群臣來使議論紛紛，惶惶不安；殿外，當值金吾四面警戒，八千羽林軍列位待命。

殿中一部分武將留下護駕，大將軍沈沛言、馮祥真等人在殿外指揮羽林金吾以萬象神宮為中心，將整個皇宮放射式地排查搜索，務必保證一隻蚊子也親不到武則天臉上。

神宮殿上，未等武則天開口，武三思喝令道：「殿前金吾，速將逆賊龜茲國使謬占與舞姬拿下正法。」

羽林金吾遂將謬占與蒼陌雪擒至中殿之上，謬占顫抖著雙腿瞬間嚇昏過去。

武則天氣定神閒地穩坐龍椅，漫不經心地下令道：「將刺客帶上殿來，朕瞧瞧。」

武則天一聲令下，大殿金吾遂奉旨將蒼陌雪連同她的包包及蛋糕盒一齊拖至上殿。

殿下群臣及各國來使面面相覷，斂聲屏氣。這些番邦使者們個個在心中猜想，天下竟是誰有如此射日之膽，敢在萬象神宮給女皇陛下好看？

「再近些。」武則天粉面含威，接過上官婉兒奉上的帕子擦了

擦手，令道。

　　金吾速將昏厥未醒的蒼陌雪和使者謬占拖至上殿，將蒼陌雪的包包包包及蛋糕盒一齊帶上殿，「啟奏陛下，此乃刺客謀害陛下的武器。」金吾交畢，退至本位。

　　「姑皇陛下，侄臣以為龜茲國使謬占假借大變戲法之名，同女賊一道欲在神宮殿上行刺聖神陛下，逆臣賊子，實在罪該萬死。侄臣叩請陛下速速降旨，將二賊打入司刑寺天牢，待陛下天壽之後，即將二賊處以腰斬，以示我皇帝陛下無上天威。」武三思提劍上殿，沉著臉望著二人，一旁跪奏道。

　　「陛下，待老奴下殿看看。」內侍令丞喜公公提著拂塵，躬身啟奏道。

　　「不必了，朕，親自去瞧瞧。」武則天淡然一笑，起身離了龍椅。

　　「陛下，不可啊陛下，殿下乃是刺客。」喜公公見女皇起身，忙提醒道。

　　「敢入萬象神宮荊軻刺秦者，膽識可嘉。況朕非始皇帝嬴政，天下欲殺朕者，豈止他二人？」武則天提袍下殿，喜公公與上官婉兒侍後，司空鷹槊亦緊隨護駕。

　　此時，蒼陌雪仍昏厥伏地，剛才嚇昏過去的龜茲國使謬占伏在殿上嘴角不時抽搐，溢出些許白沫。

　　武則天下了金鑾，走到蒼陌雪身邊蹲下身，撩起蒼陌雪額前的瀏海，一張萌逆的側臉恬靜映入武則天眼裡。

　　武則天微笑著扶起蒼陌雪的頭靠在自己肩上，用力掐了掐她的人中，半分鐘後，蒼陌雪皺眉喊疼地甦醒過來。

　　蒼陌雪微微睜開雙眼，眼前只見一莊嚴相好，頭戴十二旒冕冠，身著赤金色龍袍，體態微豐，氣勢威重，神采奕奕，齒如瓠犀，烏髮不衰的女子，氣質神韻竟覺得自己二十歲也不能比。乍一看，只三個字：逆生長！

　　「陛下。」喜公公輕聲道。

　　「陛下？武武武……武？」蒼陌雪聽旁邊的老公公喊了聲陛

下，第一反應是難道面前這個女人是武則天？才甦醒過來的蒼陌雪摁著太陽穴靠在武則天肩上，不可思議地望著眼前這個女人，不可思議到快要暈了。

她是武則天？傳說中的女皇帝武則天？不，不是傳說，是歷史上確有其人的女皇帝武則天！她真的是武則天？女皇帝武則天耶！哇咧，她真的是中國歷史上唯一的女皇帝武則天耶！

不敢相信，這要怎麼相信？真的超超超超級不敢相信！蒼陌雪的腦袋左右左右，加速左右左右左右，腦袋晃到一百二十馬力，也不敢相信自己真的穿越了，而且是穿到武周帝國來了，而且，此刻，自己就在武則天懷裡？

這不是在做夢吧？不是哪個影視基地正拍古裝戲吧？不是Fogg的惡作劇吧？

不是！

不是！

不是！

都不是，太幸福了吧，怎麼可以這樣？這麼輕易就觸碰到了女性歷史上的至尊女神？

「嘎嘎，融化我吧！」蒼陌雪暗自激動到把自己二十三年來沒有過的花癡一面，補全了。

武則天含笑對蒼陌雪點點頭，只見這位女刺客身著？著？著？

哎，還是筆者替女皇翻譯一下吧！

只見眼前這位女刺客身著一襲糖果色毛呢大衣搭著一雙復古馬丁靴，深栗色的頭髮，一張白嫩嫩的娃娃臉，身材看上去有些纖瘦。

蒼陌雪出神地望著武則天，一點沒敢把「年老色衰」這個詞往武則天身上放，看來人們都因武則天是個女皇帝就忽略了她還是個大美女。蒼陌雪望著武則天一通傻笑，陶醉地贊道：「哇，妖精。」

武則天含笑放下蒼陌雪，喜公公與上官婉兒愕然地看了看蒼陌雪，一左一右躬身搭手上前扶起武則天。

「不知死活的賤婢，竟敢當眾辱罵我神皇陛下是妖精。」武三

思近前抽出寶劍架在蒼陌雪的脖子上，怒道。

蒼陌雪兩手向後撐在地上還沒站起身來，就被武三思的劍逼著跌倒在地。蒼陌雪還搞不清楚當下到底是什麼狀況，但有人架著劍威脅自己，蒼陌雪本能的很生氣，朝武三思喊道：「喂，你是什麼人啊，你哪隻耳朵聽見我罵皇上了？」

「武三思，你幹什麼，還不把劍收回去。」武則天掃了一眼武三思，含威令道。

蒼陌雪歪著腦袋從武三思的劍下鑽了出來，站起身，終於知道這個拿劍架在自己脖子上的傢夥原來就是歷史上的武三思，就沖這個名字，蒼陌雪也懶得多看他一眼。武三思迫於武則天的聖命，只好將劍收了回去。

「你說朕是妖精？朕，為什麼是妖精？」武則天望著蒼陌雪笑笑，淡淡地問道。

「長得美的就叫妖精啊，長得醜的那叫妖怪嘛。」

蒼陌雪低下頭弱弱解釋道，心中直恨自己這張破嘴居然贊武則天是妖精，居然對武則天說的第一句話是「哇，妖精」。這裡可是武周王朝啊，若因這兩個字把自己小命給丟了，那還真是該死。

「一派胡言……」武三思上前對蒼陌雪厲聲喝斥，武則天望著他一揚手，武三思無奈，只得奉命閉嘴。

「哦，原來長得美的叫妖精，長得醜的叫妖怪。」武則天點點頭，放聲大笑。

「對呀，你不知道嗎？」蒼陌雪抬起頭，天真地問道。

「唔，朕，還真的不知道。」武則天望著眼前這個稚氣未脫的女孩，果覺得她與眾不同，絲毫沒將她看作刺客，倒覺得十分有趣。

「大膽逆賊，你與龜茲國使謬占暗中行刺神皇陛下，還敢出言不遜辱罵當今聖上，就是誅你九族也難消你彌天大罪。」武三思再次指著蒼陌雪粗聲吼道。

「喂，我不是說了我沒有罵皇上嗎？你屬狗的呀，咬著我不放？」蒼陌雪不服氣道，她是那種智商左右不了脾氣的人，明知武

三思是什麼人，還是覺得不罵他對不起自己。

「你這賤婢竟敢辱罵本王，陛下……」武三思氣衝衝地轉向武則天請奏將蒼陌雪立即處死，話還未說出口，就被武則天威重的眼神噎了回去。

「若要稱讚陛下天顏，當以諸上菩薩、聖賢譬喻。你說陛下是妖精，不是辱罵，是什麼？」太平公主沉著臉從席中走上殿來，盛氣凌人地質問蒼陌雪道。

蒼陌雪心想，這應該就是武則天的寶貝女兒太平公主了，除了她，誰敢這副架勢如此囂張地走上殿來。蒼陌雪低頭想了想，轉向武則天道：「陛下，請給我紙筆，好向公主證明我真的沒有辱罵陛下您。」

武則天點頭，一旁的小太監忙躬身送上紙筆。一直心跳緊張的大臣們及來使們皆探著腦袋望向殿上，看看這個「女刺客」到底要幹什麼？

蒼陌雪接過紙筆，放在地上鋪開，使她那左撇子揮筆寫了個字。看官們不知道，蒼陌雪是右手拿筷子，左手拿筆，怪不得她書讀不好，只能把自己煉就成一吃貨。

蒼陌雪寫完，捧起大字遞到武則天面前：「陛下，請看。」

武則天看罷，笑了笑，遞給一旁的上官婉兒，又向喜公公令道：「拿下去給他們看看，都認認，這是個什麼字？」

太平公主扯過紙，武三思近前一同看罷，甩到喜公公手裡，喜公公捧著大字下到中殿席上，一一傳給大臣們閱覽。

「太平，你說，那紙上寫的是個什麼字？」武則天上了金鑾，坐上龍椅，對太平公主問道。

「回皇母陛下，那是個寫反了的字。」太平公主躬身作禮回答道。

「朕是問你，那是個什麼字？」武則天看著太平公主，又強調了一遍。

「兒臣……兒臣不知。」太平公主低下頭面露難色，一時答不上來。

「你不知？反過來看看，你就知道了。」武則天含笑，指指蒼陌雪紙上寫的那個字。

太平公主再次接過大字，翻過背面一看，心裡更是氣呼不已。

「陛下，正面看我寫的是個反字，若反過來看背面，就是正字。公主難道可以說寫反了的朕字就不是皇帝嗎？如果不是，誰敢將我寫的那個字用來自稱？所以說，我沒有辱罵陛下，你們非要多事。」蒼陌雪舉著剛才寫的那個「朕」字，當眾辯駁道。

「你……」太平公主咬著嘴唇，目露狠色盯著蒼陌雪。

「陛下，老臣以為，此言，在理。」狄仁傑站起身，看了看蒼陌雪，向上殿作禮道。

「哼哼，你們都聽見了？朕的國老都這麼說了，你們還揪著這個女娃娃不放做什麼？」武則天站起身，對底下眾人道。

蒼陌雪冲那個精神矍鑠的白鬍子老頭狄仁傑點點頭，心中自是感謝狄仁傑替她說了這句公道話。

太平公主神情愣了幾秒，她萬萬沒有想到，自己的皇母陛下竟為一個女刺客當眾駁了她的面子。

「哼，就算你能狡辯得了這樁事。可你夥同龜茲國使謬占，在神宮殿上行刺聖皇陛下卻由不得你狡辯。」太平公主不依不饒，搶過武三思手裡的劍，舉劍就要刺向蒼陌雪。

「龜茲國使謬占？」蒼陌雪轉向身後一看，才發現自己身後還躺著一個人，愣神之際，絲毫沒注意到太平公主的劍正向自己刺來。

司空鷹槊使出劍鞘擊落太平公主手中的劍，縱身跳下金鑾撿起劍鞘，低聲道：「公主，得罪了。」

蒼陌雪聽得利劍掉地的聲響才反應過來自己方才所處的兇險，太平公主來不及喝斥司空鷹槊，武則天再次走下金鑾，嚴威令道：「太平，退下。」

武三思收起佩劍，立在一旁不敢出聲，太平公主忿忿地退在旁邊也不敢再多言。

武則天復又望著蒼陌雪，神色平靜道：「你是刺客？」

蒼陌雪後知後覺地被剛才那一幕嚇得暈暈乎乎跌坐在殿中，語無倫次道：「我……是刺……客，我是……是刺客。」

蒼陌雪這娃娃平日裡上語文課真是放羊去了，明明一句疑問句愣是被她給說成了陳述句。

這種糊塗蟲，怎麼在神都洛陽混下去喲？

「皇母陛下可聽清了？逆賊分明承認自己是刺客。」太平公主鐵青著臉，向中殿席上喝令道：「來俊臣，還不速速將二賊押入司刑寺天牢。」

蒼陌雪猛地從地上將身起來，沖太平公主喊道：「誒，你憑啥說我是刺客啊，我活得好好的幹嘛要當刺客啊？還有，那個人我都不認識他，他是不是刺客跟我有什麼關係啊？」

「人證物證俱在，由不得你狡辯。」太平公主在武則天面前跪下，請奏道：「皇母陛下，請皇母陛下速速下旨，將二賊即刻處死。」

蒼陌雪看了看一旁的包包和蛋糕盒，疑惑道：「你是說我這些行李是行刺陛下的兇器？」

「休要裝傻，你已在殿門砸暈了三位守門金吾，還有何話可說？」武三思開口怒指道。

「人證？物證？好，我便將這包包當眾給你搜，以證我的清白。」蒼陌雪兩手向後梳了梳頭髮，打起精神道。

「陛下，小臣前去看個明白。」來俊臣躬身走上殿來作禮，一臉陰森，斜嘴奸笑盯著蒼陌雪。

蒼陌雪一看眼前這個長得頗有幾分姿色的小吏，竟是歷史上臭名昭著的「活閻王」來俊臣，不禁後背發涼，兩腳不自覺地退後一大步。

來俊臣拿起蒼陌雪的手提包，幾番撕扯都弄不開。蒼陌雪只好上前把拉鏈拉開，僵笑道：「請吧，來小臣。」

「逆賊，竟敢目無本大人？」來俊臣斜眼，低聲怒道。

「你不是說你自己叫小臣嗎？」蒼陌雪撇過腦袋嘀咕道。

蒼陌雪轉過臉來，只見來俊臣從包包裡抽出一個紅髮蓬亂青面

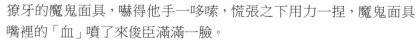

獠牙的魔鬼面具，嚇得他手一哆嗦，慌張之下用力一捏，魔鬼面具嘴裡的「血」噴了來俊臣滿滿一臉。

這下白面小生來俊臣，塗上「紅胭脂」，六宮粉黛可以無顏色了。這位陰森美男，瞬間嚇得整個大殿的宮婢，尖叫聲連連，眾大臣與使者們皆坐立不安地站起身。

來俊臣被魔鬼面具噴出的「血」嚇得噗通一聲跪倒在地，牙齒踩著舌頭，磕磕巴巴道：「陛陛下，救我，救救救我呀陛下……」

太平公主一腳踢開來俊臣拋落的魔鬼面具，大殿之內眾人都驚呆了。

「Fogg，你居然捉弄了中國歷史上的酷吏頭子來俊臣。誒，不對啊，這不最後讓我判刑背黑鍋嗎？好小子，居然打了一副槓上開花。」蒼陌雪心中念念道，此刻才想起Christy上樓去拿包包，而包包後來卻是Fogg扔到自己手中的，這魔鬼面具一定是Fogg用來整蠱自己的。

來俊臣臉上的紅色液體直流而下，這小白臉，不，這小紅臉嚇得也不敢用手去擦。龜茲國使謬占剛被殿內的一陣尖叫聲嚇醒，見一旁滿臉是血的來俊臣再度嚇昏過去。

「皇母陛下，逆賊不僅行刺陛下，還在大殿之上行厭勝之術。」太平公主望著來俊臣臉上的「血」，憋足了勁對司空鷹槊喝令道：「近衛金吾司空鷹槊，還不速速將逆賊拿下？」

司空鷹槊立在一旁正等武則天下令，中殿大臣與下殿來使皆議論紛紛，惶恐不已。

「喂，李太平，不是，李令月，好吧，我就叫你一聲太平公主。我聲明我不是刺客也不是逆賊，魔鬼面具是只是一個面具不是魔鬼，來俊臣臉上的不是真正的血，你若不信可叫太醫來驗。」蒼陌雪這顆小心臟雖地震海嘯一波接一波持續不斷，但表面撐臺的語氣倒也還算鎮定。

「哼，你這該死的逆賊，休要再耍花樣。」太平公主說著朝蒼陌雪的包包走去。

「No。」蒼陌雪趕忙攔住太平公主。

「皇母陛下，刺客做賊心虛，這包內必然窩藏兇器。兒臣懇請皇母陛下速速下旨，將刺客逆賊一幹人等連夜處死，以儆效尤。」

蒼陌雪見太平公主如此執著地針對自己，好，乾脆，將包包丟向太平公主給她搜，管它包包裡Fogg還放了什麼整蠱玩具，都由他們代受了。

太平公主伸手從蒼陌雪的包包裡抽出一支口香糖，正要抽出其中露出的一片，一下子整個人被電得直哆嗦。太平公主慌忙甩了手裡的口香糖，神色驚懼地喊道：「妖物，此乃妖物。」

「護駕。」立在一旁的武三思欲再次抽出佩劍，司空鷹槊見勢摁著武三思的右肩，讓他使不出力來。

「梁王殿下、公主殿下請息怒，請聽陛下聖裁，莫在陛下面前失禮啊。」上官婉兒近前對二人勸道。

蒼陌雪猜，剛才說話的一定是上官婉兒了，這上官婉兒雖才名遠揚，卻是一副不顯山不露水的樣子。

蒼陌雪二指齊眉朝司空鷹槊敬禮，又對上官婉兒拋了個飛吻致謝，轉過身看著一旁驚魂未定的太平公主，慢悠悠地從口袋裡掏出一片口香糖，撕開糖紙放入嘴裡，立在殿中，邊嚼口香糖邊歪著腦袋偷笑。

「姑皇陛下，侄臣肯請姑皇陛下速速下旨將二賊處死，逆賊身後必定暗藏叛軍黨羽，侄臣請奏陛下出兵十萬，征討龜茲。」武三思跪在殿中請奏道，席中武攸寧、武攸暨、武懿宗及幾名酷吏皆離席上殿，紛紛附和跪拜叩請。

「來人，將龜茲國使謬占與這小女子一同押入司刑寺。」因蒼陌雪包包裡那兩樣被視為「妖物」的東西，武則天對這個來路不明的女孩也有了些警惕，遂開了金口擲下旨意。

「等一下，女皇陛下，你們泱泱大周帝國，有沒有人敢試一下這片口香糖？」蒼陌雪舉著口香糖，心裡想著為自己辯解的說法。

「殿前金吾，還不奉旨將逆賊拿下？休要聽她妖言惑眾。」太平公主看著蒼陌雪手上的口香糖心有後怕，厲聲催促道。

蒼陌雪手中的那片口香糖，同整蠱口香糖一樣被視為妖物，沒

人敢靠近。武則天沒有說話，神宮殿內，眾人也是你看我我看你。

「我來。」

時年九歲的臨淄郡王李隆基從中殿走上來，蒼陌雪沖這個帥氣的小傢夥笑笑，剝了糖紙將口香糖遞給他，李隆基笑著接過這「妖物」放入口中細細咀嚼起來。

「隆基，休要胡鬧。」太平公主拉過李隆基喝斥道。

「啊，原來你就是李隆基，味道怎麼樣，好吃嗎？」蒼陌雪沖一旁的李隆基擠眼笑笑。

「有點甜。」李隆基點點頭。

「小靚仔，請你吐出來。」

李隆基把口香糖吐在手裡，蒼陌雪把自己嘴裡吐出來的口香糖和李隆基手裡那坨口香糖揉在一起拉長，拉到能夠在上面跳繩。

蒼陌雪一邊扯著拉長的口香糖慢悠悠跳著，一邊笑著對眾人道：「如果我是刺客，以我現在的處境，我就會挾持這個臨淄王以他作為人質，逃出大殿。就算我逃不出皇宮，殺我一個平民，死你一個皇室親王，我虧嗎？小靚仔，你相信下一秒我會掐著你的脖子，拿刀頂著你的心臟，一塊去閻王爺爺那兒嚼口香糖嗎？」

李隆基頗為冷靜地後退幾步，看著蒼陌雪笑笑，突然兩腳蹬地躍起身來，猛地一掌打在蒼陌雪左肩上，蒼陌雪一時受不住力連連後退跌倒在殿中。

「李隆基。」蒼陌雪跌在地上捂著左肩，只覺肩上一股麻辣辣的疼。

「祖母陛下，這個女刺客不會武功，剛才孫兒一掌打在她左肩上，沒有在她身上感覺出半點內力。」李隆基一副穩重的神情作禮道。

「隆基，你退下。」武則天走近蒼陌雪跟前，「你。」

「我，什麼？」蒼陌雪從地上爬起來，拍了拍上衣，揉著被李隆基打得生疼的左肩，望著武則天。

「你說你不是刺客，那你是何人？」武則天不怒自威，直視蒼陌雪問道。

「我當然不是刺客。我叫蒼陌雪，外文名字Michelle，二十三歲，天蠍座，祖籍西安，呃，長安，現居香港，好吧，是嶺南。呃，我……我……我就是你們中原地區所說的獠獠。」蒼陌雪解釋道。

「你一南蠻女子，為何突然出現在神宮殿上？你那行囊之內的器物又作何解釋？」

「這個……」蒼陌雪一時真不知道怎麼跟代溝代了一千三百多年的古人解釋這些21世紀的蠢物。

「兒臣叩請皇母陛下速速將逆賊處死。」太平公主不容蒼陌雪再說下去，躬身對武則天垂請道。

「侄臣叩請姑皇陛下速速將逆賊處死。」武三思跟著道。

「來俊臣叩請聖皇陛下速速將二賊處死。」來俊臣哆哆嗦嗦伏在地上，抹乾臉上的「血」。

「臣等叩請聖皇陛下速速將二賊處死。」底下亦傳來零星附和之聲。

蒼陌雪一時還沒想好要怎麼跟武則天解釋自己的身份，就有這麼多人齊刷刷跪了一地要她死。哎，這是偶像見面會嗎？這簡直就是掉進虎穴狼窩了呀！

「殿前金吾，將蒼陌雪與謬占二人，押入司刑寺。」武則天放了口諭，走上金鑾。

「陛下聖明。」來俊臣跪拜起身，退下大殿心中竊喜。

「慢，聽聞陛下乃治世明君，豈可因區區整蠱玩具就斷我有罪？這個叫謬占的，我根本就不認得他。陛下請想想，我若是有組織有預謀的要行刺陛下，此刻應該埋伏在陛下的寢宮，斷不會在神宮內暴露自己的行蹤，還拖著這些個包包的，在大庭廣眾眾目睽睽之下行刺你。我一不會武功，二沒有手段，三不會下毒，試問我拿什麼行刺你？」蒼陌雪語氣鎮定地辯解道，後背已經開始冒冷汗。

「陛下，臣有話說。」中殿席上，徐有功離席起身，作禮道。

「徐有功，你有何話說？」武則天坐上龍椅，肅目望著底下。

「請陛下將蒼陌雪、龜茲國使謬占二人交由微臣堪審，若其背後藏有謀叛黨羽，臣必糾察；若他二人無行刺之實，因此無端獲

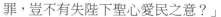

罪，豈不有失陛下聖心愛民之意？」

「允奏，將蒼陌雪，龜茲國使謬占交由司刑少卿徐有功堪審。」武則天允了徐有功所奏，又令了一句：「著來俊臣評審，再呈報於朕。」

「唉……」蒼陌雪渾身乏力，垂著腦袋。

武則天命內舍人上官婉兒與皇嗣李旦主持宴會，司空鷹槊帶領近衛金吾護送武則天回貞觀殿休息，喜公公奉旨命金吾將蒼陌雪的包包跟蛋糕盒一齊帶回寢宮。

蒼陌雪望著金吾抱起箱包，無奈得直想笑，遂下殿走上前去拉出拉杆道：「大哥，這樣，箱包可以拖行，不用這麼辛苦地抱著。」

武則天掃了蒼陌雪一眼，蒼陌雪哭笑不得地低著頭，沒敢再看武則天。

一行金吾將蒼陌雪押出萬象神宮綁上囚車送往司刑寺天牢，昏厥未醒的龜茲國使謬占被綁在另一輛囚車上，來俊臣離了宴席，親自押送二人往司刑寺去。

一路上，宮城處處雖燈火通明，瑟瑟寒風卻吹得人有幾分心怕。洛陽城上空，「轟轟」地炸開漫天絢麗的煙花；與之相和，地上「吱呀」的車輪聲，聽著就像拆人魂魄的牛頭馬面，一個在左耳旁磨刀，一個右耳旁磨牙。

蒼陌雪愣跪在囚車裡，正被脖子扭扭屁股扭扭那顛得人都能吐出苦膽水的囚車押往司刑寺天牢。

蒼陌雪心中暗想，自己穿越時空就是來送死的？這豈止是倒了八輩子楣啊！那個死龍大大，把自己丟在洛陽就不管了？蒼陌雪實在有逮到那條惡龍就將其剝皮抽筋，足有那演一回女哪吒的衝動。

「喂，我暈車耶，這個枷好重哦。咳咳，來……來大人，你，這是，要帶我去哪兒啊？」蒼陌雪左腿發麻，右腿癱軟地跌坐在囚車裡，望著馬背上的來俊臣心慌道。

「哼，司刑寺天牢。」來俊臣冷眼輕佻道。

「司刑寺是酒吧還是KTV呀？」蒼陌雪裝傻道，心臟已是撲撲得厲害。

「哼哼，司刑寺天牢，自然是把人變成鬼的地方。」來俊臣仰著頭，一陣冷笑。

「對呵，天牢是關押死囚的地方，這跟我有什麼關係嘛？來大人，我請你去洛陽城最大的酒樓喝酒，不醉不歸啊。」

蒼陌雪想到自己居然就要這樣不明不白地死在來俊臣手裡，這不是要跟竇娥姐姐攀閨蜜麼？哎，死在這裡，一沒人知，二沒墓地；三，沒人給收屍；四，沒人給燒紙；五，閻王爺若問自己怎麼死？答：穿越時空來找死！這是何等的淒淒慘慘戚戚？

蒼陌雪只感到自己耳邊，正回蕩著從幽冥地府傳來的一陣陣幸災樂禍的鬼笑聲！

「蒼陌雪，到了我來俊臣手裡，杏花釀倒是沒有，膿漿血酒，哼，浩如東海。」來俊臣看了看囚車裡的蒼陌雪，滿臉猙獰道。

「Come on，來大人，你可是型男耶。」蒼陌雪壓著心跳，頂著嗓子眼渾身直哆嗦。

「逆賊，少跟本大人這兒打岔，一會兒到了司刑寺天牢，我看你還笑不笑得出來？哼哈哈哈哈……」

來俊臣詭異而刺耳的奸笑聲回蕩在洛陽上空，久久……

「媽咪，救我……」

蒼陌雪啊蒼陌雪，你這條小命一落地就犯在來俊臣手裡，「同情」二字已無法表達筆者對你的歎息，「深表同情」四字亦無法表述筆者對你的憂心！

自求多福吧，親！

PS一句，筆者除了筆墨耕耘，副業亦搞搞喪葬殯儀，如需服務，墓地選址，請按一：風水查看，請按二：棺槨入殮，請按三：死無葬身之地……那麼，請將，筆者，忘記！

第三章 近女皇，慶生貞觀殿

　　貞觀殿內，宮婢侍玉將幾盞宮燈剪了燭火，移至武則天跟前照亮。金吾將蒼陌雪的包包一字排開，武則天與眾人皆不解這些包包到底是些什麼東西？

　　「陛下，待小將將此物一一砸開。」一金吾見武則天緊著眉頭看著眼前的包包，上前啟奏道。

　　「你們都退下，宣蒼陌雪。」武則天令道。

　　「陛下，可是宣刺客蒼陌雪？」喜公公不確定自己有沒有聽錯，遂躬身近前問道。

　　「司空鷹槊，快馬到司刑寺天牢宣蒼陌雪速來見朕。」武則天向大殿外令道。

　　「司空鷹槊，奉旨。」司空鷹槊握劍抱拳，領了旨意。

　　這邊，來俊臣押送的囚車晃晃悠悠已行至司刑寺前。蒼陌雪摀著眼睛不敢看，只感覺陣陣陰風灌進耳朵，「呼呼」地逼近自己這顆脆弱的小心臟。

　　「下車吧，蒼陌雪。」來俊臣一臉奸笑地下了馬。

　　「我不進去，裡面有老鼠。」蒼陌雪低著頭一動不動地喊道。

　　「哈哈哈哈，天牢之內，何止是老鼠？蛇蟻蟲蠍，挖心掏肺的，應有盡有。」來俊臣仰笑，示意金吾打開囚車。

　　「咳嗚嗚嗚，爹，爹地，救我。」蒼陌雪悶著嗓子頂著喉嚨崩潰地嗚咽道。

　　金吾正解開囚車上的鐵鎖，蒼陌雪顫抖的身體已支不起半點力氣。

　　「下來吧。」金吾敲著蒼陌雪的枷鎖喊道。

　　「不……」蒼陌雪晃著腦袋不肯下車，抬眼望著金吾正不知如何是好，突然耳邊隱約傳來得得馬蹄聲，蒼陌雪正想努力扭過被枷鎖卡住的腦袋，看看是何人。

　　「陛下有旨，宣蒼陌雪貞觀殿見駕。」司空鷹槊勒了韁繩，一

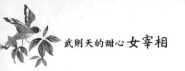

貫低著頭，不緊不慢道。

「啊，帥哥哥，救我救我。」蒼陌雪聽出來人便是在神宮殿上救了她的金吾大將司空鷹槊的聲音，大大鬆了口氣，這根救命稻草來得真是及時。

「陛下有旨，宣蒼陌雪即刻奉詔見駕。」司空鷹槊冷面看了一眼來俊臣，再次傳旨道。

來俊臣鼓著滿腹怒氣看了看二人，示意金吾給蒼陌雪打開枷鎖。金吾將枷鎖打開，蒼陌雪揉了揉酸麻的脖子跳下囚車。

「嘿嘿，來小臣，不好意思，我要請你喝酒你不去，那我就回去睡覺啦，拜拜。」蒼陌雪看著來俊臣一臉扭曲的表情，調笑道。

「哼。」來俊臣冷哼一聲，望著蒼陌雪道：「別高興得太早。」

蒼陌雪探著腦袋望了望還在昏厥當中的謬占，轉向來俊臣道：「你不請個御醫給他看看，若是死在天牢裡，還交代個什麼？這個謬占使者要是明天變成了死者，哼哼，就是你來俊臣殺人滅口，你看著辦。」

司空鷹槊見蒼陌雪慢慢騰騰地上馬，遂縱身躍起將蒼陌雪提上自己的馬背，「抓緊了。」

「啊……」蒼陌雪的身體左搖右晃地在馬背上飛速顛行，被司空鷹槊快馬疾馳載著朝貞觀殿趕去。

這位金吾大將司空鷹槊一身飄逸紫袍，手持一柄棠溪寶劍，冷酷的表情中，略略閃過些許哀怨。

一路上，映入蒼陌雪眼裡的只有那兩座赫然鼎立的明堂及天堂。蒼陌雪無法睜眼細看皇宮四處，司空鷹槊駕馬的速度快得不像話，她想喊他停下，可是怎麼能停下，一定要趕快走，離司刑寺越遠越好，再也不要回到那個鬼地方，那個會把人變成鬼的地方。

蒼陌雪暈暈乎乎地被司空鷹槊帶至貞觀殿前，下了馬，只見「貞觀殿」三個金光閃閃的大字赫然映入眼裡。守衛金吾牽過馬匹，蒼陌雪還未驚歎一番這宮殿的雄偉，就被司空鷹槊拿劍斜頂著後肩往大殿裡走去。

兩人行過第一座正門，進入院中。這內院之中，三步一宮女，

錦衣華服，濃妝豔態，浩浩蕩蕩地躬身伺候著；

偌大的庭院中，兩旁樹上及大殿梁上，整齊地掛著各色無骨花燈，風過，浮影相綴；正道兩側，亦整齊地立著銀鶴魚宮燈，一點沒讓人感覺這是個沒有電的年代，處處燈火通明，宛如白晝；

寢宮大殿，敞開著兩扇高大的玉漆雕鏤殿門，正廳正中間乃是一副栩栩如生的緙絲鳳穿牡丹；兩面殿牆壁畫皆飾以孔雀、鸚鵡、舍利、迦陵頻伽、共命之鳥並天女演奏磬、簫、箏、笛、箜篌、編鐘、篳篥、笙，琵琶等樂器；

龍座殿下，乃是兩對錯金銀鏤空青銅鹿，角頂獸首瑪瑙杯，中間立著一座一米多高的玉浮屠，焚香縈繞……

蒼陌雪眼花繚亂目不暇接地環視貞觀殿前廳，驚歎這足夠稱得上極度奢侈的裝飾與擺設。但此刻，蒼陌雪已無暇細細看上一番，司空鷹槊示意她在此等候，自己則進了後廳複命。

「陛下，蒼陌雪帶到。」

「你們都退下，讓蒼陌雪一個人進來。」

喜公公及眾內侍宮婢退至殿外，司空鷹槊提著劍退到大殿門口，轉過身來指指大殿房頂，朝蒼陌雪輕啟嘴角微微一笑。

蒼陌雪不明白司空鷹槊是什麼意思，收回視線低著頭，咽了咽口水，半行半退地往內廳走去，兩腳不自覺又哆嗦起來。

蒼陌雪猜不到武則天把她召入貞觀殿是出於什麼原因，只想著脫離了來俊臣的魔爪，一定要活下去，一定要在武則天的帝國頑強地活下去。

「你過來。」武則天含笑站在龍榻旁，沖怯怯進來的蒼陌雪招手道。

「你……別過來。」蒼陌雪怔怔回過神，忙打著停止的手勢連連後退警惕武則天。

「過來過來。」武則天笑笑，淡淡地壓壓手，「給朕說說，你這些都是個什麼東西？」

「行刺是死罪，抗旨也是死罪，死罪跟死罪反正最後都是死，有什麼不同嗎？我不告訴你。」蒼陌雪這會兒竟神經質地跟武則天

置起氣來，剛才還想著自己一定要活下去，現在卻出言不遜地頂撞武則天。蒼陌雪，能不能好好活著呀！

「死刑分斬首、車裂、腰斬、凌遲、絞溢等等。你看，你是喜歡哪一種啊？」武則天含笑看著蒼陌雪，語氣平和道。

「我……我喜歡做個好孩子。」蒼陌雪聽到這些刑罰嚇得腿都軟了，跌近武則天身旁，再度咽了咽口水，弱弱道。

蒼陌雪撥著密碼將兩個箱包打開，定了定怦怦直跳的小心臟，嘴裡嘀咕道：「還好你沒叫人砸開我的行李箱。」

武則天搖頭笑笑，蹲下身，看著蒼陌雪將她的包包一一打開。

「喏，陛下，你看好了，這一箱是我一年四季穿的衣服；這箱是鞋子跟一些隨身藥品，護膚品，日用品；這個背包裡是我的一些備用物品跟零食。剛才神宮殿上，來俊臣手裡碰到的那個是魔鬼面具，那是Fogg用來整蠱我的，不好意思被來大人受用了，太平公主碰到的那個是帶電口香糖，只會嚇人不會死人。你看吧，我包包裡根本就沒有兇器，還有啊，有哪個刺客行刺別人把家都給搬來的？所以嘛，我真的不是刺客，我本來收拾了一大堆行李要帶回村子和我老爹一起生活的，可我現在莫名其妙地離家一千三百多年。嗚嗚嗚，我還不知道我被誰耍了呢……」蒼陌雪埋頭磕著背包，一臉茫然頹喪道。

「蒼陌雪，你說的這些叫朕難以相信。今日乃朕古稀壽誕，你卻攪了朕的壽宴……」武則天站起身，威重起神情道。

未等武則天說完，蒼陌雪截過話來道：「陛下，陛下聖明，蒼陌雪不是刺客更非逆賊。蒼陌雪縱是有罪，不過是攪鬧陛下壽宴之罪，請陛下聖裁，給蒼陌雪一次機會，以贖不敬之罪。」

「朕就給你一次機會，朕倒要看看你要如何贖這不敬之罪？」武則天含笑，望著蒼陌雪。

「好的，陛下請稍後。」

蒼陌雪把箱包合上，歸置到一旁，從蛋糕盒中取出尚且完好的蛋糕，將銀針插在蛋糕上試毒，又跑到殿外喊來喜公公、侍玉、司空鷹槊三人。

　　小臨淄王李隆基離了宴席，偷偷溜到貞觀殿，悄悄地藏在院中的梧桐樹後。蒼陌雪見地上斜著一道人影，遂從樹後將李隆基一把抓出拉進殿來。

　　「首先，我用銀針試完了毒。」蒼陌雪拔出銀針，將生日皇冠戴在武則天卸下冕冠的頭上，點上蠟燭，示意大家圍案坐下。

　　喜公公等人望著女皇不敢擅動，武則天點了點頭，准許大家依次坐下。

　　神都洛陽太初宮中貞觀殿內，這場特別到近乎戲劇性的慶生即將開始。座中列席的是千古女皇武則天、武周朝不明飛行物兼緩刑死囚蒼陌雪、內侍令丞喜公公、宮婢侍玉、近衛金吾大將司空鷹槃、及日後創開元盛世的唐玄宗現在的小臨淄郡王李隆基，六人分別圍案入座。

　　貞觀殿內半掩著殿門，蒼陌雪吹滅了大殿掌起的燈火，圍到長案旁與李隆基一起點上蠟燭，李隆基望著從未見過的小蠟燭輕聲贊道：「哇，好漂亮啊。」

　　蒼陌雪沖武則天笑笑，開始唱生日歌：

　　「Happy Birthday to you，Happy Birthday to you，Happy Birthday to you and me，Happy Birthday to us。」

　　蒼陌雪唱著唱著，心酸地想著明天也是自己的生日，就與武則天一起「Happy Birthday to us」了。

　　「陛下，許個願吧，然後我們一起把蠟燭吹滅。」

　　蒼陌雪十指交叉閉上眼認真地許願，武則天會心一笑，也有模有樣地許起願來，這兩人幾乎是同步放下雙手，同時鼓著腮幫，一齊將蠟燭吹滅。

　　此刻，蒼陌雪與武則天許的願應該都是「龍圖」。蒼陌雪要尋回那該死的龍大大把自己從唐朝帶回到21世紀去；武則天則要自己建立的大周帝國，國運恒昌。

　　「陛下，這是我們那裡過生日的習俗，在這日這天許的願都會實現喲。好了，現在我來切蛋糕，李隆基，給你一個刀叉。」

　　蒼陌雪先切了一塊蛋糕給武則天，然後切給喜公公，喜公公不

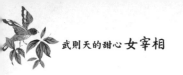

敢接。蒼陌雪繼續給司空鷹槊切蛋糕，司空鷹槊也不碰，侍玉也愣愣地看著長案上的蛋糕，小臨淄王李隆基倒是著急地等著自己那份。

蒼陌雪切完蛋糕，見大家都端坐著不動，拘謹地不敢露笑，武則天也只靜靜坐著，不動聲色。李隆基卻是從聞見蛋糕的味道開始，已經咽了一百二十回口水，但沒有武則天的聖諭，他也安分著不敢動。

蒼陌雪見狀，這也太冷場了吧？自己這條小命可就壓這蛋糕上了，過了今晚，明日一早，生死可就兩茫茫了。

蒼陌雪想著把氣氛弄High，便兩手沾起奶油，笑嘻嘻地朝李隆基臉上蹭去，「臨淄小王，你好甜哦！」

蒼陌雪不停地捉弄著李隆基，李隆基也不甘示弱，抓起蛋糕往正躲在喜公公身後的蒼陌雪糊去。蒼陌雪靈機一躲，整塊奶油蛋糕糊了喜公公兩眼，嚇得喜公公慌忙跪倒在地，連聲喊著饒命饒命。

「蒼陌雪，你別跑。」李隆基不甘心沒整到蒼陌雪，來來回回追著蒼陌雪要「報仇」。

「來呀小鬼，你來抓我呀。你在神宮殿上打我一掌，現在我還你一掌，這多公平。」蒼陌雪努力地逗著李隆基，儘量讓殿中的氣氛High起來。

「蒼陌雪。」

蒼陌雪一個回頭，被李隆基砸過來的奶油糊了一臉。蒼陌雪伸著舌頭舔完嘴邊的奶油，將蛋糕盤上的獼猴桃扔向李隆基，李隆基翻越著小身板用嘴巴接個正著，美滋滋地把蒼陌雪扔向他的獼猴桃全吃了。

武則天任由李隆基和蒼陌雪在殿中打鬧，眼露微笑道：「你們也嚐嚐，這獨獠的蠻食。」

喜公公等人這才半信半疑地嚐起蛋糕來。蒼陌雪趁其不備，將一顆顆櫻桃扔向司空鷹槊，司空鷹槊一一用舌尖接住櫻桃，照單全收。

喜公公放鬆了惶恐的表情，也樂呵呵地笑了，侍玉被李隆基拉

著一起「對付」蒼陌雪，武則天左手托著玉腮，悠悠地吃起自己盤子裡那塊蛋糕，隨她們玩笑打鬧，默許這一刻她們的放肆。

「喂喂喂小鬼，candle啊，不能吃。」蒼陌雪把蠟燭放在一旁，沾了底盤上最後一撮奶油，開心得居然往武則天臉上一抹，抹完才反應過來這是誰的臉。

蒼陌雪摀著眼睛，側開一點指縫看著武則天，弱弱道：「對不起，抹錯了。」

武則天一摸自己臉上的奶油放聲大笑，這個南蠻女子真是一點不懂禮數啊。那，為何處處就要講禮數？哈哈，武則天什麼人，連男人的天下都能改成她的姓，這麼一個小小的玩笑，女皇豈能沒有雅量海涵！

大家見女皇笑了，之前的惶恐拘謹都放開了。貞觀殿內，蒼陌雪戲弄李隆基追跑打鬧，大家笑作一團。

這一晚，盡是在這樣嬉笑歡鬧聲中褪盡燈火。對於宮廷生活近六十年的武則天來說，多麼難得感受這種平常人家的天倫之樂，縈繞在耳邊開懷的嬉笑聲，單純，真實，幸福。

作為一個皇帝，誰在自己面前不是唯唯諾諾，武則天甚感這種久違了的情懷。

蒼陌雪給武則天過了一個不同往常的生日，這個生日打動武則天的不是新鮮，是純真，是這個從天而降的小女孩給自己送上這樣一份難能可貴的生日禮物。

武則天笑了，打心眼裡笑了。蒼陌雪也笑了，她知道，這場貞觀殿中的慶生，只要武則天笑了，自己這條小命就有花開的時候。

武則天是個極為愛惜人才的皇帝，要在她統治的帝國生存下去，筆者認為不能讓女皇可憐自己，應該讓女皇賞識自己，才有歷史的發言權，不知蒼陌雪以為然否？

夜深了，侍玉收拾了狼藉的長案，眾人各自退下歇息。宮女們服侍武則天洗籤更衣，蒼陌雪也洗乾淨了一臉的奶油，兩眼放光尋找可睡覺的床。

「蒼陌雪，今晚你就留在朕的寢宮侍寢。」武則天穿好睡袍，

走過來道。

「太好了，終於可以睡覺了。啊呼，睏死我了。」蒼陌雪打著哈欠趕緊脫了外套，坐上龍榻將外套往旁邊的屏風一扔，口袋裡的錢包倒落在地上，被武則天看到。

「這又是何物？」武則天接過侍玉捧上的錢包。

「我錢包啊，裡面就一點現金跟一張銀行卡，還有一張我媽咪的相片，好吧，我娘。」蒼陌雪蹬了鞋子滾向龍榻裡頭。

「你娘是什麼人？」武則天看著相片上的女人問道。

「女人。」蒼陌雪一時智商沒把住嘴巴，兩秒之內反應過來又解釋道：「我是說我媽媽是好人。」

「她在何處？」

「她……在天堂吧。」

「你娘死了？」武則天看著蒼陌雪。

「媽媽在我一歲多的時候就去世了，我長這麼大，從未見過她。」蒼陌雪說起媽咪，一股強烈的思念猛地湧上心頭，瞬間酸了鼻子，濕了眼眶。

武則天把相片放回錢包夾內，沒有再問下去，轉而望著躺在龍榻上的蒼陌雪嚴肅道：「蒼陌雪，朕要你侍寢。」

「對啊，你的床真舒服。快點啦，熄燈睡覺了，我睏到不行。」蒼陌雪側身擦了眼淚蓋好被子，埋在被窩一臉滿足道：「好柔軟，好舒服的床啊。」

「侍寢就是伺奉在朕的龍榻旁，守護朕安寢，你怎麼敢睡在朕的龍榻上？」武則天說著，俯身將蒼陌雪拉起。

「不會吧，你叫我站著睡覺？我沒有練過這種功夫耶。」蒼陌雪晃了晃腦袋，在剛睡暖的被窩裡戀戀不捨地蠕動再蠕動，翻身再翻身，勉強撐起力氣爬起身來，無奈地穿上外套。

「陛下，請陛下安寢之前服送湯藥。」喜公公躬身端著一碗湯藥，進殿啟奏道。

「哼，尚藥局那些沒用的太醫，就會給朕開苦藥湯子。拿走，不要進來打擾朕，你也安歇去吧。」武則天厭惡地看了一眼藥燙令

道。

喜公公無奈只好端著湯藥退出殿廳，蒼陌雪正四下裡找找哪個地方能讓自己躺躺。

這貞觀殿前廳為武則天接見朝臣的正廳，後廳為休憩之所。殿內裝飾極其奢華，右邊十幾尺寬的雕花帷幔血龍木制龍榻旁，擺著一顆碩大如盆的玉脂夜明珠，對面設武則天的辦公案臺；殿內奇珍異品各式各樣，窗臺案上顯眼地陳設著各種新奇精緻的秘色瓷瓶。

這會兒，蒼陌雪的眼皮已經無力一一賞玩這些寶物了，但四下裡看看，也沒有哪裡可躺下安睡！

「蒼陌雪，過來，給朕揉揉肩。」武則天躺上龍榻，令退侍玉，閉著眼睛道。

「揉可以，你得分一半床給我睡，我保證給你揉得很舒服。」蒼陌雪不住地打著哈欠，望著武則天道。

武則天見蒼陌雪在自己面前這麼一副懶洋洋的樣子，瞟了她一眼，含威命令道：「還不過來？」

蒼陌雪沒有再囉嗦，這武則天不睡，自己就別想睡，這一點她還是明白的。

如此想著，蒼陌雪便從包包裡拿出一截安神助眠的熏香，放在銅胎鎏金三足青花香爐裡點上，坐在龍榻邊示意武則天俯臥，開始給武則天揉肩。

不一會兒，武則天便安然入睡。蒼陌雪也睏得眼皮自動粘合，顧不上床不床的，伏在龍榻下和衣睡著了。

有驚無險，沒想到穿越到武周帝國第一天就遇上這麼多令人心驚膽戰的事，差點明年的今天就是自己的忌日，筋疲力盡的蒼陌雪實在沒力氣想那麼多了，先睡上一覺比什麼都重要。

真替蒼陌雪捏一把冷汗啊，各位看官請想想，如果自己莫名其妙地穿越到古代，該如何生存下去？

筆者以為至少有三個地方可去，一是丐幫，二是道觀，三是寺廟；但不知蒼陌雪將身歸何處！

武則天天壽，百官三日不用上朝，軍國大事均在政事堂商議，

宰相魏元忠、婁師德等人駁回武承嗣、武三思力主出兵征討龜茲國的奏章。

　　第二日清早，貞觀殿內，喜公公立在一旁不敢叫醒武則天。武則天睡到辰時一刻方醒，一睜睡眼，只見蒼陌雪兩手枕在自己龍榻旁睡得正香。

　　武則天笑著摸了摸蒼陌雪的頭，命宮女為蒼陌雪脫去鞋，把她放上龍榻，給她蓋好被褥。

　　幾十名宮女立在一旁伺候武則天晨敬，有宮女捧著金盞，金盞裡頭裝著鹹漱水；有宮女奉著楊枝蘸藥、凝團芫蔚藥皂；總領宮女侍玉小小心心伺候武則天起床洗漱，蘸油梳頭。

　　李隆基一早過貞觀殿給武則天請安，看到床上把被子蹬得跟扭麻花一樣的蒼陌雪，不禁上前捉弄她。

　　李隆基把盛瓜果的銀碟放在蒼陌雪耳旁，拿著玉擊子重重在碟沿上一敲，大叫一聲「雪兒」，猛地把龍榻上睡得正熟的蒼陌雪活生生給驚醒。

　　「李隆基，看我抓住你不抽你屁股。」蒼陌雪氣呼呼地惱著李隆基攪了她的睡眠，翻身下了龍榻，穿著襪子跑出殿外窮追李隆基。李隆基在院中引著蒼陌雪繞了幾圈又跑回殿內，藏在武則天身後。

　　「你出來。」

　　「不出來。」

　　「出不出來？」蒼陌雪兩手叉著小腰，加高分貝道。

　　「別問了，不出來嘛。」李隆基藏在武則天身後，俏皮地朝蒼陌雪吐吐舌頭，故意氣她。

　　蒼陌雪繞到武則天身後揪著李隆基的耳朵將他揪出來，教訓道：「我差點因為你變成聾子，我要變成聾子你養我啊？」

　　「雪兒，十年之後，本王要娶你為妃。」李隆基有模有樣信誓旦旦道。

　　「哼，只怕我沒那麼命長，不跟你玩了，洗臉去。」蒼陌雪伸了個懶腰，從自己背包裡拿出洗敬用品朝後院去。

　　殿外院中黃楊樹下，喜公公早已傳下早膳，光祿寺及殿中省尚食局一齊備了上百道早膳，恭恭敬敬地擺了四米多長的膳桌。

　　武則天讓李隆基留下用膳，喜公公在一旁侍候，司食女官領著十六名宮女兩兩排開，正一道道嚐膳。

　　蒼陌雪洗漱完畢，換了一件鵝黃色毛衣外套搭一條牛仔褲，蹬著一雙雪地靴朝院中走來。

　　武則天梳一頭蟬鬢峨髻，著一身金縷鸞鳳銜花裙，穿一雙赭紅色高頭履。今日臉上倒沒有複雜的妝容，高貴之中略顯幾分清淡，更能襯托出其膚如凝脂的臉。

　　李隆基則是束髮金冠上紮一根小辮，繫著一截紫穗；脖子上掛著項圈，腰間墜著玉佩、香囊；穿一身白袍，著一雙氈勒靴；一張俊美的小臉，面如冠玉。

　　院中的黃楊、沉香漸吐新綠，小徑旁純白粉嫩的桃花也散了一地，早有黃鶯立在梧桐枝上歡鳴，光和絢麗，空氣清新，春色正喜。

　　蒼陌雪對著這個古代的早晨作完深呼吸，笑盈盈地坐到李隆基對面，見武則天沒有趕她起來，便不客氣地就座了，開口招呼道：「Good morning，everybody。」

　　啊，蒼陌雪這不客氣也真夠不客氣，她似乎還沒明白自己的身份，這膳桌上坐著的可是堂堂女皇陛下與臨淄郡王殿下，她是什麼身份，竟也敢這麼沒臉沒皮尊卑不分自顧自地就坐下了？

　　目前，蒼陌雪只是洛陽皇宮裡的不明飛行物，她從頭到腳完全是稀裡糊塗地在武周帝國做了一回UFO；

　　或者，她現在只是個緩刑的死囚，畢竟武則天還未開金口赦免她昨夜在萬象神宮的那宗烏龍罪。

　　但蒼陌雪這糟糠堵了的腦袋，可絲毫沒覺得此刻自己坐下與武則天一同用早膳有什麼不妥。在她的思維意識裡，她還來者是客呢，武則天這個東道主還就該請她吃個早飯呢！

　　喜公公、侍玉二人及兩旁伺候的宮女皆對蒼陌雪這不要臉的屁股坐在膳桌上嚇得目瞪口呆，喜公公近前欲勸止蒼陌雪，武則天遞

了個眼神，示意他退下。

喜公公立在一旁為蒼陌雪這條小命擔心起來，這個不懂規矩的小丫頭，怎麼就敢在陛下面前無禮？

「蒼陌雪，你為何穿成這樣？」武則天望著蒼陌雪這一身「奇裝異服」問道。

「不然咧，我穿我自己的衣服有錯哦？」蒼陌雪淡淡地回了武則天一句，望著自己面前的鴛鴦蓮瓣紋金碗，贊道：「哇塞，好別致的碗啊。」

「雪兒，你這身穿著不是我朝裝束，快說，你的衣物從何而來？」李隆基圍著蒼陌雪一連轉了好幾圈，好奇地問道。

「你身上怎麼有熏香的味道？咦，小屁孩，居然這麼臭美。」蒼陌雪聞著李隆基身上的熏香笑道。

「男子出門，穿戴若不熏香，則為無禮。雪兒，你竟連這也不知？」李隆基抓著腦袋上的小辮子疑惑地看著蒼陌雪。

「我不懂不奇怪，我為何穿成這樣也不奇怪，倒是你們，怎麼一個早飯吃這麼多東西？」蒼陌雪點頭數著膳桌上上百道菜肴、瓜果點心，都快把她數暈了。

「雪姑娘，這早膳乃是十二道鮮湯，二十六道細粥，三十八道珍饈……」侍玉笑著介紹道。

「呵呵，等一下下。」蒼陌雪笑笑打斷侍玉的話，指自己著面前的一道菜問道：「這是什麼？」

「姑娘，這道菜叫消靈炙，是取羊身上最嫩的四兩鮮肉，拌著喜鵲舌、羊心尖精製而成，經得酷暑，終久不壞。」喜公公見武則天默許蒼陌雪一同用膳，才放下心來介紹道。

「這個，這個呢？」蒼陌雪捏著鼻子覺得不可思議，指著自己手邊的菜繼續問道。

「那道魚是清蒸伊魴，那道麵食是櫻桃饆饠。雪兒，你可喜歡吃甜食？」李隆基道。

「我不太能吃甜，這是什麼肉啊？」蒼陌雪搖搖頭，又指向另一道菜肴。

「此乃羊臂臑。」

「哦，陸遊的『長魚腹腴羊臂臑，饞想久矣無秋毫，今朝林下煨苦筍，更覺此君風味高』說的就是這道菜？苦筍我吃過，今天我倒要嚐嚐這羊臂臑，到底哪個風味高？」蒼陌雪咽著口水，兩眼色眯眯地盯著白釉盤中的羊臂臑，撐起爪子，拿上筷子。

「陸遊是誰？」李隆基探著腦袋問道。

「唐、宋、元……」蒼陌雪數著手指，渾笑著攀親道：「呃，陸遊嘛，我隔壁家二叔。」

蒼陌雪正欲夾起一片羊臂臑，武則天一把夾住她的筷子，恬然一笑道：「晨起，當先用凝霜漿潤喉，雞絲燕窩湯暖胃，再慢慢進膳。」

「吃個早飯還這麼講究，誄誄，怎麼這麼多菜裡面有雞皮啊？」蒼陌雪眼尖地從一道菜裡夾起一塊她眼睛最不能接受的東西，心中噁心道。

「這是宮裡的御醫和御廚配的御膳，乃養顏之極品。」侍玉解說道。

「我信了。」蒼陌雪愣愣看著武則天的臉，一抖筷子，一咽口水，點點頭。

「朕不是說過以後宮裡禁食熊白蒸臟，光祿寺怎麼還送這道菜？」武則天忽然瞥見膳桌上的一道菜，表情嚴肅道。

「回陛下，光祿寺卿才換了周大人上任，恐一時沒交代清楚，老奴這就傳陛下旨意。」喜公公躬身回道，提著拂塵退出殿院。

「呃，陛下，昨晚睡得可好？」武則天神情一嚴肅，大家都有些惶恐，蒼陌雪試圖打破這一凝固的氣氛，笑問道。

「不錯，朕一早醒來神清氣爽，感覺身上輕快多了。蒼陌雪，要朕如何賞你？」武則天含笑，看了看蒼陌雪。

「賞就不必了。」蒼陌雪翹著筷子得意道。

「哦？你不求朕赦免你昨夜擅闖明堂之罪？」武則天反問道。

「蒼陌雪不必求，陛下自會赦免。倘若今日蒼陌雪因擅闖明堂獲罪處斬，今晚及明日以後誰服侍陛下安寢？陛下又不肯喝那些苦

藥湯子，蒼陌雪縱然是一枚棋子，現在也正是當用之際，我自不必求，陛下自會聖裁。」蒼陌雪沖武則天笑笑，信心滿滿地說道。

「好個伶牙俐齒。蒼陌雪，適才隆基說要娶你為妃，朕就把你許配給臨淄郡王，待隆基弱冠禮成，就舉行婚禮。」武則天似笑非笑地道。

「呵，呵呵，呵呵呵。」蒼陌雪僵笑望著武則天，又看看李隆基。

「雪兒，以後你就是我的王妃。」李隆基眨巴眨巴眼睛，天真道。

「呵，我還得努力活十年，你就保佑我吧！誒，你的祖母陛下都七十歲了，為老不尊真的好嗎？」蒼陌雪把放有雞皮的菜儘量推得離自己遠些。

「祖母陛下金口一開便是聖旨。」李隆基一副小大人的口吻道。

「我蒼陌雪輕如草芥，你堂堂皇室親王我高攀不起也不想高攀。再說了小鬼，你才九歲，九歲你就想娶老婆，你有點追求好不好？虧你還自稱自己是李阿瞞，小小年紀就說這些個兒女情長，哼。」蒼陌雪一轉蘭花指，彈了李隆基一指。

「隆基代雪兒謝祖母陛下恩典。」李隆基推開蒼陌雪的手，俏皮道。

「蒼陌雪，用完早膳你就回去。」武則天喝了些細粥，放下碗筷道。

「回？回哪裡去？」蒼陌雪撐直了兩道細眉望著武則天，她還渾然不知自己現在是何許人也。

「司刑寺天牢。」武則天淡淡道。

「誒誒誒喂喂喂陛下您耳聰目明可不糊塗啊，我憑什麼還得回司刑寺去？」蒼陌雪扔了手中的筷子直喊道，差點沒被武則天這句話卡得把剛才吃進肚裡的那些吐出來。

「依律堪審。」武則天端起茶杯抿了一口，收了笑意令道：「司空鷹槊，將蒼陌雪押送回司刑寺。」

「司空鷹槊，奉旨。」司空鷹槊提著酒壺從側殿的屋頂上瀟灑地跳了下來，近前垂首，復又一個翻身，立在高高地院牆外等候蒼陌雪。

「臨淄，臨淄，王，我不是你的王妃嗎？還不救我？」蒼陌雪忙朝李隆基遞眼色呼救，使勁在桌子底下踢著李隆基的腿。

「雪兒，我說的是十年後。」李隆基悄皮地跑去將偏門那處的角門打開。

「你無敵，我謝你，家太，上老，君，哼！」蒼陌雪鄙視李隆基，又轉向武則天，好沒力氣道：「飯食茶飲，不給喝一杯再走嗎？」

「你是喝陽羨茶，還是紫筍茶？」武則天托盞問道。

「我喝明茶。」蒼陌雪瞪眼咬著「明茶」那兩個字音道。

「何謂明茶？」武則天問。

「陛，下，明，察。」蒼陌雪朝武則天一翻眼瞼，一臉哭喪道。

武則天笑笑，不再理她。蒼陌雪拖著沉重的步子，垂喪著腦袋朝偏門走去，心酸道：「來俊臣，I'm back。」

這早春的天氣雖陽光明媚，卻還是令人感到有幾分寒意。蒼陌雪剛邁出院檻的一腳又縮了回來，轉身進殿披上風衣，故意拖著步子等武則天「回心轉意」。

十來米長的小徑，剛才那只打瞌睡的螞蟻都已去了光祿寺找米，蒼陌雪這呆貨終於不好意思地提著步子朝偏門走去。

武則天飲著玫瑰露並不抬眼看她，李隆基眨巴眨巴眼睛，目送三步一回頭的蒼陌雪。蒼陌雪最後一釐米腳後跟踏出門檻，也沒聽見武則天說半聲「回來」。

第四章 疑女皇，受審司刑寺

　　蒼陌雪一路上心不在焉地猜想，這武則天到底是什麼心思？自己昨晚才出了鬼門關，怎麼轉了一圈還在鄖都城？

　　嗚呼呼呼呼，想玩穿越的小夥伴們注意了！

　　你在21世紀，從中國莫名其妙到了荷蘭，性質只是偷渡，一經發現，只是被當地警方遣送回來。

　　倘若你從現代穿越到古代，莫名其妙就被當成刺客，一經發現，小命玩滅！

　　蒼陌雪昨晚閉眼之前還信心滿滿地認定自己可以脫險。誒，可她居然忘了武則天長在四川，擅長「變臉」。

　　聖意難測呀，親！

　　「司空大哥，你酒量真好。」蒼陌雪看著在屋頂喝了一早上，現在騎在馬背上還壺不離手的司空鷹槊，弱弱道。

　　司空鷹槊抓著酒壺晃到蒼陌雪跟前，蒼陌雪捏著鼻子推開道：「我不沾酒，我比較喜歡嚼泡泡糖。」說著便從口袋裡掏出一片泡泡糖扔進嘴裡。

　　兩人行至司刑寺前，蒼陌雪那小心臟怦怦直跳，怯怯地下了馬。

　　蒼陌雪環視刑衙周圍，陽光透過雲層灑在乾淨的灰磚地上，溫暖透亮，倒是沒有令人覺得有什麼陰森恐怖之感；兩旁站崗的衙役，也沒有恐怖到像看黑白無常；司刑寺正門前，立著兩尊高大的青銅獬豸，獨角高額。

　　據說獬豸這種神獸能分辨是非曲直，勇猛，公正；見到有人相鬥，會用角「觸不直者」；聽到有人相爭，會「咋不正者」。

　　Michelle，接收神獸傳遞的正能量吧！

　　司空鷹槊坐在馬背上示意蒼陌雪自己進去，蒼陌雪無奈，弱弱地拾級而上，進了司刑寺大堂。兩旁守門的衙役推開大門，清脆的「吱啊」一聲，只見來俊臣轉過身，奸笑地盯著蒼陌雪。

「蒼陌雪，本大人就知道，你會回來的。」來俊臣背過手，神情奸笑道。

「來俊臣，本姑娘也知道，你會等我的。」蒼陌雪嚼著泡泡糖，吹了一個大大的泡泡，嚇了來俊臣一大跳。

「廢話少說，蒼陌雪，你是自己招了呢，還是本大人替你招了？」來俊臣揚著嘴角輕蔑道。

「呵，昨兒陛下說了，本姑娘由徐有功大人堪審。來俊臣，你起這麼早幹什麼？回去睡個回籠覺吧。」蒼陌雪打著哈欠環視著刑堂四周。

「蒼陌雪，今日徐大人有要事在身，不會來司刑寺了。來俊臣願為徐大人代勞，代大人堪審結案，儘快呈報皇帝陛下，姑娘，請吧。」

來俊臣命徭役將刑具搬上刑堂，一一擺在蒼陌雪面前，抹著嘴角，眼神陰森道：「蒼陌雪，本大人給你介紹介紹我這些獨家發明。這個呢，叫定百脈，人套上之後，瞬間筋脈盡裂；這是喘不得、死豬愁、突地吼，這是鳳凰曬翅，這個叫驢馬拔樁……」

蒼陌雪看到眼前這些刑具瞬間嚇得雙腿癱軟，這隨便給她上一樣，就能輕易要了她的小命。

蒼陌雪兩手用力撐著案臺站立，表面極力掩飾住自己的恐懼，吐了泡泡糖，口齒哆嗦道：「來來來俊臣，你發明出這麼多整死人的刑具，你可……可發明出不讓自己死的東西？」

「哼，本大人官拜左臺御史中丞，我可是皇帝陛下的寵臣，只有我讓別人死，還沒有人敢叫我死。蒼陌雪，本大人開明得很，這些刑具我任你選，你是要失魂膽吶還是要求家破啊？你要是不選，哼哼，本大人可有這耐性統統給你試一遍。」來俊臣五官扭曲，滿臉猙獰恫嚇道。

「救命，救命啊，救……命……」蒼陌雪心跳衰弱地喊道，只感覺身上的魂魄都各自逃命去了，只留下這一具瘦弱的軀體，熬受著「活閻王」來俊臣的酷刑。

兩名徭役架著蒼陌雪將她摁跪在地上，來俊臣挑了一副大枷正

欲親自給蒼陌雪套上。

原來人到了極度恐慌的地步，身體就會完全不聽大腦號令，蒼陌雪半點掙扎的力氣都使不上來，眼睜睜看著來俊臣的魔爪朝自己伸來，腳下卻一步也無法躲開。

一時，蒼陌雪那張被來俊臣嚇得神情失色的小臉，白，很白，非常白；眼看來俊臣一步步逼近自己，近，很近，非常近，極近，

突然……

「陛下有旨，命蒼陌雪返回司刑寺，由來俊臣來大人好生看守，待徐有功徐大人返回司刑寺親審此案，不得有誤。」千鈞一髮之際，喜公公站在刑堂門前，扯著尖細的嗓門急忙宣旨道。

「我說你們那個皇帝陛下她能不能一次性把話說完啊，啊？非得看我一腳都邁進鬼門關了才來救我嗎？咳咳咳，我的這顆小小的小小心臟經得起你們這麼玩嗎？踢世界盃呢？」

兩名衙役放開蒼陌雪，蒼陌雪一把癱坐在地上哼哧地吼道，聽喜公公傳完口諭，才將快要跳出的心放回肚子裡，兩手無力地拍打著已經痙攣的雙腿。

喜公公笑著走過來扶起蒼陌雪，安慰道：「雪姑娘，您多保重，老奴回宮復旨去了。」

「喜爺爺你別走，他他他他來俊臣萬一要抗旨呢？萬一再私下裡給我用刑呢？我不讓你走，你得坐這兒陪我一起等徐大人。」蒼陌雪哭著喊著，兩行眼淚就那麼不爭氣地滾了下來。

才被喜公公扶起的蒼陌雪，又拉著喜公公跌坐在地上不讓他走。喜公公抽出被蒼陌雪緊緊挽住的手，寬慰道：「姑娘放心，放心。」

「怎麼放心嘛？剛才你再晚一秒趕到，後一秒我就是女屍，這一秒我就變成女鬼了。」蒼陌雪再次死死挽著喜公公才用力抽出的手，警惕著來俊臣道。

「來大人，陛下聖諭，奉旨吧。」喜公公斜了一眼來俊臣，拍拍蒼陌雪冰涼的小手。

「小臣，奉旨。」來俊臣瞪了一眼蒼陌雪，不情不願地作揖

道。

「姑娘，老奴可得回宮去了。」喜公公指了指被蒼陌雪死死挽住的手。

「喜爺爺，你跟陛下說，備好晚膳等我，可別少了我的筷子。」蒼陌雪定了定被來俊臣嚇散的飄魂，咽了咽嘴裡乾乾的口水，鬆開喜公公。

喜公公離了刑堂，蒼陌雪歇過剛才的恐懼，沖一旁的來俊臣沒好氣道：「來俊臣，你可聽清了？皇帝陛下要你好生看守我，哎喲，來俊臣，給本姑娘唱支小曲兒，壓壓驚。」

「放肆，到了我來俊臣手裡的人，可別想活著走出司刑寺大門。蒼陌雪，你可別忘了，陛下讓徐有功堪審你，可是由我來俊臣來大人評審結案。我要你死，你只能選擇極其痛苦地死或者無比痛苦地死，明白嗎？小娘子，可惜呀可惜，本大人倒是愛惜你這一張清水芙蓉的小臉。」來俊臣咬牙切齒，狡黠道。

「來俊臣，你別不知惜福。」

「哼，來人，將人犯蒼陌雪押入天牢。」

四名獄卒將蒼陌雪押入天牢女監，鎖上牢門。蒼陌雪被關進天牢，突然覺得很想笑，苦笑。坐牢？哎，她沒想到她這輩子還能有此牢獄之災，這人生可真是豐富啊。

蒼陌雪腿腳無力地蹲在地上環顧四周，這天牢之內潮濕陰冷，一張乾草木板鋪上鋪著一番落滿灰塵的草席；一張矮腳破舊桌上放著一盞煤油枯凝的黑陶燈；四下裡聞聞，還泛著陣陣惡臭。

蒼陌雪兩眼一掃，發現牢內除了自己，其他牢房空無一人。蒼陌雪覺得奇怪，便喊來獄卒問道：「獄卒大哥，為何天牢之內空無一人？」

「你眼瞎啊，我不是人吶？」獄卒手中拿著鞭子，口氣粗暴道。

「我說的是犯人。」蒼陌雪解釋道。

「你不是嗎？」獄卒滿臉橫肉輕蔑道。

「呵，你好內涵啊。」蒼陌雪撇撇嘴，搖頭苦笑。

「皇帝天壽，大赦天下，女監就你一個人，隔壁，還關著一個龜茲國使。」

「龜茲國使？謬占？對啊，我倒把他給忘了，誒，他怎麼樣？」

「跟你一樣。」

「我……我哪樣啊？」

「三日後問斬。」

「啊啊啊啊啊……」

「別嚎了，一刀下去，死得也快。」

「不是，有老鼠啊。」

蒼陌雪攀著牢門柱子，猛地跳起身來抱著柱子往上爬去。其實她沒看見老鼠，只感覺那陰暗的角落裡似乎有老鼠的動靜，只這動靜就夠把她嚇成這樣。

蒼陌雪緊緊抱著柱子，不敢下地，有根柱子抱著還能給她一點點安全感。

獄卒冷眼一掃，冷哼一聲，回去繼續喝茶。對於押入司刑寺天牢的犯人，多半是不可能再活著走出去的。對此，獄卒們早已習以為常，他們甚至不會給新來的犯人或被帶走的犯人多一個同情的眼神。

蒼陌雪攀在牢柱上，豎耳警戒著那角落裡窸窸窣窣像在啃東西的聲音。時，有獄卒喊道：「太平公主駕到。」

「恭迎公主殿下，來大人。」牢內獄卒齊齊跪地作禮。

「蒼陌雪。」太平公主下了長長的石階，提著眼角，一臉蔑視朝蒼陌雪走來。

「別客氣。」蒼陌雪見太平公主生得容貌倒是細緻，梳一頭朝天髻，金簪釵雀，著一身男裝，一副「皇二代」的驕橫樣。

「蒼陌雪，你昨夜在神宮殿上戲弄本宮，本宮今日亦有厚禮相送。」

太平公主朝來俊臣遞了個眼神，來俊臣即命人從兩個布袋裡放出一條一米多長的白蛇和一隻白鼠。太平公主與來俊臣遠遠站立，看著白蛇緊追白鼠朝蒼陌雪躥去。蒼陌雪死死攀著牢柱子嚇得渾身

發抖，上下牙齒不停叩擊。

「蒼陌雪，此乃西蜀深山巨毒之蛇，被它嘗上那麼一小口，你就會立刻全身潰爛，毒發身亡。不過你放心，我來俊臣從不喜歡讓人死得那麼舒服，本大人會命人給你解藥，讓你反反覆覆死上幾百回，本大人要你求生不得求死不能。」

「來俊臣，你抗旨。」蒼陌雪重重喘著粗氣怒吼道。

「蒼陌雪，你有兩個選擇。這一嘛，你先看看毒蛇是怎麼咬死老鼠的，再想想自己怎麼被蛇給咬死；這二呢，先讓老鼠觀賞觀賞毒蛇是怎麼咬死你的，再被毒蛇逼著慢慢分享你的屍體。哼哈哈哈哈，你們三個，好好玩，慢慢地玩。」

太平公主與來俊臣奸笑著離了天牢，天牢內當值的獄卒個個遠遠躲在天牢門口，一步不敢邁下石階。

白蛇吐著醬紫色的舌芯子，轉著丹褐色的眼珠子，看看蒼陌雪又看看白鼠，白鼠警惕地敵不動我不動。蒼陌雪感覺自己身上已經沒有力氣再抱住牢柱，身體正一點點地往下滑落，兩腳又死死勾住柱子，萬不敢下地。

蒼陌雪見來俊臣等人都離開了天牢，才緩了緩脈搏突突的心氣，鎮定道：

「二位神聖，咱有話好好說。雖然你是蛇還是白的，但是我真的沒法把你想像成白素貞。吶，雖然我在生物鏈上爬了幾百萬年才進化成人類，但但但，蛇兄，鼠兄，我真的真的很怕你們！來俊臣的話你們也聽見了，他要咱們三個互相殘殺，反正我死你們死，咱們三個都得死。」蒼陌雪見白蛇沒有很明顯要攻擊自己的架勢，繼續曉以利害地談判道：

「如果你們不傷害我，我應承你們，我出了天牢一定將你們放生；如果你們助紂為虐咬死我，他們晚飯就吃蛇肉炒老鼠肉。二位大佬，大哥，咱同是天涯淪落人，救我就等於救你們自己。鼠兄鼠兄，我要是被蛇咬死了，它下一個就吃你；蛇兄，你要把我們倆都給咬死了，來俊臣下一個就掘你蛇窩，誅你九族，讓你斷子絕孫。吶吶吶，你們可千萬想想清楚啊。同意我說的，咱就患難與共，

聽懂我的話你們就鑽到我外套裡面來，我會想辦法救咱們三個出去。」

蒼陌雪眯著兩眼，只見白蛇吐著舌芯子慢慢朝自己靠近，老鼠則快速地爬上柱子。眼看毒蛇跟老鼠就要地空兩面逼近自己，蒼陌雪用盡渾身力氣兩腳拼命夾住柱子，脫下外套往地上一甩，毒蛇和老鼠猛地躥到外套裡去，沒了聲響。

蒼陌雪見自己談判成功，倒吸一口冷氣，再一口冷氣，再來一口冷氣，勉強放鬆了一點極度緊繃的神經，正準備從柱子上滑下來，只聽獄卒遠遠喊道：「恭迎梁王殿下。」

「喲，我坐個牢，這麼多人來串門？從來不知道自己人緣這麼好。」蒼陌雪重重吐了一口氣。

這會兒，引武三思進來的已不是剛才那班獄卒。看來換班的獄卒並不知道剛才天牢之內發生了什麼事，不然誰敢將武三思引進天牢來？

「昨天還氣勢凜然的蒼陌雪，這會兒怎麼伏在牢柱上花容失色了？」武三思站在牢房門口戲謔道。

「梁王，三思殿下，進來坐啊。」蒼陌雪揉了揉僵硬的小臉，故作妖媚道。

「打開牢門。」

獄卒打開鐵鎖，退了下去。武三思神情猥瑣地邁了進來，「哼哼，蒼陌雪。」

「武三思殿下請坐，蒼陌雪愛慕殿下已久，殿下若能救蒼陌雪出了這天牢，蒼陌雪願終生侍奉殿下。」蒼陌雪走近武三思，媚眼嗲聲道。

蒼陌雪邊說邊將地上的外套慢慢掀起，那毒蛇與老鼠猛地撲向武三思，嚇得武三思連滾帶爬跌出牢門，驚恐萬分地叫喊道：「蒼陌雪，那那那，那是是什麼東西？」

「殿下別害怕，這是太平公主賞賜奴婢的蜀中毒蛇，奴婢一心想侍奉殿下，有好東西豈敢私藏，奴婢願同殿下一塊兒分享。」

蒼陌雪「妖嬈」地沖武三思擠眼，武三思嚇得連忙掉頭，敗興

而回，牢內的獄卒們也嚇得趕緊逃出天牢。

「我叫你們壞。」蒼陌雪看著武三思出了天牢，吹了一聲口哨示意白蛇跟白鼠窮寇莫追。

蒼陌雪癱軟地跌坐在地上，看看身邊的白蛇和白鼠，拍拍手上的土灰，並排跪在白鼠旁邊道：

「蛇兄，鼠兄，蒼陌雪感謝你們幫了我，不如咱們三個就在天牢之內效仿劉關張三結義吧！皇天后土在上，今日，我蒼陌雪尊蛇兄為大哥，鼠兄為二哥；我若出了這天牢，必定放歸大哥回山，安頓好二哥。感謝二位大哥陪我共患難，此情天地可鑒，日月可表。」蒼陌雪有模有樣地舉指立誓並三叩首，毒蛇跟老鼠則溫馴地待在一邊一動不動。

萬惡驚魂的上午過去，白蛇與白鼠守在蒼陌雪身邊警戒著周圍的情況。蒼陌雪則倒在髒亂的草席鋪上眯了一會兒，養精蓄銳，保不齊下午還有更大的戰鬥。

至於午飯嘛，獄卒們知道蒼陌雪拜了條毒蛇當大哥，自然這牢飯也就沒敢往牢內送了。

世道就是如此，你若沒有個神仙當靠山，也要找個魔鬼作後臺，他們看的不是你，看的是你上面有沒有人。

蒼陌雪搞定了這兩個異類生物，鬥志足了不少。未時時分，獄卒傳令蒼陌雪上堂，蒼陌雪與龜茲國使謬占一齊被帶到刑堂之上，徐有功端坐刑堂開始提審昨夜「行刺」一案，來俊臣也坐上高椅一旁聽審。

「蒼陌雪，龜茲國使謬占，本官問你們，陛下天壽當晚，你們是否合謀假借天女落凡之名欲行謀刺聖上之實？」徐有功開問道。

「大人，冤枉，大人冤枉啊。」謬占顫抖的身體伏在地上，驚恐道：「謬占不敢行刺陛下，罪臣不敢行刺陛下呀，望大人明察，大人明察。」

蒼陌雪看著謬占這一團鼻涕黏眼淚焦慮恐懼的模樣，呵，這真是足夠讓審判官判他藐視法庭了。

「龜茲國使謬占，你所變戲法的舞姬可是蒼陌雪？」徐有功嚴

肅而平靜地問道。

「不不，不是。回大人，舞姬亦是回鶻女子，名叫庫紫娜，庫紫娜隨罪臣一同進宮，卻不知為何她會突然失蹤？」謬占顫顫解釋道。

「大膽謬占，刑堂之上，還不據實招來，你分明串通蒼陌雪行刺皇帝陛下……」來俊臣站起身來吼道。

不等來俊臣說完，蒼陌雪搶過話來，「Objection!」斜了一眼來俊臣，又轉向旁邊的謬占道：

「使臣大人你太激動了，沒罪也變成有罪的了。大人，龜茲國乃大周西域安西四鎮之一，臣服於我朝，僅憑龜茲一國之力豈敢謀害我朝聖上，無異於以卵擊石。一個兇手預謀殺人，一定有其殺人動機。如果謬占使者是龜茲王派來行刺皇帝的，他的作案動機同作案手法豈不是太愚蠢了？只派一個使臣一個舞姬就敢謀害大周皇帝，恐怕未等洛陽傳出噩耗，碎葉、於闐、疏勒三國就以護駕之名合剿龜茲殆盡。

龜茲國使謬占，依我看來，他身患愛爾式綜合症或稱艾倪爾式綜合症，即血液恐怖症，見血就暈，這根本就屬於常識嘛。倘若龜茲王意圖謀刺天朝皇帝，豈會將如此重任交由一個身患暈血症的患者來完成？所以，我敢斷言，昨日萬象神宮內並無刺客想謀刺女皇陛下。

至於我，不過是被一陣邪風刮到萬象神宮，憑我手無縛雞之力一弱女子，如何進得戒備森嚴的皇宮？聽起來荒謬，不過，大人應該相信人在死神面前不敢說半點謊，尤其在活閻王來俊臣面前，更不敢有半字虛言，望寺卿大人明察。」

看到徐有功，蒼陌雪心下裡放鬆了不少，她覺得有徐有功親審此案，自己跟閻王爺的這場拔河比賽已經贏了百分之八十。想想，武則天對蒼陌雪倒也不算太過分，雖把她嚇得夠嗆，卻也給了她徐有功這道「平安符」。

徐有功何許人也？中國歷史上罕見的一位以死守法執正的大法官、大清官，史上有名的「徐無杖」「護法英雄」，對於官場榮辱是

「將死，泰然不憂；赦之，亦不喜」，如此高情遠致的大丈夫。

蒼陌雪雖倒起楣來不止八輩子，但碰上徐有功這位千古大法官，她這條小命能活多久不知道，這一時之間應該是死不了了。

「老夫上午已派人搜查過會館，業已同幾位宰相查閱過安西道所呈京都奏章，均未發現龜茲國有謀反動向。今早定鼎門守城將軍來報，昨夜戌時三刻，確有一位身著紅舞衣的回鶻女子，手持通行腰牌出了洛陽城。老夫自會宣御醫為國使大人勘驗病症，亦已派人追查舞姬庫紥娜的下落，待老夫將案情與口供詳查之後再呈報於陛下。來大人，您看呢？」徐有功起身，走下刑堂道。

「哼，奸猾狡詐的逆賊我來俊臣見多了，徐大人怎麼被蒼陌雪這小妖精三言兩語就繞暈了頭腦？這宗案子，不如交給下官來審，下官定能揪出其背後逆黨，為陛下安枕高堂。」來俊臣一臉不屑，滿口狂妄道。

「陛下宣召。」來俊臣話音剛落，李隆基突然一個翻身，立在刑堂門口高喊道。

「郡王殿下。」徐有功，來俊臣二人下了高堂作禮道：「臣侯詔。」

「陛下宣蒼陌雪即刻入長生殿見駕。」李隆基沖蒼陌雪笑笑，宣武則天口諭道。

「郡王殿下，這案子還沒審完呢。」來俊臣忙說道。

「小殿下，此審並無太大疑點，老夫即刻將堪審奏章上呈陛下，蒼陌雪可奉旨回長生殿見駕。」徐有功對蒼陌雪點頭道。

「不，我不，我就在天牢內呆著。皇帝身邊可不安全，我現在回去了，說不定哪日還得回來。」蒼陌雪歪著腦袋置氣道。

「雪兒，快奉旨。」李隆基急忙催促道。

「哼。」蒼陌雪嘟著嘴，仰頭不理。

李隆基見蒼陌雪揚著腦袋不走，愣是拖著拽著把她拉出司刑寺，上了馬。

「走可以，先說清楚。」蒼陌雪勒住韁繩。

「還說什麼，握緊韁繩，快先離開司刑寺再說。」李隆基手持

馬鞭，猛地抽向蒼陌雪的馬，蒼陌雪差點被馬震得摔下來。

「小鬼，我不會騎馬，你要摔死我啊？」

「放心雪兒，我會保護你的。」李隆基趕上蒼陌雪，緩了緩韁繩，慢下蒼陌雪的馬。

「皇帝為什麼要我去長生殿？」蒼陌雪問。

「祖母陛下沒有說，是我說的。」

「哦，原來不是她要我回去，是你假傳聖旨？」

「不是……」

未等李隆基解釋清楚，蒼陌雪氣呼呼地調轉馬頭，一蹬馬肚子，又折回司刑寺，回頭沖李隆基喊道：「告訴你那祖母陛下，我不會求她的。」

李隆基詫異地望著蒼陌雪飛馳的背影，撓頭道：「這南蠻，果真是蠻！」

蒼陌雪賭氣再次回到司刑寺天牢。酉時六刻，長生殿內已撤了晚膳，武則天正御覽後突厥可汗默啜所呈進獻汗血寶馬的奏章。

「陛下，今晚可在長生殿安寢？」喜公公近前，輕聲問道。

「嗯，就在長生殿安寢，蒼陌雪呢？」武則天放下手裡的奏章。

「回陛下，蒼陌雪還在司刑寺天牢關著呢。」

「徐有功還未提審此案？」

「陛下，徐大人結案奏章在此，請陛下御覽。」喜公公呈上奏章。

武則天拿過奏章看罷，點頭笑笑，「既已查明蒼陌雪無謀逆之罪，司刑寺怎麼還不放人？」

「陛下，蒼陌雪不肯離開天牢。」喜公公小心翼翼啟奏道。

「哦？」武則天含笑頓了頓，轉而令道：「傳朕旨意，命來俊臣親自為蒼陌雪牽馬，速來長生殿見駕。」

「老奴奉旨。」

來俊臣接到長生殿傳出的聖諭，氣呼呼地從天牢內將蒼陌雪迎出，並為蒼陌雪牽馬送往長生殿。蒼陌雪看在武則天這道聖諭的份

上，暫且把胸中這口悶氣壓了下去。

「來俊臣，福禍難料吧？上午我還是任你宰割的刑囚，這會兒你可是給我牽馬的馬夫。」蒼陌雪悠哉悠哉坐在馬背上，戲笑道。

「放心，蒼陌雪，你犯在我手裡的日子多著呢。我來俊臣不喜歡屠刀，本大人喜歡菜刀，把你們的肉一片片地給割下來。哼，那個味道，真是好極了。」來俊臣慢悠悠牽著韁繩，奸笑道。

「來俊臣，你已經變態到神化的程度了。喲，你那狗眼往哪兒看呢？給我看路。」蒼陌雪舉著馬鞭朝來俊臣吼道。

來俊臣莫名其妙地因蒼陌雪受了這等奇恥大辱，自他走上「仕途」以來，一向是平步青雲，如魚得水，只有他來俊臣要別人死，從未有誰敢叫他不如意。

當下裡，這來俊臣沒功夫揣摩聖意，只顧咬牙切齒怒視蒼陌雪，瞪得兩眼有如魚泡，恨得攢緊拳頭，滲著血絲的指甲深深掐進手掌心。

「來大人，你太慢了，還是我幫幫你吧。」

蒼陌雪把白蛇從風衣裡放了出來，白蛇吐著舌芯子，颼颼地扭著身子在後面緊追著來俊臣。

來俊臣見毒蛇緊追在後，兩腿哆哆嗦嗦，一手牽緊韁繩使勁往前跑，一手擦著額前冒出的豆大汗粒，一邊跑著一邊回頭警戒毒蛇，蒼陌雪坐在馬背上笑到腹痛。

今日的蒼陌雪輸得不難看，反倒誤打誤撞地贏得漂亮！

第五章 侍女皇，八小時上班制

「蒼陌雪，見朕為何不拜？」長生殿內，武則天倚案剪燭，漫不經心地回頭看了看蒼陌雪問道。

「普天之下，誰都得拜你，卻不是每個跪倒在你面前的人都服你。我可以拜你，可我不服你，如果陛下也喜歡假惺惺的那一套，我也可以入鄉隨俗嘛。」

蒼陌雪搓平剛才臉上狂笑的表情，進了殿中走到武則天跟前，撅著小嘴看著武則天，置氣道。

「你不服朕？你倒是說說，怎麼個不服？」武則天放下剪子，轉過身來反問道。

「既然陛下對司刑少卿徐有功大人所呈奏章無異議，那我就是無罪釋放，我本該離了皇宮，卻因你一句話，我又要到這長生殿來。」蒼陌雪嗔怪的小眼神望著武則天道。

「朕喜歡你，朕要留你在身邊。」武則天擺手，示意殿內侍候的宮女退下，侍玉領著太監宮女們躬身退出大殿。

「如果我不咧？」

「你可以說不嗎？」

「不，我當然不能說不，我的這條小命在你面前沒辦法反抗。不過，陛下喜歡拿刀架在人家脖子上，以死威逼而得到別人表面上對你的懼怕和順從嗎？」蒼陌雪追上去，擋著武則天的步子反問道。

「蒼陌雪，朕似乎沒有這樣對你。」

「沒有？我今天差點死在你……」蒼陌雪頓了頓，眼珠子一轉，想了想，不能在武則天面前說是太平公主給自己放蛇。蒼陌雪忍了忍，抬起頭道：「你司刑寺的天牢裡，得虧我大哥二哥救了我。」

「你大哥二哥？」武則天不解。

蒼陌雪站在一旁抖了抖自己的外套，白蛇和白鼠從風衣裡爬了

出來，武則天只後退兩步，臉上並未顯露慌張之色。

「哎呀，蛇，鼠，雪兒姑娘，你怎麼能把這些畜生帶進殿中驚了陛下？」喜公公擋在武則天身前，神色慌張道。

「喜爺爺，別怕別怕，它們都是善類。」蒼陌雪對喜公公笑笑，示意大家放輕鬆，轉而對武則天道：「吶，你說你對我沒那麼壞是不是？現在我有兩個請求，你若能答應，我以後隨便你差遣，心服口服，絕無怨言。」

「說。」武則天走到辦公案臺，在金椅上坐下。

「請陛下派人將我大哥白蛇連夜送回西蜀深山去放生，一定要將它安全送回山中，決不可傷害它半點；將我二哥白鼠安置在上陽宮上清觀中，那裡沒有貓，皇宮道觀食物充足，不會餓死我二哥。再有，上清觀都是女道士，不會殺生害命，把我二哥安置在上清觀應該會很安全。陛下，你能答應嗎？」蒼陌雪近前一一說道。

武則天低眸笑笑，心想這蒼陌雪對這蛇鼠還能如此講義氣，真是個與眾不同的小丫頭。武則天對蒼陌雪點點頭道：「好，朕允奏。」

喜公公領了旨意辦理這件事，蒼陌雪引白蛇、白鼠來到殿外，喜公公在一旁交代金吾按蒼陌雪所奏分別安置這哥兒倆。

蒼陌雪蹲下身來，看著白蛇白鼠道：「大哥，回到西蜀深山千萬別再給人抓到了。二哥，你在上清觀要聽話，不要在宮內跑來跑去，不然我也保不齊你什麼時候把小命給送了。蒼陌雪感激你們在天牢內沒有傷害我還幫了我，現在我履行我的諾言，將你們放生，你們各自去後，多多保重啊。」

蒼陌雪對這倆「結拜兄弟」叮囑一番後，對喜公公點點頭，示意可以派人把它們送走了。

喜公公交代完金吾，與蒼陌雪一起回到殿中，武則天正倚坐龍椅看奏章。蒼陌雪了了這一樁心事，總算鬆了一口氣，還沒想找個地方靠靠休息，耳邊只聽得一陣奇怪的聲響正「咕咕，咕咕」叫個不停。蒼陌雪感覺渾身飄輕，腳步虛浮，眼中看東西竟有好幾重影子，頭也是暈暈乎乎感到缺氧。

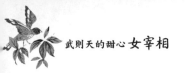

「我包包呢？」蒼陌雪看了看龍榻旁的角落裡，不見自己的行李，視線再向周圍一搜尋，還是不見自己的東西。蒼陌雪晃了晃腦袋忙向武則天喊道：「陛下，我包包呢？」

「你的東西，朕怎麼知道？」武則天提筆在奏章上畫了個圈，看著奏章答道。

「你不會給我扔了吧？」蒼陌雪崩潰地歎著氣。

「雪姑娘，您的行囊在貞觀殿，這裡是長生殿。」侍玉剛進來，聽見蒼陌雪問行李的事，便上前說道。

「天啊，我餅乾跟巧克力。」蒼陌雪靠著侍玉的肩臂，咽著口水，哭喪著小臉呼喊道。

「雪姑娘，您沒事吧？」侍玉看看蒼陌雪，扶著她道。

蒼陌雪摀著肚子，餓得已經沒有力氣去貞觀殿了，連此刻去貞觀殿的想法都沒有力氣想了。蒼陌雪掏掏上衣口袋，口袋裡僅剩一片薄薄的泡泡糖，蒼陌雪愣愣地剝了糖衣，心酸地望著泡泡糖，垂著腦袋暗自難過。

正當蒼陌雪餓得不知如何是好，又不好意思問武則天哪裡可以吃飯時，只見喜公公領著兩個小太監提著食盒從殿外進來，一一將食物擺上膳桌。

蒼陌雪抖著手裡的泡泡糖，舔著乾乾的嘴唇，兩眼呆呆地望著膳桌上的飯菜，心裡焚香祈禱著武則天吃完能給自己剩點。

哎，真是快餓到沒有尊嚴了。此刻，蒼陌雪猛然明白了一個道理，為什麼說兵馬未動要糧草先行。

蒼陌雪決心，以後口袋裡再不放泡泡糖了，至少也應該放巧克力嘛。

「姑娘，餓了吧？來，坐下，趁熱吃。」喜公公見蒼陌雪愣愣地望著飯菜，走上前慈祥道。

「謝謝……喜爺爺。」蒼陌雪望著眼前熱氣騰騰的飯菜，眼淚瞬間噙滿了眼眶，轉向喜公公感動道。

「哎，孩子啊，這是陛下特意為你留的，慢慢吃，啊，老奴在殿外候著。」喜公公點頭笑笑，示意兩個小太監退出大殿。

　　蒼陌雪弱弱地坐下，看著自己面前香噴噴的三菜一湯，一大碗米飯，激動得哼唏哼唏落下淚來。

　　此刻的蒼陌雪，被眼前這幾道及時救命的飯菜感動得大顆大顆眼淚往下掉，扭頭看著武則天，抿著小嘴低聲道：「謝謝你。」

　　武則天坐在龍座上，只繼續御覽奏章，並不答她。蒼陌雪抓起筷子，激動得一口氣將飯菜全部吃光，吃到最後，那盤子舉起來都能照清她的模樣。

　　「飽了嗎？」武則天看著膳桌上頃刻間被蒼陌雪一掃而光的飯菜問道。

　　「嗝，沒有，嗝，嗝……」蒼陌雪打著飽嗝，晃著腦袋道。

　　「都撐成這樣了，還說沒飽？」武則天擱下筆笑笑。

　　「什麼叫做飽？蒼陌雪吃完這一餐，但不知下一餐在哪裡？」蒼陌雪順了順喉嚨裡噎住的氣，為自己接下來的命運試探道。

　　「蒼陌雪，以後你就做朕的近侍尚宮，隨侍在朕身邊，一刻不離。」武則天起身，下了龍座道。

　　「一刻不離是什麼概念？比如說陛下如廁，我是可以一刻不離地候著；那要是我如廁，我當如何一刻不離呢？蒼陌雪自然可以一刻不離陛下，但我不能帶著馬桶一刻不離陛下啊。」蒼陌雪要著嘴皮子，沖武則天笑道。

　　「哼，你這刁嘴。」武則天淡淡地掃了蒼陌雪一眼。

　　「陛下，蒼陌雪可以朝九晚五侍奉您左右，其他時間我就別在您眼前晃了，免得招您煩。」蒼陌雪一邊試探著武則天的反應，一邊在心裡打起小算盤。

　　「蒼陌雪，你似乎沒明白朕是何人？」武則天回過頭來，輕啟嘴角道。

　　「白，怎麼沒白？當然明白，陛下乃大周聖神皇帝，女主乾坤，九五至尊嘛。」

　　「既然知道朕是聖神皇帝，如何能跟朕討價還價？」

　　「蒼陌雪正是為了尊重陛下您不僅是皇帝，而且是聖神皇帝，陛下若不垂恩，聖神二字當如何理解？」蒼陌雪近前，淡定地辯解

道。

武則天上上下下打量這個敢在自己面前強詞奪理的嫩丫頭，如果她的年齡已超過讚歎那句初生牛犢不怕虎，那只能說這個蒼陌雪真是不知天高地厚。

武則天淡然一笑，暫且允了蒼陌雪這得了便宜也不知道賣賣乖的小蠻要求。

「陛下，君無戲言。」蒼陌雪見武則天點頭答應，心中竊喜，又轉了轉眼珠子，再確認一遍。

「君無戲言。」

蒼陌雪抓起武則天的手，勾著小手指對上武則天的大拇指，沖武則天得意一笑，「成交。」

武則天拿開蒼陌雪的手，搖頭，笑笑。

哈，蒼陌雪穿越到武則天帝國的第二天晚上，就在女皇跟前為自己討了個八小時上班制，皇帝給發俸銀還跟皇帝同吃同住，真是超超超VIP級別的喔。

從司刑寺的刑囚一躍成為皇帝的近侍尚宮，蒼陌雪栽的這個跟頭竟是學了孫悟空的筋斗，啊，這一翻就是十萬八千里。

如此際遇，到底是幸甚至哉還是嗚呼哀哉？伴君如伴虎，蒼陌雪，看你這次玩轉時空，對陣中國歷史上的至尊女皇，你將如何博弈？

「恭喜雪尚宮。陛下，湯浴已備好，請陛下移駕養心閣。」幾個宮女將蒼陌雪的碗筷收拾下去，侍玉近前對蒼陌雪欠身笑笑，轉向武則天跪拜叩請道。

「蒼陌雪，走，伺候朕沐浴。」

蒼陌雪看不懂武則天臉上的表情，好像武則天一看到自己就發笑，這到底有什麼可笑的？蒼陌雪跟在武則天身後，朝她吐吐舌頭，以抗議武則天對自己老是莫名其妙地發笑，一行宮女跟在後面，隨駕伺候，往側殿的養心閣去。

這養心閣與主臥通著，只隔一扇屏門，穿過這扇雕刻精美的屏門便是養心閣。這古色古香的養心閣內，錯落擺放著奇花異木，一

行宮女素手纖纖在絳紗珠簾後撫琴伴樂，有宮女正往香爐裡點上熏香，有宮女正往浴池裡灑下花瓣。

「皇帝的浴室果然不同，處處講究奢華享受。」蒼陌雪看著這奢華雅致的浴室歎道，又見屏風後的插架上滿滿是書，「陛下，你的養心閣是浴池還是書房？怎麼有那麼多書呢？」

「雪尚宮，莫說是陛下的寢宮和書房，就是神都洛陽各處學館，無論皇宮民間，均有大量藏書。陛下常派秘書少監查檢各處藏書，清理殘舊書籍，修補名目種類。」侍玉一邊為武則天寬衣，一邊解說道。

「一個帝王若不重視文化，這個國家外強中乾又有何用？」武則天淡淡道。

「陛下說得是，陛下治國，使民衣足飯飽之餘兼修身養性，嘻嘻，贊。」蒼陌雪探著腦袋四下瞧瞧，轉向武則天笑道。

「蒼陌雪，你也懂治國之道？」兩旁宮女扶著武則天小心下到浴池裡。

「治國不懂，游水可會一點。」

蒼陌雪解了衣服，躍入浴池中。武則天令退侍候的宮女，侍玉取來一對通碧玉擊子，跪在池邊給武則天捶肩。

「誒，對了，我忘了你叫什麼名字？」蒼陌雪遊回池邊，問侍玉道。

「雪尚宮，奴婢侍玉。」

「哦，侍玉姐姐，請幫忙拿一靠墊來，我來給陛下揉揉背。」蒼陌雪心情一好，又積極獻殷勤道。

「是。」侍玉作禮起身，去拿墊子。

「蒼陌雪，你小小年紀就懂得養生之法？」武則天問。

「養生不養生的我不懂，按摩推拿不過是我各地遊學時修的一個課程。」蒼陌雪靠在浴池邊，兩腳濺著水花道。

「你身上穿的是何物？」武則天一回頭，看著蒼陌雪的內衣問道。

「裹胸內衣啊，啊，確切地說是黑色蕾絲雪紡裹胸內衣。」蒼

陌雪被武則天這麼突然一問覺得有點好笑，說起內衣蒼陌雪忽然扭過頭，羞羞地又指著武則天身上的內衣問道：「那，你身上穿的又是什麼？」

「自然是玉祠。」武則天掃了蒼陌雪一眼，淡淡道。

「原來古人的內衣是這樣的。」蒼陌雪側過腦袋捂著嘴偷笑，暗自嘀咕道：「還是無肩帶的。」

「你笑什麼？」武則天嚴肅道。

「沒，沒沒沒，我沒笑，我小白。」蒼陌雪舉著雙手投降道。

侍玉拿來墊子，侍候武則天靠上，蒼陌雪伸了伸指關節，開始為武則天按摩背部。

「侍玉？唔，這名字不好，我給你取個名字可好？不如就叫，叫珍妮吧，好不好？」蒼陌雪手上服侍著武則天，嘴上跟侍玉開聊道。

「珍妮？」侍玉跪在一旁，甚是不解。

「可有什麼典故？」武則天伏在墊子上閉目養神，問道。

「典故說不上，珍妮嘛，就是珍貴的女子。」蒼陌雪解釋說。

「奴婢不敢，奴婢不敢。」侍玉一聽這話，嚇得伏倒在地，神色惶恐道。

「有什麼不敢？皇帝陛下也是女兒身，女主照樣君臨天下。你如何不敢叫珍妮？女子如何就不珍貴？」蒼陌雪停下手，看著侍玉道。

「以後，你就改叫珍妮。」武則天笑笑，閉著眼睛淡淡地令道。

「奴婢謝陛下隆恩，謝雪尚宮賜名。」侍玉，呃，不對，是珍妮，珍妮在一旁歡喜又惶恐地叩謝道。

「你先退下吧，這裡不用伺候了。」武則天對珍妮道，珍妮作禮退至屏風外。武則天復又指著肩膀，對蒼陌雪令道：「蒼陌雪，誰讓你停下，繼續按。」

「陛下，給你換個花樣吧。」蒼陌雪轉過身，抬起腳道。

「你幹什麼？」武則天見蒼陌雪抬腳對著自己，一手推開她的

腳。

「你緊張什麼？我不過手按累了嘛，只好用腳啦。」蒼陌雪收了抬起的腿，解釋道。

「大膽蒼陌雪，你敢用腳丫子給朕揉肩？」武則天一臉嚴肅地看著蒼陌雪。

「哎呀，我腳不臭啦，不信你聞。」蒼陌雪再次抬起腳，故意舉到武則天面前。

「你放肆，還不把腳放下。」武則天捏著鼻子拍著蒼陌雪的腳，把蒼陌雪的腳摁下水裡。

「陛下，我說我腳不臭，你又說我欺君，為了證明我沒有欺君，你聞聞嘛，聞聞就知道我有沒有說謊了。」蒼陌雪逗著武則天不依不饒道，掰著自己的腳丫子深情道：「它的美麗，一直藏在鞋裡。」

「要聞你自己聞，朕再說一遍，繼續按，用手。」武則天搖搖頭轉過身，含威令道。

「哦。」蒼陌雪憋著笑近前繼續按，看武則天這副生氣的樣子煞是可愛。

霧氣繚繞的浴池中，聽著舒服的奏樂，享受著按摩的舒適，武則天上身伏在墊子上已醒過幾分睡意，並指按了按晴明穴，口中喚著蒼陌雪。而接連幾聲都不見蒼陌雪回應，武則天睜開眼，四下裡看看，亦不見蒼陌雪的身影，武則天心想這蒼陌雪准是上岸偷懶去了，便抻了抻手肘向外令道：「來人，掌燈。」

未等珍妮命人提來宮燈將整個浴池完全照亮，蒼陌雪忽地從武則天身後躥起身來，濺得武則天滿臉是水。

「陛下，我在這兒。」蒼陌雪揩著眼睛上的水，沖武則天調皮道。

「哼。」武則天抬手抹了抹臉上的水，斜睨了一眼，命宮女伺候著上了浴池。

珍妮為武則天披上寢衣，蒼陌雪也上了岸，穿上這種唐朝的睡衣。

「陛下，尚衣局尹尚宮方才命人將雪尚宮的衣物送了過來。」
一宮婢進來躬身啟奏道。

「我的衣物？」蒼陌雪打了個噴嚏，跟著武則天一起出了養心
閣。

「蒼陌雪，過來看看你的衣服，你與婉兒身量一般，照著她的
尺寸為你做的。除了尚宮服，朕命人與你多裁了幾件，看看，喜不
喜歡？」武則天坐上龍榻淡淡道，尹尚宮領著眾宮女躬身捧著衣服
立在龍榻前。

「怎麼都是裙子啊？」蒼陌雪看了幾件宮女手中的衣服問道。

「女兒家，自是羅裙為美。來，朕與你挑幾件。唔，紅蓮寶相
紋一件，飛雁銜瑞草一件，清水散簇花一件，瑞錦紋一件。」武則
天放下羅裙，微微哈欠道：「朕睏了，你們都退下安歇吧。」

「是，陛下。」一行宮女捧著衣物躬身而退。

值夜的內侍已在殿外伺候，蒼陌雪拖著睏乏的步子跟著欲退出
大殿，剛走了兩步，被武則天一口叫住：「你往哪裡去？」

「陛下不是叫我們都退下安歇麼？你說的她們不包括我啊？」
蒼陌雪伸著懶腰撓頭問道。

「哼，想得美，你往哪裡安寢去？」

「我跟珍妮擠著睡去，你又沒給我指派房間，那我去哪裡
睡？」

「你現在是朕的近侍尚宮，朕睡在哪裡你就當在哪裡侍候。」
武則天抬眼看著蒼陌雪，珍妮服侍武則天枕上靠墊，武則天示意她
退下，珍妮沖蒼陌雪笑笑，欠身出了內殿。

「吶，你坐的椅子叫龍椅，你睡的床叫龍榻，你穿的衣服叫龍
袍，你乘的車叫龍輦，你出巡的船叫龍舟，你肉身叫龍體，你五官
叫龍顏，你說我敢沾哪一點？你是睡在龍榻上，那我呢？」蒼陌雪
拍著哈欠賴上前辯解道。

「休要耍嘴，朕准你與朕同榻。」

武則天才放了話，蒼陌雪一把蹬了鞋子跳上床去，睡在龍榻裡
側將身躺下。

　　蒼陌雪躺在龍榻上總覺得武則天身邊有點不對，是什麼不對？好像少了些什麼，想到這裡蒼陌雪才猛然想起，自昨日在神宮殿上見過上官婉兒，這一整天，武則天身邊都不見上官婉兒的影子。

　　蒼陌雪撐在靠枕上問武則天道：「誒，陛下，你的大才女上官婉兒呢？怎麼不見她侍奉左右？」

　　「朕命婉兒與北門學士於集賢院修纂古籍。朕看你去了一趟司刑寺，回來倒挺精神。」武則天側過身，背對著蒼陌雪淡淡道。

　　「可不得精神嘛，居安思危呢。」蒼陌雪閉上眼睛，把腦袋縮進被窩裡。

　　「唔，朕這睡意一晃就過了，現在又睡不著了。」武則天躺在床上，望著頂上的金絲帷幔歎道。

　　「唱首歌哄你吧。」蒼陌雪將腦袋鑽出被窩，閉眼唱道：「星兒明，月兒靜，風兒輕輕喚夜鶯，小Baby，小小手兒再親親，小眼睛，睡眯眯，媽媽懷中抱緊你……」

　　蒼陌雪唱著搖籃曲，哼著哼著，沒把武則天給哄閉上眼，倒把自己哼睡著了。

　　武則天撫著蒼陌雪的娃娃臉，給她掖了掖被子，望著透過窗櫺灑在殿內的月光，有個人睡在自己身旁，才覺得偌大的宮殿沒那麼空空蕩蕩。

　　蒼陌雪的出現，讓武則天想起她早年夭折的女兒安定公主，如果這個女兒當初能活下來，也會像蒼陌雪一樣可愛吧！

　　武則天躺在龍榻上，暗自悵然。人世間，至高無上的是皇帝，可身為一個至高無上的皇帝卻也有許多不如意的事。

　　武則天不想大女兒安定那麼早就離開自己，不想小女兒太平野心勃勃要爭儲君的位子。

　　武則天雖是一個女子撐起整片天下，卻希望天下的女子都能像蒼陌雪一樣單純可愛，淳善心性，安順芳華！

　　此刻，睡著了的蒼陌雪，在女皇眼裡，萌萌噠！

第六章 怨女皇，惹上魚不貴

　　第二天清早，武則天睜開眼睛，看著枕旁的蒼陌雪一副卡哇伊的樣子，睡得正熟。武則天微咳了一聲，開口道：「望喜，幾時了？」

　　「陛下，正卯時四刻。」喜公公回奏道，服侍晨籔的一行宮女正從側殿進來，珍妮上前扶起武則天，將靠枕靠上。

　　「蒼陌雪，醒來。」武則天推了推蒼陌雪的手臂喊道，蒼陌雪「唔」了一聲，捲著被子把身一轉，把頭埋在被子下。武則天拍著蒼陌雪的髖骨大聲道：「蒼陌雪，朕叫你醒來。」

　　「啊，什麼時辰了？」蒼陌雪緊貼著被子，從眯起的眼縫裡瞧了瞧已坐起身的武則天，懶洋洋道。

　　「卯時四刻了，朕都醒了，你還不起身伺候？」

　　「早著呢，我提醒你，我九點鐘才上班，現在還沒到九點，你別騙我，你想騙我。」蒼陌雪迷迷糊糊抱著被子向裡一轉身，把武則天身上的被子也捲走了，向著龍榻裡側，繼續呼呼大睡。

　　武則天探著頭，手指翻了翻蒼陌雪的左眼皮，又翻翻她的右眼皮，搖了搖頭，讓珍妮攙著從龍榻上下來。

　　珍妮照常開始服侍武則天洗籔梳妝，李隆基正乘了車駕過長生殿來給武則天請安。

　　武則天的這些皇孫裡，獨寵小臨淄王李隆基。每天早上，李隆基需到武則天的寢宮叩安，與武則天一同進早膳，答武則天所提課業。

　　李隆基在武則天跟前行了禮，請過安，見蒼陌雪還躺在床上裝「屍體」，便笑嘻嘻地上前捉弄她。

　　李隆基趴在龍榻前，將被子一點一點往外拽，蒼陌雪跟著往外翻身，李隆基拽著拽著一把將被子全拽到地上，蒼陌雪撲通一聲從龍榻上滾了下來，李隆基咧著小嘴笑得直彎腰。武則天從銅鏡裡看著李隆基捉弄蒼陌雪，忍不住發笑，珍妮、喜公公及一旁伺候的宮

女也暗自抿嘴偷笑。

「李隆基。」蒼陌雪趴在地上，抬起頭，瞪著兩眼，沖李隆基悶聲大吼。

李隆基扔下被子想要往外跑，蒼陌雪兩手抓住李隆基的腳踝，李隆基身體前傾一用力，正面朝下摔倒在地。

這倒下的聲音不是重重的一聲「啪」，而是一陣連環響亮的「噗……」

蒼陌雪捏著鼻子快速爬起身來，退了一米來遠，瞪著李隆基道：「你還會使暗器呢，你這屁要放到戰場上去，能幫你的祖母陛下把中亞跟歐洲一塊兒統領了。」李隆基爬起身來，蒼陌雪提著李隆基的肩膀沖他耳邊吼道：「出去呀你，你聞不見味兒啊？」

「哼，先不說我的屁，你害本王磕了牙，你說，你怎麼賠我？」李隆基張開小嘴，指著上頜一顆缺了的臼齒沖蒼陌雪喊道。

「我害你磕了牙？你不正換牙嘛，你少賴我，好好的覺都被你給攪了，你怎麼賠我呀？」蒼陌雪指著李隆基的腦門吼回去。

「隆基，朕給你斷個公道。」武則天含笑，轉過身道。

「祖母陛下，如何是公道？」李隆基上前問道。

「你就用這妝臺銅鏡，給蒼陌雪敷鉛粉、抹胭脂、畫黛眉、貼花鈿、點面靨、描斜紅、塗唇脂，可算公道？」武則天笑著起身道，一宮女躬身端過金盆舉過頭頂，珍妮上前為武則天掭起袖子。

「是，隆基奉旨。」李隆基向武則天拱手作禮，拽著蒼陌雪的手把她拉到妝臺前坐下，俏皮地沖著鏡子裡的蒼陌雪道：「雪尚宮，乖乖坐下。」

「吶，我前天的身份是刺客，昨天是尚宮，今天被你一化，豈不成妖怪了？成了妖怪，也不用司刑寺過堂了，直接把我送去人道主義毀滅好了。」蒼陌雪掙脫開李隆基的小手，望著洗完手的武則天撇撇嘴道。

「雪兒姑娘，奉陛下旨意，您的包包都給您從貞觀殿搬來了。」喜公公近前對蒼陌雪道，四個小太監一一把箱包提進殿中，「放這兒吧，你們且退下。」

　　小太監小心翼翼放下蒼陌雪的箱包，步步彎腰退出大殿，蒼陌雪開心地走過去翻檢箱包！

　　「雪兒，你包包裡裝著什麼寶物？」李隆基望著蒼陌雪的包包包包，湊上前好奇道。

　　「呐，看在你幫過我的份上，賞你一袋薯片，你要什麼味道？有黃瓜味、番茄味、土豆味，你要哪個？」蒼陌雪打開背包，抽出一袋零食攤在李隆基面前道。

　　「好奇怪的東西，可以吃嗎？不准騙人。」李隆基抓起其中一袋薯片，小眼警惕地看著蒼陌雪道。

　　「愛吃不吃，不吃還我。」蒼陌雪插了一袋優酪乳遞給李隆基，又將一袋遞到喜公公手中，包裡還剩下兩袋優酪乳，眼珠子瞪著優酪乳一算，沒自己的了。蒼陌雪起身，拿著優酪乳遞到妝臺前，「吸管在袋袋上，撕下來直接插進去就能喝，你們一人一袋。」

　　珍妮正在妝臺前為武則天梳頭，不敢分神。武則天看著妝臺上兩袋優酪乳，從鏡子裡瞧見喜公公小小心心地吸了一口，舔著舌尖直皺眉。

　　李隆基一口氣吸完一袋優酪乳，舉著空袋子高興道：「好喝好喝好好喝，雪兒，我還要。」

　　「什麼你還要啊，一人就派得上一袋，你喝完就喝完了，再要我上哪給你買去啊？」蒼陌雪推開李隆基伸過來的小手，趕緊將零食放回背包裡鎖了密碼。

　　「雪兒，你小氣。」李隆基叉著小手，斜著小眼，沖蒼陌雪直嘟嘴。

　　「不是我小氣耶，省著點吃嘛，都吃完了這裡買不到的喔。可憐的，從此以後我就要進入糧荒的日子了。」蒼陌雪心酸地想著小零食，一手拉著紅色箱包去更衣房裡換衣服。

　　蒼陌雪洗簌完畢，換了一身淡綠色甜美連衣裙，配一件嫩黃色小坎肩，搭一雙漂亮的坡跟鞋，今天是該淑女範兒！

　　武則天讓尚衣局給蒼陌雪做的尚宮服，蒼陌雪就是不穿，反正

她的箱包裡也帶夠了衣服。蒼陌雪一度拒絕穿這個朝代的衣服，她得時刻記著自己不是這個朝代的人，她得時刻提醒自己一定要返回21世紀去。

武則天也沒有閒到非管著蒼陌雪穿衣服這種雞皮小事，自蒼陌雪從天上掉下來到現在，武則天已經不再細究蒼陌雪有多少稀奇古怪的東西了，蒼陌雪的包包雖在武則天的寢宮放著，武則天也沒有想要逐件逐物看個清楚。

才認識了蒼陌雪兩天，武則天就感到這個小妮子不是天庭越獄的淘氣小仙，就是哪個荒山野嶺修煉成人形的山精妖怪，橫看豎看就是沒個人樣！

而喜公公及珍妮她們，雖對蒼陌雪方方面面有許多疑惑，而礙於自己的身份也不敢隨意多嘴，多問些什麼。

蒼陌雪換好衣服，夾著一顆閃閃的銀色海星走在武則天跟前蹭鏡子。

「哇，雪尚宮，您真美。」珍妮為武則天梳完頭，小心地在妝臺上擱好玳瑁梳，望著蒼陌雪這身甜美系的打扮贊道。

「謝謝。」蒼陌雪夾好髮夾，手中還拿著一個粉色蝴蝶結髮夾，遞到珍妮手中，「這個，送給你。」

「謝謝……雪尚宮。」珍妮看看手中的髮夾，看看蒼陌雪，立在一旁偷偷開心。

「唔曬。」

「雪兒，我也要。」李隆基趴在箱包上滑到蒼陌雪跟前，揪著頭上的小辮子沖蒼陌雪喊道。

「你也要，你也要髮夾？你可是男孩子喔。」蒼陌雪笑笑，見李隆基眨巴眨巴那一雙清澈的眼眸呆呆望著自己，蒼陌雪只好從收納盒中隨手拿出兩個小髮夾，一把揪過李隆基的小辮子道：

「只求你們的史官別記到史書上去。」蒼陌雪挑了個橙金色的小熊給李隆基的小辮夾上，「允許你上鏡子前臭美十分鐘，執行。」

李隆基反手摸著辮子上的小熊夾，湊到妝臺前，側著身子左看

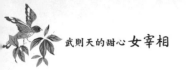

看右看看，照照自己的髮型。

「他們都有，那朕呢？」武則天起身，淡然轉向蒼陌雪淡淡道。

「那朕呢？我沒聽錯吧，你……你也要啊？你剛才是這麼說的吧？」蒼陌雪左手掏著耳朵，望著武則天僵笑道。

「朕就不能要？」武則天含嗔，反問道。

「不不不不不是我不給你，關鍵你是皇帝呀，你不能戴個長頸鹿BB夾到處賣萌吧？」蒼陌雪握著手中的寶寶款長頸鹿BB夾，把手背在身後。

「更衣。」武則天含嗔的眼神變得嚴肅，轉身朝屏風後走去。

「是，陛下。」珍妮忙把蝴蝶髮卡收好，緊著步子趕緊追上。

蒼陌雪聳聳肩，拉著李隆基幫忙把自己的包包在側殿一角放好，從背包裡拿出化妝包，貼在眼睛上一看，「咦，不對咧，這是阿貝的化妝包喔，我的是卡通的，小小個，才沒她這麼大。」

蒼陌雪看著這款大號化妝包，才想起阿貝回港還她背包時忘了把裡面的包包拿走。蒼陌雪呼著小嘴自言自語道：「阿貝幹嘛不來找我要回去咧？對喔，我現在在唐朝，啊，不對，在武周朝。」

武則天從玉屏後出來，換了一身藍紫色卡弗坦長袍，著一雙革靴，近一米六八的身高，肥瘦適中的身材，看上去真是氣勢威武！

蒼陌雪抬手平著自己的頭頂比了比武則天，嘖嘖，矮一大截！

「蒼陌雪，你來給朕容妝。」武則天在妝臺前坐下。

「我……我啊？」蒼陌雪望著武則天，看看手中的化妝包，頓了頓道：「那好吧。」

蒼陌雪把阿貝的化妝包打開，一看一整套全是新的，擰開瓶蓋，瓶嘴上的錫紙都還沒揭，包包裡面滿滿當當什麼都有，防曬霜、隔離霜、精華素、BB霜、粉餅、唇膏、粉底液、腮紅、唇彩、眉筆、眼線筆、睫毛膏、卸妝油，三十六色指甲油……

再看武則天的妝臺上，放著燕脂、素粉、沉香、郁金油、瑞龍腦、蔻丹盒、螺黛、紫雪、紅雪、面脂、口脂、手藥……

相比之下，就不說什麼了吧！

武則天掃了一眼蒼陌雪化妝包裡奇奇怪怪的東西，沒有問什麼。蒼陌雪想著給武則天化個清新自然的裸妝，便先拿過化妝棉取了潤膚水。

「珍妮姐姐，這個面脂是什麼做的啊？」蒼陌雪一邊給武則天上妝，一邊跟一旁的珍妮聊起這唐朝的化妝品來。

「回雪尚宮，這面脂乃是木蘭皮、細辛、川芎、葳蕤、黃芪、黑枸杞、蜂蜜、花骨、山藥、辛夷、白芷、瓜蔞，白附子，加羊腎脂、豬胰等煉製而成。」珍妮笑著解說道。

「這些東西有什麼講究嗎？」蒼陌雪好奇道。

「細辛、白附子、辛夷祛風通竅；葳蕤、瓜蔞、豬油可滋陰潤膚；黃芪益氣補腎；川芎、木蘭皮活血保濕；枸杞、花骨、蜂蜜則養顏通脾。」珍妮細說道，「容妝中，以紫雪、紅雪為上品，此物膏凝雪瑩，含液騰芳，功能去疾，澤可飾容。」

「長學問了。」蒼陌雪看著武則天點點頭，又指著這唐朝的口紅問：「那這口脂又是什麼製成的呢？」

「此乃甲煎口脂，乃是沉香、麝香、檀香、蘇合香、安息香、甲香、丁香、藿香、甘松、薰草、紫草、雀頭香、澤蘭、蜂蜜及烏麻油等煎制燒藏而成。每至臘八，陛下常以面脂、口脂，手藥賜予諸大臣。」珍妮一一介紹道。

「哇，居然這麼講究啊，我還以為古代很落後呢。」蒼陌雪笑笑，暗自嘀咕道。

李隆基和珍妮立在一旁看著蒼陌雪給武則天化妝，喜公公進殿道：「啟奏陛下，可在長生殿傳早膳？」

「不必傳早膳了，朕想出宮透透氣。」武則天照著一座八弧雙鸞長綬青銅鏡道。

「好了，清新自然的裸妝，還不錯吧？陛下，有沒有覺得我化的比你平時的妝容更可愛些？因為陛下皮膚清透白潤，都用不著我怎麼化，自然就很美啊。」蒼陌雪收了化妝盒，沖武則天笑笑。

武則天照著鏡子點點頭，並不說些什麼。

「雪尚宮，您這些瓶瓶罐罐看著不像彩陶燒製的？是什麼東西

呢，似乎有點眼熟，但說不上來到底是何物。」珍妮盯著蒼陌雪化妝包裡的玻璃瓶罐滿是好奇。

「是啊雪兒，為何你總有一些奇奇怪怪的東西？」李隆基也抓著小腦瓜問道。

「你們說這些東西看著眼熟？不會吧，你們肯定沒見過。呃，這些呢，這些是我跟我爹地遊走西域時，從西域那邊帶回來的。嘿，這些瓶瓶罐罐當然比不上陛下所用的金器，這是易碎品，一掉在地上就摔碎了，你們不知道也罷。西域那邊寡國小民，自然用不起你們皇宮裡這些金銀玉器。」蒼陌雪心想，這些21世紀的玻璃瓶她們這個朝代怎麼能知道，便胡謅了一個來由。

「哼，朕卻認得，此乃頗黎。」武則天嗅了一眼，淡淡道。

「頗黎？玻璃？音很相近捏。」蒼陌雪詫異地看看武則天，她怎麼知道這些化妝品的瓶子是玻璃做的，「陛下，你見過玻璃啊？呃，不是，是頗黎，頗黎嗎？」

「呆貨，你不曾見？」武則天隨手指著殿內的瓶器擺設，淡然一笑道。

蒼陌雪順著武則天的手指定睛一看，才發現桌上有盛著果脯的粉金色玻璃蓋盒，擺放鮮果的藍色玻璃盤，還有些彩色玻璃瓶、玻璃龜等精緻漂亮的玻璃製品。

「原來是我不知道，我小白。」蒼陌雪難以置信，望著那些玻璃製品直搖頭，雖然她不確定殿內的這些玻璃品和21世紀的玻璃是不是同一種物質原料，但這個西元七世紀末的武周帝國可真沒她這個21世紀人類想像得那麼後落。

「陛下，鑾駕已備妥。」喜公公才傳下退了早膳的旨意，又傳了太僕寺速備鑾駕。

武則天聽罷，只淡淡令道：「備一駕馬車就行了，你們自去換身輕裝便服隨朕出宮。」

一行人伴駕乘了車駕出了端門，行在黃道橋。晨曦的天空中，朝霞捧起的初旭顯露澄眸；洛河之上，漸漸退去了浩渺的煙波江霧；天津橋上，往來十分熱鬧。

蒼陌雪坐在馬車裡，掀起轎簾探頭向東望去，忽地想起白居易的一首詩，詩云：

津橋東北鬥亭西，到此令人詩思迷。眉月晚生神女浦，臉波春傍窈娘堤。柳絲嫋嫋風繰出，草縷茸茸雨剪齊。報導前驅少呼喝，恐驚黃鳥不成啼。

詩裡讀來已是令人心骨酥醉，若貪心地看上一眼，豈不是要怪眼睛這濁物，污了這天上銀河落在凡間的景。

蒼陌雪心下裡想著，以後在武則天眼皮底下得了空閒，非得將這洛陽一草一木，一星一月都看個夠，才不枉冒死穿越到洛陽來，沒做一回旅行家真得冤枉死。

緩步前行的馬車裡，大家都安靜端坐。蒼陌雪趴在轎簾上，望著遠處隱約的北斗亭，口中反覆吟著白居易那首《天津橋》，念到窈娘堤時，忽然回過頭來對武則天道：

「陛下，你知道窈娘堤那個窈娘嗎？聽說是您的左司郎中喬知之心愛的一婢女，名喚窈娘。人家兩人本來恩恩愛愛的，都是你那個混賬侄子武承嗣，仗著你的權勢強行霸佔人家美色，生生拆散了一對恩愛鴛鴦，害得人家只能去陰間化蝶，你說說你……」蒼陌雪一口氣說得起勁，絲毫沒空分辨此刻武則天的臉色，李隆基暗自重重踢了蒼陌雪一腳，蒼陌雪才反應過來，沖他嚷道：「誒，你踢我幹嘛呀？」

李隆基不停搖著腦袋朝蒼陌雪遞眼色，一手扯著她的衣袖，一手掰回她指著武則天的那根手指端正放下，揪著蒼陌雪的耳朵緊張提醒道：「雪兒，不可無禮。」

「蒼陌雪，你是想朝侍長生殿，夜宿司刑寺？」武則天倚身玉座，抬眼嗔視道。

喜公公、珍妮二人垂著頭，時不時地就得替蒼陌雪捏一把冷汗。蒼陌雪看著武則天這副不像開玩笑的樣子，僵笑一聲扭頭轉向李隆基，一臉賠笑道：「王，我教你唱歌好不好？我們來唱……叮叮噹，叮叮噹，鈴兒響叮噹，生氣讓人不漂亮，破壞這好時光，叮叮噹，叮叮噹，鈴兒響叮噹，那美麗善良的女皇，我錯了請原

諒……」

得，這算給武則天道歉了，蒼陌雪沖李隆基兩手響指打著節拍唱道，武則天抿嘴一笑，閉上眼睛。Michelle啊，朝侍長生殿也就算了，可千萬別夜宿司刑寺啊，除非你太想來俊臣了，若不想來俊臣，你還是乖乖的吧！

悄悄說一句，這時候的喬知之還活著呢！

司空鷹槃駕著車馬下了星津橋。星津橋旁的早市中，一如太陽照常升起的熱鬧。一眼望去，江上的漁夫正出船撒網；河岸邊，洗衣的姑娘們掄著碪錘笑盈盈地傳唱新歌。

街市中，熱騰騰的霧氣繚繞，盡是街邊小販的早點營生，有喊有唱；

馬槽旁，醉酒的詩客又寫出一手絕妙叫好的詩篇，引得一群文人騷客圍觀議論，讚歎連連。昨夜才欠酒家銀子賒的錢，這會兒，引得酒家老闆站在酒樓上高喊「酒錢，免」；

熙攘的人群中，一群稚齒黃髫的孩童腳下踢著蹴鞠，嘴裡默背功課，嬉笑著穿過街市去學堂……

下了車馬，蒼陌雪拉著李隆基蹦蹦跳跳朝前去，把武則天幾人遠遠甩在後面。蒼陌雪正探頭探腦地閒逛，遠遠見得洛河邊上一家店門前高掛的招幌，那招幌自與別家不同，上頭寫的不是「茶」或「酒」或「當」之類的經營字樣，只見那挑竿懸幟上掛著一根大魚骨，題著「魚不貴」三個玄色大字。

「喂喂喂，你快看，那家店的名字真有趣，叫『魚不貴』。」蒼陌雪拍著李隆基的小辮子指給他看，忙跑回去沖武則天道：「陛下，你看，你們看，那兒，魚不貴，魚不貴喔，不貴就去嚐嚐唄？」

「祖母陛下，就依雪兒，去魚不貴如何？」李隆基也跑回來贊同道。

「看看去。」

蒼陌雪牽著李隆基的小手向魚不貴跑去，珍妮、喜公公、司空鷹槃則緊緊跟在武則天兩側及身後，步步小心。

「喲，二位客官一早光臨，姑娘，爺，來來來，請請請，樓上

請。」店小二見迎面而來的蒼陌雪和李隆基衣著不俗，忙出門迎上兩人作禮賠笑道。

「小二哥，你們魚不貴早上營業嗎？」蒼陌雪問。

「女客官，咱魚不貴酒樓，那是全天候不打烊的酒樓。客官什麼時候來，想吃，誒，您樓上請，想吃什麼小的馬上報給後廚去做。」小二口齒利索道。

「你們這裡的魚真的不貴嗎？」李隆基向後甩著小辮，一本正經地問道。

「喲，咱的小爺，您說貴也貴，不貴也不貴，就看您是挑那貴的吃，還是撿那不貴的點。」小二哈腰，滿臉賠笑道。

「喂，你管它貴不貴，反正吃你祖母的，又不用我們埋單。靚仔，我們要明白自己的身份，咱就是來蹭飯的。」蒼陌雪轉身沖後面的武則天等人招手，又對店小二道：「小二哥，麻煩給找個清靜點的座兒，我們一共六個人。」

「好嘞，眾位客官樓上請。」小二麻溜地上前引路。

二樓臨江的雅座裡，小二嫻熟地泡上茶，給眾人一一斟上。珍妮、喜公公二人出了宮門也要照例為武則天試毒，蒼陌雪倒是毫無顧忌，倒了茶就飲。

「眾位客官，想吃點什麼？」小二斟完茶，放下茶壺問道。

「唔，給我來雞爪雞腿，鴨爪鴨腿，鵝爪鵝腿，魚不貴不要，我要最貴的。」蒼陌雪向後仰仰懶腰，對小二道。

「得嘞，客官，小店金錢鱉最是新鮮。」

「金錢鱉？好，那就金錢鱉，給我來條最大的，要活的喔。」

「客官，小的沒明白，您要活的是個什麼意思？」小二不解地問道。

「玩，對嗎？」李隆基俏皮地看著蒼陌雪。

「Yeah，Play，That's right，Give me five。」蒼陌雪抓著李隆基的小手一擊掌。

「得嘞，客官照價付銀子，小的只管遵命伺候著，其他幾位客官想吃點什麼？」酒樓招呼的是五湖四海的客人，這店小二自然沒

興趣聽蒼陌雪這「鳥語」，轉而向那位氣場不一般的貴夫人武則天道。

「他們啊，什麼草根、樹皮、野榛子，有多少上多少，刮刮他們的油腸子。」蒼陌雪一嘴玩笑道。

「蒼陌雪。」武則天含嗔喝了一聲，轉向小二道：「上幾樣新鮮爽嘴的小吃便罷。」

「哎，客官，您稍等，小的這就報給後廚做去。這位姑娘，小的先給您把金錢鱉提來。」小二賠笑，恭敬而退。

「雪兒，金錢鱉可怎麼玩？」李隆基坐在蒼陌雪旁邊，小聲問道。

「我最恨我在睡覺的時候被人無端吵醒，金錢鱉怎麼玩？當然是放它回去睡覺咯，打擾人家冬眠是件多殘忍的事啊！我最見不得這種不可愛的事發生，不可愛的事發生，不可愛的事發生……」

喜公公等人看著蒼陌雪這副模樣直忍著笑，武則天淡淡飲著茶，絲毫不看蒼陌雪。

小二提上一隻大塊頭的金錢鱉走到蒼陌雪旁邊，介紹道：「客官，這是從揚州運上神都的上等金錢鱉，重兩斤六兩八錢，客官，這銀子嘛……」

「銀子好說，找她要。」蒼陌雪沖小二指指武則天。

「得嘞，金錢鱉您收好，小的給您催催後廚去。」

李隆基用力提著從小二手裡接過的金錢鱉，讚歎道：「哇，大傢伙。」

「司空大哥，可給陛下表演一個臨空放生金錢鱉？」蒼陌雪對司空鷹槊笑笑，又轉向武則天道：「嘿，陛下，陛下您恩澤四海，今天就讓這只金錢鱉沾沾陛下的福吧？我替它謝主隆恩啦。」

「隨便你。」武則天語氣不冷不熱，只管飲著茶。

蒼陌雪捧上金錢鱉，與李隆基一起用力往窗外一拋。司空鷹槊「咻」地握著寶劍躍出酒樓，用劍鞘頂著金錢鱉的肚子，在空中翻越而下腳尖貼近水面，將金錢鱉送入滾滾洛河中，兩腳一蹬跳上廊簷。那動作之瀟灑，把李隆基和蒼陌雪兩人給看呆了，武則天則靜

坐飲茶不摻和他們。

不一會兒，侍應一一端上各色糕點小吃，小二從旁介紹道：「各位客官，咱魚不貴的胡食不同於外間小攤上的胡食。咱魚不貴酒樓請的那都是胡師博士精心烹製，客官您細嚐嚐這畢羅、勒漿、胡餅、搭納、餶飿……」

不等小二細說完，蒼陌雪呆呆地指著面前一疊肉夾饃問道：「這是肉夾饃嗎？肉夾饃嗎？」

「是肉夾饃，客官，咱魚不貴酒樓的肉夾饃……」

蒼陌雪面無表情地望著肉夾饃，打斷小二的話道：「你們，下去。」

小二和上菜的侍應不明情況只好且先退了出去，李隆基剛要拍蒼陌雪的肩膀，蒼陌雪愣愣地望著他道：「不想被我噁心死也下去。」

武則天示意他們幾個先下樓，喜公公、珍妮、李隆基三人只得奉旨下了樓，在樓下候著，司空鷹槳則倚在茶座外沿護駕，雅間裡，只剩武則天和蒼陌雪。

「你怎麼不走？」蒼陌雪伏在桌沿上嘟著小嘴。

「朕也要聽你的？」武則天反問道。

「嗚嗚嗚嗚……」蒼陌雪把那疊肉夾饃移到自己面前，撲在桌子上眼淚汪汪地望著肉夾饃嗚咽起來。

「你哭什麼？」武則天拉起蒼陌雪的手臂問道。

「我想哭，我就哭，你還不讓人哭了。」蒼陌雪滾著淚珠，哼哧個不停。

「朕命你停下。」武則天含威令道。

「我不，我就哭，我想哭。咳咳咳嗚嗚嗚嗚嗚……」蒼陌雪倔道。

「說，你到底因何啼哭？」武則天一手抬起蒼陌雪的額頭問道。

「我小時候家裡窮，每次看見別的娃兒有肉夾饃吃，我就在心裡暗暗發誓，等我長大以後，我要讓我爹吃上肉夾饃。可我現在離

家一千三百多年，我怎麼給我爹吃肉夾饃？嗚嗚，我想家，我想我爹，我想我爹地，我想我媽咪。」蒼陌雪掙開武則天的手嗚咽道。

「看你這眼淚滾的，醜死了。」武則天嗔笑道。

「你以為眼淚是H_2O嗎？眼淚是LOVE啦。」蒼陌雪瞪著小眼反駁道。

「LOVE，什麼是LOVE？」武則天問。

「LOVE，Love，愛，愛啊你懂不懂，是愛，哼嗚嗚嗚嗚嗚嗚……」

武則天笑著搖搖頭，端起蒼陌雪的小臉，給她擦乾臉上的淚水，將一塊肉夾饃塞到蒼陌雪手裡，扶著她的手舉到嘴邊，起身下了樓，司空鷹槊亦緊隨其後。

蒼陌雪一邊唏哼哼唏哼哼地流著眼淚，一邊細嚼慢咽地吃起肉夾饃，一個接一個。

直到，時間過去……

直到時間過去良久，蒼陌雪才想起李隆基他們，一看雅間四周，武則天、珍妮、司空鷹槊、喜公公、李隆基全都不見了，只有那店小二呆呆地立在外間門框上，像是要睡著了。

「小二，小二哥，」蒼陌雪喊醒小二問道：「他們人呢？」

「哦，您說剛才那幾位客官啊，走了。」店小二搓著眼皮醒了醒睡意。

「走了？」蒼陌雪驚得從凳子上跳了起來，快步走到樓梯口探著頭往樓下瞧，「真走了？」

「客官，您還吃點什麼？」小二打著哈欠道。

「哦，不用了，我也走了。」蒼陌雪悶悶地垂著腦袋，心下想著武則天真不可愛，要回宮也不叫自己一聲。

「客官，您還沒付錢呢？」小二一把攔住蒼陌雪道。

「他們沒付錢嗎？」蒼陌雪眨巴眨巴眼睛看著店小二，一臉詫異。

「付了。」

「那你攔我幹什麼？」蒼陌雪反問道。

「客官，您沒付錢吶。」小二提醒道。

「喂，我跟他們是一夥的，不是，我跟他們是一起的，他們付了就等於我付了，有沒有點常識啊你？」蒼陌雪拍拍腦門，無奈道。

「客官，小的是說剛才那幾位客官付了茶點錢，您點的不是沒付嘛。」小二賠著笑，耐心解釋道。

「我點的？」蒼陌雪有點恍惚，她就記得自己吃了一堆肉夾饃，肉夾饃之前的事，「嗝，嗝」吃撐了，想不起來了。

「客官，雞爪雞腿，鴨爪鴨腿，鵝爪鵝腿，您還要嗎？」小二耐著性子問道。

「不要了。」

「哎，好嘞。」

「嗯。」蒼陌雪晃晃腦袋，朝樓梯口走去。

「誒，客官？」小二再次攔住蒼陌雪。

「你還有什麼事啊？」

「您得把這賬結了吧？」

「我不是說不要雞爪雞腿，鴨爪鴨腿，鵝爪鵝腿了嗎？」蒼陌雪一手叉著小腰，無奈道。

「可您要了一隻金錢鱉啊。」小二歎聲氣，一臉倦意地提醒道。

「金錢鱉？他們沒付金錢鱉的錢？這……不是，我……」蒼陌雪崩潰地撲在店小二肩上看看樓下，又看看店小二，下意識地摸了摸口袋，心虛道：「呃，金錢鱉，多多多少錢？」

「客官，一千兩。」小二豎起手指道。

「一千兩？一千兩銀子？我一定是聽錯了。」蒼陌雪僵笑道，心想自己這到底算被武則天給耍了還是被這魚不貴酒樓給坑了？

「沒錯，客官，是一千兩銀子。」小二再度賠笑道。

「What？你憑什麼要我一千兩銀子？」蒼陌雪瞪眼喊道。

「客官，看您說的……」

「怎麼回事？」

　　小二還未細解釋，只聽得對面一個粗厲的聲音問道，店小二恭敬地迎了過去，哈腰道：「朱爺。」

　　這位朱爺，便是魚不貴酒樓的老闆朱不貴，一副大腹便便的富態樣，著一身丹色錦袍，一手拈著鬍鬚，一手把玩玉器，身後跟著四個兇神惡煞的小廝，傲慢地朝蒼陌雪走來。

　　小二正要跟這位朱爺解釋金錢鱉的事，蒼陌雪一腳站上前，截過話來質問道：

　　「你是老闆是吧，你們魚不貴酒樓憑什麼一隻金錢鱉賣一千兩銀子？你那招牌不是，魚，不貴，嗎？」

　　「姑娘，魚是不貴，可你要的是金錢鱉。」朱不貴兩眼輕蔑道。

　　「喂，你不能因為那隻金錢鱉它姓金你就把它當金子賣對不對？那如果我姓武，我還是當今皇帝的親戚，皇親國戚捏。」蒼陌雪欲哭無淚，嘴上一邊辯解，心中想著對策，如何脫身。

　　「程二，怎麼回事？」朱不貴沉著臉轉向店小二道。

　　「回爺的話，這位女客官要了一隻金錢鱉，重兩斤六兩八錢，小的跟她說一共是一千兩銀子，她……她非說咱酒樓賣貴了她的。」小二怯怯低著頭解釋道。

　　「姑娘，咱這可是市場價，老實買賣，您可不能亂說。姑娘，莫不是您沒銀子付賬，跟爺這兒耍賴呢？」朱不貴一臉奸詐的神情，冷笑道。

　　「老闆，我問你，洛陽米市，一斗米售幾文錢？」蒼陌雪覺得自己好歹也是女皇帝武則天的近侍尚宮，憑著這個身份就先跟他講講道理。

　　「三文。」

　　「一兩銀子是一千文銅錢，可以買三百三十三斗米，十斗為一石，一石約五十公斤。我們現在一般米價是兩塊五左右一斤，照這樣算，你一兩銀子相當於二十一世紀的七八千塊錢，你一隻金錢鱉你賣我七八百萬的天價？你跟我這兒漫天要價，我可不糊塗，錢呢，我是不會付的，把我送官吧，叫官府來斷。」

　　蒼陌雪算著手指冷靜地辯解道，這無疑是她這輩子數學算得最好的一次了，若在平時，你叫她數一百個數，她都能數結巴。

　　「哼哼，姑娘，咱魚不貴酒樓奉的財神爺可是當朝御史來俊臣來大人。姑娘，來俊臣來大人的大名可是如雷貫耳吧？你是執意要爺將你送官呢，還是乖乖把銀子付了？小姑娘，別跟爺這兒要心眼，要你一千兩銀子，算便宜你了。」朱不貴一臉蔑視，湊近蒼陌雪的小臉奸笑道。

　　「我警告你，我可是皇帝身邊的近侍女官。要我付你這銀子也不難，只要陛下聖裁，當付的我當然會付。」蒼陌雪本能地退後幾步，指著朱不貴語氣強硬道。

　　朱不貴聽蒼陌雪說她是皇帝身邊的近侍女官，遂向旁邊的小廝遞了個眼神，後轉向蒼陌雪笑道：「姑娘，騙吃騙喝的爺見過不少，敢打著皇帝的旗號騙吃騙喝，敝人真是佩服您的膽量。」

　　「你不敢將我送官，也不肯向宮內傳書，分明有鬼。哼，既然是來俊臣的門外狗，我猜，你是想將我同金錢鱉一樣放生吧？」

　　「哼，小娘子，敢空著荷包來我魚不貴吃霸王餐，就休怪朱爺我請你下幽冥界。」

　　蒼陌雪蹲在地上抱著腦袋，心想這個世界怎麼到處都有來俊臣，才對付完來俊臣A，現在又出現了一個來俊臣B，後面還有來俊臣CDEFG……

　　世上最悲哀的事，不是魔鬼不死，而是魔鬼死了，還要留下他那邪惡的影子，讓人帶著他的意志，繼續與這世界為敵。

　　來俊臣，朱不貴，他們不過就是那一個個被邪惡了的邪惡影子，可蒼陌雪卻沒有力量將它們踩死；甚至，她現在，隨時隨地都可能被他們踩死。

　　這一切怪誰？

　　武則天！

　　武則天！

　　武則天！

　　都，怪，武，則，天！

第七章 服女皇，項鏈贖玉佩

舊中橋南岸，滾滾洛河翻湧著急浪，朱管家命四個小廝將蒼陌雪懸空抬起，往河堤處走去，朱不貴乘著轎子亦隨其後。

「放我下來，放我下來，你們敢對皇帝的尚宮女官如此無禮，本姑娘要把你們全部送進宮去當太監，放我下來你們聽見沒有放我下來……」蒼陌雪不斷掙扎叫喊，斜眼望著濤濤洛河，渾身顫抖，「救命啊，神都洛陽，天子腳下，竟有人目無王法，草菅人命。」

河岸上，聞聲而來的圍觀百姓愈來愈多，指著蒼陌雪紛紛議論開來。轎夫壓下轎子，朱管家扶著朱不貴下了轎，朝蒼陌雪走來。

「姑娘，殺人償命，欠債還錢，這點江湖規矩還要爺教你嗎？您慈悲放生為善，敝人也禮敬君子之成人之美。」朱不貴一臉冷笑，命抬著蒼陌雪的小廝道：「你們，把她給我扔下去。」

「手下留情。」

蒼陌雪只顧著看看這洛河之水到底有多深，還沒來得及回朱不貴的話，圍觀的人群中，一位白衣少年背著竹簍，牽著一匹白馬站上前來制止道。

「你是何人？」朱不貴打量了白衣少年一眼，輕蔑地問。

「朱爺，請手下留情，這位姑娘欠您的錢，小生來還。」白衣少年淡淡一笑，對朱不貴道。

「她？哼，她可欠爺一千多兩銀子。」朱不貴冷笑一聲。

「聽聞朱爺廣為愛子尋求荊山聖藥『頭頂一顆珠』、『江邊一碗水』、『文王一枝筆』和『七葉一枝花』。小生這竹簍裡正有這四味草藥，在下願將草藥送與朱爺抵這位姑娘所欠下的債。您放了她，小生將草藥交給您，請眾位父老鄉親作個見證。」白衣少年溫婉從容道。

蒼陌雪被架在空中，被一小廝的爪子朝外摁著頭，側耳只聽得少年的聲音，看不見少年的模樣，但聽少年仗義為自己解圍，蒼陌雪心中滿是感激。

　　圍觀人群中，洛陽城內一名醫，名喚孫再堂的站上前來端詳少年竹簍裡的草藥，鑒定了一番，對朱不貴道：「朱爺，草藥確系荊山所產『頭頂一顆珠』、『江邊一碗水』、『文王一枝筆』和『七葉一枝花』，不假。」

　　「有勞孫大夫。哼哼，公子，你這幾株草藥就想抵爺一千兩銀子，未免太便宜了些？」朱不貴擺手讓孫再堂退下，兩眼盯著白衣少年腰間的玉佩。

　　「依朱爺的意思？」少年問。

　　「四株草藥，外加公子腰間的玉佩，方可抵這一千兩銀子。」朱不貴滿嘴貪婪道。

　　「好，就依朱爺。」白衣少年毫不猶豫地解下左腰間的玉佩，將玉佩與草藥一併交給朱管家。

　　「朱爺，這玉佩也不抵一千兩銀子，咱不是虧大發了？」朱管家遲疑地接過草藥和玉佩，捧到朱不貴面前問道。

　　「你懂什麼，他佩帶的可是羊脂白玉，這種玉石，只有帝王將相才佩帶得起。」朱不貴拿過玉佩呵斥道。

　　朱管家示意架著蒼陌雪的四個小廝將她放下，伺候朱爺上了轎子，打馬往回去，圍觀的人群亦漸漸散去。

　　蒼陌雪左腳發麻跌倒在地，白衣少年走上前來扶起蒼陌雪，笑容溫婉道：「姑娘，您沒事吧？」

　　「你……」蒼陌雪呆呆望著面前這位攙扶自己的白衣少年，少年俊逸清朗，眉宇翩翩，愣得蒼陌雪一時間口中沒了言語。

　　「姑娘好生保重，小生告辭。」少年扶起蒼陌雪，背過竹簍作禮道。

　　「誒，你的玉？」蒼陌雪站起身，急切道。

　　「姑娘至善之心，玉佩當為姑娘表德。」少年靦腆一笑。

　　「我……」蒼陌雪被少年的話，羞得低下了頭。

　　「姑娘保重，小生拜辭。」少年牽過馬，再次作禮道。

　　「等一下，錢，我會還你的。」蒼陌雪急忙近前道。

　　「區區小事，姑娘不必放在心上。錢生是非，還是隨他去的

好，小生就此別過。」少年笑笑，欲轉身離開。

「以此為憑，你的玉佩，他日我定當奉還。」蒼陌雪忙解下手腕上的黃色陶藝手錶遞給少年，鄭重其事道。

少年猶豫地看著這新鮮物，沒有接過手錶。蒼陌雪突然瞥見朱管家來勢洶洶地帶著一群人又追了回來，忙將手錶扔在少年的竹簍中，蹬上少年的馬，駕著快馬回頭朝少年揮手喊道：「我一定奉還你的玉佩。」

「來大人有命，將這小刁婦拿下。」朱管家追上前來，高聲命令道。

一群抄著傢伙的小嘍囉在後面窮追不捨，蒼陌雪亮出腰牌開道直沖入左掖門，朱管家見蒼陌雪進了宮門才罷休地帶人離開。

蒼陌雪下了馬叉著小腰，靠在左掖門門外的城牆上大喘粗氣，歇了一陣，垂頭只見地上立著一個人影，蒼陌雪警惕地一轉身，愣了幾秒，微微道：「是你？」

「姑娘，您的鞋。」少年手中捧著鞋子，滿頭是汗地站在蒼陌雪面前。

「謝謝，你。」蒼陌雪尷尬地接過鞋子穿上，把韁繩交給少年。

「姑娘，切切保重，小生告辭了。」少年擦擦額頭的汗，跨上馬，對蒼陌雪溫婉一笑，朝前而去。

「再……見。」蒼陌雪怔怔望著馬背上少年的背影，直到少年的背影消失在眼球的可視距離內。

蒼陌雪垂著腦袋歎道，這原本是多麼平常的一日，只是出宮去吃個早飯，居然弄出如此驚魂的一幕。昨天沒死在天牢裡，今天差點死在洛河裡，這穿越，一點都不好玩，嚇死人了！

蒼陌雪心下裡恨恨地抱怨，而一想到剛才搭救自己的那位白衣少年，心中又是一陣暖呼呼的感動。沒想到自己在武周帝國還能遇上這麼奇妙的緣分，那個謙謙少年，他是誰呢？

蒼陌雪悠悠往宮裡走去，低頭想著剛才那位溫婉的少年，猛然一抬頭又往宮門外跑去，那騎馬的白衣少年早已杳無蹤影，蒼陌雪

垂著腦袋心酸道：「我還不知道你名字呢！」

黃昏已落了夕陽，武則天正在大殿問李隆基課業，見蒼陌雪心不在焉，呆頭呆腦地移著步子回來，不禁發笑。

「雪尚宮？雪尚宮？您還好吧？」珍妮迎上去問道。

「好啊，挺好的。」蒼陌雪對著珍妮滿臉傻笑。

「雪兒姑娘，您沒事兒吧？」喜公公唉聲擔心道。

「沒有啊，能有什麼事？」

「雪兒，雪兒你沒事吧？雪兒？」李隆基忙起身，前後打量了一番蒼陌雪。

「蒼陌雪，什麼是荊山聖藥『頭頂一顆珠』、『江邊一碗水』、『文王一枝筆』、『七葉一枝花』？」武則天含笑走下龍座道。

「你們啊你們，你們一個個的把我一個人扔在魚不貴，魚不貴的老闆朱不貴要把我扔到洛河裡去餵金不貴。天吶，你們一個是皇帝一個是親王，這麼耍我有意思嗎？」蒼陌雪回過神來，想起自己被戲弄了一個上午，望著武則天鄙視道。

「朕把你怎麼了？」武則天笑道。

「是，不作死就不會死。可你沒說你不同意我放了那隻金錢鱉啊？我以為你答應我才讓司空大哥放的嘛。陛下，對你來說，放隻金錢鱉也不算給你挖坑吧？但最後怎麼是我跳了下去？」蒼陌雪心裡著實抱怨，心有餘悸道。

「陛下，司空鷹褧復旨，雪尚宮平安歸來。」司空鷹褧突然出現在殿外啟奏道。

「哦，原來就你沒走，你看著我要被扔下洛河也不救我，虧我還當你是大哥。」蒼陌雪撅著小嘴望著司空鷹褧，生氣道。

「雪兒，我……」司空鷹褧不知該如何解釋。

「算了，你也是奉旨行事。」

「君子無故，玉不離身。蒼陌雪，你可騙了一位白衣少年的玉佩。」武則天擺手，示意司空鷹褧退下。

「雪兒，其實我也想去救你。」李隆基弱弱道。

「哎呀行了，是是是，陛下說得是，我偽善的心無意中騙了一

個真善的人。其實我沒那麼好心想將金錢鱉放生，救它性命，我就是想拿它來玩，沒想到玩得這麼大。」蒼陌雪慚愧地轉過身，將衣領內裡的寶石項鏈摘下，捧到武則天面前，

「這是我二十歲生日那年，我爹地送給我的寶石項鏈深藍之藍。陛下，我跟你換一千兩銀子行嗎？」

「寶石項鏈？」李隆基湊上前來端詳。

「我敢說，你們國中再也找不出第二件這樣的寶物。」

「那你從何得來？」武則天問。

「我爹地是富商，我擁有一條藍寶石項鏈有什麼可稀奇的。別問那麼多了，就說一千兩銀子你換不換吧？」蒼陌雪現在別無他法，只好將爹地送她的項鏈當了，先贖回少年的玉佩。

「十兩。」武則天笑笑。

「幾兩？」蒼陌雪僵著小臉問。

「十兩」

「十兩？我耳朵沒事吧？十兩？誒，你是皇帝耶，你買個東西居然這樣砍價，你好意思嗎？啊？好意思嗎？陛下，能不任性嗎？我開價一千兩，你砍我九百九十兩？這史書也沒記載過你這麼小氣呀，我算是認識你了。」蒼陌雪憤憤抓狂道，她真是愈來愈無法理解武則天，蒼陌雪感到自己又被武則天耍了一次。

「放肆，你就當花十兩銀子買個教訓。傳朕口諭，命朱不貴將玉佩奉上；另外，傳旨佈告全國，所有官民當於每月初八、十四、十五、二十三、二十九、三十這六日，禁止宰殺牲畜，捕殺魚蝦水產，修持齋戒。」武則天令道。

「老奴即刻傳陛下旨意。」喜公公躬身出了大殿。

武則天從蒼陌雪手裡接過寶石項鏈，望著蒼陌雪那一張哭笑不得的醬油臉，愈發覺得搞笑，捉弄蒼陌雪，成了武則天新的娛樂方式。

這後宮，什麼時候，因為有她，竟顯得不那麼寂寞了！

李隆基與司空鷹槊二人為了「賠罪」，同蒼陌雪一道連夜驅馬去魚不貴酒樓幫蒼陌雪要回少年的羊脂玉佩。

　　長生殿內，蒼陌雪盤腿坐在地上捧著少年的玉佩，心酸道：「魚，我所欲也。」抬頭又看著端坐案臺正御覽奏章的武則天，指著武則天脖子上閃閃的寶石項鏈，垂喪著腦袋歎道：「熊掌，亦我所欲也。」

　　「二者不可兼得。」李隆基歪著腦袋蹲在蒼陌雪身旁嚼著薯片俏皮道。

　　「要你囉嗦。」蒼陌雪瞪了李隆基一眼，把玉佩掛在脖子上，藏進衣領裡，伸著爪子從李隆基手上的包裝袋裡抓了一大把薯片。

　　「我都沒有了，雪兒。」李隆基望著包裝袋裡僅剩的幾片，抓著蒼陌雪的手喊道。

　　「我買的，我買的好嗎？」蒼陌雪生著悶氣爭搶道。

　　「你給我剩一點，蒼陌雪。」李隆基咬著蒼陌雪手上的薯片，兩人追打著跑出大殿。

　　項鏈換玉佩，真不知該恨武則天還是該謝武則天。總之，這個女皇帝，蒼陌雪算是服了她了！

第八章 逆女皇，下放福宣寺

　　後突厥阿波幹可汗默啜遣使進獻汗血寶馬已抵達洛陽，武則天賜名烈焰鐵血，並親自在神苑校場舉行賽馬比武，所有參賽者不分貴賤，憑自身真才實學過關斬將。

　　進入前三名者，最後的考核，是徒手制服烈焰鐵血。可惜的是，幾番比試下來，大賽之中無人可徒手制服這匹通身紫色的悍馬。

　　「還有哪位勇士，能徒手制服烈焰鐵血？」主考官宋將軍問道，底下選手幾番失敗後，皆面面相覷無人應答。

　　「祖母陛下，隆基願意一試。」李隆基作禮後退，一個後空翻跳下殿臺，上了校場，未等跨上馬拉住韁繩就被烈焰鐵血甩了下來，好在臨淄小王身輕如燕，瞪著馬背平安落地，倒也沒傷著自己。

　　「蒼陌雪，你可知朕年少時馴服獅子驄的故事？」武則天看著校場上的比試，一臉雲淡風輕地問道。

　　「太宗皇帝有馬名獅子驄，肥逸無能調馭者，陛下言於太宗曰，呵呵呵，您能制之。然須三物，一是鐵鞭，二是鐵撾，三是匕首。鐵鞭擊之不服，則以撾撾其首；又不服，則以匕首斷其喉。」蒼陌雪無聊地回答道。

　　「這匹烈焰鐵血，比武之中無人可馴服，是否也當以撾撾其首，以匕斷其喉？」武則天含笑，望著蒼陌雪道。

　　「別，寶馬來的喔。其實馴馬呢，不一定非用武力才可馴服，馴服不了這匹悍馬，也不能說這個將士的武力就完全不行。我想比武之中的勇士們，都是被陛下所說『徒手』兩個字給騙了，他們把『徒手』直接硬生生地給理解成了不使用刀槍兵刃赤手空拳，所以，一時難以馴服這匹烈焰鐵血。」蒼陌雪分析道。

　　「依你之見呢？」武則天點點頭。

　　「依蒼陌雪之見，要馴服這匹烈焰鐵血也簡單，只需將它與老

弱病殘的馬兒關在一處放養，久而久之，烈焰則熄，鐵血則鏽。」蒼陌雪笑笑。

「從一匹千里寶駒變成一匹苟延殘喘的死馬，縱然馴服，又有何用？」武則天反問道。

「那你還費什麼事說這麼多？既是千里馬，自然要它服你，而不是你使蠻力去馴服它，如果它迫於你的兵革之利，表面對您溫順，而內心野性未除，這樣的馬，用得豈能放心？」蒼陌雪伸著懶腰打著哈欠。

「言之有理，朕就將這匹烈焰鐵血賜與你。」

「我不要，我不怎麼會騎馬，送給我簡直是糟蹋了它。」蒼陌雪淡淡推辭道，「誒，陛下，為何不將寶馬賜給戰功赫赫的將軍？」

「金銀錦緞、美女珠寶都賜得，就是賜不得一匹性如其名的烈焰鐵血。將軍打仗，可不是贏在一匹烈烈戰馬上；而將軍顯功，卻會敗在一匹禦賜戰馬上。」武則天起身道。

「哎呀，可我還是不想要啊，你把它賜給我，就等於我除了養自己還要養它，我有那麼小資嗎，還養寵物？」蒼陌雪嘟著小嘴，不領情。

「朕要賜你寶馬，你竟不肯奉旨？」武則天收了笑意，含威道。

「不奉。」蒼陌雪撇著腦袋道。

「雪兒姑娘，陛下恩賜，當奉旨謝恩呐。」喜公公察覺到武則天臉上閃過一絲不悅的神情，忙勸蒼陌雪道。

「哎呀，喜爺爺，我又不想要。」

「朕再問你一遍，你是要還是不要？」武則天語氣強硬道。

「你不用再問我一遍，我就是不要。」蒼陌雪望著武則天，一點沒打算妥協。

「來人，將蒼陌雪押入福宣寺，削髮為尼。」武則天立起威嚴令道。

「喂，你怎麼這麼霸道啊？我不要你的賞賜，你就要我去當尼

姑？你以前馴過馬現在就要我馴馬？你以前出過家，現在就要我出家？你太坑了吧，你憑什麼這麼對我？」蒼陌雪瞪著武則天抓狂道，覺得自己實在是無辜地被武則天這暴脾氣從頭到腳給踩蹋了。

「陛下，饒了雪尚宮吧陛下？」珍妮忙替蒼陌雪跪求道。

「不准替她求情，御前金吾，速將蒼陌雪押往福宣寺。」武則天端身坐下，再一次令道。

「臣等奉旨。」金吾上前，將蒼陌雪押住。

「哼，去就去。誒誒誒，等，等一下啦……」蒼陌雪前腳賭氣要離開，後腳又站住，弱弱地望著武則天問道：「可不，可以，選，道觀？」

「不准。」武則天冷冷甩下兩個字。

「世上只有媽媽好，哼，沒媽的孩子，哼哼，沒媽的孩子想吃草……」蒼陌雪拖著哭腔心酸地唱道。

蒼陌雪氣呼呼地被一行金吾送上了圓壁城外邙山之中的福宣寺，福宣寺住持淨意老尼師惶恐地接到宮中傳旨為蒼陌雪剃度出家。

蒼陌雪感到自己隔三差五地就被武則天整上一回，她這是欺負自己欺負上癮了，一點小事就生這麼大的氣，她不是過了更年期了嗎？她都七十歲了喔，難道更年期還能復發？不就是不要她的馬嘛，居然因為一匹馬就要自己去當尼姑，蒼陌雪越想越生氣，她決定生武則天的氣很久，沒錯，是很久，武則天要不跟自己道歉，以後就把自己變成啞巴，再不跟她說一句話，氣死她。

福宣寺中，莊嚴的大雄寶殿上，淨意住持拿著剃刀，眾尼師口中不停念著「皈依佛，皈依法，皈依僧……」

「我不剃度，你別碰我，你們佛門不是講大慈大悲普渡眾生嗎？怎麼可以強行要別人剃頭呢？」蒼陌雪死死捂著自己的腦袋喊道。

「白果師，老尼是奉旨剃度啊。」淨意住持無奈道。

「白果是誰？」蒼陌雪詫異道。

「白果是陛下賜您的法號。」

「什麼意思啊？」

「陛下說白果子性溫有小毒，須假以時日內外調順，方可長成長壽之樹，故而，賜爾法號白果。」淨意住持平靜解釋道。

「白果？白果？她真是莫名其妙，東賜人家東西，西賜人家東西，當皇帝很了不起是不是？白果？不行，我不要叫白果，我不剃度，我不出家。」蒼陌雪鑽到佛案下抓著自己的頭髮。

「白果師，還是奉旨吧。」淨意住持勸道。

「我不，不不不不不，我不剃，我沒有宗教信仰。」蒼陌雪上竄下跳，在殿中躲躲藏藏地叫喊道。

「白果師，聖命難違啊。」

蒼陌雪看著大殿的塑像，佛祖面無表情，金剛兇神惡煞，菩薩低頭發呆，這哪是人待的地方呀？

「誒？菩薩？」蒼陌雪突然注意到觀音菩薩的金身像，便問：「住持，為何觀音菩薩不剃度，她不是有頭髮嗎？」

「觀世音菩薩為了度脫有情眾生，而示現的在家相。」淨意住持解說道。

「幫我傳書給皇帝。」蒼陌雪聽罷，心生一計，謀劃起自己的主意來。

蒼陌雪寫了一張字條要求傳回宮中，礙於她死死護住頭上那三千煩惱絲，淨意住持也只好暫且將剃度之事作罷，再等女皇的旨意。

洛城殿內，喜公公呈上蒼陌雪的傳書，武則天打開一看，紙上寫著：菩薩剃頭，我就剃；菩薩不剃，還有我什麼事？

武則天看完，含笑令道：「傳令下去，朕下月十五起駕福宣寺禮佛敬香，命淨意住持照寺廟生活安排蒼陌雪，若蒼陌雪還敢抗旨，朕親自給她落髮為尼。」

福宣寺中，第二天一大早，天剛麻麻亮，眾比丘尼如常在大殿誦經做早課，淨意住持行到蒼陌雪禪房中叫醒她。

蒼陌雪摀著耳朵死死貼緊床板，將被子緊緊裹住自己，連一根頭髮都沒露在外面，就是死睡死睡不起來，淨意住持卻能耐心極好

地立在一旁連念兩個小時佛號。

「住持,別念了,我降。」蒼陌雪無奈地舉起雙手從被窩裡爬起來。

淨意住持合掌出了禪房,蒼陌雪穿起衣服跟著往廚房後院去。蒼陌雪望著爬上頭頂的太陽,伸著懶腰道:「住持,您要帶我去看日出嗎?」

「白果師,你今天的活兒,便是舂完這五斗米。」淨意住持吩咐道。

「舂米?是,什麼意思啊?」蒼陌雪一臉疑惑。

「舂米就是把穀子去殼,再用竹篩篩出米粒,老尼教你一遍,你且看仔細。」

淨意住持說罷,將半斗米倒入石臼中,石臼上頭置著木碓,中間架著一條橫杆,橫杆前段連上石臼,杵上大石塊。淨意住持腳踩著橫杆,臼杵直直向下搗,就見石臼裡的穀子有殼脫落。

「原來古人早就懂得運用杠杆原理。」蒼陌雪歎道。

「你且在此舂米,老尼去也。」淨意住持合掌道。

「哦,住持慢走。」蒼陌雪愣愣作禮道,望著淨意住持漸遠的身影,又猛然想起道:「住持,我我我,我還沒,吃飯咧。」

淨意住持離了後院,蒼陌雪慢吞吞地照著淨意住持方才示範的樣子開始舂米,踩著橫杆反覆試了好幾遍,仍覺得舂米這個活兒十分吃力。

蒼陌雪折騰了近半個小時,石臼裡破殼的穀粒,都不好意思用五個手指頭去數。蒼陌雪望著籮筐裡那滿滿的五斗米,蹲在地上崩潰道:「你們把我舂了算了。」

蒼陌雪擦著額頭上累出的大汗,口中感歎道:「真無法想像古人吃上一頓飯得有多難,從鋤禾日當午,汗滴禾下土的舂種;到足蒸暑土氣,背灼炎天光的收割;再到這樣把米一粒粒舂出來,還得上山砍柴生火才能煮熟一頓飯。這要在21世紀,打個電話叫份外賣什麼都搞定。哎,難怪古人會活得比較知足,因為艱難,所以更懂得珍惜。但現在我不需要明白這種道理好嗎?」

「雪兒。」蒼陌雪坐在石臼上自言自語，李隆基突然從蒼陌雪背後躥出來。

「嚇我一跳，一大早你來幹什麼？」蒼陌雪撇撇小眼望著李隆基道。

「來看你啊，雪兒，你還好嗎？」

「好啊，時空旅行，原生態體驗嘛。」蒼陌雪嗔著小臉，嘟著小嘴道。

「雪兒你別難過，我會勸祖母陛下讓你回宮的。」李隆基安慰道。

「我跟你說啊，你別老來找我，我什麼身份你什麼身份，好好讀你的書，別為我的事去煩那個皇帝，在她身邊又沒有比這裡好。」蒼陌雪置氣道。

「雪兒。」李隆基無奈地看著蒼陌雪。

「你回去吧，謝謝你來看我。」

「那雪兒，你保重。」

李隆基出了後院，蒼陌雪無力卻又裝作那樣子繼續舂米。門外一個胖墩墩的女孩紮著一頭的小辮，搖著一身肉肉，笑眯眯地走進院中，兩眼正四處翻找些什麼東西。

「白果師妹，你看見木桶在哪裡嗎？」胖女孩問道。

「你……認識我？」蒼陌雪詫異地看著眼前這個跟她搭話的胖女孩。

「認識啊認識，你是皇帝下旨下放福宣寺的新尼姑嘛，我當然知道，我叫小飛飛，白果師妹，以後咱倆常作伴啊。」小飛飛撲騰兩隻肉嘟嘟的手，呆萌傻笑道。

「小飛飛，你的名字，好美。」蒼陌雪仔細一打量，瞬間被小飛飛的身材震懾住了。

小飛飛見蒼陌雪望著自己一身灰青色緇素，又解釋道：「我不是尼姑。」

蒼陌雪也忙表明道：「我也不是尼姑啊。」

「我自小爹娘早逝，被淨意住持收養在寺裡。呵呵，呵呵，我

111

現在要去澆地。」小飛飛傻呵呵道。

「哦。」蒼陌雪傻愣愣地點點頭。

「白果師妹,我看你細胳膊細腿的,春不動這臼杵吧?不如我幫你吧。」小飛飛爽快道。

「謝……謝謝。」蒼陌雪見小飛飛撸起袖子把自己擠到一邊,弱弱道。

「春米是個力氣活兒,白果師妹,你幹不動的。」小飛飛眯起兩眼道。

「呃,不如你幫我春米,我幫你澆水?」蒼陌雪看小飛飛春得那麼輕鬆,忖著主意道。

「好啊好啊,我最不喜歡種菜了,白果師妹,以後我春米,你種菜吧。」小飛飛高興地答應著。

「好,好啊。」蒼陌雪勉強笑笑,又暗自嘀咕道:「我會種菜嗎?那也比春米好吧?」

蒼陌雪到廚房喝了一碗清粥,咬著一個饅頭,一手拖一隻木桶,頭上蓋著一隻葫蘆瓢,往小飛飛所指的菜園去。

小飛飛負責的菜園位於寺廟的半山腰上,一片不大的菜地,菜園旁邊有一顆大榕樹,榕樹前種著四排小白菜。

蒼陌雪來來回回勘查周圍的環境,居然沒有發現水溝,也不見小溪和水井,可耳邊明明有聽到水流的聲音,蒼陌雪向下一望,山腳下正是條潺潺小溪。

「我最不喜歡種菜了,我最不喜歡種菜了,我最不喜歡種菜了……」瞬間,蒼陌雪的耳邊,滿是小飛飛這句話的回音,她最不喜歡種菜了,是的,蒼陌雪現在徹底明白了。

蒼陌雪深深深呼吸,長長地吐了口氣,喃喃自語道:

「蒼陌雪,冷靜,冷靜,淡定。其實你想想,武則天對你還是挺好的,賜你貢馬又賜你一個那麼有寓意的法號,希望你成材。吶,你不會弱到連種個菜也搞不定吧?冷靜,冷靜,一定要冷靜。想想武則天,人家七十歲了還統治一個這麼強大的帝國,再看人家小飛飛,人家內在的自信能徹底打敗外在的殘缺,心靈多陽光

啊，多力量啊。我跟你說，你才二十三歲，要是連顆菜也種不活，你還能在洛陽生存下去嗎？你要是白白死在唐朝，不，武則天朝，那不冤枉死了嗎？振作，別懵，一定有辦法的，一定會有辦法搞定的……」

蒼陌雪站在菜地裡自我教育了一番，調整了下心情，邊啃指甲邊想怎麼能輕便地把水引到菜園裡來澆灌？如果沒得選擇只能提桶去山下挑水，那，那還是趕緊找找附近有沒有歪脖子樹吧！

蒼陌雪敲著葫蘆瓢，不經意間看到菜園邊上一大群螞蟻正結隊快速爬上樹洞裡，山下的炊煙在空中緩慢擴散，陽光隱在雲層裡，雲層開始變厚。

「天助我也。」蒼陌雪打著響指開心道。

蒼陌雪將手中的木桶放好，又來回跑了三趟去寺中拿了六個木桶，加上之前的兩個，蒼陌雪在菜園一共擺了八個木桶。

蒼陌雪滿意地看著這些木桶，叼著一根青草，背著小手哼著小曲回了寺廟。

福宣寺門前，淨意住持左手掐著佛珠立在山前，見蒼陌雪蹦蹦跳跳從坡下走上來。

「白果師，你不去春米，在山前做什麼？」淨意住持嚴厲道。

「我跟飛飛師姐換了，她春米，我種菜。」蒼陌雪嬉笑道。

「既然種菜，就該去菜地澆水，為何無故在此遊蕩？」淨意住持質問道。

「放心放心，我會把菜菜伺候得白白胖胖的。住持，您回房歇息去吧，不用時時盯著我，我又跑不掉。」

「你的一言一行，老尼自當稟報陛下，你且安分吧。」

「是，我知道了，住持慢走。」蒼陌雪合掌作禮。

這天晚上，蒼陌雪躺在禪房裡，窗外果然漸漸瀝瀝下起了小雨。微弱的油燈下，蒼陌雪摘下玉佩，呆呆看著少年的玉佩，喃喃道：「言念君子，溫其如玉。我都不知道你叫什麼名字，也不知道你在哪裡，該怎麼把玉佩還給你呢？」

清寂的禪房裡，碎雨和音，燭火搖曳。蒼陌雪復又想起武則

天，她被送到感業寺那幾年，是怎樣度過一個個寂寥的夜？她的心裡有過那種繁華已去，青燈孑然的絕望嗎？或許不該稱作絕望，該叫它，禪定？

如今的武則天，已經是整個泱泱帝國的至尊女皇，蒼陌雪卻歎自己沒有武則天萬分之一的心力去掌舵風雲。她喜歡的生活，有點小清新，有點小溫暖，小小的愛，淡淡地喜歡，此生便足已！

可是現在，自己離家一千三百多年，爹，爹地，他們都好嗎？什麼時候才能回去呀，這個穿越不好玩，不好玩，一點都不好玩，「死龍大大，你再吃我一次吧！」

蒼陌雪心酸地想著自己的處境，鬱悶地提筆在紙上寫道：

窗櫺斜細雨，空壁短燭影。

搖搖簌葉和，薄衣驚寒起。

禪房清寂寂，簷下聲淒淒。

暗忖山前路，由命不由心。

蒼陌雪將自己的拙筆讀了一遍，又恨恨地揉成紙團扔在廂房一角，掛回玉佩，將身躺下，蓋起被子，蒙上頭，想想真覺得自己好笑，「蒼陌雪，你竟然會寫詩？我怎麼不知道你會寫詩咧？會不會害羞喔，寫詩？你寫什麼屁詩啊你，不要那麼煩人好不好，睡了啦。」

蒼陌雪趴在木板床上翻來覆去睡不著，想到自己躺在這硌死人的木板床上一點也睡不好，武則天卻躺在皇宮那高床軟枕上，相比之下，自己也太淒涼了。蒼陌雪氣呼呼地坐起身來，咒著武則天道：「祝你今晚做噩夢，夢見蕭淑妃。」

蒼陌雪咒完一想，不對啊，武則天也不怕蕭淑妃啊，又悶頭想了想，遂將自己的咒語改為「陛下，祝你今晚做噩夢，就這樣。」

雨下了一夜！

第二天上午，蒼陌雪放心地在禪房裡睡懶覺，吃過午飯才到山腰的菜園裡去看昨天放的那八個木桶。果然，八個木桶都盛滿了雨水，蒼陌雪扭臀舞腰，開心道：「嘿，種菜菜，澆水水，慢慢澆喔。」

　　這幾日，武則天親自在徽酋殿主持明經春試，李隆基之前荒廢的課業也補得緊。

　　蒼陌雪在福宣寺的日子清清淡淡倒也太平，淨意住持也沒有太苛刻地要求她挑水劈柴，早晚誦經，只要她負責好那片菜園子，把那些小白菜好好伺候大就行了。

　　這天下午，蒼陌雪跟小飛飛在山前逗蛐蛐，淨意住持掐著念珠從大殿出來，「白果師，為何在山前啼笑？」

　　「沒有啊，我們逗蛐蛐咧。」蒼陌雪見淨意住持表情嚴肅，忙合掌作禮解釋道：「沒有殺生，都是跟它做朋友，也就差沒要它做男朋友了。」

　　「你的菜種得怎麼樣了？」淨意住持點點頭。

　　「菜菜啊，長得很好啊，我每天早上都給它們澆水，可滋潤了。」

　　「可有施肥？」

　　「還……還要施肥？」蒼陌雪看看淨意住持，又看看小飛飛詫異道。

　　「種菜當然要施肥。」

　　「嗯。」小飛飛使勁點頭道。

　　「師姐，你坑我？」蒼陌雪一臉愕然。

　　「沒有沒有，白果師妹，是你自己說要換的。」小飛飛忙擺手解釋道。

　　「那，肥在哪兒啊？」蒼陌雪欲哭無淚，種個菜都這麼不容易。

　　「茅廁。」小飛飛指指寺院後邊。

　　「My god，賜我道天雷吧！不行不行，讓我冷靜一下，冷靜一下，這不可能不可能，茅廁？施肥？蟲子……」蒼陌雪轉著圈圈，晃著腦袋抓狂道。

　　「呵呵，白果師妹，我去給你把糞桶挑來。」小飛飛笑呵呵道。

　　「別，我自己想辦法搞定，你玩去吧。」蒼陌雪捏著鼻子排斥

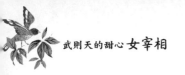

道。

施肥？施肥？臭臭？施肥？蒼陌雪兩手搓著小臉往菜地走去，心裡直打退堂鼓。

山道邊上，路旁的樹底下正栓著一頭牛，蒼陌雪走到樹底下，背靠著大樹一臉沮喪。

蒼陌雪正望著遠處山腳下鬱悶不已，耳邊只聽得「嘩啦啦」一陣聲響，低頭一看，青牛正一邊悠閒地吃草一邊暢快地噓噓，蒼陌雪心煩意亂地罵道：「吵死啦你。」

青牛甩了甩尾巴，轉頭看了蒼陌雪一眼，又自顧自地繼續吃草，蒼陌雪瞪著青牛又捂著眼睛嘀咕道：「非禮勿視。」

蒼陌雪正嫌這牛沒禮貌，居然隨地大小便，忽然腦海中靈光一閃，一打響指，高興道：「原來如此。」蒼陌雪繞著大樹，來來回回高聲喊道：「放牛的小萌娃，小萌娃？」

「姐姐，你喊我嗎？」樹尖頂上，冒出一個小男孩問道。

「大救星，恭迎您下樹。」蒼陌雪抱拳作揖道。

「姐姐，啥事？」小孩身手敏捷地下了樹，望著蒼陌雪問道。

「小萌娃，來來來，姐姐給你講個故事好嗎？」蒼陌雪笑嘻嘻地開始忽悠道。

「啥故事？」

「你看那邊高山上，那裡啊，原來有個好大好大的石頭，你知道為什麼石頭突然不見了嗎？」蒼陌雪搭著小孩的肩聊了起來。

「我，唔，不知道。」小孩撓撓頭道。

「吶，姐姐告訴你啊，那塊大石頭裡面啊住著一個小猴子。這一天呢，小猴子肚子餓了想去找桃吃，就在石頭裡面滾來滾去，滾來滾去。突然，石頭轟的一聲裂開了，把小猴子高高地甩到雲頭上面，甩得好高好高，正砸中了一隻從空中飛過的仙鶴，仙鶴就很生氣啊，就用自己兩隻爪子，抓著小猴子往高山那邊飛去。」蒼陌雪手舞足蹈地比劃道。

「那小猴子後來怎麼樣了呢？」小孩好奇地問起來。

「你想知道小猴子的故事嗎？」蒼陌雪故意吊他胃口道。

「想。」小孩大聲答道。

「吶，你看菜園那邊，那裡有顆榕樹，你叫上你的小夥伴們一起來聽姐姐給你們講小猴子的故事好不好？」

「好，我這就去喊他們。」

蒼陌雪初步忽悠成功，不一會兒，小男孩喊來他的十幾個小夥伴一齊聚在榕樹下。蒼陌雪爬上樹杆，開始大話西遊，忽悠起這群平均年齡均在七八歲左右的小孩兒，其目地嘛，當然是別有所圖。

下午，貞觀殿內，武則天與太平公主正下象棋。棋諺有云：河界三分闊，智謀萬丈深。

這縱橫天下的謀略，太平公主顯然不如母親武則天；這點兵佈陣的棋盤之上，太平公主也是遠遠遜色于對手武則天。

「太平，如何是下棋最高境界？」武則天拈著棋子，意淡神閒地問。

「回母親，直搗帥營，贏為上。」太平公主道。

「哼，太平，人生如棋，棋如人生，想著給自己留條後路才是王道，不輸也不贏，依朕看，和局為上。」武則天含笑淡然道。

「皇母陛下何故說這番話？這可不像母親您的處事作風。」太平公主停下棋子，心中不解道。

「司空鷹槊叩見陛下。」武則天與太平公主正下著棋，司空鷹槊進殿跪拜道。

「平身，蒼陌雪怎麼樣了？」

司空鷹槊近前呈上紙團，武則天打開一看，那紙團上正是蒼陌雪那晚寫的詩。武則天看罷，搖了搖頭，含笑道：「暗忖山前路，由命不由心？哼，她還會寫詩？」

「回陛下，雪尚宮下午與一群小牧童在菜園榕樹下講故事，其他一切如常。」司空鷹槊稟奏道。

「講故事？什麼故事？」太平公主掃了一眼司空鷹槊冷淡道。

「回公主，雪尚宮正講東勝神州一隻從石頭縫裡蹦出來的小猴子，漂洋過海找桃吃的故事。」

「放肆，皇母陛下，蒼陌雪此語，分明是揶諷我泱泱天國。」

太平公主怒目道。

「這棋不用下了，你回府去吧。」武則天扔了手中的棋子，含威令道。

「皇母陛下，連日來軍情奏報，吐蕃時有侵擾我西域安定之勢，兒臣以為，應派西州都督唐休璟⋯⋯」太平公主見武則天臉色不悅，慌忙轉個話題道。

「太平，朕說過，不准你過問朝政，回你的公主府去，像一般女子一樣吟詩賽花，行酒作樂，不要再在朕面前議論朝政，這不是你該問的事，出宮去吧。」武則天起身背過手，臉色凝重道。

「兒臣⋯⋯兒臣拜退。」太平公主悻悻跪拜而退。

這邊太平公主參議朝政之事不得武則天歡心，那邊蒼陌雪在福宣寺的小日子過得還挺滋潤。

司空鷹槊名為每日奉旨在福宣寺暗中監視蒼陌雪，實則武則天多多少少怕蒼陌雪隻身在外有危險，便派人暗中保護。可這人不是別人，他可是武則天的近身金吾，他的職責是日夜保護武則天的安全。而這會兒，武則天竟遣了她的近身金吾去保護蒼陌雪，這口中心上，蒼陌雪對於武則天，已然是不同！

如常的一天下午，蒼陌雪嚼著泡泡糖在寺中閒逛。這北邙山林清幽的寺院，真真讓人有種與世隔絕之感，作為一方比丘尼修行的寺院，這座福宣寺古樸而清新，沒有牆外鬧市的喧囂，可也不知牆內的心靜不靜？

蒼陌雪走到藏經樓下，見一尼師正俯身在菩提樹下掃落葉，絲毫不理會蒼陌雪站在她身後。

蒼陌雪扮著鬼臉藏在尼師身後朝她揮手，見尼師全然不動，吐了吐舌頭合掌道：

「大師，您在做什麼？」

「掃地。」尼師低頭道。

「地可掃得乾淨？」

「也淨，也不淨。」

「哦？既然掃就應該掃乾淨才是，如何說也淨也不淨？」

「心若淨，它便淨；心若不淨，它也難淨。」尼師放下掃帚，歇在石階上微笑道。

「如你所說，須往哪裡才掃得淨？」蒼陌雪坐在尼師身旁追問道。

「吾自掃處掃，緣客多計較。風起即塵勞，掃也煩惱，不掃也煩惱；吾自歇處歇，緣客也莫惱。世上無二事，生來多少？到了還自了。」尼師提著掃帚逕自往前去。

「真玄。」蒼陌雪吹著泡泡糖，望著尼師遠去的背影，只覺得出家人多少有些神秘，並不懂得悟一悟這位尼師偈子裡所藏的機鋒。

但「到了還自了」這一句蒼陌雪是聽懂了，一摸口袋，空空如也地再也找不到半片泡泡糖，意思就是說蒼陌雪在武周帝國以後的日子裡就徹底跟心愛的泡泡糖分手了，訣別了，不，永別了。

呼，到了都沒了，還叫人不要惱，這是什麼話嘛！

第九章 秀女皇，班門弄斧詩

長生殿中，李隆基向武則天呈報近期的課業。時至晌午，武則天令他留下一同用膳。

「蒼陌雪的故事講到何處了？」膳桌上，武則天問一旁的喜公公。

「回陛下，講到小猴子在海外沒尋著桃子，駕著一斗雲上瑤池金母的蟠桃園偷桃去了。」喜公公回稟道。

「哼，這貪嘴的小猴子說的是她自己吧。」武則天搖搖頭，笑笑。

「祖母陛下，就讓雪兒回宮吧？隆基求您了。」李隆基略帶撒嬌地為蒼陌雪求情道。

「讓她回宮也沒你的事，再敢因她荒廢課業，朕定不饒你。」武則天含威對李隆基道。

「是，隆基記下了。」

武則天對李隆基自與別的皇孫不同，李隆基天資聰穎，小小年紀就心懷大志，膽識過人，深得武則天寵愛。

武則天曾在《曳鼎歌》中寫道：羲農首出，軒昊膺期。唐虞繼踵，湯禹乘時。天下光宅，海內雍熙。上玄降鑒，方建隆基。

可見武則天給這個寶貝孫子取名叫隆基，並令侍郎姚元崇親自教授課業，實是對他寄予厚望，寓意非凡。

李隆基自能領會他這個祖母陛下的深意，且常隨武則天左右，李隆基多多少少受武則天影響，行事堅毅果敢；更是深為敬佩祖母巾幗不讓鬚眉的氣概，登大寶，治明世，顯山河。

武則天的個性，亦是深深烙在李隆基心裡。

黃昏的福宣寺，山腰菜園裡，蒼陌雪拿著閒暇時做的一把簡易木吉他，等待著她的小粉絲們來聽她講大話西遊。

武則天帶了李隆基、司空鷹槊、珍妮、喜公公四人微服而來，正隱在菜園旁的林子裡。

　　蒼陌雪坐在樹上，悠閒地彈唱起：長亭外，古道邊，芳草碧連天，晚風拂柳，笛聲殘，夕陽山外山……

　　小飛飛領著十幾個小孩如常這個時候聚到樹下來聽蒼陌雪開講，蒼陌雪坐在榕樹秋千上，講著大話西遊，時不時帶點伴奏，糊弄得底下一群稚嫩的孩童都喊她：「大王，大王。」

　　「放肆，你敢稱大王？」武則天從林子裡走出來，含嗔質問道。

　　「大王，她是誰？」聽故事的孩子中，一個小孩子指著武則天問蒼陌雪道。

　　「她呀，她不就是給猴王封官的玉皇大帝嘛。好了，我們今天的故事就講到這裡，OK，Boys，please。」蒼陌雪見李隆基他們隨武則天朝自己走來，跳下秋千，放下吉他朝孩子們示意道。

　　「OK。」

　　一群小子們紛紛站在白菜地旁，拉起褲子，蒼陌雪和小飛飛齊轉過身捂著眼睛。小飛飛見武則天沒有轉身，便一手拽著武則天轉過身來，捂上武則天的眼道：「非禮勿視。」

　　蒼陌雪半掩著眼睛，望著被小飛飛半捂著眼睛的武則天笑道：「乖，非禮勿視。」

　　自動化施肥作業完畢，小飛飛將小孩們送下山，小子們齊刷刷向蒼陌雪揮手喊道：「大王，再見。」

　　「See you。」蒼陌雪一個飛吻沖小朋友們揮手，轉過身看看珍妮、李隆基、喜公公及司空鷹槊，上前對武則天道：「陛下不是說十五才來福宣寺敬香麼？怎麼這會兒躲在林子後面，偷聽我們講故事？」

　　「蒼陌雪，原來你忙上忙下的就是為了騙這群小子的童子尿？」武則天嗔笑，搖搖頭道。

　　「喂喂喂，不要說得那麼難聽，什麼叫作騙，我這是合理利用周邊資源。」蒼陌雪辯解道。

　　「哼，朕讓你在福宣寺面壁思過，數日不見，你還是這副德性。你說，是誰給你這個權利在這兒當山大王？」武則天收了笑

意，含威道。

「切，我明明就是在這兒當守山大王，權利之大也不過管著這片小小的菜園子，居然驚動你這個人間的帝王跑來我這兒問難，這麼抬舉我幹嘛？」蒼陌雪故意湊在武則天面前，使勁撣撣手上的塵土。

「雪兒，這是你種的菜嗎？」李隆基拉過蒼陌雪，遞著眼神勸止她不要跟女皇頂嘴，轉而岔開話題道。

「對呀，晚上請你們吃小白菜好不好？這可是純天然無公害絕對綠色食品，正宗童子尿施肥，無根之水灌溉，絕對有機，絕對生態，絕對自然。陛下，您看我種的菜菜長得多好啊，哎，連我自己都忍不住誇讚一番。」蒼陌雪自戀且得意地指給眾人看她料理的這些小白菜。

「那你就留在福宣寺，種一輩子的小白菜。」武則天伸手指著蒼陌雪的額頭，故作嚴肅道。

「別別別，陛下陛下，我不是那個意思，我……」蒼陌雪忙追上前去解釋。

一行人隨駕上了山，淨意住持已率寺中眾尼師山門跪迎。武則天徑直入了大雄寶殿，上香頂禮，李隆基等亦跪在武則天身後稽首叩拜。

「陛下，眾生不渡，敬香頂禮豈能成佛？」蒼陌雪跪在武則天旁邊的蒲團上，戲問道。

「哼，眾生自性自渡，何用朕費口饒舌？」武則天將手中的檀香插在佛前的香爐裡，轉身道。

「哎，福宣寺的住持淨意老尼師，一邊奉旨給我剃度，聖命不敢違；一邊修持佛法饒益眾生，俗緣勉強不得。她若執意為我剃度，我生嗔恨心墮在地獄道，豈不因她而起？哎，哎，哎，真是剃也煩惱，不剃也煩惱。」蒼陌雪跟在武則天身後，一番俏皮道。

「哼哼哼哈哈哈哈哈，好啦好啦，蒼陌雪，你就別在福宣寺攪擾佛門清靜了，隨朕回宮去吧。」武則天放聲大笑，嗔著蒼陌雪道，沒她這張刁嘴在耳邊嘰嘰喳喳，倒還覺得冷清不少。

「陛下，那，白果？」

「自有長成的一天。」

武則天說罷，命喜公公回宮後派人送上香燭燈油等，淨意住持合掌跪謝皇恩，率眾尼師恭送女皇聖駕。

蒼陌雪特地折回大雄寶殿，在佛前拜了三拜，又向淨意住持行禮作別，叫李隆基拿上吉他，與喜公公等人隨駕下山。

「蒼陌雪，你當知道，朕不是真的要你出家。」下山的路上，武則天邊走邊說道。

「知，點解唔知？陛下馴馬沒馴夠，還要將我馴上一馴唄。」蒼陌雪隨手拔了一根路邊的狗尾巴草，舉在武則天面前道。

「蒼陌雪，朕可以饒恕你忤逆朕，但朕，要你成為朕駕下良駒。」武則天奪過蒼陌雪手中的狗尾巴草，隨手扔在地上。

「陛下又說笑了，蒼陌雪不過一個小小的尚宮女官，文不能治國，武不能安邦，陛下錯愛了。我哪是什麼良駒不良駒的，我可不屬馬，我屬羊，品種是懶洋洋，個性是暖洋洋，心情是喜洋洋。」蒼陌雪蹦蹦跳跳走到武則天前面去，李隆基見狀，趕緊跑上前去把她拉回來。

「蒼陌雪，你到福宣寺多少時日了？」

「嗯，剛好兩個禮拜，十四天。」蒼陌雪點著自己的手指頭，又借了武則天四個手指數道。

武則天沒再問下去，眾人伴駕行至山腳，珍妮扶著武則天上了車駕，蒼陌雪正欲抬腳上車，喜公公搖了搖頭，傳令道：「雪兒姑娘，陛下有旨，命你徒步回宮，不得同乘鑾輿。」

「都說皇帝是龍，可不就是龍，變色龍。」蒼陌雪嗔著小眼，放下抬起的腳。

「雪兒，對不起，我也沒辦法。」李隆基跨上馬，一臉抱歉道。

「雪兒，我把劍留給你。」司空鷹槊舉著手中的佩劍道。

「不用不用，我才沒那麼笨咧，我不會明天再回去嗎，王，把我的吉他帶回去，你們先走吧。」

武則天的車駕已起，李隆基朝蒼陌雪揮手，拉起韁繩追上前

去。這會兒，太陽已經西落，蒼陌雪抬著笨重的腳步揮別李隆基等人，苦著臉望著天色歎道：「哎咳喲，還得上山。」

第二天早上，蒼陌雪在寺裡吃過齋飯，小飛飛一路將她送到山腳。小飛飛張開雙臂熊抱蒼陌雪，依依不捨道：「白果，我好捨不得你呀。」

「咳咳，師姐，你勒死我了，先放手放手，別這樣，等我有空我就來福宣寺找你玩。」蒼陌雪掙開小飛飛的雙臂，整了整衣服安慰道。

「白果師妹，你可一定要來。」

「嗯，一定，師姐，菜園就交給你了。」

「放心，白果，現在我知道怎麼施肥了。」小飛飛一臉傻笑道。

「你就感謝我吧。」蒼陌雪咽了咽口水，朝小飛飛揮手作別。

離開福宣寺，蒼陌雪心情大好望著道路兩旁的景色，不緊不慢地走回皇宮，一路上學著布穀鳥的叫聲，時不時地逗逗樹上的鳥兒，把人家嚇得飛得老遠老遠。

蒼陌雪哼著小曲，蹦蹦噠噠往前走去。忽然側耳一聽，耳邊隱約聽得一陣女子的嬉笑聲，循聲望去，南邊的河岸上，一群妙齡女子正在梧桐樹下題詩，一群翩翩少年則在下游舉著一根繫著網簍的竹竿，打撈起上游姑娘們順水漂下的梧葉。

蒼陌雪看她們玩得熱鬧，也起了興致走上前去瞧瞧。

河岸邊，一位少年正緊著眉頭想最後一句詩文，他的同伴們在一旁七嘴八舌地催促，看起來比少年還著急。

「這最後一句嘛，穆公欽點玉簫人。」少年對出最後一句詩文，同伴們皆拍手叫好，少年得意地向上游的姑娘們喊道：「河上佳人，小生這最後一句是『穆公欽點玉簫人』」

上游的姑娘中，其中一個身材稍比纖瘦的女子對姐妹們道：「且不論詩好不好，只這『和尚佳人』就不好，這蠢才，真是枉用了前人的典故。」

下游的少年正為自己作的詩飄飄然，心中想著一會兒梧葉主人

站出來時，自己斷不近前還禮。少年心中正美，眾人卻相顧疑惑，久久不見上游的姑娘中，有哪個姑娘站出來表明自己是該梧葉詩主。

少年望著姑娘中你一言我一語的一番議論，慌得收了手中的紙扇暗自嘀咕道：「可是那位題詩的姑娘沒有聽懂我的詩文？」

「趙公子，您一邊歇著吧。是啊，趙公子，該黃公子對詩了，來來來，黃公子請。」這位趙公子正悶頭呆想，同伴們一陣起哄，將黃公子推上前。

「小生這片梧葉上，也是一首七言，詩曰：晴光叢裡結雀頭，翠洗芳塵丹恨羞。怕得一夜梧桐雨，折煞人間幾番秋。」這黃公子念完梧葉上的詩，邁步思量片刻，一打摺扇，上前作禮對上游的姑娘道：

「上善佳人請聽端詳，小生詩對：銀河橋上會雀頭，月下芳塵色盡羞。星戶更憶梧桐雨，盼點人間千萬秋。」

黃公子對了梧葉上的詩，上游的姑娘中，一位相貌清麗的女子微笑著走上前對黃公子欠身作禮，黃公子望著這姑娘也有些害羞，走上前同樣向女子拱手，躬身回禮。

剛才那位趙公子才玉簫聲斷鳳凰樓下，此刻這位黃公子卻有望鳳和凰相偕而飛，河岸上下，眾人一片祝好。

蒼陌雪站在一旁望著河岸邊上這群充滿詩意的男男女女，把她看得一愣一愣的，暗自詫異道：「武則天朝可以這樣？戀愛自由？」

這梧葉題詩中，有姑娘拒絕少年的，也有少年拒絕姑娘的。姑娘拒絕少年，則不站上前表明自己是該梧葉詩主；少年拒絕姑娘，則是詩文看罷後無意，便禮貌地將梧葉放入水中，順水而下。

蒼陌雪看了好一陣熱鬧，又想起自己還要趕回皇宮，便離了河岸往前去。

蒼陌雪腦海中正想著剛才的梧葉題詩，忽然瞥見路旁一簇矮樹枝上，攤著一張信紙。蒼陌雪好奇地走過去拿下信紙，一看上面的字，正楷寫著：江才寧謹立休放妻書。

蒼陌雪豎起信紙看下去，只見這紙上自右往左寫著：

妻娘子謝氏見禮：

夫江才寧憶念往昔與卿鶼鰈情深，琴瑟合鳴，在天常比翼，在地為連理，蓋緣三世因，方結比肩情。

卿有溫儀，六載溫順，上敬舅姑，下和妯婦，內親外友，皆歎賢淑。

夫恨百年身短，千年情淺，怨世有無常，聚散離分。才寧愧泣，前生欠修，今世福薄，難與卿比目白首，共承恩意。

惟願娘子相離之後，窈窕娥眉，攜手憐愛之主，再修文君司馬，再結同心之縷，再締燕婉之歡。

放解冤錯，寬釋怨愁！

伏願娘子福祿雙好，福壽千秋！

大周長壽三年上春四日，立書為憑。

江才寧，再拜頓首！

「亮瞎我眼，離婚協議書？武則天朝還可以這樣？婚姻自由？」蒼陌雪舉著信紙翻來覆去看了好幾遍，晃著腦袋不可思議地歎道。

剛才那男女自由對詩已是新奇，現在這封「離婚協議書」更是叫人大跌眼鏡。

蒼陌雪自言自語地感歎了一番，抬頭只見迎面而來的書生正低頭在地上尋找什麼東西，蒼陌雪看看手裡的放妻書，上前問道：「兄台，您是找這個？」

「啊，是是，小生方才讀著信，被一馬車驚了手，不想竟被姑娘拾起。哦，姑娘，小生江才寧有禮。」書生江才寧擦擦額前的汗，接過那封放妻書放入信封作禮道。

「呵呵，兄台，不好意思，我一不小心看了上面的字。那個，冒昧地問一句，你要跟你太太，呃，你娘子，你要跟你娘子離婚？」蒼陌雪尷尬地笑笑。

「哎，是家娘子要與小生和離，娘子與她的女伴們今日結社遊江賽花魁，還未簽下這離書。」江才寧歎著氣，失魂落魄道。

「原來是這樣，那只有祝兄台好運了，拜拜。」蒼陌雪僵笑著

揮揮手。

「雪兒。」李隆基遠遠跨馬而來，在蒼陌雪身邊調頭停住。

「你來做什麼？」

「帶你回宮，上馬。」

「王，你知道什麼地方有龍圖嗎？」馬背上，蒼陌雪若有所思地問李隆基。

「自然是皇帝的龍袍上。」

「除此之外呢？」

「只有祭祀的旌旗上才有龍圖。雪兒，你問這個做什麼？」

「沒，沒什麼，我隨便問問。」

回宮的路上，蒼陌雪暗自想著尋找龍圖的事，心裡一陣茫然，二人回到長生殿已快晌午，武則天正在殿中寫字。

「喲，好字！誒，陛下，怎麼你每一落筆，每一筆劃上好像停著一隻鳥呢？」蒼陌雪近前仔細看著武則天的字，讚歎且好奇道。

「雪兒，祖母陛下精於飛白書與行草書。」李隆基告訴蒼陌雪道。

「不懂，我們都用鍵盤打字或是語音輸入，要我提筆寫字，太為難了。」蒼陌雪想起十五歲那年曾隨爹地練了三天楷書，就把筆扔得堵了馬桶。

「祖母陛下常作飛白書題朝中大臣等名字垂賜，朝中大臣評說祖母陛下的字『如批七曜之圖，似發五神之檢。冠六文而首出，掩八體而孤騫。鐘繇竭力而難比，伯英絕筋而不逮。則知乃神乃聖，包眾智而同歸；多才多藝，總群芳而兼善』」李隆基近前解說道。

「哦，隆基知道此事？」武則天問。

「是，隆基還知道祖母陛下喜歡臨摹王羲之王獻之二人的行書，朝中大臣亦稱讚祖母陛下的書法『天文景爍，璧合而珠連；聖理雲回，鸞驚而鳳集。究黃軒鳥跡之巧，殫紫府結空之勢。偃波垂露，會寶意而咸新；半魄全曦，象天形而得妙。固已奇蹤絕俗，美態入神，掩八體而擅規模，冠千齡而垂楷法。實可謂天下之妙跡，域中之奇觀者焉』」李隆基一口流利道。

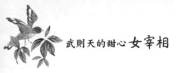

「嗯，昭文館臨摹王家寶跡臨得如何了？」武則天氣淡神閒地點點頭，問一旁的喜公公道。

「回陛下，據昭文館大學士鐘紹京鐘大人回奏，已臨完《蘭亭集序》《快雪時晴帖》《郭桂陽帖》等。」喜公公答道。

「命鐘紹京等人臨完之後，將所有真跡精心裝裱，送還王方慶府中。」武則天淡淡令道。

「老奴奉旨。」

「陛下在說什麼？」蒼陌雪聽著武則天的話望著李隆基，不解地問他。

「鳳閣侍郎王方慶乃是東晉大書法家王羲之之後，向祖母陛下進呈其十一代先祖的墨蹟珍本，祖母陛下令昭文館將所有墨寶一一摹拓，以傳後世。」李隆基道。

蒼陌雪歪著腦袋望著武則天呆萌直笑，武則天筆尖一甩，一點墨汁正好落在蒼陌雪眉心上，「蒼陌雪，你笑什麼？」

「不都說皇帝是天底下唯一合法的強盜麼？陛下這麼喜歡王羲之的書法，卻命人將真跡裝裱送還回去，而不據為己有。呵呵，陛下，你好有愛喔！」

蒼陌雪擦著眉心的墨汁，讚歎這個女皇帝居然如此大氣溫婉地尊敬文人，尊重文化，而不是用手中的權利滿足自己的一切私欲。瞬間，武則天在蒼陌雪心裡又變得無比崇高偉大起來。

「休要耍嘴。」

「我剛才回來的路上，見一群姑娘在河邊玩梧葉題詩。嘿，陛下，你們這裡隨便一個人就琴棋書畫無所不能？」蒼陌雪問。

「朕這天下，三尺童子恥不知書。民間百姓，父教其子，兄教其弟；上至帝王皇子、文臣武將、公主親王；下至文人墨客、閨閣英秀、宮娥內侍、士卒小吏、農漁樵夫、村婦小兒、尼姑女冠、娼優婢女，僧道乞人，亦能雨落文章，錦口繡心。蒼陌雪，你可會作詩？」武則天擱下筆，端起珍妮捧上的茶，抿了一口茶道。

「呵呵，天若下雨我就會濕，外面天氣這麼好，作的哪門子詩？不過，我倒想試試。」蒼陌雪磨拳擦掌道。

「那你就以四季為題，五言七律各作一首，限時一炷香。」武則天令道。

「王，咳，研墨。」蒼陌雪拉著李隆基走到案臺邊，認真道。

「雪兒，一炷香時間，你可寫得出來？」李隆基擔心道。

「寫嘛自然寫得出來，問題只是好與不好，研你的墨，別擔心我。」蒼陌雪呆頭呆腦，翹著屁股趴在案臺上，咬著筆頭想了想，顫顫地在紙上寫道：

《春》

驚雷響雨蟄未醒，流花逐水搗胭脂。

翠珠才照高霽色，始喚蘭帳薰夢裡。

《夏》

綠麥逐浪舞阡陌，閒語涼亭搖扇坐。

大兒端倚書香案，小兒相戲鞭陀螺。

槁砧才付沽酒錢，行驢西市為琴客。

舅姑欲托小姑信，牽兒繞女下船泊。

《秋》

臨江對晚晴，波影潺粼粼。

霞光舀秋水，歸馬醉壺輕。

雁低浮屠塔，翠瓦柳色新。

唱罷梨園戲，胡服射月騎。

《冬》

林山雪紛紛，寒江酒自溫。

莫吟白梅淡，榴裙報春門。

這第一首寫春的七言絕詩，蒼陌雪是想形容一個太平盛世，百姓安穩放心的生活狀態。這詩中，一戶尋常人家的女兒，在雨過之後從夢中醒來，被姐妹們喊著去調和胭脂，這麼一副愜意悠然的生

活畫面。

　　第二首寫夏的七言律詩，蒼陌雪是想表述一個民富國強的帝國，一戶普通百姓安定的生活畫面。這家女主人在涼亭搖著蒲扇，望著遠處田間綠油油的麥田，轉過頭來看看家裡，大兒子在讀書，小兒子在玩耍；丈夫出門去付酒錢這會兒還沒回家，猜他定是上西市比琴鬥藝去了；公公婆婆正想托人給小姑子捎信，見那江岸上，小姑子正帶著一雙兒女下船來走親。

　　第三首寫秋的五言律詩，則是描寫洛陽人士風雅的生活情趣，喝酒吟詩，梨園唱戲，胡服騎射。

　　最後一首寫冬的五言絕詩，蒼陌雪描繪了一幅銀裝素裹的洛陽城，山林中大雪紛飛；江船上，一群文人詩客正喝酒吟詩，他們不吟誦那岸邊模樣慘澹的白梅，卻見江岸上來來往往穿著紅色石榴裙的妙齡女子歡聲笑語，已然感到春天就要來了。

　　「王，怎麼樣？」蒼陌雪甩了紫毫筆，舉著詩問李隆基。

　　「雪兒，你這字寫得太慘不忍睹了，還有，槁砧二字你都寫錯了。唉，雪兒，我替你謄一遍再呈祖母陛下御覽吧。」李隆基搖著腦袋看著紙上歪歪扭扭爬出的幾行字，拿過筆來在另一張紙上抄寫。

　　「李隆基，你居然用慘不忍睹來形容我寫的字？小屁孩你謙虛一點好不好，你不知道我過的橋比你走的路還多，我吃的鹽比你吃的飯還多。」蒼陌雪拍著李隆基的腦袋嗔道。

　　「雪兒，你沒事吃那麼多鹽幹什麼？」李隆基低頭抄著詩笑道。

　　「我……我鹹的。」

　　「陛下，還不到一炷香時間。」喜公公轉過香爐看看，近前啟奏道。

　　珍妮接過李隆基正楷抄好的詩，捧到武則天手上，武則天抬眼一掃，搖頭笑道：「你不過有個詩的樣子罷了。」

　　「哇咧，我還能在唐詩的地盤上有個詩的樣子？不要這樣讚美我，我會臉紅的。」蒼陌雪甩頭渾笑道。

「朕見你待在朕身邊也不安分，你就到宮中承學府去學習禮樂詩賦吧，尤其是練練你那個字，也不嫌丟人，這醜得還有個樣子嗎？」武則天扯過蒼陌雪寫的那張紙，含嗔道。

「吶，我可以牽狗去吃草，牽鳥去游泳，牽雞去衝浪，牽鵝去跳舞，就是不想去上學。而且陛下我告訴你一秘密，我是右手拿筷子，左手拿筆，所以不要為難一個左撇子。」蒼陌雪從武則天手中搶過自己那張紙藏在身後道。

「少貧嘴，朕讓你去，你就去。」武則天含威道。

「那個，學……可以，學不會……不用死吧？」蒼陌雪留了個心眼試探道。

「你很聰明。」武則天笑笑，激將道。

「學，我這麼聰明。」蒼陌雪被武則天抬舉得一臉苦笑。

哎，蒼陌雪若是上陣打仗捐了軀，她一定不是被敵人的子彈給打死的，她一定是被她自己扔的手榴彈給炸死的。

Michelle，你說你秀什麼不好，非得班門弄斧地在武則天面前寫詩？就算是隻猴子，人家也知道為自己謀一片桃園吧；你呢，沒事找事就會撿隻臭雞蛋給自己招蒼蠅。

唉，人生有一種活法，叫活該！

第十章 應女皇，玩鬧承學府

鸝清後苑，蒼陌雪把一大包髒衣服分別摁在木盆裡，打上水，才想起沒有洗衣液，問題來了，古人用什麼洗衣服咧？

「珍妮，珍妮姐姐，你們這裡用什麼洗衣服啊？」蒼陌雪喊來珍妮問道。

「蜃灰與草木灰，還有皂角、澡豆、胰子等。仇大人正謁見陛下，喜公公在殿內伺候，雪尚宮，我去浣紗院幫您取來。」珍妮熱情道。

「好，多謝多謝。」

珍妮快步去取這唐朝的「洗衣粉」。蒼陌雪將髒衣服泡上水，脫了襪子光著腳，捲起褲腿，在木盆裡一通亂踩，越踩越帶勁，口中打著節奏，勁爆地在木盆裡扭了起來。

武則天召見完行營都統仇元佐，朝鸝清苑去，見蒼陌雪忘情地在木盆裡「咚，咚，咚，咚次噠次咚次噠次……」喊著拍子扭得十分起勁，招手喜公公交代了他一句。

蒼陌雪勁歌熱舞蹦累了，叉著腰直喘氣，低頭只見自己四周圍著一圈人影。蒼陌雪抬頭一看，愣愣道：「陛下？喜爺爺、隆基、珍妮，你們……你們幹嘛啊？」

眾人一陣疑惑的目光望著蒼陌雪，蒼陌雪抬頭望了一眼屋頂上的司空鷹槊，轉身一看，自己後面還站著一個躬身慇背的人，蒼陌雪詫異道：「他誰啊？你是誰啊？」

「小臣尚藥局御醫黃值渙。」御醫拱手自我介紹道。

「御醫？陛下，你不舒服啊？」

「朕看你在木盆裡瘋魔得不輕，宣御醫給你瞧瞧。」

「不是吧？我洗衣服咧，珍妮，洗衣粉咧？」

「是，雪尚宮，奴婢取來了。」珍妮捧著一罐皂角道。

「喂，別圍著我了，御醫大人請回吧，我正常得很，勞您白跑一趟。」蒼陌雪接過罐子，轟著御醫道。

「黃值渙，病症你都瞧清楚了？開方子煎藥去吧。」武則天淡淡令道。

「陛下，我洗個衣服還惹你不高興啊？」蒼陌雪抬腳出了木盆，嘟嚷道。

「陛下，依微臣看雪尚宮無有不適之症，微臣就開幾帖養心安神的藥給雪尚宮試服幾日。」

御醫作禮拜退，武則天進了內殿。蒼陌雪把皂角粉融在水中，居然能打出泡泡，蒼陌雪開心地喊向李隆基道：「王，去拿吸管來，我們來吹泡泡。」

「雪兒，哪裡有吸管？」

「就我們上次喝優酪乳那吸管，沒扔，去拿來。」

蒼陌雪另外打了一盆水倒入皂角，跟李隆基一起吹了滿滿一盆泡泡，陽光下，晶瑩剔透的泡泡五顏六色非常漂亮。

蒼陌雪洗了快一個時辰，才把自己在寺裡換洗的衣服全部清洗完，一一晾開。珍妮端著藥湯走來，遞上前道：「雪尚宮，陛下命你喝完這碗湯藥。」

李隆基丟了吸管朝院門跑去，回頭喊道：「雪兒，我明天再找你玩，我先回顯仁殿了。」

「不是吧？喝藥？我又沒病。」蒼陌雪推開金碗，躲著道。

「陛下剛吩咐的，奴婢也不知啊。」

珍妮怯怯端著藥，蒼陌雪無奈地接過碗，走進殿中問武則天道：「這什麼藥啊？」

「養心安神，朕看你精力過剩，服幾帖湯藥靜靜。」武則天看著手中的書，並不抬眼看她。

「我看你虛煩心悸，你自己喝吧。」蒼陌雪把湯藥放在武則天面前，生氣道。

「蒼陌雪，朕讓你去承學府問學，你有沒有把朕的話放在心上？」武則天放下書，含威責問道。

「呃，ko ni qi wa，si mi ma sen，a li ga do，sa yo na la。」蒼陌雪一通亂七八糟的日語，搖搖手彎腰退出大殿。

偌大個皇宮，蒼陌雪暈頭轉向地找著珍妮給她說的去承學府的路，遠處只見四個轎夫抬著一頂轎子晃悠悠正朝自己這邊來。

「Excuse me，轎內何人？」蒼陌雪上前，抬手攔下轎子道。

「你是何人？」轎內的女子聽聲，掀起一側轎簾問道。

「我是陛下身邊的近侍尚宮蒼陌雪，現在去承學府上課。轎內的天仙姐姐，你若能給我一個不能與你同乘的理由，我便甘休。」蒼陌雪笑嘻嘻地望著轎子上的女子道。

蒼陌雪打量這女子雖一身清素，而姿容端麗似方桃譬李，雙瞳剪水之上長眉連娟，好一個芳菲初妍中清透淡雅的美人。

女子望著蒼陌雪，星眸含笑搖搖頭，示意轎夫落轎，蒼陌雪開心地鑽了進去。

「多謝多謝，敢問天仙芳名？」

「尚儀局司樂尚宮，上水莛秋。」

女子溫婉柔和地讓出座，兩人一路閒聊，同往承學府方向去。一刻鐘的時間，轎子已行至承學府前，蒼陌雪道謝下了轎，上水莛秋擺手作別往純淑院去。

承學府為宮中宮娥太監學習文化知識之所，承學府附近的內教坊則是教授樂舞雜技之處，上水莛秋便是在內教坊任樂師。此外，宮女們還設有專門的馬球隊，蹴鞠隊等訓練場所。

蒼陌雪望著牌匾上的「承學府」三個鑲金大字笑笑，原來名噪歷史的大才女上官婉兒就是從這裡培養出來的，看來這個後宮學院還真不容小覷。

蒼陌雪想到自己退學後沒去歐美留學，竟鑽到武則天朝留學來了，想想，自己學個什麼呢？蒼陌雪拖著長長的哈欠進了承學府。

一間小宮女的課堂上，老尚宮正教授刺繡，蒼陌雪從後門溜進去，找了個位置坐下聽了幾句。礙於她那雙手拿筆都不會，更不敢想像拿針，這老尚宮講得雲裡霧裡的，蒼陌雪覺得沒趣，又悄悄從後門溜出來，往小太監班去。

一小太監班裡，這群小太監年紀看上去均在十七八歲，個個正襟危坐，學堂裡卻不見有人在上課，蒼陌雪整了整衣衫，大步走進

課堂。

「Hello大家好，我是陛下身邊的近侍尚宮蒼陌雪，你們可以叫我Michelle，我是今天上課的夫子。」蒼陌雪站在長案前沖底下一群小太監笑笑。

底下眾人見蒼陌雪進來，先是疑惑地相顧看看，才緩緩起身作禮：「向博士大人叩安。」

「OK，Boys，I'll teach you something fresh，OK？」蒼陌雪見底下個個疑惑的眼神望著自己，繼續說道：「Now，listen to me，please，please？誒，你們不要做出這種驚恐的表情好不好？Come on，follow my rhythm。OK，you？」

「奴婢？」一個長得挺秀氣的小太監指著自己弱弱站起身來。

「Yes，」蒼陌雪打著手勢請他站起來，「給你取個新名字，你就叫Louis。」

「大人，奴婢不叫鱸魚絲，奴婢叫賈得桂。」小太監怯怯解釋道。

「胡說，假的憑什麼貴？」蒼陌雪走到底下，看著這個叫賈得桂的小太監道。

「雪兒，那我呢？」李隆基突然從後排角落裡抬起頭，眨著眼睛沖蒼陌雪稚氣地笑笑。

「你什麼時候來的呀？」

「你來了我就來了。」

「嘿，你嘛，你叫Daniel。」

「啊？我叫什麼藕？」

「Daniel，Daniel……」

「爹，泥，藕，爹泥藕，爹泥藕？」李隆基撓頭，反覆念著這幾個音。

「丹尼爾，爹泥藕？你真聰明，泥藕就泥藕吧。OK，your name is Daniel and my name is Michelle。王，你可以叫我Michelle，OK？」蒼陌雪拍拍李隆基的小腦袋，回到案臺前。

「OK。」李隆基高興地坐下。

「Cool，這句學得倒挺快，Let's go on……」

武則天讓蒼陌雪到承學府問學，蒼陌雪竟反客為主地教起這班小太監來。這段時間，任課的夫子一聽蒼陌雪乃皇帝的近侍尚宮，這夫子的位子也就生生地讓給了蒼陌雪。

李隆基除了按時交付自己的課業，其餘時間都成了蒼陌雪的小跟屁蟲。

蒼陌雪自進了承學府，這禮樂詩賦是一樣沒學到，那蚯蚓字照樣爬得歪歪扭扭，除了常去內教坊上水莄秋那兒閒逛，偶爾就是翻牆偷看一兩場宮娥激烈的馬球賽。

武則天有時路過，見蒼陌雪趴在宮牆上看內院裡打比賽，也不厲聲喝斥她，只命人悄悄搬走蒼陌雪架在牆上的梯子，讓蒼陌雪在牆頭上飽了眼福，院牆下摔了屁股。

但蒼陌雪就是不長記性，且絲毫沒想在承學府裡拿到畢業文憑。成口裡，不是教小太監班做手工DIY或跳爵士舞，就是跟著宮女們一起參加布打球、競渡、連鬥雞、射鴨、鬥百草都能玩得不亦樂乎，看來頭腦簡單的人是比較容易滿足。

一個靜雅的夜晚，長生殿花苑中，暖風熏醉，月光凝煉，繞指輕柔，武則天躺在花間搖椅上賞月，令退眾宮婢單傳蒼陌雪近前伺候。

「陛下，這個時間我下班了喔，你讓她們退下叫我來幹嘛呀？」蒼陌雪咽下最後一口香酥牛肉餅近前道，見喜公公命幾名宮女將一些不知名的東西抬了過來，一一擺放好作禮退下。蒼陌雪看著面前這些精美的金銀玉器，又問：「陛下，這些是什麼東西呀？」

「蒼陌雪，你果真平日裡不長心，這些自然是茶具。」武則天淡淡道。

「茶具？陛下，你叫我過來陪你喝茶啊，那正好，我剛好渴了，茶咧？」蒼陌雪左右看看，並不見有沏好的茶。

「朕是叫你來煎茶。」

「煎茶？我只知道泡茶，煎茶我不懂啊。」

「朕說，你做。」

「啊？好吧，反正晚上也沒什麼事幹，我⋯⋯試試吧。」蒼陌雪伸了伸懶腰，把燈盞移到自己跟前。

「茶具已備齊，起先，從鎏金蟬紋銀壇裡，將已烘焙好的茶餅取出，放入鎏金壺門座茶碾中碾成松花粉狀，待茶餅碾碎之後，將碎末倒入鎏金流彩仙人駕鶴紋壺門座銀茶羅子中篩濾，再將篩出後的茶粉盛入鎏金銀龜盒中；齊備之後生火，用系鏈銀火箸夾碳置入壺門高圈足座銀風爐中燃起，於小鍋釜內燒水，待鍋內水面呈魚眼紋狀，微有聲起，此為初沸，再從蕾紐摩羯紋三足架鹽臺中取出花椒粉來放入水中融勻。」武則天閉目養神，躺在搖椅上指揮道。

「茶裡放花椒粉，你們這都什麼吃法啊？」蒼陌雪詫異道。

「依你，放些什麼？」武則天問。

「茶裡面加奶咯，奶茶咯，還可以加蜂蜜啊紅糖啊之類的，就沒聽過往茶裡加花椒粉的。」蒼陌雪打開蕾紐摩羯紋三足架鹽臺，取出花椒粉。

「續碳旺火，見鍋緣有如泉股冒泡時，從鍋內舀出一瓢水以備用，用銀匙環擊湯心成螺旋狀，以銀則從銀龜盒中舀出茶粉融入鍋中，將此前舀出的水再倒回鍋內，煮至鍋內急湧翻滾時，這茶便煎好了。」武則天並不理會蒼陌雪，繼續道。

蒼陌雪一一按武則天所說，將茶煎好，離火端鍋濾了兩盞，將其中一盞呈給武則天，自己則急乎乎地將剩下那盞茶吹涼。

武則天接過蒼陌雪煎好的茶，托著茶盞聞茶觀色，只見蒼陌雪整個把茶倒入口中，一吞而下。

「蒼陌雪，煎茶乃精工細活，這飲茶也當細品其味，深入其道。你怎麼就跟喝水似的，一把端起便倒入腹中，你這只是解渴，哪裡是茶道？」武則天放下茶盞道。

「陛下，您躺在搖椅上閒情雅致的當然可以細品，我本來就渴得要死還學那付庸風雅的一套，不給自己添堵嗎？當下對您來說，是以茶品心，對我來說，就是解渴。各有各的道，你品其道，我用其道，又有什麼錯呢？」蒼陌雪喝了一碗，再晾一碗反駁道。

　　武則天含笑點點頭，儘管蒼陌雪煎的茶不怎麼樣，武則天也沒有再說什麼。只躺在搖椅上靜靜品著茶，玩味著蒼陌雪剛才那番話，各有各的道，武則天讚賞蒼陌雪這股靈氣，雖然這南蠻，總是常常耍弄那一張刁嘴，有時卻也不無道理。

　　這幾日承學府放假，蒼陌雪閒不住，武則天又不讓她出宮，蒼陌雪便去了顯仁殿找李隆基商量著有什麼可玩的，李隆基抓抓小腦瓜想了想，提議踢一場蹴鞠賽。

　　武則天聽來有意讓蒼陌雪發發汗，便命蒼陌雪為太監隊隊長，與珍妮帶領的宮女隊翌日上午在入苑鞠城打一場對抗賽，時下裡命二人各自準備。

　　蒼陌雪對自己參加球賽的興趣不大，但閒著也是閒著，不如就玩玩，至於選隊員這種傷腦筋的事，自然就交給李隆基去辦了。

　　入夜，長生殿外廊簷下，蒼陌雪坐在白玉階上問珍妮：「這個蹴鞠有什麼打法，你們平時怎麼玩的？」

　　「雪尚宮，宮中宮娥常玩白打，樂舞聲中比解數，用肩、胸、背、頭、腰、腹、膝及小腿、足背、足尖、足跟等部位進行控球；動作如拐、拱、推、躍、搭、蹬、撚等；花樣有倒山呼、滄海蝶、臥佛摘月、風剪荷、薄翼秤象、飛馬旋磨、垂耳釣鱉等。」珍妮一旁坐下，解說道。

　　「名字還挺美，你一定很厲害吧？」

　　「雪尚宮你不曾見，陛下也好蹴鞠。」

　　「珍妮，陛下的暗香湯你可預備下了？」兩人正聊著，喜公公突然出來大殿問道。

　　「啊，暗香湯？奴婢該死，奴婢該死，奴婢這就準備去。」珍妮慌忙起身往鸝清苑去準備暗香湯。

　　「喜爺爺，什麼是暗香湯啊？」走了珍妮，蒼陌雪又拉喜公公一旁坐下，閒聊起來。

　　「這暗香啊，乃是臘月的早梅，在清晨半開未開之際采下，將含苞骨朵連花蕊並蒂稱量，置入瓷瓶中，以一兩花蕊灑以一兩炒鹽，箬葉厚紙密封。待來年春夏時取出，以同年融雪煎茗，製成暗

香湯，入鹽點服，可調脾胃，寧氣神。」喜公公笑笑，放下拂子，悠悠說道。

「梅花，暗香，暗香湯？一碗湯名字就這麼有詩意，用料還這麼講究，當皇帝可真會享受，弄得我也想當皇帝了。」蒼陌雪呆呆地兩手托著下巴，渾笑道。

「哎呀你這孩子萬萬不可胡說啊，皇帝是誰想當就能當的？雪兒姑娘，這是皇宮不比外間，說話行事多需謹慎啊。哎，老奴不跟你聊了，老奴得進殿伺候陛下去了。」喜公公一聽蒼陌雪這話嚇得渾身顫抖站起身來，邁進殿門的腳又回過頭來再次對蒼陌雪叮囑道：「記住啊，萬萬不可說些不該說的話，當一心伺候陛下才是。」

蒼陌雪自認為那只是說說而已，居然嚇得喜公公不敢再跟她聊下去，看來皇帝的威嚴是輕易觸不得。

武則天就像一尊身如泰山的大佛，你不能溜到她腳底下撓她癢癢，就是挖地道通到她腳下摳摳爪子也不行，因為她的牙縫裡，掌握著天下百姓的生死，誰也觸犯不得。

蒼陌雪點了點頭，記下喜公公的話，不該說的別說。咳，可也不一定，蒼陌雪那智商，什麼時候管住過她的脾氣。

殿內，武則天處理完政務，側倚坐榻，閒淡道：「蒼陌雪，朕看你不會玩彈棋，你可會雙陸？不如陪朕玩樗蒲吧，蒼陌雪，過來陪朕玩樗蒲，蒼陌雪？」

蒼陌雪蹺腿躺在龍榻上正敷面膜，腦子裡想著明天蹴鞠比賽的事，任武則天叫她，絲毫不應。

武則天喊了兩遍見蒼陌雪躺著不起身，心有不悅走到龍榻前，見蒼陌雪臉上蓋著一張白布，遂一把扯起白布，質問道：「你在這裡裝神弄鬼幹什麼？」

「好笑咧，我敷面膜你就說我裝神弄鬼。」蒼陌雪望了一眼武則天，扯回面膜重新蓋在臉上。

「何為面膜？你怎麼總有這些稀奇古怪的東西？」武則天拍了拍蒼陌雪翹起的膝蓋，嗔問道。

「別生氣別生氣，躺下躺下，喏，給你一張。」蒼陌雪摁緊面

膜下了龍榻，拉著武則天躺下，撕開一張面膜敷在武則天臉上，
「有點冰冰對不對？這個面膜巨補水的喔，敷完之後皮膚超水嫩的
喔，你一定會喜歡的喔，看。」蒼陌雪拿過鏡子，舉在武則天頭上
方。

「蒼陌雪，你到底是什麼人？」武則天看著銅鏡中自己被敷上
面膜的樣子，板著嚴肅的語氣道。

「天下之大，無奇不有，陛下不必對我用的東西存有疑問，這
只是一些簡單的DIY。別懷疑，我只是旁門左道，有教無類的都學了
一點。」蒼陌雪放下鏡子，跪下身賣乖地給武則天捶腿。

武則天留蒼陌雪在身邊伺候，不像是蒼陌雪處處要順著武則天
的脾氣，倒像是武則天時不時地要習慣蒼陌雪的渾態。

罷了，罷了，武則天敷著面膜，養神躺躺，若真跟這鬧騰難靜
的蒼陌雪深糾細較的，只怕有得生氣！

第十一章 嗔女皇，入苑蹴鞠賽

　　蹴鞠比賽那天上午，陰天清朗，微風薄雲。武則天起了鑾輿駕臨入苑鞠城親自主持賽事，並為比賽司賓，啊，也就是裁判。

　　這鞠城，顧名思義就是當時蹴鞠的專業球場。球場四周建有矮牆，以此隔出這個偌大的空間；場中綠茵如毯，正面建有專供天子看球的九齒階華蓋觀禮台，台下正前置放著三面大鼓；觀禮台兩側，設有階梯式的觀眾席；球場中間，高三丈二尺的絡網上橫著一個橢圓形的風流眼，那便是球門，兩隊各以度球的數量判定最終勝負。

　　鞠城上，幡幢迎風，鼓聲噪起，武則天上了觀禮台就座。這原本只是一場小打小鬧的蹴鞠比賽，武則天並沒有開放觀眾席給臣民看球，只允了太僕寺儀仗隊的內侍宮女們於兩旁觀賽。

　　不想這比賽還沒開始，球場四周的矮牆上就趴滿了聞聲而來的百姓。對此，武則天也沒有令金吾清散牆頭百姓，默許他們一併觀看這場小球賽。

　　嘿，看來瘋狂並不是21世紀的專利，不是只有21世紀的人民喜歡熬夜看世界盃，武周朝的百姓們對於蹴鞠也是十分的狂熱。

　　擂鼓暫歇，兩隊各自上場，蒼陌雪帶領的太監隊穿一身紅色短衫胡服，珍妮帶領的宮女隊則選了藍色；蹴鞠每隊各八名隊員，分別為：球頭、驍色、正副狹、左右竿網、著網、散立。

　　蒼陌雪的紅隊，以臨淄王李隆基為球頭；珍妮的藍隊，以宮女洋啞為球頭。

　　蒼陌雪扭頭看著自己背上寫著的「驍色」二字，仰頭望了望那高高在上的球門，沒看上三秒就感到腦袋直暈，「這麼高的球門，這怎麼踢啊？」蒼陌雪搖搖頭，心裡直犯嘀咕。

　　李隆基拿上一個八片尖皮縫製的球殼，蒼陌雪接過一看，這蹴球癟癟的，便問：「這球怎麼踢啊，怎麼是癟的？」

　　「雪兒，你連空心鞠也沒見過？往裡吹氣，自然就鼓起來

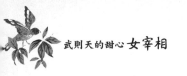

啊。」李隆基招手命一小太監將小鼓風箱抬近，打揎的太監接過空心鞠開始往裡充氣。

「咦，那裡面是什麼東西，往裡吹氣能鼓起來，那不是跟足球一樣？」蒼陌雪看著鼓起來的空心鞠一陣好奇。

「球膽乃是動物尿泡，氣足則能圓鼓。雪兒，你知道怎麼踢吧？你要儘量帶球傳給我，由我來度風流眼，賈得桂等人會配合你狹住對方驍色，好了，快準備吧。」

李隆基說罷，將充滿氣的空心鞠交由一個小太監捧上觀禮台，喜公公在觀禮臺上傳諭道：「陛下有旨，擊鼓，開球。」

「咚咚咚」連番響起聲鼓，武則天抬腳一蹬，蹴球高高旋飛在球場上空，圍觀百姓趴在牆頭歡呼叫好，李隆基飛身躍起將頭一頂，再一個反身旋踢，蹴球急急飛過眾人頭頂。

蒼陌雪愣愣仰頭望著蹴球在空中旋轉，兩隊搶球搶得火熱，百姓吶喊，人聲鼎沸。但，此刻的蒼陌雪是完全不在狀態，既然自己連球的邊都挨不到，那就找個不重要的位置歇著吧。蒼陌雪望著紅藍兩隊飛奔穿梭，腳下步步往後退，踩在邊線上。

武則天站在觀禮臺上，見蒼陌雪躡手躡腳地退到球場邊上，正奇怪她要做什麼，只見洋啞的球撞到高空處的竹竿彈向蒼陌雪，武則天歎了聲氣撇過頭，蹴球直直砸向蒼陌雪的腦袋。半晌，蒼陌雪才伸手摸摸頭頂，嘴裡擠出一個字「疼」，眾人猛地一驚，直愣愣望著蒼陌雪，武則天示意樂手鳴鑼，第一球結束。

「雪兒，你怎麼了？你看你站的什麼地方，你都犯規了。」李隆基跺腳沖蒼陌雪大喊。

「藍隊蹴球著地出界，第二球，由紅隊驍色發球。」武則天向底下令道，見蒼陌雪愣在原地只顧摸著自己的腦袋，「蒼陌雪，發球。」

「雪兒，你會不會玩啊？拿著，快發球啊，大家都等你呢。」李隆基跑過來撿起球，塞到蒼陌雪手裡催促道。

「你們這都什麼踢法啊，球不著地，老是在高空中，光看那球在哪兒都暈了。」蒼陌雪生氣地把蹴球扔在地上，繼續摸著自己剛

才被球砸疼了的腦袋。

「雪兒，比賽有比賽的規則，祖母陛下親臨觀禮台主持比賽，我們要是輸了，會受罰的。」李隆基再次撿起球遞到蒼陌雪跟前，嚇唬她道。

蒼陌雪撅著小嘴接過蹴球放在邊線內，樂手開始擊鼓，牆頭上的百姓緊張地探著頭。

蒼陌雪腳下踩著球，使小勁將球控制在自己左右，慢悠悠入場。李隆基等人一看蒼陌雪這扭扭捏捏的踢法簡直是暈了，珍妮趁機猛地抄過蒼陌雪腳下的球快速向空中飛傳給球頭洋啞。

洋啞雙腳夾球拋向空中，反身一個迴旋，蹴球不偏不倚地穿過風流眼，觀眾席上的宮女們一陣拍手叫好；牆頭看球的百姓中亦用各式手指吹著響亮的口哨歡呼；武則天坐上龍座，目視場上點頭拍手。

從藍隊的第一個度球開始，比分榜上：

壹：零

貳：零

叁：零

肆：零

伍：零

陸：零

李隆基急了，再有一球就結束了，紅隊一隻球都還沒進，紅隊的小太監們個個低著頭一陣惶恐，觀眾席上的太監們也是面面相覷，滿臉焦急。

蒼陌雪累得乾脆盤腿坐在球場邊上，給藍隊鼓掌歡呼，和眾人一齊拍手叫好，高高的蹴鞠時不時打下空中路過的飛鳥，直直掉在蒼陌雪跟前。

李隆基被她氣得嘟著小嘴生氣道：「雪兒，你再不好好踢，以後我不跟你玩了。」

最後一球是友誼球，礙於紅隊輸得這麼慘，藍隊便讓了這最後一球給紅隊發球。

李隆基不再給蒼陌雪發球，當下一出腿踢了個漂亮的高球，蒼陌雪為了對得起自己這個「太監隊隊長」的名號，最後一球愣是卯足了渾身的勁沖向場內飛腿傳球。

而分不清東南西北的蒼陌雪，一不小心將球踢偏了方向，只見蹴球急急飛向武則天端坐的觀禮臺上去。

眾人頓時傻眼，蒼陌雪第一反應是舉手捂住雙眼，司空鷹槊上前抽出寶劍，武則天起身一把將司空鷹槊推開，腳尖接過球踢向藍隊球場上空。洋啞毫無懸念地再射最後一球，鑼聲響起，看球的百姓和觀眾席上的宮女們歡呼雀躍。

紅隊輸了太監的面子，太監們雖無奈，也只得跟著一起齊刷刷跪禮呼道：「吾皇萬歲萬歲萬萬歲。」

蒼陌雪撥開指縫低頭一看，蹴球正在自己腳下打轉。蒼陌雪呆頭呆腦地望著武則天，沖觀禮臺上喊道：「喂，陛下，我們的球門是那邊，那邊喔」。

好吧，蒼陌雪，收了你那手指吧，別指了。

柒：零，蒼陌雪帶領的太監隊完敗，Game over！

武則天起身望著底下，含笑宣佈道：「藍隊，賞；紅隊，罰！」

李隆基大汗淋漓脫了賽服，垂頭喪氣地蹲在地上捂著小臉，賈得桂與其他五個太監面面相覷，惶恐不安地立在一旁。

蒼陌雪揮揮手，沖賈得桂笑笑，示意他們放輕鬆，從地上拎起一隻被蹴鞠打落的鳥雀蹲在李隆基身旁，毫不在乎地安慰他道：「王，失敗是成功的母後，別灰心嘛，踢個球而已，用不著把輸贏看得這麼重。喏，我們踢完球，還有肉吃。」

武則天下了觀禮台，走到蒼陌雪面前嗔笑一聲，道：「蒼陌雪，你輸了。」

「輸了就輸了，做人是什麼都可以贏的嗎？」蒼陌雪風輕雲淡道。

「哼，好個不知羞的呆貨。朕原本只當這是一次小打小鬧的蹴鞠賽，並不要求你們什麼，勝敗原本平常，球技稍遜也無妨，可你這個隨意散漫的態度，徹頭徹尾對不起你的隊員。若是在戰場上，

你的將士們會因為你的輕狂無知而喪命，你知不知道？」武則天指著蒼陌雪，一頓教訓。

「等等等等等等，陛下你不是吧，踢一場蹴鞠這麼嚴重？你就讓我當個太監隊的隊長，我又不是護國大元帥，至於把兩者扯一起嗎？再說了，你把我比喻成征戰的元帥，我就是打了敗仗那也怪你，誰讓你命我當元帥來帶兵，明知我就是一破石頭，非讓我去補天。這是你用人不當，有什麼理由怪我？」蒼陌雪嗔著小眼，撇著腦袋，一臉不服氣。

「你不思進取，刁鑽頑劣，上不能做頂梁，下不能做基石，還滿口詭辯，給朕跪下。」武則天嚴威立目，厲聲道。

「又不是每個人都像你這麼厲害，你憑什麼要求我要變得那麼優秀？人各有志，不要強人所難。」蒼陌雪弱弱地跪下，嘴上仍要反駁一番。

「蒼陌雪，朕言已至此，你好自為之。該賞的朕一定賞，該罰的，朕也決不留情。現在這天雖不至酷暑，朕仍覺炎熱，你就與宮中所有內侍一起以水車灑水在宮內降溫。」武則天淡然笑笑，蒼陌雪緊著眉頭抬眼望著武則天，武則天拍拍她的腦袋，淡淡道：「違令者，斬。」

「誒，我輸了我認，可你憑什麼罰所有的太監？這不公平。」蒼陌雪站起身來，轉身看了看身後的賈得桂他們，對武則天不滿道。

「公平不是別人給的，就看你有沒有資格來跟朕談公平。蒼陌雪，你好好給朕反省反省，再敢出言不遜，你摸摸你這項上到底有幾顆腦袋來抗旨。」武則天含威上了鸞輿，起駕而去。

武則天要通過蹴鞠比賽這件事收收蒼陌雪頑劣的一面，讓她意識到自己處在什麼位置，就該有相應的責任和擔當。

若在女皇面前只有耍點小聰明的本事，而沒有真正沉穩的大智慧，顯然，武則天是不會縱著蒼陌雪的。

這女皇陛下倒是很有耐心來教化蒼陌雪這小蹄子。蒼陌雪心裡雖憤憤地有些不服氣，但畢竟不敢在武則天面前完全無所顧忌，輸

場蹴鞠就連累了整個皇宮的太監受罰，再搞出什麼風浪，恐怕會給更多人帶來厄運。

蒼陌雪服了，女皇就是女皇，觸不得她半點威嚴！

結束了上午的蹴鞠賽。下午，長生殿后院，蒼陌雪單留下二十個年輕的小太監集在蓮池邊，其他人都各自回去。

偌大的蓮花池中，二十個太監抬過一架高大的筒車立在蓮池中，筒車上下有兩個大轉輪，中間連著一個流水槽，下輪浸在池中，上輪伸在宮殿的屋簷之上，轉輪上裝著許多竹筒。

這水車灑水，便是以人力轉動齒輪，汲水引上水槽，高處傾灑。

蒼陌雪與李隆基、賈得桂並二十個小太監反反覆覆試了十幾遍，試圖轉動筒車的齒輪汲上水，無奈眾人合力卻絲毫奈何不動這座大傢伙。

「雪兒，你不是說用不著把輸贏看得那麼重嗎？」李隆基彎著小腰，氣喘吁吁地望著蒼陌雪無奈道。

「你們這個朝代雖然沒有電力空調，可你們的皇宮不是一樣建有自然的中央空調嘛，夏能驅暑，冬能取暖。陛下要覺得熱，開中央空調就好啦，她這就是故意刁難我們。」蒼陌雪坐在假山上，兩手托著小臉歎著氣。

「殿下，老大，奴婢等實在沒有力氣了。」賈得桂靠在一旁直喘粗氣。

蒼陌雪見大家都快累趴下了，咬著手指甲正想有什麼辦法能免了這一劫，當下眼珠子一轉有了主意，便急急跳下假山快步朝大殿去。

蒼陌雪從箱包裡拿出望遠鏡，笑眯眯地藏在身後蹭到武則天身邊，一臉賠笑道：「陛下，您知道怎麼擁有一雙千里眼嗎？」

「登高自然望遠。你不去灑水，卻在這裡胡說些什麼？」武則天瞟了蒼陌雪一眼，只管托盞飲茶。

「呵呵，陛下，我送您一樣東西。」蒼陌雪把望遠鏡遞到武則天跟前，「看，這個呢叫望遠鏡，你可以拿著它站在大殿門口，透

過這個望遠鏡看清楚天堂最頂上的琉璃瓦，不信您試試。」蒼陌雪拿下武則天的杯盞，將望遠鏡塞在武則天手裡，拉著她走到大殿門口。

武則天站在大殿玉階前，舉起望遠鏡試了試，果然看天堂頂上的遠物如在眼前，武則天淡然一笑，「你送給朕？」

「啊，對呀。」

「好，朕收下。」

「嘻嘻，陛下，收好哦。」蒼陌雪嬉笑望著武則天。

「你還不走，望著朕做什麼？」武則天拿下望遠鏡，朝殿內走去。

「嘿嘿，陛下接下來就應該說，蒼陌雪，朕免你勞役，玩去吧，是吧陛下？」蒼陌雪跟上前去，滿臉期待道。

「蒼陌雪，朕收下你的望遠鏡，亦不能免你勞役，忙去吧。」武則天淡淡地擺擺手，將望遠鏡交由喜公公收好。

「你確定嗎？」蒼陌雪摳摳耳朵，湊近武則天跟前問道。

「還要朕請璽蓋印嗎？」武則天含笑，反問道。

「其實我覺得做為一個皇帝，是不能以大欺小的。」

「朕亦覺得作為一個宮婢，是該謹守本分的。」

「陛下，陛下，陛下。」蒼陌雪搖著武則天的手臂，見武則天安坐不理，又耍蠻地沖武則天嚷道：「你耍賴，你賴皮，你欺負我。」

「還不去灑水？」武則天拽開蒼陌雪的手，含威道。

「哼，世上只有媽媽好，沒媽的孩子，哼咳，灑水去了……」蒼陌雪拖著哭腔，哼著悲歌再度往後院去。

長生殿后院的蓮花池邊，李隆基見蒼陌雪垂喪著腦袋回來，就知道一點沒戲。

「我們為什麼轉不動齒輪？」蒼陌雪倚在假山上，問李隆基等人道。

「回大人，奴婢等力氣不夠，所以轉不動齒輪汲不上水。」其中一小太監答道。

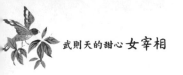

「有什麼辦法能增加轉動齒輪的力氣？」蒼陌雪接著問。

「大人，如果在每個轉輪的把手上增加下垂的重量，這樣轉動齒輪就輕鬆多了。」另一小太監建議道。

蒼陌雪點點頭，「有什麼能增加垂直的重量？」

「雪兒，起吊大石塊。」李隆基高興道。

「那我們還愁什麼？太可笑了，我們之前愁成那樣，問題就在片刻間迎刃而解。隆基、得桂，這事就交給你們去辦了，我去給你們削水果，大家行動。」

蒼陌雪下了指令，大家分工進行，置上大石塊的辦法果然奏效，二十來個人的運作，已能將蓮池的水汲上水槽推向房頂。

武則天坐在殿中小憩，聽得殿外簷下垂落的淅淅簾雨，笑問道：「蒼陌雪果然能用筒車置以房頂灑水？」

「回陛下，正是雪兒姑娘與臨淄王殿下並二十個小太監在蓮花池汲水。」喜公公走到殿外看了看，入殿回稟道。

忙活了兩三個小時，蒼陌雪與李隆基一起從後院回了正殿，從包包裡拿出兩包鳳爪朝武則天龍座走去。

「陛下，夕陽西去，簷下垂雨，您不賦詩一首？」蒼陌雪坐在武則天龍座下的玉階上，撕開外包裝，遞給李隆基，望了望武則天道。

「雪兒，這是什麼？」李隆基看著手中的鳳爪問。

「泡椒鳳爪，吃點辣的，精神。」

「鳳爪？這看起來像雞爪啊。」李隆基笑笑。

「蒼陌雪，雞爪就是雞爪，如何能名鳳爪？」武則天抬腳踢了踢蒼陌雪的肩膀，質問道。

「陛下你不至於吧？嘖嘖，你居然跟鳳爪置氣，是是是，你那個才是鳳爪。」蒼陌雪指著武則天的手笑道，見武則天擰著眉頭，又弱弱道：「龍爪龍爪，呃，龍手，不是，佛手，佛掌，佛掌行了吧？」

「啊，雪兒。」李隆基突然皺著眼皮伸著舌頭，不停地哈氣。

「你怎麼啦？」

「辣。」

「笨喏，誰叫你吃泡椒？」

「小殿下，快請用茶漱漱口。」珍妮趕緊端來茶水給李隆基漱口。

「朕嚐一口。」武則天起身，舒了舒筋骨道。

蒼陌雪聽武則天說她要嚐一口，趕緊咬了一口雞爪，俏皮道：「你要嚐一口嗎？你確定要嚐一口嗎？」

武則天抓著蒼陌雪的手舉到嘴邊，輕輕咬了一口，微微皺起眉頭，淡淡地嚼了嚼，咽下。

「嘿，陛下，是你自己要吃的喔，可不要說我用泡椒行刺你喲。」蒼陌雪嚼著雞爪沖武則天嬉笑道，又對李隆基道：「王，可以叫賈得桂他們回去了，這水，應該灑夠了。」

哎，這累死人的一天，上午踢球，下午灑水，蒼陌雪累得渾身酸痛，早早沖了涼上床睡覺。

蒼陌雪一覺睡到深夜，被那餓得「咕咕」直叫的肚子給吵醒，躺在龍榻上一睜眼睛，見武則天還倚案看奏章，兩旁的宮女都已睏得不行。

蒼陌雪躺在龍榻上靜靜地望著武則天，她真是一個讓人喜歡又不喜歡的人。

偶爾呢，這女皇會暖暖一笑，有時又橫眉立目；有時不拘小節，有時一點小事都能把人氣個半死；平日裡享用奢華，這會兒都這麼晚了卻還在為國事操心。

「哎呀，不行，餓得受不了了。」

蒼陌雪止了心頭的感歎，起身去了鸝清苑廚房，看看小灶上還有什麼吃的，而翻遍了整個廚房，也沒見半點剩飯剩菜，籃子裡就剩幾根蘆菔跟幾個雞蛋。

蒼陌雪捧水洗了把臉，反正一時也睡不著了，索性拿了蘆菔切開，挖個心形，蒸個心形蛋。

「不如蒸兩份吧，給陛下蒸一份。」蒼陌雪生起火，拿過兩個雞蛋，磕在碗沿上想了想，又暗自嘀咕道：「不行，憑什麼給她蒸

一份呀，弄得我像要討好她似的。她是皇帝嘛，有的是人伺候，才不在乎我蒸一個蛋呢。對，自己吃，不給她。」

長生殿內的燭火添了又添，武則天看了看兩旁睡意濃濃的侍女，淡然令道：「你們都睡去吧。」

「陛下還未安寢，奴婢等不敢先陛下歇息啊。」珍妮忍著哈欠，跪地道。

「朕說了，你們都各自安歇去，還不奉旨？」

「奴婢，奉旨。」

一行宮婢惶恐地躬身退出大殿，蒼陌雪端著切好的蒸蛋進殿，正想著動筷子，一看眾宮女退下了，武則天還在案臺批閱奏章。

蒼陌雪看看蒸蛋，頓了頓，還是端著盤子走過去，「陛下，已近丑時，這麼晚還看奏章，天下發生什麼大事了嗎？」

「淮南道大旱，蝗災肆虐，監察御史所呈奏章皆是奏報當地災情。朕命鳳閣侍郎杜景儉為淮南道安撫使，連夜趕往災地，代朕巡察明視，賑濟災情，打開國庫，調集京都囤糧即刻押往淮南道解受災百姓之饑，隨車物資亦當以最快速度抵達淮南道，以安撫災民。

渾天監奏報，大旱仍持數月不止，朕令詔全國各州刺史務必詳情勘察修繕各州農田水利，以安民心，以呈朕知，務使各州道百姓無饑饉流民。」武則天低頭提筆在奏章上批示賑災諭令。

蒼陌雪看了看盤子裡的蒸蛋，輕輕放到武則天面前，「陛下，先吃點東西吧。」

「朕不餓，你睡去吧。」武則天只低頭看著奏章，專注地批示。

「我不睡，我陪你，我不吵你。」

蒼陌雪將案臺上的燈盞換了燭火，移至武則天面前照亮，跪在武則天身旁給她捶捶肩膀。

蒼陌雪喜歡看武則天批閱奏章時的樣子，可想到武則天已是古稀高齡，深夜裡還在為國事勞心，若自己呼呼大睡去，心裡多少有些過意不去。自侍奉武則天以來，蒼陌雪還真是從未體會過武則天的辛苦。

　　天下萬民每天早上一睜眼，都指著武則天給他們繁榮安定的生活，這個女皇帝，有幸來到她身邊，為什麼就不能好好侍奉她？

　　蒼陌雪頓時覺得自己很不應該，心下裡自責地想著，以後凡事少跟武則天頂嘴，少惹她生氣！

第十二章 賠女皇，八百兩銀子

銅漏滴了一夜。

翌日上午，武則天宣召眾宰相在紫宸殿瞭解淮南道賑災事宜，蒼陌雪照常去了純淑院找上水莛秋學琴。

「莛秋姐姐，我看你總是皺著眉頭，你有心事啊？」蒼陌雪止了琴聲，望著上水莛秋道。

「宮院深深深幾重，何期紙鳶遇東風。」上水莛秋搖搖頭，一聲歎息道。

「你想離開皇宮？」

「噓，妹妹慎言。」

「莛秋姐姐，你有什麼為難之處你說，我一定想辦法幫你。」

「雪兒妹妹，我本姓單，母親乃前隋皇室公主，楊皇室後裔密謀弒殺武皇復辟隋楊兵敗，母親亡故，父親亦喪於亂軍之中。而我，則被押入掖庭宮為奴，那年我十六歲。本以為入掖庭為奴已是九死一生，不想女皇念我善音律，將我升在尚儀局司掌音律。上水莛秋深感陛下活命之恩，只是，縱然我在宮中謹小慎微，也怕有朝一日得罪權貴，死於賊手。」上水莛秋輕拭著眼角的淚，眼中茫然無措。

「是啊，我也想離開，我也有一件非常重要的事要做。」蒼陌雪摸著領子裡的玉佩，那個洛水河上的少年為了救她，遺下的玉佩。蒼陌雪想著一定要把玉佩還給少年，可是出不了皇城，又不知少年身在何處，蒼陌雪垂頭，心下裡也是鬱結著陣陣感傷。

「妹妹所慮何事？」上水莛秋問。

「這個，以後再對你講，上個廁所先。」蒼陌雪笑笑，起身往廁所去。

蒼陌雪豈止是有一件非常重要的事要做，除了歸還少年的玉佩，還有尋回那張不知落在何處的龍圖。

蒼陌雪雖然很想老爹，很想爹地，可是如果現在找到了龍圖真

的要離開這裡，蒼陌雪心裡又捨不得武則天，捨不得李隆基，捨不得在這裡結識的朋友，還有一個捨不得，捨不得那個少年。

好矛盾的去與留，留與去，既然自己不能決定，那就聽天由命吧！隨天意如何安排，且自從容盛開，蒼陌雪暫時只能這樣打算了。

蒼陌雪上完廁所正返回內院，腳還未踏入院中，耳邊只聽得一陣倡狂的奸笑聲，那聲音不用看也知道，一定是武三思。

「梁王，請你自重。」上水莊秋側身躲開武三思伸向她的爪子，慌忙抱起琴，步步後退。

「上水莊秋，凡是本王想要的東西，憑它天上地下，都逃不出本王的掌心。」武三思伸著爪子，步步逼近。

「站住，你再往前一步，我便一頭碰死在這假山之上。梁王殿下，肉身不過一副污膿穢血填充的臭皮囊，紅粉骷髏，何勞梁王殿下費盡心思定要佔有。」上水莊秋怒視武三思，憤而將琴摔在地上。

「哼哈哈哈哈，上水莊秋，本王不管骷髏不骷髏，本王活要你的人，死要你的屍，你能奈我何？」武三思狂笑一聲，撲向上水莊秋，將上水莊秋死死摁在地上。

蒼陌雪攀在院牆上看著這一幕，隨手從口袋裡掏出石子和彈弓，拉開彈弓瞄準武三思的屁股。

「放。」

蒼陌雪朝武三思左屁股射了一槍，武三思「哎喲」一聲大叫摸著左邊的屁股，蒼陌雪又朝武三思的屁股右邊射了一槍，武三思兩手摸著屁股，上水莊秋掙扎著推開武三思站起身，武三思怒不可遏地回過頭，蒼陌雪再瞄準他的腦門，再射一槍。

「誰，誰射的本王？給本王滾出來，滾出來。」武三思兩手摸著三處傷，怒衝衝地四處抓狂。

「雪兒，你眼力真準。」李隆基突然伸出頭趴在蒼陌雪旁邊，舉起大拇指贊道。

「啊啊啊，你嚇死我了……」蒼陌雪被李隆基這突然的讚美嚇

得仰身掉下牆頭，摔在地上。

李隆基跳下牆頭扶起蒼陌雪，武三思聞聲跳出院門，抽劍直刺蒼陌雪，李隆基奪過蒼陌雪手裡的彈弓，纏上武三思的劍頭，兩人利劍拼彈弓廝打在一起。

上水莛秋跌跌撞撞扶著牆出來，蒼陌雪爬起身一把拉起上水莛秋往長生殿方向跑去，李隆基引武三思邊打邊退往長生殿。

武則天剛從紫宸殿回到寢宮，見武三思握劍直追蒼陌雪等人往長生殿來，上前厲聲喝令眾人：「你們在朕的寢宮打鬧什麼？」

眾人一齊入了大殿，武則天坐上龍座。上水莛秋依禮跪下，李隆基收了彈弓也作禮跪下，蒼陌雪直瞪著武三思，李隆基拉拉她的手示意她跪下，蒼陌雪直起腰板，站得筆直，就是不跪。

武三思顫顫收了劍，指著腦門上腫起的大包，跪在武則天面前哭叫道：「姑皇陛下，侄臣家中設宴，本想請司樂尚宮上水莛秋到府中歌舞一曲。誰知這賤婢不但不從，還出言不遜辱罵侄臣，侄臣本想出手教訓教訓以示懲戒，誰知，誰知蒼陌雪那賤婢手持彈弓藏在暗處行刺侄臣。姑皇陛下，您看看侄兒的腦門，被那賤婢打得，都腫了。」

「蒼陌雪，可有此事？」武則天轉向蒼陌雪，嚴聲問道。

「有，我是拿彈弓打了武三思不假，可武三思狐假虎威，光天化日之下潛入後宮強行霸佔上水莛秋，他怎麼不敢說？」蒼陌雪憤憤地指著武三思道。

「你……你污蔑本王，分明是上水莛秋抗命不遵，本王不過教訓教訓她，你這賤婢行刺本王……」武三思話未狡辯完，腦門又是一陣疼痛。

「到底怎麼回事？」武則天威重起神情，武三思欲開口，武則天抬眼看著蒼陌雪，「蒼陌雪，你說。」

「陛下，今天上午我在上水莛秋那裡學琴，武三思偷偷潛入純淑院欺凌上水莛秋。我不能讓天下的百姓說陛下的侄子武承嗣才逼死了左司郎中喬知之的妻子窈娘，又一個侄子武三思又要逼死司樂尚宮上水莛秋。陛下，這群鼠輩實在給您丟臉，武三思仗著您的權

勢到處凌人作惡，試問天下百姓會怎麼看您？陛下的一世英名若毀在武承嗣武三思這樣的人手裡，蒼陌雪真替陛下感到不值。」

「大膽賤婢，竟敢污蔑魏王。姑皇陛下，休聽蒼陌雪那賤婢污蔑侄臣，侄臣萬萬不敢目無國法仗勢凌人，侄臣一心想為姑皇陛下分憂……」武三思低著頭為自己辯解道。

「住口，武三思，你說你想教訓上水莲秋，怎麼個教訓法？」武則天問。

「姑皇陛下，賤婢不知死活以下犯上，侄臣懇請陛下將這賤婢逐放到洛陽第一煙花之地瑞儀樓為奴，侄臣倒要看看她還能有多冰清玉潔。」武三思咬牙切齒道。

「上水莲秋，你有何話說？」武則天淡淡地看了一眼上水莲秋。

「奴婢無話可說，奴婢認罪。」上水莲秋低著頭平靜道。

「莲秋姐姐？」蒼陌雪彎下腰要扶起上水莲秋，上水莲秋拉著蒼陌雪的手要她跪下，蒼陌雪直直站著，氣呼呼地望著武則天，就是不跪。

「來人，將上水莲秋軟禁瑞儀樓。」武則天下了諭令，兩名金吾上前將上水莲秋帶出了長生殿。

「姑皇陛下，那蒼陌雪行刺侄臣，按律當……」

武三思那個「誅」字還未說出口，武則天含威喝斥道：「武三思，你且出宮去。」

武三思恨恨地望著蒼陌雪，憤然拜退而去，武則天遣了眾人，移駕養心閣沐浴。

「蒼陌雪，蒼陌雪？」武則天下在浴池裡，喚著一旁面無表情的蒼陌雪。

「沒聾。」蒼陌雪冷冷瞟了武則天一眼，武三思這種惡棍就因為是她侄子，絲毫沒受到處罰，而上水莲秋那麼無辜，竟被軟禁到煙花之地，想想，蒼陌雪心裡就是氣不過。

「你是怪朕，將上水莲秋逐到瑞儀樓去？」武則天笑笑。

「不敢，哪敢，怎敢？陛下是什麼人，誰有兩顆腦袋敢說陛下

的不是，泡您的澡吧，別聊了，費流量。」蒼陌雪撇著腦袋，抱膝坐在一旁。

「上水莛秋極善音律，朕愛惜她才貌雙全。可是往往太出眾的女兒也是紅顏薄命，朕豈會不知武三思垂涎她已久。這個世上有些男人，越是得不到的東西就越要糟踐它毀滅它，武三思就是這樣的人。朕若留上水莛秋在宮中反而害了她，武三思心不解恨，會用更多你想不到的手段置她於死地。朕讓她去瑞儀樓，好歹先消了武三思心頭的怒火，上水莛秋有你這樣的朋友，也能時常關照關照她。蒼陌雪，你說得不錯，武承嗣武三思他們不過仗著朕的權勢呼風喚雨，但朕卻不能將他們貶為庶民，甚至殺了他們。這個天下，這個男權主義的天下，永遠有一種心理不服女人掌權，朕留著他們，天下才能在朕的手中太平。」武則天閉著眼睛，淡淡說道。

「對不起陛下，我錯怪你了！」蒼陌雪聽罷，一臉羞愧，起身去殿中拿來彈弓，並將口袋裡的石子全部掏出，交到武則天跟前，「這是我的皮槍，以後不玩了。」

武則天點頭笑笑，命珍妮將彈弓收下去。

蒼陌雪等了幾天，見武三思盯得沒那麼緊了，便駕了李隆基的車馬出宣仁門去瑞儀樓看上水莛秋。

瑞儀樓位於洛陽北市的一條巷子裡，外頭門面寬大，裡頭烏煙瘴氣的盡是些輕薄浪蕩子到此尋歡作樂。

老鴇見蒼陌雪和李隆基大步進了瑞儀樓，扯著妖裡妖氣的嗓門，沖二人喊道：「喲，姑娘，小爺，咱們這可是各位大爺尋樂的地兒，姑娘來是？」

「別廢話，上水莛秋。」蒼陌雪厭惡地斜了老鴇一眼。

「上水莛秋？喲，莛秋姑娘可是洛陽第一花魁，不是宰相親王的，想見我們莛秋姑娘，哼，休想。」老鴇翻著眼珠子，甩著手帕道。

「老妖婆，上水莛秋可是皇帝下旨放在你瑞儀樓的，你敢對莛秋姑娘差了半點，我倒要看看你這雙死魚泡眼睛還能瞪多久？」蒼陌雪抓著老鴇的手架在她脖子上，威脅道。

　　老鴇掙開蒼陌雪的手，整了整衣衫，招手命一小廝帶蒼陌雪二人上樓，李隆基在門外哨探著，蒼陌雪敲門入了房間。

　　「莛秋姐姐，她們沒為難你吧？」蒼陌雪一臉擔心，看著上水莛秋。

　　「沒有，我誓死不從，她們也怕我死了，無法向陛下交代。」上水莛秋的樣子很憔悴，哀聲坐下。

　　「姐姐別怪陛下，陛下是為了保護姐姐不得不這麼做。」蒼陌雪解釋道。

　　「莛秋知道，只是妹妹，萬萬不可為了我衝撞陛下才是。上水莛秋人微輕賤，早已生無可戀，身在哪裡都是一樣的。」

　　「別這麼說，等風頭過去，我一定會讓你離開瑞儀樓的，你要好好保護自己。」

　　「雪兒妹妹，在宮中萬事小心。」

　　「你別擔心我，一定要保護好自己。過些日子我再來看你，你多保重啊。」

　　「妹妹保重，切切保重啊。」

　　倆人執手一番寒暄叮嚀，看過上水莛秋暫時沒有危險，蒼陌雪才放心地回了長生殿。

　　這天中午，武則天正倚案寫詔書，蒼陌雪走近，見武則天正楷題著聖旨，上面寫著：

　　金輪聖神皇帝賜齎

　　六祖大師宣詔：

　　自大師得付衣法，曹溪開派以來，國中臣民，上至達官顯貴，下至販夫走卒，市井林麓，皆行禪風。

　　師以出世之究竟，行入世之圓滿，大濟浮萍於苦海，廣渡無量達彼岸。

　　蓋娑婆之世執有三空，障昧造因而難離三塗；人迷四忍，貪著其事而漩溺六道。

　　朕雖為萬乘之尊，坐擁天下，心亦常瞻慧日法王之圓融無礙，時亦常念正覺明行之妙義宗趣。

今遣使奉迎大師法駕入神都驅晦暗，開示無上妙法之真諦，灌以諸佛微密之真流，宣說頓教解脫之真宗，斷諸客塵，諮決心疑，樂聞深法，登彼大道。

同命鳳閣侍郎陸羽鑒專持千佛袈裟一幢，鎏金十二環錫杖一柄，錢三百貫，錦緞百匹，香茗、燈燭各二百，禮微物薄，少伸供養，以表朕稽首頂禮之心。

大周長壽三年 敕

「蒼陌雪，你可知六祖惠能？」武則天寫完聖旨蓋上玉璽，擱下筆問。

「嘿，陛下聖旨上不寫了嘛，上至達官顯貴，下至販夫走卒，市井林麓，皆行禪風。我當然聽說過他，不僅聽過，我還在南華寺見過他千年不腐的肉身咧。」蒼陌雪看得出神，順口而出。

「你說什麼？」武則天轉頭，看著蒼陌雪。

「呃，我是說，我是說我與六祖惠能同是嶺南人，他是我老鄉，沒什麼。」

蒼陌雪回過神，趕緊改口圓自己說漏了的嘴，一轉身剛好撞上迎面端著托盤的珍妮，托盤上的琉璃盞咣當掉在地上摔碎了，參湯灑了一地。

「奴婢該死，奴婢該死，求陛下饒命，陛下饒命啊……」珍妮顫抖著雙手嚇得慌忙跪地。

「不是，是我害她摔的，我一轉身驚了她，才摔了琉璃盞。」蒼陌雪忙轉過身向武則天解釋道，看看跪在地上嚇得渾身發抖的珍妮，蒼陌雪欲扶起她道：「你沒受傷吧，有沒有燙到啊？」

「不，陛下，不是雪尚宮，是奴婢沒端穩參湯才摔了琉璃盞，奴婢該死，求陛下饒恕奴婢吧，陛下。」珍妮伏身搖頭跪在地上，不敢起身，顫顫地一陣求饒。

「唉，我都說是我啦，你別哭了，你起來。」蒼陌雪再次將珍妮攙扶起來，珍妮跪在地上半點不敢動。

「你跪下。」武則天卷上聖旨交給喜公公，起身對蒼陌雪令道。

「我跪下了。」蒼陌雪淡淡跪下，望了望喜公公，喜公公搖搖頭歎了口氣，捧上聖旨出了大殿。

「蒼陌雪，你摔碎朕的琉璃盞，你說，朕當如何處置你？」武則天含威，走下龍座。

「吶，陛下你想想看，大海之水會不會因為我取走一瓢而變少呢？」蒼陌雪站起身來，湊近武則天跟前為自己開脫道。

「這與你何干？」武則天嗔道。

「嘿，陛下坐擁四海，區區一個琉璃盞對陛下來說毫髮無損，陛下海納百川之心，豈會因微塵之事而降罪於我？」蒼陌雪笑笑，巧言辯解道。

「好個巧舌如簧的蒼陌雪，這琉璃盞原是先帝所用的杯盞，朕一直沿用盛湯，你卻說區區一個琉璃盞，無傷朕身？」武則天指著蒼陌雪，質問道。

「好，縱是先帝高宗與陛下恩情之物，天子尚且千秋有壽，何況杯盞？今日明堂之上坐的可是陛下您，又哪見秦皇漢武之蹤影？世間何曾聽過榮華可買千年瓦上霜，人有福禍，物，豈能長存？」蒼陌雪歪著小腦袋，望著武則天笑道。

「憑你再怎麼狡辯，朕也饒不得你。蒼陌雪，你縱有十條命也不夠賠這琉璃盞。」

「陛下聖明，打碎東西可以賠的嘛，用不著動不動就給我好看，是不是？既然琉璃盞是我打碎的，我願意賠，陛下，你說個價錢吧。」

「你好大的口氣，物有價，情難償。這琉璃盞乃是先帝遺物，今日被你打碎。」

「陛下，先帝高宗已仙逝多年，可蒼陌雪相信，先帝依然活在陛下心中，就像我媽媽，我從未見過她，可我依然覺得她就在我身邊。陛下，物已碎，情不斷，陛下與先帝的情不在這琉璃盞上，而在陛下您的心裡，蒼陌雪願賠物價，陛下心中的情價卻未損分毫，請陛下聖裁。」

「好個蒼陌雪，就照你說的賠物價，當賠朕一千兩銀子。」

「陛下，陛下饒命啊陛下，饒了奴婢吧陛下，饒了雪尚宮吧陛下。」珍妮跪在地上不停抽泣磕頭。

「珍妮，都說與你無關啦，你先起來把碎物收拾了吧。陛下，一千兩銀子算是陛下給蒼陌雪的友情價，蒼陌雪致謝心領。不過，以我作為尚宮的俸銀來折算，顯然陛下您虧了，若要償還這一千兩白銀，恐怕蒼陌雪還上三世也還不清。不如陛下說個蒼陌雪有生之年能還上的價錢，蒼陌雪定不差毫釐償還物債。」蒼陌雪轉著眼珠子，心中思量著對策。

「那就八百兩，你若還不上這八百兩，你這顆能說會道的小腦袋就要成血球了。」武則天上下打量蒼陌雪，含嗔道。

「陛下可真看得起我。好，八百兩就八百兩，你總得給我幾天時間吧。」

「幾天？」

蒼陌雪抓著武則天的手，掰出一根手指，想了想，再掰一根手指，再想想，再掰出一根手指，舉在武則天面前道：「三天。」

「只三天？」武則天抽出手，不知蒼陌雪哪來這如此無畏的勇氣，敢在自己面前誇下海口。

「想必陛下也沒耐心給我三年。」

「蒼陌雪，君無戲言。」

案臺旁的鳥籠裡，武則天的白鸚鵡丹娉跟著武則天學舌道：「君無戲言，君無戲言，蒼陌雪，君無戲言……」

蒼陌雪朝鸚鵡吐吐舌頭，嘟著小嘴罵道：「多嘴。」

蒼陌雪再次抓起武則天的手，將自己的手掌擊向武則天，擊掌為誓，就賠武則天八百兩銀子。

呼呼呼呼……

蒼陌雪上一次在魚不貴酒樓欠的一千兩銀子，是那位白衣少年出手相救，她才化險為夷。

這一回，蒼陌雪又惹上八百兩銀子的債務，還會有誰從天而降來救她呢？那位白衣少年究竟何許人也？他還會再次出現嗎，還會是他再次搭救蒼陌雪嗎？

啊呼，筆者真是累了，容筆者先伸個懶腰打個哈欠，泡壺小茶，翹個小腿，還記得蒼陌雪哄武則天睡覺的那首搖籃曲嗎？

「星兒明，月兒靜，風兒輕輕喚夜鶯，小baby，小小手兒再親親，小眼睛，睡眯眯，媽媽懷中抱緊你……」

嗯，筆者先小眯一會兒，反正筆者沒欠武則天八百兩銀子，這爛攤子，就交給蒼陌雪去化腐朽為神奇吧！

哇嗚，怎麼籌這八百兩銀子？

拍賣悍馬烈焰鐵血？

請上水荳秋幫忙開個演唱會？

說自己得了肝癌、肺癌、十分難癌，讓洛陽的老百姓獻點愛心？

八百兩銀子喔，八百兩銀子嘢，三天可以變出八百兩銀子嗎？三天時間能賺到八百兩銀子嗎？

身在唐朝，能一夜暴富成白金土豪嗎？

就是想買張大樂透也不知去哪兒買吧，除了中彩票的機率只盼天上落金雨了。

蒼陌雪，不想活了也不會選個好點的死法嗎？你就跟武則天較勁吧，筆者只能為你節哀順變了！

第十三章 表女皇，願賭服輸

　　長生殿內，武則天正品著御廚進呈的最新研製的百花糕。蒼陌雪席地坐在院中的黃楊樹下，珍妮一臉惶恐憂心地立在一旁給蒼陌雪攤開一大堆白麻紙、黃麻紙、桑麻紙、麻布紋紙。

　　蒼陌雪丟了手裡的宣筆，又擺出一行硬筆，有骨錐筆、刀筆、木筆、荊筆、鵝翎管筆、氈筆、竹梃筆等。

　　不知道的還以為蒼陌雪這架勢，是要拿這些傢伙寫下自盤古開天闢地以來，整個華夏大地數百萬年的歷史呢！

　　蒼陌雪挑了一支鵝毛筆，腦袋裡想著如何籌集這八百兩銀子，小嘴咬著筆桿上的鵝毛，咬得那筆尖只剩兩三根鵝毛。蒼陌雪無奈地托著小臉自言自語道：

　　「舉辦一個花魁大賽怎麼樣？跟選港姐啊選世界小姐一樣，凡是參賽的選手都要交報名費，觀眾入場要買門票，以這種方式籌集銀子得唔得嘎？可是選完之後給人家冠亞季什麼獎賞咧？入宮當嬪妃？不行，當今皇帝是女人喔。要不，辦個小鮮肉大賽，獲勝者進宮當男嬪妃？行？不行？不行，這不直接等於給武則天選男寵嗎？這樣一來，不是再給我定個禍亂後宮之罪？唉，不行不行不行，三天時間也不夠主辦這麼大一場活動啊。」

　　蒼陌雪盤腿坐在地上晃著撥浪鼓的腦袋彎腰垂地，心口覺得被什麼東西硌了一下，伸手一摸口袋，掏出一條項鏈。那是在銅鑼灣淘到的跟之前當給武則天的那條鑽石項鏈做工高度仿真的水鑽，蒼陌雪喜上眉頭，打著壞心思道：

　　「把你以皇帝同款項鏈的名義賣出去，八百兩銀子還是問題嗎？哈哈，這裡可是唐朝哦，誰認得出這是假貨咧？呃，等等，八百兩銀子，現在朝廷三品官員的月俸是十貫，一年最低年薪差不多一百二十兩白銀。八百兩銀子，這得京官三品，為官七年以上才買得起，這好像也不靠譜啊，三品是宰相的官銜，當了七年以上的宰相那必定都是正直良臣，他們有這個購買力但沒有這個消費欲

望吧，而且好官也不能騙人家呀。像來俊臣這種佞臣呢，肯定是買得起，但他也不敢買吧，一出手八百兩銀子豈不是暴露了自己的財力？其他什麼皇親國戚的都懼於武三思的淫威，應該也不敢踩我這顆地雷了。嗚，這招又不行，這次真的非死不可了嗎？我不……」

蒼陌雪心涼地否定了那兩個餿主意，拈筆寫了張字條，粘了漿糊，貼在腦門上，爬上黃楊躺在樹杆上睡起覺來。

武則天走出大殿，見蒼陌雪一副要死不活的樣子躺在樹上，近前舉手揭了蒼陌雪腦門上的字條，那紙條上寫著：親愛的陛下，您好，本人已死，祭奠請按一，本人黃泉有知；贊助請按二，本人滿血復活；要債請掛機，本人已提醒，來電請知悉。

「蒼陌雪，既在朕面前誇下海口，如何這會兒又躺在樹上耍起無賴？」武則天看罷，扔了紙條笑笑。

「我哪裡耍賴了？我不是一時之間沒想到怎麼在三天之內賺到八百兩銀子嘛，現在離三天期限還有兩天半時間，急什麼喔」蒼陌雪翻起身，打著哈欠。

「朕自然不急，你也不急，朕倒要看看你如何如期奉還這八百兩銀子？」武則天拍拍蒼陌雪的腦袋，含笑出了長生殿。

蒼陌雪見武則天離了長生殿，揉了揉印堂穴從樹上跳下來，無聊地趴在院中的假山渠邊餵魚。

李隆基聽聞蒼陌雪三天之內要還皇帝八百兩銀子，急急跨了馬朝長生殿來。

「魚兒，魚兒，快來吃，吃個飽飽，睡個覺覺，呼哇咧，一覺醒來，心情好好。」蒼陌雪撒著手中的魚料，招呼道。

「雪兒，雪兒，雪兒。」李隆基上氣不接下氣地朝蒼陌雪跑來。

「發生什麼事了你？」蒼陌雪抬眼看了看李隆基，懶懶問道。

「不是我有事啊，是雪兒你，你怎麼又闖禍了？」李隆基搖著小腦瓜無奈歎氣道。

「我怎麼又闖禍了？你怎麼又知道了？」

「放心吧雪兒，任何時候我都會保護你的。」李隆基堅定地對

蒼陌雪點點頭道。

「小鬼，我好感動喔，感動得我現在就想嫁給你了。」蒼陌雪起身，兩手搓著李隆基的小臉玩笑道，突然靈光一閃，笑哈哈道：「嫁給你？哈哈，對啊，嫁給你，彩禮錢要八百兩銀子就好了。咳，踏破鐵鞋無覓處，得來全不費工夫原來說的就是這個意思，你不早點來，害我神經緊張了一上午。」

「雪兒，你在說什麼？」李隆基拿下蒼陌雪的手，不解道。

「王，你不是說你要娶我為妃麼，你什麼時候娶我？」蒼陌雪牽過李隆基的手，邊走邊說道。

「十年後。」

「三天後我就死了喔，十年後我就連骸骨都不剩了，你傻呀。」

「那依你說呢？」

「你現在就娶我唄。聘禮嘛，我也不要什麼王母身上香，蟠桃酒一缸，就要那八百兩銀子，一分不多，一分不少。王，你不救我以後沒人陪你玩了喔。」蒼陌雪笑嘻嘻地捏著李隆基的小臉道。

「雪兒你放心，我會救你的，我現在就去跟祖母陛下請旨成婚。」李隆基點頭答應，說罷拿起馬鞭出了長生殿。

「嗯，好阿瞞，勞駕，勞駕。」蒼陌雪朝李隆基揮手笑笑，轉身一揚手瀟灑地將魚料往池中一灑，揮揮手，哼著小曲往殿中去。

晚上，戌時四刻，武則天從天堂禮完佛回到長生殿，蒼陌雪正哼著歌在龍榻上手舞足蹈地打滾。

「蒼陌雪。」

「哈，陛下你回來啦，有話跟我說對不對？」蒼陌雪翻起身來激動地望著武則天。

「朕答應隆基的請旨成婚，免去納采、問名、納吉、納征、請期、親迎這六禮，亦答應你那八百兩銀子的聘禮。」武則天走近龍榻，淡淡道。

「陛下萬歲，我就知道你最好了。」蒼陌雪興奮地抱住武則天的腰喊道，一看武則天含威的眼神，又弱弱抽回自己的手。

「明日戌時你與隆基在長生殿叩安，就算禮成，後日一早，你便是臨淄王妃。」武則天轉身，搖頭笑笑。

「恭喜雪兒姑娘晉升王妃。」喜公公慈祥地笑笑。

「謝謝喜爺爺。」

蒼陌雪開心地跳下龍榻，一手扶著武則天的腰，抓起武則天的手跳起華爾滋來；轉過兩圈鬆開武則天又拉起喜公公旋轉起來，直到把喜公公轉得直暈連連喊饒命才鬆開他的手；又拎過籠子懸空晃來晃去，鬧得鸚鵡丹娉在籠中直撲騰，大叫：「壞壞壞雪兒，壞雪雪雪兒……」

「啊，我累了，先睡一覺。從後天開始，我要好好地享受一下活著的滋味。從明天起，不，從後天起，做個幸福的人，餵馬、劈柴、周遊世界，給每一隻雞取名叫三毛，給每一隻鴨取名叫三毛，給每一隻鵝取名叫三毛……」蒼陌雪聲情並茂地朗誦著詩歌，縱身倒在龍榻上，掖起被子蒙上頭，完全抑制不住心中的喜悅之情。

武則天淡淡哼了一聲，也沒再說什麼，只命珍妮近前寬衣，喜公公又一旁啟奏道：「啟奏陛下，薛師在殿外求見。」

「他來做什麼，朕幾時宣他入宮了？叫他回去，朕要安寢了。」武則天換下龍袍，令道。

「老奴奉旨。」

喜公公出了大殿傳武則天旨意令薛懷義出宮，武則天更換好寢衣正欲躺下，喜公公又進來道：「陛下，薛師說一定要見陛下您。」

武則天頓了頓，披上錦袍令道：「宣他進殿。」

「薛懷義叩請吾皇陛下金安。」薛懷義惶恐地入了大殿，近前跪地叩安道。

「起來吧，深夜見朕，有何要事？」武則天淡淡地問。

「陛下，自陛下天壽以來一直未召懷義入宮，懷義心繫陛下，不知陛下是否龍體欠安？」薛懷義站起身來，緩緩抬眼望著武則天道。

「朕很好，無需記掛，以後沒有朕的宣召，就不要隨隨便便到

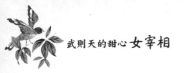

長生殿來。」武則天移開視線，淡然令道。

「陛下，懷義惶恐，懷義不知哪裡得罪了陛下，求陛下明示。陛下不要生懷義的氣，懷義有錯，一定痛改，啊，陛下。」薛懷義噗通一聲再次跪倒在地，挪著膝蓋近前攀著武則天的腿顫顫道。

「你回去吧，朕無事召見你，你就安分地待在白馬寺。今後無朕諭令，不准到朕的寢宮來，有什麼事就在紫宸殿侯駕吧。」武則天低頭看了薛懷義一眼，拿開他的手。

「陛下，如何幾月不見，陛下就冷了懷義？」薛懷義急急站起身，見龍榻上被子裡有東西在蠕動，薛懷義指著龍榻望著武則天問道：「那龍榻之上躺的是誰？」

蒼陌雪窩在被子裡聽著薛懷義和武則天的對話，一陣偷笑，「這歷史真是熱鬧，薛懷義，他不就是武則天的男寵嗎？」

「你退下，朕要安寢了，出宮去吧。」武則天眼神掃了掃薛懷義，制止道。

「今天懷義不看個明白，斷不會出宮去。」薛懷義說著伸手就要往龍榻上掀起被子，蒼陌雪一腳踢開被子，笑嘻嘻地從被窩裡爬了出來。

「大膽賤婢，竟敢睡在陛下的龍榻之上？」薛懷義驚愕地瞪著眼珠子對蒼陌雪吼道。

「這個你得問她，她讓我睡這兒的。」蒼陌雪笑著指指武則天。

「哼，漢哀帝劉欣有斷袖之癖，沒想到當今陛下竟有磨鏡之好。」薛懷義瞪著蒼陌雪，又望望武則天，氣呼呼道。

「放肆，薛懷義，你竟敢將朕比漢哀帝，給朕滾出去。」武則天指著殿門，厲聲喝斥道。

「斷袖？磨鏡？哦，你說我們倆是蕾絲，馮小寶，薛懷義，你想像力太豐富了吧？」蒼陌雪下了龍榻，穿起襪子道。

「薛寺主，快奉旨出宮去吧。」喜公公見武則天龍顏不悅，忙近前勸薛懷義道。

「陛下要這賤婢不要懷義，好，好，好，陛下不念舊情冷落懷

義，懷義就是死也不能瞑目。」薛懷義抹著眼淚望向武則天。

「呃……大人說話，小孩不插嘴，你們聊，我走，啊。」蒼陌雪兩手捂著耳朵，偷笑地穿上鞋。

「蒼陌雪，你往哪裡去？」武則天拽下蒼陌雪捂著耳朵的手，嗔了她一眼道。

「反正過了明晚我就還清你那八百兩銀子了。」蒼陌雪彎腰繫好鞋帶，轉向薛懷義道：「薛懷義，不用這麼惡狠狠地瞪我，把你的皇帝陛下還給你，晚安咧你們。」

蒼陌雪沖武則天扮著鬼臉出了大殿，到鸝清苑的廂房中睡了一晚。嘿，非禮勿言，薛懷義與武則天的事就不說什麼了，那純屬女皇個人的戀愛自由，閒人不說是非。

第二天一早，蒼陌雪穿好衣服過長生殿來，遠遠看見薛懷義一臉睏倦地閉著眼睛跪在殿外，那鋥亮的光頭都快垂到地上了。

「陛下駕到。」蒼陌雪輕聲跑過去，附在薛懷義的耳邊大聲喊道。

「懷義……懷義恭迎陛下，陛下聖安。」薛懷義暈暈乎乎，慌忙正了正身，磕頭禮拜道。

蒼陌雪把薛懷義逗成這副窘樣，忍不住哈哈大笑。薛懷義見自己被蒼陌雪捉弄，氣洶洶地起身出拳揮向蒼陌雪，蒼陌雪敏捷地躲到柱子後面，沖薛懷義笑道：「你這醋和尚，莫名其妙地吃醋吃到我頭上來了？」

「該死的賤婢，你……你魅惑陛下寵倖女色，我薛懷義，我今天就要殺了你。」薛懷義抓起禪杖撐著站起身，奈何跪了一夜，跪得兩腿發麻，搖搖晃晃地指著蒼陌雪叫喊道。

「寵倖女色？喲喲喲，這個詞倒是新鮮，我還真沒聽過。行了，不逗你了，你還是乖乖跪好求你的女皇陛下垂憐吧。唉，後宮爭寵真是辛苦啊，你真在殿外跪了一夜啊？」

蒼陌雪一陣戲謔道，薛懷義怒火中燒，再次抓起禪杖要擊向蒼陌雪。蒼陌雪得意地下了兩級石階，歪著腦袋一笑，又跑上兩步，靠近道：「你真的在殿外跪了一夜嗎？」

薛懷義把拳頭攥得「咯咯」直響，蒼陌雪張開雙手飛也似地跑下石階，任薛懷義的眼神在她身後「飛刀」。

嘻嘻，蒼陌雪現在不用為那八百兩銀子犯愁，心情好得不得了，遂去馬廄牽了烈焰鐵血，出了皇宮去洛陽城裡溜達。

上午的洛陽城，好一派市井繁榮，東市江湖賣藝的正耍得熱鬧，西市藏龍臥虎的鬥琴一片叫好。

蒼陌雪牽馬走在北市街頭，路旁算卦的八字先生正趴在卦桌上睡覺，前邊出個告示牌，大字寫著：恕不營業。

蒼陌雪笑笑，上前敲敲卦先生的桌子，「算命。」

卦先生摳摳耳朵，換個睡姿擺擺手道：「不算。」

蒼陌雪不甘心，趴在他耳邊使勁喊道：「算……命。」

卦先生被人攪了好夢，火了，兩手重重一剁桌子，站起身來吼道：「不算。」擰著倒八字眉，怒目瞟了蒼陌雪一眼，才直直坐下，趴著繼續睡。

蒼陌雪哭笑不得地望著這卦先生，無趣地牽起馬向前走去，滿口嘀咕道：「太任性了，等我有錢了我就把整條街都盤下來，每個店鋪門口架上籠屜，蒸他滿滿一條街的包子，有人喊買包子，我就告訴他，不賣。」

蒼陌雪故意找個茬還沒人搭理，估計她要蒸包子，那包子都得叫狗不理。算了，反正心情好，就不跟那倒八字的計較了。蒼陌雪栓好烈焰鐵血，進了街尾的一間茶館，想著喝完茶，一會兒去瑞儀樓看上水莲秋。

小二滿口恭敬地招呼著上了茶，蒼陌雪在角落的一位置上坐下，端著蓋碗安靜細品，旁邊坐著的一男一女似乎在說些什麼，蒼陌雪側耳聽了聽。

「慕郎，陶姜不怕你此去不回，相信陶姜，縱青絲成雪，也不移此心。」女子噙著眼淚動情道。

「慕仲有愧，不敢貽誤妹妹終身。慕仲堂堂男子，豈可因妹妹深情就娶了妹妹，只將妹妹留在家中贍養老母，卻放由自己逍遙乘雲。慕仲既不能守信，又如何能對妹妹承諾？慕仲自幼熟讀經史，

豈敢生小人之心，又豈敢悖孔孟仁儒之道？」男子低下頭，言語慚愧道。

蒼陌雪怔怔舉著茶碗，被這個叫慕仲的一席話生生羞紅了臉。

蒼陌雪一向自詡自己很聰明，可這次，卻真真做了一回小人還不自知，還在這裡悠哉悠哉飲著香茗得意忘形，心下裡真是羞愧難當。

那個叫慕仲和陶姜的離開了，蒼陌雪坐在茶館一直發呆，直到外面已經天黑。燈火歡騰的夜市比白天顯得更加熱鬧，前來喝茶的客人已經沒有位子坐下，小二不得不客氣地請蒼陌雪離開，好言囑咐她姑娘家的須早回去，莫在外頭逛久了不安全。

蒼陌雪久久才回過神來，跨上烈焰鐵血離了茶樓，不想半道上，冤家路窄地遇見來俊臣。來俊臣跨著高頭大馬與一群奴僕迎面而來，傲慢地擋了蒼陌雪的去路。

「喲，這不是陛下的近侍尚宮蒼陌雪蒼大人嗎？」來俊臣見蒼陌雪呆呆地坐在馬背上，輕浮地調笑道：「蒼大人失魂落魄的這是怎麼了？我來俊臣可是最懂得憐香惜玉的，不如本大人陪你好好玩玩？」

來俊臣等人的奸笑聲未落，烈焰鐵血長嘶一聲響徹天穹，高揚馬尾甩向眾人，飛起馬蹄載著蒼陌雪奔向皇宮裡去。

長生殿內，李隆基早已等候在殿中，見蒼陌雪遲遲歸來，一把拉起她跪到武則天面前。

「王，你起來。」蒼陌雪拿開李隆基的手，面無表情地站起身對他道：「對不起隆基，很感激你肯幫我，但……但我不能騙你。」

「雪兒你在說什麼？你沒有騙我啊。」李隆基一頭霧水，不解地看著蒼陌雪。

「我有騙你，我並不想嫁給你，你長大以後也不會想娶我，我說跟你成婚只是在利用你幫我還清那八百兩銀子，以求活命。就算我不騙你的聘禮錢，立下借據管你借，我活在這裡賺不到八百兩銀子還你，我離開這裡就永遠不可能再回來把錢還給你。不論是騙還是借，我都不能利用你，你是好人，我卻做了一回壞人。」蒼陌雪

低著頭，一臉懊喪。

「雪兒你怎麼了？你到底在說什麼呀？我聽不懂。」李隆基拉拉蒼陌雪的手，望著她。

「陛下，蒼陌雪願賭服輸，三天期限，我一分錢都還不起，任憑你處置。只是，在我身首異處之前，求你……求你把我媽媽的相片還給我。」蒼陌雪緩緩抬起頭望著武則天。

「朕沒有拿你娘的畫像。」武則天風輕雲淡道。

「上次你撿到我的錢包又沒有還給我，相片就在錢包裡。我現在別無所求，只求拿回我媽媽的相片。」

「朕說了，朕沒有拿你娘的畫像。」

蒼陌雪眼淚唰地大顆大顆滾落下來，武則天望著她，淡然道：「你怕了？」

「我沒有怕，我只是要我媽媽。」蒼陌雪擦著臉上淌落的眼淚，哭紅了鼻子。

「傳旨，明日未時一刻，將蒼陌雪斬於西市，命，來俊臣監斬。」武則天轉過身，望著蒼陌雪的眼淚她心有不忍，口中卻還是堅決地擲下這樣的命令。

「祖母陛下，請饒雪兒不死，隆基願為雪兒立功贖罪。」李隆基望著蒼陌雪，慌忙跪下請求道。

「陛下，奴婢求陛下饒過雪尚宮吧，陛下。」珍妮抽泣著跪下身，惶恐地叩求道。

「陛下，老奴求陛下饒過雪兒姑娘這一次吧。這孩子在這裡無依無靠，也怪可憐的，陛下宅心仁厚，且念在上天有好生之德，就請陛下饒過雪兒姑娘吧，陛下。」喜公公顫抖的身體也一通跪下為蒼陌雪求情。

「喜爺爺，別求她。我說了，我願賭服輸，隆基，珍妮，你們都起來。」蒼陌雪上前扶起喜公公。

「隆基求祖母陛下收回成命，請饒雪兒不死，請祖母陛下饒雪兒不死……」李隆基哭著跪到武則天跟前，不停磕頭求情道。

「陛下，求陛下饒過雪尚宮吧，奴婢有罪，奴婢甘願受罰，求

陛下饒過雪尚宮，求陛下饒過雪尚宮……」珍妮哭喊著跪在地上，磕頭乞求道。

「我說了你們都起來，不要為我求她，我不想欠你們這種情，我還不起。反正人活在世上最終都得死，我只不過是早一點去找我媽媽而已，你們不要再求她了。」蒼陌雪擦乾眼淚，走到李隆基身邊，摘下衣領裡的玉佩，遞到李隆基面前，

「隆基，謝謝你一直以來這麼幫我。蒼陌雪最後一次求你，求你幫我找到那個白衣少年，將玉佩還給他，求你，好嗎？」

「雪兒，我答應你。」李隆基含淚接過玉佩點點頭，將玉佩裝入腰間的錦囊中，望著蒼陌雪眼淚直下道：「雪兒，我不要你死，我不要你死雪兒，你不要死好嗎？」

「謝謝。」蒼陌雪忍著眼淚，抱了抱李隆基。

眾人靜默地立在一旁低頭垂淚，武則天不動聲色背對著大家，始終沒有再說什麼。

夜深了，侍候的內侍宮女們一併奉旨退出了大殿，長生殿中，只有武則天和蒼陌雪。

微掩的殿門，清晰可見灑入殿中的月光，一股透心的清冷。蒼陌雪熄了大殿的宮燈，單留一盞移到龍榻前，側身坐在龍榻上。武則天向裡而臥，那樣子似已睡熟，蒼陌雪輕輕地給武則天掖了掖被子，望著睡著了的武則天，口中喃喃道：

「好好睡吧陛下，睡著了的陛下真美，多像個美麗的乖孩子。蒼陌雪感謝陛下這段時間以來對我的寬容，我知道，我脾氣臭又任性，不是個乖小孩。我離開了家，我爹，我爹地，他們一定很傷心，可是沒有辦法，我回不去。現在，現在我又要去天國找我的媽咪了，其實也好，我在這裡沒有家，沒有親人，去了天國至少有媽咪。雪兒真的很想媽咪，媽咪會想雪兒嗎？雪兒很快就要回到媽咪身邊了，媽咪會給雪兒講故事，會抱著雪兒，唱歌哄雪兒睡覺，好幸福。

陛下，其實我不怪你，就算是你要下旨殺我，我也不怪你。因為你不僅是個女皇帝，你也是一個媽媽，天下的媽媽都很偉大，你

也是。陛下你知道嗎？我曾經很崇拜你，我覺得你是個非常了不起的人，你是我的偶像；後來，我從天上掉在皇宮遇見了你，侍奉在你身邊，慢慢發現，你並不是只有高高在上的一面，有的時候你還挺可愛。雖說你老是氣我，或者說我也老是氣你，但能跟著您身邊的這段日子我很開心，謝謝你一直包容我，真的，謝謝你。

明天，明天我就要死了，也許以後的日子你不會再記得，曾經你的身邊，有一個人叫蒼陌雪。但我會記得你，記得隆基、喜爺爺、莛秋姐姐、珍妮、司空大哥、賈得桂、飛飛師姐、淨意住持、徐有功大人、狄仁傑大人，還有……還有他，還有，嘻嘻，還有你那隻笨鸚鵡多嘴，我會記住你們的，我愛你們。呵，看我，多囉嗦呀，乖乖睡吧，可愛的陛下，做個好夢。」

蒼陌雪俯身吻了吻武則天露在被子外的手，將她的手輕輕放進被窩裡，為武則天上下掖好被子，起身擦乾眼角的淚，輕掩上殿門，出了大殿。

一滴淚，一滴滾燙的眼淚，悄然從武則天的眼角滑落而下，她裝作睡著的樣子一直含著，含到蒼陌雪掩上殿門出了大殿，這滴淚才終於抑制不住地滑落下來。

武則天睜開被淚水模糊了的眼睛，她落淚了，是的，連她自己都沒有想到她竟然流下了眼淚，竟是因為蒼陌雪，而流下這十年以來的第一滴淚。

廢中宗李哲為廬陵王將他貶到房陵，武則天沒有掉過眼淚；降睿宗李旦為皇嗣將他幽禁別殿，武則天沒有掉過眼淚。

這一刻，武則天卻因蒼陌雪的一番話，落下了這顆滾燙的淚，這樣的溫度，足已暖了她心中，這十年來的孤獨。十年來，誰也沒有在她耳邊說過這樣的一番話，誰也沒能令她掉下這樣的一滴淚。

五歲那年，第一次學騎馬，從馬上摔了下來，武則天哭過；八歲那年，第一次換牙，缺了那顆漂亮的門牙，武則天哭過；

十一歲那年，父親辭世，武則天哭過；十四歲那年，太宗召其入宮，臨行前與母親相擁訣別，武則天哭過；

二十五歲那年，太宗殯天，入感業寺為尼，思念高宗李治的時

候，武則天哭過；

二十八歲那年，長子李弘出生那一刻，武則天哭過；三十歲那年，長女安定公主夭折，武則天哭過；

四十六那年，母親楊氏壽終，武則天哭過；五十一歲那年，太子弘病故，武則天哭過；

五十九歲那年，高宗皇帝駕崩，武則天哭過；六十歲那年，雍王賢自縊於巴州，武則天哭過。

從此，武則天再沒有眼淚。這十年來，誰都可以哭，她不能；誰都可以懦弱，她不能；誰都可以退縮，她不能；誰都可以倒下，她不能。

這一晚，武則天卻因蒼陌雪這個呆貨而落淚，她的一番喃喃自語觸動了武則天的心，觸動了她心底那處柔軟深藏的感情。

武則天笑笑，任憑那顆溢出的熱淚流在眼角，沒有人知道，整個帝國都不知道，大周天子女皇陛下竟在這一夜，流過一滴淚。

蒼陌雪說眼淚是愛，能得到一個人的眼淚，是世間最為珍貴。蒼陌雪，竟讓武則天，流下了這樣的，一滴淚！

人生不過如此，誰欠了誰，誰還誰；誰許了誰，誰度誰。冥冥之中，武則天與蒼陌雪之間，有一種無形的牽引，命運的羅盤將會指向哪裡？

佛說，你悟或者不悟，我就在那裡，無來，無去！

第十四章 幸女皇，不殺之恩

蒼陌雪出了大殿往鸝清苑去，將自己換下的衣服，還有兩雙鞋子一併收了來，打上水，坐在院子裡洗衣服。

夜空中，一輪未滿的凸月排開鱗雲，白月光灑滿了整個院子，樹葉頷首私語，風拂過額前的瀏海，四月中的天氣，乍暖還寒。

蒼陌雪一個人洗著衣服，忽見地上斜著一道人影，轉頭看看，身後什麼都沒有。蒼陌雪笑笑，是自己胡思亂想了，就安靜地洗完這幾件衣服，刷完這兩雙鞋就好了。

晾完衣服，已是早上。長生殿院中，如常擺下上百道早膳，蒼陌雪換上第一天穿越到洛陽的那套衣服，回頭看了看自己的箱包，戴上墨鏡過長生殿去。

司食女官已嚐膳完畢，與眾宮女內侍作禮而退，喜公公與珍妮二人侍候武則天入座，開始進膳。

「陛下，我酷嗎？」蒼陌雪從廊簷過來，轉過玉欄，近前對武則天笑笑。

武則天淡淡抿著細粥不答她，也不抬眼看她。喜公公與珍妮望望蒼陌雪，立在一旁暗暗抹淚，蒼陌雪又笑著對二人道：「珍妮姐姐，喜爺爺，這樣酷嗎？」

喜公公點點頭拿過料食，轉身走到鳥籠旁給鸚鵡餵食，蒼陌雪扮著鬼臉朝鸚鵡喊道：「多嘴，看我，酷斃了吧。」

眾人不敢應，蒼陌雪看了看四周，不見司空鷹槊，李隆基也沒有來。武則天擱下碗筷，抬眼看了看蒼陌雪，淡淡道：「蒼陌雪，你該上路了。」

「嗯，我該走了，Goodbye forever，I love you。」蒼陌雪忍著眼淚，摘下墨鏡，努力沖眾人笑笑，一轉身，兩腳還未踏出門檻，兩行眼淚唰地垂下臉頰。

刑車已在長生殿外停下，蒼陌雪被一行金吾架上枷鎖，押上刑車，往洛陽西市去。

　　喜公公、珍妮二人目送蒼陌雪出了殿院，都暗自垂下頭哽咽。武則天命內侍撤下早膳，起身頓了頓，令退眾人往鸝清苑去。

　　洛陽西市的汴河岸上，圍滿了前來觀看行刑的百姓，眾人惶恐而小聲地交頭議論著。來俊臣的車駕早早到了刑場，蒼陌雪的刑車也已晃晃悠悠行到了汴河岸上，邢捕們上前將蒼陌雪押上刑場，解了枷鎖，捆上手腳，行刑的劊子手正坐在一旁面無表情地磨刀。

　　「哼哼，蒼陌雪，到頭來，你還是要死在我來俊臣的手裡。」來俊臣下了監斬臺，走上刑場，近前望著蒼陌雪奸笑道。

　　「嗯，來大人，祝你千秋萬代，萬壽無疆，萬歲，萬歲，萬萬歲。」蒼陌雪跪在刑場上，斜了來俊臣一眼，大聲戲謔道。

　　「住口，小賤人，你死到臨頭還想拖本大人下水。哼，現在離行刑還有兩刻鐘時間，留著你那張刁嘴去閻王爺那兒耍刁吧。」來俊臣怒了一眼，轉向劊子手，搶過劊子手手裡正磨的刑刀，扔在一旁吼道：「磨，磨什麼磨，一刀下去砍不死就多砍幾刀，砍死為止。」

　　來俊臣趾高氣昂掃了蒼陌雪一眼，向監斬臺走去，劊子手跪在地上撿起刑刀，看了看蒼陌雪。

　　蒼陌雪不再說什麼，閉上眼睛，倚著刑柱，身上全然無力。昨夜自是一整夜沒有睡，幾件衣服就洗到早上天亮，這會兒跪在刑場上，整個人不是怕得不行，完全是睏得不行了。

　　鸝清苑中，武則天站在晾衣竿前，望著蒼陌雪晾開的衣服，耳旁聽得一陣急促的腳步聲，「是隆基嗎？」

　　「隆基叩請祖母陛下聖安。」李隆基手持馬鞭，跪在武則天身後。

　　「找徐有功去了？」武則天背對著李隆基，淡淡問道。

　　「是。」李隆基著急地望著武則天。

　　「徐有功告訴你，按我朝刑律，每歲立春後至秋分時，不得決死刑，是這樣嗎？」

　　「是，徐大人告訴孫兒，不在立春之前秋分之後處決死囚，有違天時，不合肅殺之氣，更有悖陛下賢聖愛民之心。」李隆基跪上

前道。

「哼，這是朕與蒼陌雪之間的私賭，不干刑律。朕下旨處斬蒼陌雪，她亦是願賭服輸。」武則天轉過身，淡然一笑道。

「祖母陛下，恕隆基斗膽，天子手掌萬民生殺大權何等尊榮，豈可與一小小宮女約賭生死？若叫天下百姓知道，豈不妄言我朝皇帝陛下無容人之量？祖母陛下，身體髮膚受之父母不可輕易毀傷，何況以性命當兒戲，肆意賭殺。如此，我朝典律何在，陛下的威嚴何在？雪兒固然有錯，卻罪不至死，請祖母陛下收回刑令，給雪兒一次改過的機會吧。求您了，祖母，祖母……」李隆基跪在地上不停地磕頭求武則天饒恕蒼陌雪。

西市刑場上，來俊臣抬頭望過了中午的烈烈日頭，左右稟報未時一刻已至。看看刑場上的蒼陌雪，靠在刑柱上一動不動，來俊臣從籤筒中抽出行刑令，口中高喊：「時辰已到，行刑。」一手將令牌高高拋向刑場。

令牌還未落地，司空鷹槊翻身從圍觀人群中躍上刑場，抽出寶劍將令牌旋於劍上騰在空中一個翻身，將令牌直直投入監斬臺的籤令筒中。來俊臣愕然地望著飛回來的令牌，怒而起身，厲聲喝道：「大膽逆賊，竟敢劫死囚，來人，給我格殺勿論。」

來俊臣一聲令下，刑場上的刑衛軍手持長槍四面圍攻而上，劊子手舉著刑刀不知該砍不該砍，司空鷹槊扔出劍鞘擊落劊子手手中的刑刀，刑刀掉下刑場。蒼陌雪依然靠著刑柱睡得死沉死沉，耳邊雖聽得激烈的打鬥聲，卻沒有半點力氣睜開眼睛，只顧沉沉昏睡。

司空鷹槊將劍回鞘，周旋於刑衛軍中，只擊落他們手中的兵器，並不使劍傷他們性命。來俊臣見眾刑衛軍不敵，站上監斬臺前一揚手，埋伏在刑場四面屋頂上的弓箭手四下裡圍住，拉弓待命。

來俊臣早料到奉旨監斬蒼陌雪不會那麼容易，從接到宮中傳諭，便連夜命人佈置弓箭手暗中設下埋伏。

司空鷹槊轉眼望了望四周的弓箭手，抽出寶劍退到蒼陌雪身邊橫眉戒備。來俊臣揚起手，正要喊弓箭手放箭，李隆基舉著聖旨飛馬而來，高聲喊道：「陛下有旨，速速釋放蒼陌雪，陛下有旨，速速

釋放蒼陌雪……」

來俊臣見李隆基快馬傳旨，忙向屋頂四周的弓箭手擺手，示意他們隱身退下，領眾人一齊下了監斬臺，跪迎聖旨。

武則天當然不會因蒼陌雪還不起那八百兩銀子就下旨殺她，卻一定要借著琉璃盞之事好好教訓教訓蒼陌雪，讓這個不知天高地厚的蒼陌雪「死」上一次，叫她長長記性。

司空鷹槊與李隆基二人救下蒼陌雪，卻怎麼也喊不醒她，只得將蒼陌雪帶回長生殿。武則天命宮女們將蒼陌雪放上龍榻，宣了御醫給她診了脈開了藥，珍妮領旨往鸛清苑去煎藥。殿中，武則天令退眾人，坐在龍榻邊上等蒼陌雪醒來。

蒼陌雪這一覺夠長，睡到晚上亥時，才扭著身子裡外轉了幾回緩緩睜開眼睛。武則天靠在龍榻旁直打瞌睡，蒼陌雪仰起頭見旁邊坐著一人，定睛一看，哇哇大叫地扯起被子蒙住腦袋，蜷縮在被窩裡，顫抖地喊著：「鬼，鬼啊，有鬼啊……」

武則天被蒼陌雪的叫聲一驚，睜開眼扯起蒼陌雪頭上的被子，含威喝道：「放肆，一會兒說朕是妖精，一會兒說朕是鬼，給朕起來。」

蒼陌雪弱弱地爬起身，伸手摸了摸武則天的臉，嚇得又扯過武則天手裡的被子裹住自己，不斷退向龍榻裡側，叫喊道：「你別過來，你是活的，我怎麼那麼倒楣，死了還還……」

「還什麼？哼，你就是死了，閻王爺也不收你這種呆貨，給朕下來。」武則天起身，嗔著蒼陌雪道。

「那……那這麼說我沒死嗎？我真的沒有死嗎？真的真的嗎？」蒼陌雪挪著下了龍榻，望著武則天疑惑道。

武則天伸手重重拍了一下蒼陌雪的腦袋，「這下信了？」

蒼陌雪愣愣地抓起武則天的手在自己腦袋上又打了一下，才放開武則天的手高興道：「哇咧，我沒有死，啊呼呼，我真的沒有死，太好了，我就說我不能這麼短命吧。嘿嘿嘿，陛下，謝謝你最後沒有殺我。」

蒼陌雪只記得自己在刑場上倚著刑柱子睡著了，之後的事她一

點也記不起來,直到武則天拍得她腦袋生疼,才確信自己真的還活著,心下裡自然是滿滿的激動。

「哼,蒼陌雪,人活在這世上沒有人能夠救你,只有你能救你自己。朕今日赦免了你,明日你再犯渾,朕能饒你幾次?」武則天指著蒼陌雪的腦袋,嗔問道。

「陛下說得是,要不是那個叫慕仲的一席話,我真就做了一回十足的小人,不要說你不能饒了我,就是我,也會鄙視我自己。」蒼陌雪低下頭,羞愧道。

「朕自然不會殺你,卻也饒不得你,八百兩銀子就算了,朕再給你三天時間,還朕八十兩銀子,琉璃盞之事便罷。」

「八十兩,八十兩銀子?知道知道,就八十兩銀子,謝陛下。」蒼陌雪歪著腦袋思量著主意,答應道。

武則天喚珍妮再將湯藥熱一遍,蒼陌雪確認自己還是活的,當下裡只覺得腹中餓得抓狂,跟武則天直嚷著要吃飯。

八百兩銀子降成八十兩,可也頭痛?蒼陌雪自是不管那麼多,只飽飽吃上一頓,再美美睡上一覺,明天陰晴霧雨,留給明天去定!

第十五章 觸女皇，一錯再錯

不能借，不能搶，不能偷，不能騙，三天之內要怎麼弄到八十兩銀子？

蒼陌雪翻著箱包，找找看還有什麼能當的、能賣的東西。這一次，斷不能再賴了這八十兩銀子，怎麼著也得在三天期限內還了武則天這筆債！

蒼陌雪這包包裡，零食是吃得一點都不剩了，其他的都是些隨身藥品和衣物，也沒什麼值錢的。

蒼陌雪翻過來倒過去地找，忽然從包包裡掉出一隻微型投影儀。蒼陌雪試著開機，嘖嘖，激動死，居然還有電，這個投影儀可以投放出300寸的螢幕，用來投放露天電影豈不爽嗨嗨？

哇呼，蒼陌雪趕緊從完全開不了機的手機上拆下TF卡，插到投影儀上，再找到遙控器，心下裡想著給洛陽百姓來一場視覺盛宴，憑著這個新鮮勁，還愁沒票房嗎？

啊呼呼，好聰明好聰明的腦袋，就這麼決定，再沒有比這更棒的主意了，這招，一定行！

蒼陌雪超激動地謀劃起這個想法，快步去顯仁殿找李隆基商量著怎麼打廣告，寫宣傳海報，並叫上賈得桂一起，三人分別將宣傳海報貼滿了洛陽東市、西市、北市、南市及端門、定鼎門、長夏門。估計後來的中國，城管抓亂貼小廣告的便是從蒼陌雪這裡來的。

貼上宣傳海報，自然還要鼓動洛陽的市民們踴躍購票，李隆基自然逃不開被蒼陌雪拉著合演一齣王婆賣瓜。

嘿，蒼陌雪自然是沒有什麼號召力，而李隆基雖還沒長成型男但絕對是一小正太，且憑著當今女皇寵孫這個名號，在洛陽城裡公然地秀上一圈，人氣自然不在話下。

忙活了一個下午，賈得桂將銀子點了點，啊呼呼，離一百兩只差二錢銀子，蒼陌雪直讚洛陽鄉親的消費覺悟就是高。

「雪兒，銀子已經夠了，但你說的電影是什麼東西，你還沒告

訴我們呢。」李隆基封好銀子，問蒼陌雪道。

「是啊老大，明晚我們到底要做什麼？」賈得桂也好奇地問。

「別問別問，乖乖，到了明天晚上你們自然就知道了，現在不能給你們看，我怕明晚放的時候就沒電了。」

蒼陌雪謝過李隆基和賈得桂，帶上封好的八十兩銀子，跨馬向長生殿去，得意地將這八十兩銀子擺到武則天面前。武則天望著銀子緊了緊眉頭，只淡淡對蒼陌雪說道，若是非法所得，一樣會治她的罪。

蒼陌雪點點頭，保證這些銀子絕對不是贓款黑錢，並請武則天屆時一定來捧場，給她留著座。

時至深夜，蒼陌雪該計畫佈置的都已交待下了李隆基、賈得桂二人。事情安妥，蒼陌雪滿意地沖了涼，美美上床睡覺。

筆者與看官們真是懷疑蒼陌雪那智商，是否因為之前的過度驚嚇，而再次給自己腳下埋了顆地雷還毫不自知。

Michelle，光有投影儀有什麼用，沒有音頻這是要讓人家看啞巴電影嗎？這還不算，你清楚TF卡裡都有些什麼內容嗎？更甚者，你拿21世紀的電子產物驚嚇西元694年的洛陽百姓，史官們的筆能饒了你嗎？

……

蒼陌雪半點沒想這些問題，趴在床上睡得跟具屍體似的。

武則天躺在一旁望著蒼陌雪睡熟的小臉，竟莫名其妙地為她擔心起來，擔心什麼呢？或許是擔心蒼陌雪再鬧出什麼不可饒恕的蠢事來，自己會不會再原諒她？

呵呵，畢竟未知後事如何，且看且琢磨！

第二天晚上戌時時分，持票的百姓們紛紛帶著小板凳集到端門廣場前，李隆基業已將幕布在城牆上放置好，賈得桂指揮到場觀眾依次坐下，靜候觀影。

端門廣場上，四處燈火透亮，往來於廣場河橋上的百姓絡繹不絕，除了入座的觀眾，外邊也圍上了一群看熱鬧的百姓，眾人私下裡紛紛議論著這電影到底是為何物！

「陛下來了嗎？」蒼陌雪看了看四周，沒見武則天的影子。

「老大，奴婢只見得有駕車馬像是梁王殿下的，並未聞聽陛下起了鑾駕出宮啊。」賈得桂清點完人數，向蒼陌雪道。

「雪兒，可以了，都準備好了，快開始放吧。」李隆基一路小跑回來，催促蒼陌雪道。

「好，那就不管她了，我們開始放電影。」

蒼陌雪選好投影的角度，支起投影儀，這時才想到沒有音頻設備，可這會兒已是箭在弦上，沒有預備下可補救的措施。唉，這根啞巴箭只好硬拉上弓，就這麼發了！

蒼陌雪擺弄著投影儀試了好幾遍，可投在城牆幕布上的只見各束橙藍青紫的燈光，並不見任何畫面顯現出來。

「雪兒，怎麼什麼都沒有？」

「老大，出什麼問題了？」

李隆基與賈得桂二人在一旁焦急地等待著，觀眾中的議論聲也是越來越激烈，紛紛有人站起身來沖蒼陌雪這頭大聲質問。

蒼陌雪拔出TF卡，再次插上。這一回驚人的一幕出現在城牆幕布上，只見千軍萬馬身披青銅鎧甲，手持長槍，幕布上現出一行大字：將士們，給我殺，沖啊！

「這不是真的，不是真的……」蒼陌雪搖著腦袋直愣愣地望著幕布上的畫面哭笑不得，滿城盡帶青銅甲？這什麼嘛，何時看過這部電影了？

賈得桂與李隆基二人望著幕布上廝殺的軍隊愕然不已，人群之中先是一陣驚歎，突然有人高喊「快跑啊，叛軍來了，快跑啊……」

眾人聞聲，紛紛丟了板凳抱頭向東西兩頭及黃道橋上逃竄而去。蒼陌雪怔在原地還不知此刻到底發生了什麼事，武三思跨馬急沖沖向蒼陌雪而來，李隆基拉過蒼陌雪一旁躲開武三思的馬，馬蹄高高揚起，踩碎了投影儀，瞬間，幕布之上一片空白。

「賤婢，你私通叛軍反我大周，本王要殺了你。」武三思叫嚷著跳下馬，舉起劍朝蒼陌雪刺去。

　　驚慌尖叫的逃竄人群中，司空鷹粱才救起一摔倒在地的男子，見武三思拔劍刺向蒼陌雪，又忙扔出劍鞘擋了武三思的利劍。

　　為了防止踩踏事故發生，喜公公急急站上車馬，沖四周高喊：「陛下駕到，陛下駕到，眾人肅靜，肅靜……」

　　一時，逃竄的百姓聞聲紛紛就地跪下，眾人回過頭來見女皇站在人群中，齊聲叩頭呼喊萬歲。

　　「姑皇陛下，蒼陌雪集結叛軍攻打洛陽，陛下也看見了，方才數萬鎧甲將士出現在城牆之上。蒼陌雪賊心不死，與臨淄王李隆基，近衛金吾司空鷹粱一道公然謀反。侄臣肯請姑皇陛下速速將逆賊一干人等拿下治罪。」武三思撿起被司空鷹粱擊落的佩劍，向武則天面前喊道。

　　「武三思，你說我謀反也就算了，干臨淄王與司空將軍什麼事？你個蠢貨，方才你見數萬將士立於城牆之上，現在呢？我蒼陌雪有沒有那麼大的能耐，能在瞬間移來數萬將士，又在瞬間將數萬士兵移走？我若有這能耐，你們還殺得了我嗎？」蒼陌雪見眾人跪了一地，才回過神來，上前指著武三思辯解道。

　　「皇母陛下，休要聽逆賊妖言惑眾。兒臣與眾人親眼所見，蒼陌雪令城牆之上出現數萬將士兵戈廝殺，兒臣懇請皇母速速將逆賊處死。」人群中，太平公主從後頭起身走上前來，冷眼望著蒼陌雪，對武則天道。

　　「公主殿下所言極是。陛下，蒼陌雪無端令城牆之上出現數萬叛軍，定是妖邪之輩，來俊臣懇請聖皇陛下速速將叛軍賊子全部正法。」來俊臣緊隨太平公主之後，亦上前鼓動道。

　　「姑皇陛下，侄臣願率十萬兵馬出城迎敵，將天下賊人有異於我武氏者，嗜殺殆盡。」武三思起身，將劍直指蒼陌雪。

　　「祖母陛下，請聽雪兒解釋。」李隆基擋下武三思的劍，跪向武則天懇求道。

　　武則天前後望了望眾人，轉過身看了蒼陌雪一眼。蒼陌雪望著武則天看自己的眼神，竟渾身一顫，武則天移開視線，開口道：「來俊臣。」

「小臣在。」來俊臣近前聽命。

「將蒼陌雪，臨淄王李隆基，近衛金吾司空鷹槊、賈得桂四人押入司刑寺天牢，明日再審。」武則天沉著口氣令道，武三思、太平公主還欲說些什麼，被武則天的眼神一併制止了。

「小臣，奉旨。」來俊臣奸笑一聲，近前欲奪下司空鷹槊手中的劍。

司空鷹槊銳利的目光直視來俊臣，來俊臣懼於司空鷹槊的武功，不敢再強行奪下他的劍。

武三思遂抽出佩劍架在司空鷹槊脖子上，厲聲怒目道：「你想抗旨嗎？」

司空鷹槊冷哼一聲，仰著腦袋似笑非笑地目視前方。武則天再次看了看蒼陌雪四人，喝止武三思道：「朕特許司空鷹槊劍不離身，武三思，收了你的劍。」

「姑皇陛下，逆賊持有武器恐對陛下不利，侄臣……」

武三思還未說完，武則天只淡淡命了聲起駕回宮，眾人一通跪禮恭送女皇聖駕。珍妮攙著武則天上了車馬，武則天頓了頓，回頭看了看蒼陌雪沒有再說什麼，起了車駕向宮內駛去。

蒼陌雪一行四人被來俊臣押入司刑寺天牢，來俊臣命獄卒將四人分別關押，奈何司空鷹槊手中的劍不答應，來俊臣只好妥協將四人關在一處。

司刑寺天牢裡，微弱的油燈下，大家默然坐在乾草地上，不說話。

蒼陌雪沒想到這一次，武則天竟沒有給她解釋的機會，就直接命來俊臣將他們四人收押。

難道武則天真的相信，那幕布之上的將士真是反叛她的叛軍嗎？蒼陌雪垂著腦袋，久久想著武則天那個眼神，心中不寒而慄。

「雪兒，你怎麼不說話？」李隆基碰碰蒼陌雪的手臂，望著她。

「對不起，隆基，得桂，司空大哥，因為我，又無端地連累了你們。」蒼陌雪緩緩抬起頭，望著眾人一臉沉重道。

「老大，那幕布之上為何會出現千軍萬馬，您怎麼不跟陛下解釋呢？」賈得桂惶恐地望著蒼陌雪，歎著氣道。

「我……我怎麼向你們這個世紀的人解釋呢？」蒼陌雪兩手捂著臉，心中懊悔道。

「雪兒，不用解釋，我相信你。」司空鷹槊堅毅的目光對蒼陌雪點點頭。

「謝謝你司空大哥，可是這件事沒這麼簡單，倘若我連累隆基獲罪，勢必殃及皇嗣殿下。來俊臣、武三思等人必定大作文章，以皇嗣為判軍賊首，羅織皇嗣與百官謀反的罪名。陛下未立太子，武承嗣武三思勢必借此排除異己，首先就是置皇嗣殿下於死地。」蒼陌雪愧疚地望著李隆基，冷靜分析道。

「雪兒說得不錯，他們一定會對我父王下手。」李隆基攥著拳頭擔心道，轉頭看看蒼陌雪又堅定道：「可是雪兒，我不怪你。」

蒼陌雪靠在陰冷的牢房裡，大家又是一陣沉默。

鑼聲已響過三更。後半夜，一行獄卒將他們四人一齊帶上推事院，來俊臣秘密用刑，欲讓他們連夜招供勾結皇嗣李旦和朝中大臣謀反的「事實」。

衙差已準備上老虎凳、夾棍、烙鐵等一通刑具，司空鷹槊護衛著大家步步往後退。

「來俊臣，你敢對本王用刑？給我滾下去。」李隆基怒目，朝來俊臣吼道。

「小殿下，不對你們用刑你們是不會招的，來人，把他們拿下。」來俊臣坐上高椅，冷笑一聲令道。

眾衙役懼於司空鷹槊手中的劍，只敢圍而不敢攻。蒼陌雪等人躲在司空鷹槊身後退至角落，正到無路可退時，突然，只聽得來俊臣一聲「啊……」地慘叫。

眾人循聲看去，只見來俊臣猛地從椅子上跳起來捂著左邊的臀部，還沒等來俊臣看個明白是什麼東西咬了他，另一隻手又捂著右邊臀部驚叫起來。

來俊臣慌地站起身來，兩手捂著屁股，口中還不忘下令道：

「用⋯⋯」

這個用刑的「刑」字還沒來得及說出口，只見一隻白老鼠嗖嗖地快速爬到來俊臣嘴上，豎起尾巴眼睛死死盯著來俊臣，來俊臣渾身顫顫巍巍地不敢動，只朝底下的衙役不停地使眼色。

一衙役見狀，趕緊從火裡拿起才燒不一會兒的烙鐵，左右左右晃晃悠悠地欲對準白鼠，來俊臣一直打著手勢示意衙役趕緊動手。

蒼陌雪定睛一看，認出白鼠，慌忙喊道：「二哥，快跑。」

白鼠猛地朝來俊臣嘴上一啄，跳在地上。衙役手一抖，沒對準白鼠，反將烙鐵烙在來俊臣左臉上，痛得來俊臣捂著左臉一陣慘叫。

衙役們你看看我我看看你，當下不知是先擒司空鷹槊等人，還是先抓住腳下亂竄的白老鼠。

刑房內，來俊臣這邊慘叫聲還未停下，徐有功兩腳已邁了進來，來俊臣私自用刑被徐有功撞上，無處辯駁，只得憑徐有功將蒼陌雪等人先押回天牢。

「二哥，是你嗎？」天牢內，蒼陌雪輕聲喚道，白鼠從角落裡爬出來伏在蒼陌雪身邊伸著尾巴，蒼陌雪對白鼠笑笑，「二哥，你太勇敢了，你和司空大哥救了我們。」

「二白，你還是快走吧，你只是一隻老鼠，他們會放貓來抓你的。」李隆基拎起白鼠的尾巴對它說道。

蒼陌雪突然想到一個主意，俯下身對白鼠道：「二哥，幫我帶一樣東西給皇帝。」李隆基放下白鼠，蒼陌雪起身沖牢房外頭喊道：「來人，拿紙筆來。」

「少叫喚，你們這群逆賊。」獄卒抽著鞭子，怒目甩臉道。

「沒有紙筆，我怎麼交代謀反啊？」

獄卒聽蒼陌雪這麼說，只得拿來紙筆。蒼陌雪畫了一幅畫，紙上畫著一隻烏鴉站在瓶口，瓶中的倒影則畫了一隻白鳥。

蒼陌雪掐了掐自己的牙根，令牙齦出血，將血沾在紙上，折好，讓白鼠叼著去貞觀殿給武則天。

白鼠帶著任務出了天牢，小小心心潛入長生殿去。啊，不好意

思，蒼陌雪的二哥就是這隻白老鼠，這老兄沒去過貞觀殿，不知道路怎麼走，只好將畫紙銜到長生殿內的案臺上，完成任務後便溜到柱子後頭躲了起來。

貞觀殿內，武則天躺在龍榻上翻來覆去睡不著。端門城牆上那一幕，當武則天站在人群中猛然見得城牆上出現千軍萬馬，心下裡著實一驚。

武則天的擔心果然應驗了，蒼陌雪竟憑空地令城牆之上出現數萬將士，她現在縱有十萬張巧嘴，也難以消去武則天心頭的疑慮。

何況，蒼陌雪自從天而降以來，她鬧出的怪事何止這一件，她總有一些這個國家甚至是帝王都沒有的東西，她一點都不像這個朝代的人，她是誰？武則天不得不這樣問自己！

「陛下，可是龍體有恙？老奴這就去傳御醫。」喜公公近前扶起武則天道。

「不必了。」武則天坐起身若有所思，抬眼望了望喜公公，問他：「望喜，你說，他們幾個會謀反嗎？」

「陛下，老奴不敢說。」喜公公捧上蔘茶，垂頭道。

武則天抿了一口蔘茶，頓了頓，又命喜公公道：「宣狄仁傑，即刻進宮。」

「老奴奉旨，宣宰相狄仁傑入宮見駕。」

貞觀殿令丞快馬疾奔到狄仁傑府上傳令他見駕。武則天起身，珍妮服侍著更衣，鋪上龍座，武則天坐在案臺前，翻著桌上的一堆奏章。

「陛下，臣狄仁傑叩請聖安。」狄仁傑快步入殿，近前作禮。

「狄仁傑，今夜端門之事你可聽說了？」武則天問。

「回陛下，臣略有耳聞。」喜公公命內侍搬過高椅，狄仁傑拱手謝恩坐下道。

「此事，你怎麼看？」

「陛下，政事堂未接到任何軍情急報，叛軍之事還有待詳查呀。」

「狄仁傑，朕要你在最短的時間內查明此事原委。」武則天令

道。

「陛下，恕老臣直言，恐怕陛下心中已有真相。」狄仁傑起身，含笑望著武則天道。

「朕要的是端門城牆之上的真相，你速去查辦吧。」武則天沉著臉色，起身命道。

「老臣奉旨，請陛下寬心。」

狄仁傑領了諭旨出了貞觀殿。雖然狄仁傑對城牆上突然出現千軍萬馬之事也感到難以有個合理的解釋，但他自是能夠看出武則天的心思。

武則天的心中，若真認定蒼陌雪是叛軍賊子，豈會留下司空鷹槊手中那柄禦賜棠溪寶劍，劍欲護誰？這其中的深意，再明白不過了。

蒼陌雪四人在天牢內已經關了三天，狄仁傑雖奉旨勘查此案，卻並未到司刑寺提審蒼陌雪等人。

天牢內，當值的獄卒們三兩閒說道：「聽說梁王武三思親率京畿羽林於洛陽城外迎敵，還請奏陛下將大將軍宋習睿、李肖衛等急召回洛陽，以待叛軍。聽咱班頭說，梁王率兵守了三天，半隻蚊子也沒見飛進洛陽城的。」

蒼陌雪靠著牢門聽著獄卒之間的閒聊，搖頭笑道：「武三思這個蠢貨，這真是史上最滑稽的新聞了。」

天堂頂樓之上，武則天拿著望遠鏡環視洛陽城四周，武三思依然率兵於四面待敵，兩太監攙著狄仁傑近前，狄仁傑拱手奏道：

「陛下，據我方軍探連日來密探，洛陽四面數千里均未發現任何叛軍蹤影。臣以為大將軍宋習睿，李肖衛等應各自安守要職，不可輕易調動，以免我朝邊疆出現戰事啊。」

「叛軍之事不可輕率，嚴防密探一切軍情，一有風吹草動，速速奏報。」

武則天命人拿下望遠鏡，與狄仁傑一起下了天堂，同往長生殿來，來俊臣早早手持密函等在殿前謁見。

「左臺御史中丞來俊臣叩見聖皇陛下。」來俊臣見武則天進了

殿院，忙跪上前作禮。

「來俊臣，何事見朕？」武則天點頭，命來俊臣一同進殿。

「陛下，臣手中有一封密告，信函之中乃是密告當今皇嗣殿下與大臣姚元崇、張柬之等人勾結尚宮蒼陌雪、近衛金吾司空鷹槊、臨淄郡王李隆基等人集結叛軍公然於端門城牆謀反一事。」來俊臣跪上前，雙手捧著信函道。

「呈上來。」

武則天望著來俊臣頓了頓，接過喜公公捧上的信函，手停在信函上又頓了頓，才一把拆開，抽出裡頭的密信，武則天抬眼看罷，半晌沒有說話。

「陛下，來俊臣願為陛下……」來俊臣見武則天擱下密信沒有說話，再次近前請命。

武則天抬起頭，打斷來俊臣的話，令道：「你且退下，朕自會查個明白。」

「是，陛下，小臣奉旨，小臣拜退。」來俊臣一臉奸笑斜了一眼狄仁傑，躬身退出大殿。

「陛下，來俊臣斷案多有捏造不實之冤屈。此人心機深險，且善羅織謀反罪名。所謂信函之上密告之事，定是佞臣別有用心，嫁禍於皇嗣殿下。陛下，切莫誤信讒言啊。」狄仁傑垂首，對武則天懇切地提醒道。

「狄仁傑，依你之見？」

「陛下，蒼陌雪一弱女子不可能集結數萬叛軍謀反，皇嗣殿下終日不離宮邸，更無可能向外集結叛軍；黃門侍郎姚元崇，秋官侍郎張柬之，他們手中並無兵權，何以集結數萬叛軍攻打洛陽？梁王殿下統率京畿羽林於洛陽城外待敵數日，並不見有半個叛軍出現吶。且關內道、河南道、河東道、河北道、山南道、隴右道、淮南道、江南道、劍南道、嶺南道及我大周邊疆並安西四鎮都未有軍情傳報。陛下，天下得承陛下恩澤，海晏河清，百姓富足安定，何來這麼多的謀反叛亂？老臣望陛下三思，望陛下聖裁呀。」

狄仁傑一番細分析下來，武則天暫鬆了蹙眉，眼下瞥見案臺一

角疊著一張紙，拿過一看，正是蒼陌雪畫的那副畫。武則天看罷，遂令道：「宣蒼陌雪四人見駕。」

殿中令丞速到天牢傳令，蒼陌雪四人被一行金吾帶到長生殿，武則天令金吾給他們四人松了綁。

「蒼陌雪，朕問你，端門城牆上出現的軍馬，你作何解釋？」武則天直視蒼陌雪，問道。

蒼陌雪心下裡想著這根本就沒法解釋，投影儀被馬蹄踩爛了，不能再放一遍給武則天看，手機沒有電，手提電腦沒有帶，還能用什麼演示那個畫面給武則天看？蒼陌雪想到皮影戲，可是不行，就算用皮影戲作比喻，皮影戲的幕布後頭還有操控之人，實在無法向武則天說明這21世紀的電子科技。

「陛下，我無法解釋，陛下要怎麼處置我，蒼陌雪都認了。但是，這件事因我一人而起，與臨淄郡王李隆基、近衛金吾司空鷹槊及賈得桂他們無關；更與皇嗣殿下、姚元崇大人、張柬之大人三人無關。陛下，我沒有任何理由來謀反，而且就算我要謀反，我的數萬大軍如何能憑空直入洛陽？而且，蒼陌雪隨侍陛下身邊，如果我要謀反也當擒賊先擒王，挾天子以令諸侯。我又怎麼會笨到當眾給武三思他們抓住把柄，而不考慮抽身撤離？蒼陌雪若是妖邪之輩欲謀害陛下，恐怕不用等到現在才動手，我既有能力變幻千軍，你們凡間的牢獄豈能困得住我？陛下，你可以不相信我，但隆基他們真的是清白的。倘若有奸人想利用這件事大做文章，謀害陛下的親子賢臣，那麼，他才是叛軍，才是不忠於陛下之人。」蒼陌雪堅定的眼神望著武則天，跪上前道。

「陛下，陛下要責罰就請責罰奴婢一人吧，此事皆由奴婢而起，奴婢死而無怨，求陛下饒過雪尚宮，饒過郡王殿下吧，陛下。」珍妮跪在地上涕淚叩拜，不停地懇求道。

「陛下，蒼陌雪言之有理。懇請陛下釋放他們四人，就此作罷，老臣以身家性命擔保，他們之中，無人謀反。」狄仁傑聽了蒼陌雪這番話，亦跪下為他們請求道。

「姑皇陛下，再等幾天，叛軍一定會出現。」狄仁傑話音剛

落，武三思急急沖進殿來。

武則天起身下了龍座，思量片刻，緩緩道：「你們四個，朕不予追究了。但是，蒼陌雪，日後你再搞出這些奇奇怪怪的事來，朕斷難再饒你。」

「姑皇陛下，不可就這樣放了他們四人，逆臣賊子妄圖顛覆我武氏天下，陛下，萬萬不可婦人之仁饒過他們。」武三思怒指眾人，咬著不放。

「放肆，武三思，你給朕退下，你們也退下，朕累了。」武則天背過身，擺手道。

「姑皇陛下……」武三思心中不服，還要繼續說，喜公公忙勸止武三思不要觸怒龍顏。

武三思見武則天龍顏不悅，只得作禮拱手退出大殿，狄仁傑對蒼陌雪等人點點頭，也作禮出了大殿。

殿中，蒼陌雪見眾人都已退下，徑直向龍座旁的尚方寶劍走去，兩手用力拔出寶劍，顫顫地直起劍指向武則天，「你相信我會謀害你嗎？」

武則天望著蒼陌雪，微微揚起嘴角，轉過她身旁，握起劍柄道：「蒼陌雪，劍不是你這樣拿的，應該是這樣。」武則天抓著蒼陌雪手中的劍，比劃給她看。

「你心裡特沒有安全感是嗎？」蒼陌雪鬆開手，揉了揉手腕問道。

「怎麼說？」

「上至九五至尊的皇帝，下至黎民百姓，其實誰都一樣。皇帝擔心臣子不忠，邊疆不穩，民心背離，弒君篡位行刺犯上作亂；臣子擔心君主不賢，冤殺忠良，親信讒臣；皇親貴冑擔心失勢，淪為刀鬼；百姓擔心天災戰禍，徭役賦稅，君主無德，為官欺凌。其實陛下福享四海，卻也寂寞，一有點風吹草動，便是草木皆兵。」

「你說得不錯，朕以一個女兒之身位臨一國之君，乃為有史以來社稷宗法所不容。天下不乏狼子野心者，以復辟李唐為名興師謀反，朕倒是不怕，卻不得不防。」武則天將劍伸到蒼陌雪跟前，淡

淡道。

蒼陌雪收起尚方寶劍，她能理解武則天，作為一個女皇帝，最敏感的就是天下有人不服她，要造反。在這個武周帝國，謀反是最有文章可做的一項罪名。

蒼陌雪不怪武則天將她下獄，只是令蒼陌雪害怕的是武則天在端門廣場上的那個眼神。那個眼神裡，蒼陌雪看到了懷疑，看到了不信任。蒼陌雪害怕那種眼神，尤其是武則天以那種眼神望著她時，蒼陌雪真的害怕！

雖然蒼陌雪沒有解釋投影儀投出了「叛軍」一事，武則天最終還是選擇相信了她！

女皇是因為什麼而相信？後面，應該會有更明確的答案！

第十六章 息女皇，戲封怡鸞御史

　　無端的謀反風波過去，長生殿又恢復了往日的平靜。武則天站在金絲籠前看著鸚鵡丹娉無精打采的樣子，逗它也不應，遂命珍妮宣御醫來給鸚鵡診治診治。

　　「誒，珍妮，你去哪兒了？」蒼陌雪泡完澡，換好衣服出來。

　　「雪尚宮，丹娉像是病了，陛下命奴婢宣御醫來瞧瞧呢。」

　　「多嘴病了，什麼嬌貴的病？對了，陛下幹嘛要養一隻磕巴鸚鵡啊？」

　　「雪尚宮有所不知，陛下夜夢鸚鵡，早起這隻鸚鵡便落在殿外的梧桐樹上，陛下命奴婢將它養起來，賜名丹娉。這只鸚鵡怪得很，它渴了不喝水，只喝酒，喝醉了酒還會吟誦陛下的詩，自年初被一隻老鼠嚇過之後，學舌就時不時地結巴起來，這些天又開始不吃不喝，形容枯瘦。」

　　珍妮正說道，御醫提著藥箱躬身進來，在武則天面前行過禮，接過鳥籠細看了一番。

　　「朕的鸚鵡怎麼樣？」武則天見御醫許久不說話，開口問道。

　　「陛下，恕臣無能，瞧不出這鸚鵡患何病症，不敢亂開藥方啊。」御醫垂頭惶恐，跪下道。

　　「沒用的東西。」武則天有些生氣，揚手令他出去，御醫顫顫地拎起藥箱，步步退出大殿。

　　「人病了看人醫，鳥病了當然應該看獸醫。」蒼陌雪笑笑，近前拍拍鳥籠道。

　　「你可有辦法令丹娉活過來？」武則天問。

　　「試試唄。」

　　「蒼陌雪聽旨。」

　　「聽著。」

　　「朕，封你為怡鸞御史。」武則天笑笑，戲封了個官職。

　　「御史，御史啊，這麼大的官咧？」蒼陌雪心下裡正激動，轉

頭一想，又不放心地湊到喜公公跟前問他：「喜爺爺，有怡鸞御史這個官職麼？」

「雪兒姑娘，據老奴所知，本朝沒有這個官稱啊。」喜公公和藹地笑笑。

「陛下，我這個怡鸞御史是幹嘛的呀？」蒼陌雪轉向武則天問她。

「自然是侍奉朕的鸚鵡。」武則天淡淡道。

「我去，天吶，養鳥的？我還以為那麼動聽的咧，御史？養鳥的御史，那不是弼鳥瘟嗎？」蒼陌雪擦著冷汗，八竿子打不著地竟跟孫悟空攀了一回親。

「朕，敕令蒼陌雪為怡鸞御史，居上陽宮仙居殿，命左右衛金吾嚴加看守，無朕旨意，任何人不得擅入仙居殿，違令者，施以杖刑。」武則天正經起顏色令道。

「你是要把我囚禁在上陽宮啊？」蒼陌雪嗔著小眼小聲道。

「蒼陌雪，可是又要抗旨？」武則天淡淡地笑問道。

「沒，沒有，奉旨奉旨。陛下，派個小太監給我唄，把那個賈得桂給我。」

「允，命賈得桂仙居殿伺候。」

「嗯，大周天朝怡鸞御史蒼陌雪蒼大人，哼哼，奉旨。」

蒼陌雪並不猜想武則天是出於什麼心思讓她搬到上陽宮去，但這怡鸞御史無疑是一份好差事，離了武則天的眼皮，事事也能自由許多。

仙居殿與顯仁殿同在上陽宮，蒼陌雪搬到仙居殿，便同李隆基做上了鄰居，李隆基自然高興以後找蒼陌雪方便多了。

蒼陌雪滿意地帶上賈得桂入住上陽宮豪華總統「牢房」——仙居殿，開始了她這「弼鳥瘟」的生涯。

「喂，我跟你說，你再不理我，我就拔光你的毛，把你丟到洛陽城去裸奔，羞死你。」蒼陌雪趴在桌上，盯著鳥籠裡的鸚鵡近兩個時辰，已然不耐煩地朝它吼道：

「喂，你啞巴還是聾子呀，給我個眼神好不好？你是不是失戀

了？小姐，你可是鳥耶，鳥就要有鳥的追求，幹嘛學人發神經啊？你看你的同類，鶯歌、黃鸝，人家聲音比你動聽；孔雀、鳳凰，人家比你高貴；天鵝、仙鶴，人家比你漂亮。你說說你，你在禽界你有什麼地位，你活著你有什麼？你在皇帝身邊一旦失寵，你就等著被BBQ吧。喂，你不要活得這麼糊塗好不好？Come on，girl。」

「老大，這鳥咱要養不活怎麼辦？」賈得桂兩手捂著臉，立在一旁歎氣道。

「那還不簡單，架上炭火，烤著吃了。」

「這……老老大，這可是陛下的鸚鵡啊，咱要把陛下的鸚鵡給烤了，陛下該把咱倆給烤了。」

「哼，你去拿些飛鏢來。」

「老大，拿飛鏢作什麼？」

「拿來嘛，拿來就是了啦。」

蒼陌雪把鸚鵡的頭和爪子分別綁在椅背上，賈得桂拿來飛鏢，立在一旁捂著眼睛。

「吶，我眼神不大好，要是飛鏢割了你的大動脈，我不懂外科手術的喔，給你機會生你不要，不如幫你早日投胎啊。」蒼陌雪拿起飛鏢對鸚鵡威脅了一番，鸚鵡歪著腦袋還是一動不動，蒼陌雪生氣了，閉著眼睛喊道：「我扔了啊，喂，你再不出聲我真的扔了啊。我我我我再給你一次機會，你給我想想清楚，我真的要扔了喔。」

「不用想了。」武則天從身後一把抓住蒼陌雪的手，將飛鏢扔出去，飛鏢「咻」的一聲飛向椅子，割斷了綁住鸚鵡腦袋的繩子。

「My God，My God，My God……」

鸚鵡被猛然襲來的飛鏢嚇得兩爪直撲騰，賈得桂慌忙行過禮，將椅背上捆著的繩子解下，鸚鵡振飛起翅膀飛進鳥籠，用嘴將鳥籠的小門關上，怕怕地躲在鳥籠裡蜷著身子。

「你什麼時候進來的？」蒼陌雪被武則天這突然的力氣嚇了一跳，扭頭問道。

「朕在殿外就聽見你要拔光它的毛。」武則天含嗔，瞪了蒼陌雪一眼。

「冥頑不靈，朽木不可雕也，笨鳥，就該把它送給來俊臣去養。」蒼陌雪指著鳥籠罵道。

「No，No，No……」鸚鵡在鳥籠裡一通亂撞，狂叫道。

「聽聽，它現在倒是不磕巴了，改說英文了。我都只會漢語跟英語，它會漢語英語還會鳥語，氣死我了，笨鳥，笨鳥。」蒼陌雪隨武則天往臥榻這邊來，擺擺手讓賈得桂將鳥籠提到側殿去。

「哼，你這呆貨，讓你養個鳥也這般不服？」武則天停下步子，嗔道。

「沒，我不敢啦，陛下今晚來仙居殿幹嘛呀？這個時候，你不是該睡了嗎？」蒼陌雪滿臉賠笑，問道。

「是啊，朕是該安寢了，你不要以為朕讓你住到仙居殿來你就不用伺候了，過來，給朕捶捶背。」武則天坐上臥榻，抬起腳，伸到蒼陌雪跟前道。

「我……我今天沒力氣給你捶背。」蒼陌雪呆呆地蹲下身，給武則天脫了鞋子，扶她躺上臥榻。

「朕看你什麼時候精力都充沛得很。」

「好吧好吧，奴婢認命，女皇躺下吧。」蒼陌雪無奈地應著，扶武則天向下俯臥給她捶背，突然想到一件事，手又縮回來道：「哎，等等，這麼說我拿兩份薪水的喔，陛下，你可還沒發過我工資咧。」

「蒼陌雪，沒把朕服侍舒坦就敢問朕要銀子，只怕銀子沒有，你這小命也保不齊。」武則天抬眼，嗔了一聲。

「嘿嘿，我不怕你，你堂堂大周皇帝，你要賴我那點小錢，那是你自己打自己的臉。我那薪水嘛，暫且放在你那裡，不過你記得給我啊。」

「還囉嗦，揉。」

「你那是風濕，不，你那是嬌貴。沒錢的人一痛那也只能忍著，有錢的人一痛就要別人比自己更痛，什麼道理嘛。」蒼陌雪懶洋洋地捲起袖子，戲笑道。

「蒼陌雪，司刑寺的床比這兒舒服是不是？」

「吶，陛下，你睡我床上可不安全。我一個晚上能變換八十一種睡姿，要是出個青龍掌佛影腿的把你給傷了，你自己先想清楚啊，我事先跟你交待了，事發之後再怪我，那就是你沒理了啊。」

「休得刁嘴，你這呆貨，快捶。」

武則天雖臉上嗔著蒼陌雪，心中卻並不煩跟她鬥鬥嘴，要不是這個鬼丫頭，武則天平日裡也沒有過多的話說。

蒼陌雪雖動不動就惹武則天生氣，卻也因為有她，讓武則天覺得這後宮的生活活趣了許多。

這些日子，武則天除了日常處理政務，也時常到仙居殿來，並准許李隆基常到仙居殿來找蒼陌雪玩耍。

蒼陌雪平日裡閒得沒事，便自作主張地把仙居殿改造成她自己的小花園，置上秋千、吊床，掛上顏色清新的彩幔，懸上碎玉風鈴，放上蹺蹺板，種上各類花草；甚至畫上圖紙，找來李隆基一起鼓搗著做了一架旋轉木馬。

自搬居仙居殿後，蒼陌雪也算逮著空閒緩緩之前緊張的神經，與賈得桂、李隆基二人相伴的日子，簡單倒也快樂。

蒼陌雪只想著等武則天將自己看得沒那麼緊時，便離開皇宮去找白衣少年奉還那塊玉佩，並找到龍圖，能不能回到21世紀，終究該有個結果。

而這皇城深宮裡，武則天也只能在仙居殿蒼陌雪這兒，從蒼陌雪與李隆基二人的嬉笑聲中，感受尋常人家兒孫繞膝的天倫之樂。

武則天雖是一個皇帝，可她也是有威有慈，只是不如尋常之人表現得那麼自然，她畢竟有著這個帝王的身份，而同樣的，她亦有著喜愛天倫之樂的心。

這一日上午，武則天朝罷到仙居殿散步。蒼陌雪找出包包裡最後一張面膜，笑嘻嘻地舉到武則天跟前，「陛下，最後一張了喔，給誰？」

「自然是給朕。」武則天伸手，欲搶過面膜。

蒼陌雪機靈地向後一藏，笑道：「那多不公平，不如我們石頭

剪刀布吧，誰贏了歸誰，好不好？」

武則天點頭笑笑，蒼陌雪給她比劃著石頭剪刀布的玩法，賈得桂聽了忙跑出殿外去。

「準備好了嗎？石頭剪刀布。」

蒼陌雪出了個剪刀手，武則天將拳頭砸向蒼陌雪的小手笑道：「朕贏了。」

「那個，三局兩勝。」蒼陌雪眼珠子一轉，笑眯眯道。

武則天點頭，再陪她玩一盤。蒼陌雪見武則天還是拳頭，望著自己的剪刀手催道：「你出啊？」

「朕出了石頭，你還是剪刀，朕又贏了。」

「你賴皮，你都沒有動，比如我出剪刀，你可以出布嘛，你老出石頭幹什麼？」蒼陌雪推開武則天的拳頭嚷道。

「你這呆貨，朕就該上你的當？」武則天將手伸到蒼陌雪身後，拽起面膜。

「哪有你這樣玩的？不行，五局，三勝，再來一盤。」

蒼陌雪將面膜從武則天手中搶回來，從三局兩勝蹭到五局三勝。這一盤，蒼陌雪出了拳頭，武則天則出了手掌，武則天笑著一掌握著蒼陌雪的小拳頭，一手緊緊從蒼陌雪手中把面膜拽出來。

賈得桂氣喘吁吁地端著帳空籃跑進殿中，捧上帳空籃道：「陛下，石頭，剪刀，還有布，奴婢都給找齊了。」

蒼陌雪推開帳空籃，捂著小臉蹲在地上悶悶道：「哼，當皇帝一定要這樣嗎？連玩石頭剪刀布都要贏人家的。」

「陛下，啟奏陛下，來大人在院外求見。」珍妮入殿，近前啟奏道。

「宣他進來。」武則天放下面膜，走出內殿。

「陛下，求陛下為小臣做主啊陛下。王及善在則天門前攔下小臣的車馬，不僅不令通行還命人拳腳相加，把小臣打成這個樣子，分明是王及善嫉妒小臣在陛下面前得寵，私下裡報復小臣。陛下，求陛下為小臣做主啊。」來俊臣哭哭啼啼地進了院子，趴在武則天腳下一把眼淚一把鼻涕地訴委屈道。

「賈得桂。」

「奴婢在。」

「給來大人拿兩枚蛋。」武則天微微一笑，看了看來俊臣略微青腫的臉，朝一旁的賈得桂令道。

蒼陌雪忍著笑，給賈得桂遞了個眼神，賈得桂暗暗點頭會意，快步跑去後廚拿了兩枚小小的鵪鶉蛋，捧到武則天跟前，道：「陛下，蛋。」

「陛下，這……」來俊臣愕然地看著賈得桂手心裡的兩枚蛋，疑惑地望著武則天。

「得桂，這就是你不對了，陛下說的是雞蛋不是鵪鶉蛋。」蒼陌雪立在一旁，欣賞著來俊臣這副可憐樣。

「回回陛下，那……那奴婢馬上叫雞去生？」賈得桂也跟著裝傻充愣道。

「陛下，拿蛋何用？」來俊臣跪在地上，不解武則天是何用意。

「啊，你不是說王及善打了你？拿兩枚蛋去敷敷，消腫。」武則天掃了來俊臣一眼，淡淡道。

「陛下，陛下，小臣，小臣……」來俊臣再次顫顫地看了看賈得桂手中那兩枚只比手指甲大那麼一點點的鵪鶉蛋，望著武則天不知如何是好。

「誒，來大人，還不奉旨謝恩？難不成等陛下為你煮熟去殼，親自給你敷臉？」蒼陌雪一副風輕雲淡的神情戲謔道。

「小臣，小臣謝恩，拜退。」來俊臣接過賈得桂手中的兩枚鵪鶉蛋，大失所望地作禮出了仙居殿。

珍妮和蒼陌雪不禁在一旁偷笑來俊臣這副窘樣，蒼陌雪對於武則天這樣處置這件事絲毫不感到奇怪。

武則天心裡很清楚，誰是她制衡朝臣的工具，誰是她治理國家的股肱。武則天自然不會治王及善的罪，但在來俊臣對她還有利用價值的時候，武則天自然也不會不理。

如此，賜這兩枚蛋以作為對這件事的處置，既給了來俊臣這個

禮，又對來俊臣警了個醒，嗯，這一招實在是高！

武則天示意賈得桂與珍妮二人退下，單命蒼陌雪隨駕，二人行至旁苑的花園樹下。

「蒼陌雪，來俊臣如何？」武則天坐在石凳上，淡然問道。

「哼，百姓痛恨至極，人人得而誅之。」蒼陌雪想起自己在司刑寺幾番被來俊臣整得差點面見閻王，心下裡直恨恨道。

「一個任用如此民心向背酷吏的皇帝，又如何？」武則天抬眼望著蒼陌雪，繼續問道。

此話一落，蒼陌雪差點沒被自己的口水給嗆死，她沒想到武則天竟然會這麼問，居然讓她這麼一個輕如草芥的呆貨來評價這位中國歷史上的至尊女皇。

蒼陌雪愣愣地立在一旁，不知該怎麼回答。這要回答得好呢，明年不用給自己過清明節；這要回答得不好，明年清明節誰給自己掃墓呢？

「蒼陌雪，朕問你話呢。」武則天見蒼陌雪直愣著不說話，嚴聲喚道。

「陛下，你你你……你問我啊？我我……我可以不答嗎？」蒼陌雪轉過臉去，弱弱道。

「朕問你話，你可以不答嗎？」武則天含威，反問道。

「那……那我要說了你恕我無罪嗎？」

「但說無妨，朕恕你無罪。」

「還是給我寫道聖旨或者給我塊免死金牌吧，你這口頭支票的，我找誰兌去啊？」蒼陌雪實在看重自己這條小命，一而再地要確保自己沒事。

「蒼陌雪，朕身為一國之君，自當一言九鼎，豈會賴你？」武則天嗔了一眼，面露不悅道。

「那……那我可說了啊，我真的說了啊。」

蒼陌雪心想，那鵝鵝鵝的駱賓王寫那《討武檄文》往死裡罵武則天，武則天卻說野有遺賢，宰相之過也。

哎，既然那駱賓王都沒事，自己這條小命應該OK吧。武則天的

肚裡豈止能撐船，人家肚裡可撐著整個泱泱帝國呢，蒼陌雪，不要以小人之心度君子之腹了。

「說。」武則天點點頭。

蒼陌雪嗽了兩聲，想了想，開口道：「陛下是……利用小人，信用君子也。」

「此話怎講？」

「古人云，治國之難在於知賢而不在自賢。陛下不僅自賢，而且任賢為用，因材施用，朝堂之上可謂君子滿朝。朝中賢臣仁有婁師德，智有狄仁傑，勇有徐有功，大德君子在側，足見陛下倍親賢臣，陛下是外以賢能治理天下，內用小人制衡朝臣。陛下雖是女主，而文治武功卻不輸任何一位君王，陛下知人善任，重農桑，輕徭役，廣開言路，容人納諫，重視科舉，開殿試。陛下施政，正是《孟子•公孫丑　上》言：尊賢使能，俊傑在位，則天下之士皆悅而願立於其朝。」

蒼陌雪如實評價道，她這可不是誇讚武則天，這些就是她曾經崇拜武則天的理由，沒想到這番話，居然有一天能親口對武則天說出。

不過，自穿越到武則天帝國以來，蒼陌雪再沒敢把武則天當偶像，從她侍奉武則天起，以前所有神一般的崇拜和幻想都破滅了。武則天這個偶像她可一點都追不起，蒼陌雪可不能追著武則天要她給簽個名合個影，一不小心，女皇一不高興，自己就得「英年早逝」。

「可是天下人，見不得一個女人主掌乾坤。他們說朕近狎邪僻，殘害忠良，殺姊屠兄，弒君鴆母，神人之所共嫉，天地之所不容；說朕，為奪皇后之位，親手扼殺自己的親生女兒，朕的安定公主。」武則天聽了蒼陌雪那番話，搖頭笑笑，起身向前走去。

「陛下，蒼陌雪不認為陛下扼殺安定公主。以陛下當時的身份來說，扼殺安定公主以嫁禍王皇后，這一招，實在是勝算不大的險棋。以陛下的聰慧，斷不會賭上親生女兒的性命，以博不大的彩頭。而且，陛下根本沒有必要以扼殺安定公主來嫁禍王皇后，所謂母憑子貴，單是王皇后不能生育這一點，她這后位就很難保全。陛

下當時貴為昭儀，深得先帝專寵，陛下晉升皇后之位毫無懸念，何必再多此一舉畫蛇添足的，要以扼殺安定公主嫁禍王皇后來讓先帝廢后，且不說虎毒不食子，王皇后對陛下根本就構不成威脅，先帝廢后也只是遲早的事。陛下自己也說了，天下人見不得一個女人當皇帝，自然要編造出各種蛇蠍毒辣的謠言來抹黑醜化陛下的形象。」蒼陌雪跟上前，繼續說道：

「陛下的前半生，也許是出於自保的私心，後半生，卻有濟世天下的仁心。陛下貴為太后，榮華富貴享之不盡，可是一朝天子卻出入甚大，一個有作為的皇帝和一個平庸的皇帝甚至一個殘暴的皇帝，對天下蒼生的福祉實有天壤之別。天下人只罵陛下任用酷吏殺了多少人，可曾見陛下使國家安定繁榮富足太平，卻救了更多的人。」

蒼陌雪由衷稱讚道，她知道唐以後的史書對武則天多有詆毀蔑視的言詞，對其妖魔化，後世之人受史書的影響也想當然地認為武則天就是那樣的人。

蒼陌雪對於那些迂腐文人對這麼一位大有作為的皇帝，卻僅僅因為她是個女人，而受到變態般口誅筆伐的行為所不齒。

從歐陽修主修的《新唐書》到司馬光編修的《資治通鑑》，在史書中用小說筆法來描述武則天扼殺親生女兒嫁禍王皇后為奪皇后之位的橋段，真真讓人佩服這二位大大編故事的文筆。

「雪兒啊雪兒，奈何你不是朕的女兒，否則朕這江山，待朕千秋萬世之後，必定由你君臨天下。」武則天澀澀地笑了笑，她沒想到天大地大，能懂她的竟是一個常常犯傻的小丫頭，蒼陌雪這番話真是讓武則天甚有海內存知己之感。

「呵呵，陛下，我媽媽只希望我一生幸福平安，別無其他。我可是個好孩子捏，一定聽我媽咪的話喔。」蒼陌雪笑笑，朝前走去。

「朕慚愧，朕不如你娘，能有你這麼一個如此深明大義的女兒。朕的太平，也一心要學她的皇母陛下，做第二個女皇帝。」武則天蹙眉，若有所思。

「陛下是在為立儲之事煩憂？」

「皇嗣李旦，魏王武承嗣，梁王武三思，公主太平，都想被立為儲君，朕心中，沒有主意。」武則天仰頭，長嘆了一口氣。

「依蒼陌雪之見，陛下當立盧陵王李哲為太子。」蒼陌雪以自己所知道的歷史建議道，她雖已穿越到唐朝，可她不是來改變歷史的，她也無能改變歷史。

「哲兒？不，哲兒同旦兒一樣性格羸弱，做不得皇帝。」武則天面露苦笑，搖搖頭道。

「盧陵王李哲，做不得天下人的好皇帝，卻做得陛下您的好兒子。」

「此話怎講？」

「皇嗣李旦與魏王武承嗣在朝中各有擁戴勢力，若立他們其中之一，兩派勢必水火不容，必將引起朝堂動亂，陛下的至親相互殘殺。而盧陵王李哲之前就是皇帝，復立為太子合情合理，且殿下遠在房陵，與朝中勢力少有瓜葛，陛下若立盧陵王李哲為太子，既能緩和兩派之間的矛盾，也勢必得到朝中宰相的支持。盧陵王李哲徙居房陵數十年，陛下與殿下母子連心，若將盧陵王李哲迎回洛陽，殿下必定感戴陛下恩德，無有不侍奉陛下天年之理。陛下不必擔心盧陵王繼位後無能掌管軍國大事，臨淄王小小年紀就有鴻鵠大志，陛下的江山，必定是後繼有人。」蒼陌雪順著武則天的步子，不緊不慢地走著，頭頭分析道。

「依你說，若朕傳位於哲兒、旦兒，朕這大周天下，豈不是一朝而亡？」武則天停下步子，望著蒼陌雪道。

「陛下，我在福宣寺那半個月裡，常見眾比丘尼師研習佛經，我聽她們說什麼三十七菩提分中的四念處。呵呵，蒼陌雪記性不大好，忘了這四念處是什麼，陛下精通佛法義理，可以給我說說什麼是四念處嗎？」

蒼陌雪不好就這個問題直接闡明自己的看法，這個問題很敏感，很嚴重，不是她這三言兩語就能回答得體的。

想來，只好先饒一圈，把這個問題饒到佛法上來講，這樣就不會忠言逆耳惹武則天不高興了。蒼陌雪只想著，萬事以保住自己的小命為先，管它歷史要怎麼上演，那都不是她管得了的事。

「三十七菩提分乃是四念處、四正勤、四如意足、五根、五力、七覺支、八正道。這四念處分別是：身念處，觀身不淨，即觀此色身皆是不淨；受念處，觀受是苦，即觀苦樂等感受悉皆是苦；心念處，觀心無常，即觀此識心念念生滅，更無常住；法念處，觀法無我，即觀諸法因緣生，無自主自在之性，是為諸法無我。」武則天點頭，一面走著一面細說道。

「陛下，佛經上說每一個世界都要經歷成、住、壞、空四劫。那麼，人間的朝代又有什麼不同呢？自上古時禹建夏朝開始家天下以來，哪個朝代不是興衰更迭，就是傳了八百來年的周朝也是應時而生，應時而滅。陛下想帝業千秋萬代，不想一朝而亡，蒼陌雪請問陛下，在佛法中來說，千秋和一瞬有什麼區別呢？」蒼陌雪把武則天引入這個思維當中，繼續問道。

「如一不二，皆系一念。」武則天淡然笑笑。

「陛下，打個比方說，你站的那個位置是眾生，我腳下站的這個位置是佛。那麼，眾生要想成佛，應該怎麼做呢？」蒼陌雪後退幾步，隔上近兩米的距離。

武則天搖頭笑笑，轉身抬腳走向蒼陌雪，蒼陌雪點頭一笑，「陛下，陛下既然知道，怎麼還問我那些煩惱？」

「唔，怎麼說？」

「眾生想要成佛，這個念頭一動即名緣起；陛下從你那處走到我身邊這一段路，即名修行。陛下向前邁出一腳想要成佛，如果後腳還留戀在原地不肯抬離，又怎麼能一步步走到佛這個位置來？陛下一腳抬起，一腳又不肯放下，這腳下不就是三界六道麼？倘若陛下拿得起一座泱泱帝國，也放得下這座泱泱帝國，兩腳一抬一落間，不就可以來去自如了嗎？既然來去自如，也就無所謂什麼佛與眾生了。佛祖不是說了嘛，本沒有什麼佛與眾生，既然沒有佛與眾生，又哪有什麼家國天下？既然沒有家國天下，又哪有什麼帝業千秋和一朝而亡？」

武則天若有所思地點點頭，含笑道：「蒼陌雪，你竟跟朕說起佛法來了？」

「我不說了是打個比方嘛，我可不知道什麼佛法不佛法的，不

過在福宣寺閒得無聊隨便翻了一兩本佛經。吶，我聲明啊，我不是在跟陛下說佛法，你別一不高興又叫我去福宣寺當尼姑。」蒼陌雪弱弱地摸摸腦袋，一通聲明道。

「唔，朕日理萬機，事繼繁煎，不能念念中恒修勝行，故易退轉。」武則天嘆了嘆，示意蒼陌雪一同坐下歇歇。

「陛下，我之所以這麼說，不過是我沒有處在陛下那個位置，陛下一時為難也是人之常情。陛下，想必狄大人就陛下立子立姪之事也提出過諫議，我說的話陛下不足信，但狄大人的話，陛下當好好考慮啊。」

「你們的話，朕都會考慮考慮。蒼陌雪，你有一位好母親，朕卻沒有那個福分只要幸福平安度此一生。朕十四歲被送進宮，做了太宗皇帝的才人，從太宗才人到高宗皇后，從兩朝太后再到這大周皇帝，朕這一生實在是太累了，累到你不說，朕都忘了。」武則天言語間雲淡風輕道，她這心裡自然是沉的，可臉上卻要表現得不動聲色。

「陛下。」蒼陌雪聽武則天說了這麼多，開始感到武則天做這個女皇帝的不容易。

「朕以女兒之身改換乾坤，後世之人一定會對朕口誅筆伐。他們或者說朕是竊國賊，說朕的皇位，不過是靠先帝高宗的仁弱與朕殺戮李唐宗室的狠心而篡謀得來的。」武則天似笑非笑地說道。

「陛下，人生在世誰無過錯，陛下雄才大略自不必我多說，陛下治理的國家民富國強已經是最好的證明。流丸止於甌臾，流言止於智者，後世之人再怎麼渾說，不過是多造口業罷了。陛下的一生，也是寶劍鋒自磨礪出，梅花香自苦寒來；孟子說吾善養吾浩然之氣，梅花自非俗物，正有這股浩然之氣存在人間。」

「蒼陌雪，在你心裡，你，如何評價朕？」武則天點點頭，問她。

蒼陌雪抿嘴想了想，輕輕道：「有愛。」

「有愛？」武則天聽罷，淡然一笑。

遠處的天空，玉宇清澄，煦日和風，人間應該是有愛的，武則天的心中豈會沒有！

第十七章 離女皇，三出洛陽宮

這段時間，蒼陌雪想著是時候離開洛陽去找白衣少年和龍圖了，便耐下性子跟光祿寺的糕點師學做糕點，先哄著武則天的胃，討得女皇開心了，再趁機說明自己要出宮的事。

蒼陌雪連續一禮拜，每天絞盡腦汁變著花樣地做一些可愛又美味的糕點給武則天送去。武則天一一收下，卻絲毫不允蒼陌雪出宮的事，只說找一截絲綢有何難，天下的絲綢都可以賜給她。

如此，第一次出宮的計畫便直接在武則天的胃裡給消化了，蒼陌雪這股勤也就獻到這裡為止了。

口頭上爭辯不來，只得退而求其次，蒼陌雪求李隆基幫忙務必把她送出洛陽去，李隆基對她自然是仗義的，滿口答應一定幫她。

「王，我跟你說的事你都記住了嗎？」蒼陌雪送李隆基出了院子，又細問一遍。

「雪兒你放心吧，銀子車馬我都給你預備下了，倒是你，別賴著睡懶覺誤了時辰。」李隆基年紀雖小，辦事卻穩妥，蒼陌雪交待的都一一給她備下了，臨出門，還不忘叮囑蒼陌雪一番。

「知道了，你快回去吧。」

蒼陌雪將李隆基送出仙居殿，回到殿內收拾行李，想著今晚早些睡，明早五更天就可以離開皇宮了。

武則天這一日受了風寒，御醫們診過脈開了方子煎了藥，奈何武則天甚感身上酸疼，見御醫們呈上那苦藥湯子心下裡有些不悅，幾十個御醫嚇得顫顫地跪了一地，大氣不敢喘一聲。喜公公等人不知如何是好，珍妮倒留了個心，過仙居殿來請蒼陌雪去勸勸。

蒼陌雪正換好睡衣準備睡覺，見珍妮匆忙而來，說是女皇染了風寒不肯喝藥，蒼陌雪想了想，還是換上衣服隨珍妮一起快馬過長生殿去。

「陛下，你怎麼了？」蒼陌雪入了大殿，見幾十個御醫垂頭跪了一地，走向龍榻道。

「雪兒姑娘,您來得正好,陛下龍體受寒不肯喝藥。雪兒姑娘,您快勸勸陛下吧。」喜公公一臉著急道。

「你們這麼多人跪在這裡,陛下怎麼喝藥啊,先出去吧,在外殿候著,我肯定讓陛下喝藥。」

蒼陌雪示意喜公公帶著御醫們退到外殿去,可武則天金口未開,大家都只能跪著不敢起身,武則天轉了個身,擺手讓御醫都退下,眾人才奉旨退到外殿候著。

蒼陌雪從珍妮手中端過湯藥,聞了聞,珍妮欲扶起武則天,蒼陌雪笑笑,讓她也退出大殿。

「好了陛下,大家都出去了,乖乖啊,喝藥吧。」蒼陌雪放下湯藥,近前扶武則天起身。

「拿走,朕不喝。」武則天推開蒼陌雪的手,不起來。

「乖啦,喝完藥睡一覺明日還上早朝呢。」蒼陌雪再次俯身攙起武則天。

「朕說了,不喝。」武則天沉著臉,咳嗽了兩聲。

「喲喲喲,矯情,你不喝你難受,你願意難受你就受著。」蒼陌雪吹著湯藥,瞪了一眼武則天道。

「太平公主觀見。」喜公公立在屏門處,向內細聲喊道。

「吶,你女兒來了,叫她陪你吧,我走了。」蒼陌雪起身,無奈地笑笑。

「兒臣太平叩請皇母陛下聖安。」太平公主疾步入了大殿,走近龍榻作禮道。

「起來吧。」武則天閉著眼睛,淡淡道。

「聽聞皇母陛下聖躬違和,兒臣特來探望母親。」太平公主起身,坐上龍榻。

「太平公主,你老媽受了風寒不肯喝藥,你來得正好,喏,給你。」蒼陌雪將湯藥遞到太平公主面前。

「該死的蒼陌雪,你是怎麼服侍陛下的?沒用的賤婢。」太平公主狠狠地瞪了蒼陌雪一眼,並沒有接過湯藥。

「對,我該死,你來餵。」蒼陌雪一把把湯藥擱到太平公主手

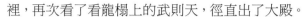

裡，再次看了看龍榻上的武則天，徑直出了大殿。

「母親，兒臣餵您喝藥。」太平公主涼了涼湯藥，柔聲喚道。

「朕不喝，你走吧。」武則天靠著墊子，一直閉著眼睛。

「母親，您是一國之君，當為天下蒼生保重龍體才是啊。」太平公主著急地勸道。

「哼，朕就做不得一刻病人？休說這些冠冕堂皇之詞來煩朕。」武則天睜眼，對太平公主喝道。

「母親，母親不肯喝藥，叫兒臣如何心安？好母親，就喝了吧。」太平公主再次耐心勸道。

蒼陌雪出了長生殿，本想著沒自己什麼事了，正好回去睡覺，明天一早按計畫出宮。

可騎在馬背上，又不自覺地回頭望向長生殿。武則天病了，蒼陌雪越想心中越發不忍，若是自己就這樣走了，武則天又不肯喝藥，那得什麼時候才能好起來。

蒼陌雪低頭頓了頓，重重抽了一下馬鞭，快馬奔仙居殿去。時間已過子時，太平公主不停央求著，武則天就是半口也不肯喝，坐得累了又命珍妮扶著躺下。

長生殿內，眾人焦急不已，不知如何是好！蒼陌雪快馬到仙居殿取來箱包裡帶來的溫度計和感冒藥，又匆匆趕回長生殿。

「啊，陛下，陛下您額上怎麼這麼燙？御醫，御醫。」

蒼陌雪一進殿，便聽見太平公主慌張地直喊御醫，御醫還未來得及走近龍榻，就被武則天一頓喝斥命他們守在外殿不准煩她。太平公主執意要御醫馬上為武則天診斷，武則天一怒之下，令殿前金吾強行將太平公主送回公主府。

眾人滿是疑惑和焦慮地守在外殿不知所措，連珍妮也被武則天轟了出來，殿中，只剩武則天和蒼陌雪兩人。

「陛下真是的，怕苦就不肯喝藥，羞羞臉，人家小孩都不會這樣。」蒼陌雪故意笑話武則天道。

「你也走，不要煩朕。」武則天向裡而臥，嚴聲道。

「我不走，我就煩你，你要想安靜，就把我這個藥吃了，這個

可一點都不苦呢。陛下，乖嘛，你自己躺在床上難受，你的那群御醫們跪在外面又嚇得半死。」蒼陌雪把感冒膠囊伸給武則天看，強行把她扶起身來，「你不乖乖起來，我就撓你癢癢。」

武則天看了看蒼陌雪，點頭答應起來。蒼陌雪扶起武則天靠上墊子，端過茶碗，「這個感冒膠囊用溫水吞服，很快你就不難受了。」

武則天半信半疑地拿過那粒小小的膠囊，舉到眼前看了許久。蒼陌雪見武則天有些不相信，便拿過她手中的膠囊，「陛下要是不相信，我先吃一粒給你看。」

「不用了，拿來吧。」武則天抬眼笑笑，接過膠囊放在嘴裡，和水吞了下去。

蒼陌雪拿溫度計給武則天量了量體溫，已燒到39.8°。蒼陌雪搖搖頭，真不知武則天倔著不肯喝藥是因為什麼，她這可是七十高齡的年紀啊，比不得小年輕扛扛就過去了，蒼陌雪扶武則天睡下，給她揉著太陽穴一陣擔心。

雖然蒼陌雪知道武則天有八十二歲的壽命，但第一次，蒼陌雪為武則天染上風寒而擔心。

看來蒼陌雪按時出宮的計畫，像這顆感冒藥一樣，又被武則天吞了下去。

翌日辰時，武則天醒來，已感到身上不再酸痛，人也精神了許多，遂喚醒靠在龍榻旁睡著的蒼陌雪。

「陛下您醒了，怎麼樣，感覺好些了嗎？來，我扶你起來。」蒼陌雪忙起身將武則天扶起，靠上墊子，拿過溫度計再給她量一次體溫。

「你的藥不錯，朕已感覺好多了。」武則天笑笑。

蒼陌雪跑去側殿洗了把臉，回來取下溫度計，一看37.2°，「哎，沒事了，燒已經降下來了。」

「朕說了沒事。」

「你是沒事了，你的幾十個御醫可跪在殿外嚇了一夜。陛下，燒是退了，可還要靜養，先叫御醫們回去吧。我這個藥，你再一天

服三次，明天以後就聽御醫們的，喝他們開的藥調補龍體。我先去叫他們退了，您再躺躺。」

蒼陌雪讓喜公公將一群御醫放回尚藥局，一看外面掛起的日頭，早已過了與李隆基約好的五更時間。得，二次出宮的計畫又泡湯了，無奈只得暫時擱淺，等武則天感冒徹底好了，再找個時間溜吧。

這些天，蒼陌雪天天在長生殿伺候，端茶遞水的自然不用她這笨手笨腳的呆貨，武則天只令她一旁唸奏章。

「這封是，武承嗣上疏請奏陛下上尊號越古金輪聖神皇帝。」

「依你說，朕像越古金輪聖神皇帝嗎？」

「陛下發心永昌帝業，式播淳風。如今天下百姓富足，社會安定，一派盛世祥和之景，受此稱號，倒也當得。」蒼陌雪放在手裡的奏章，再拿起一封。

「唸，下一封。」武則天倚在龍座上，閉目養神令道。

「這封是監察御史裴懷古的奏章。奏章上說，姚、巂兩州西南蠻首已被我軍俘獲，我軍安撫民居，平定南方，奏章上還說永昌蠻首領薰期率領部落二十餘萬戶歸附我朝。」蒼陌雪艱難地看著奏章上的字，一字字唸道。

「巂（xi），你連字也不認得。」武則天嗔道。

「巂啊，可它長得像嵩嘛，這種字，我要認識它才怪咧。誒，陛下，裴懷古又是何方神聖？」

「裴懷古，乃朕精誠忠直之師也，接著唸。」

「這，這……」蒼陌雪打開來俊臣的奏章，一看上面的內容，神色顯露得有些緊張。

「唸啊。」武則天手指敲了敲案臺。

「這封是……是來俊臣彈劾徐有功大人的奏章。陛下，徐有功乃是當朝以死守法、以身正法，執法的大清官。陛下，徐有功大人處事從不延譽歸己，諉過於人，更未徇私廢公，貪瀆縱欲。徐有功大人兢兢業業剛正不阿，來俊臣以小人之心排擠忠良，望陛下聖裁。」蒼陌雪合上奏章，急切道。

「你緊張什麼，朕心中有數。」武則天睜開眼睛，淡淡道。

「啟奏陛下，薛師在殿外求見。」喜公公從外殿進來，近前啟奏道。

「朕不是說過無朕諭令，薛懷義不得擅自入宮。」武則天放下奏章，蹙起眉頭。

「陛下。」喜公公躬身等著武則天的口諭。

「不見，命他奉旨出宮。」武則天臉色一沉，擺手令道。

喜公公依旨傳諭，薛懷義跪在殿外死活不肯出宮，不斷大聲嚷道：「陛下，陛下若不見懷義，懷義就是跪在殿外化身成灰也不起來，陛下……」

「陛下，我去看看。」蒼陌雪見武則天面色不悅，遂起身往殿外去，只見薛懷義板著一張苦瓜臉跪在殿外，蒼陌雪上前搖頭笑笑：「薛懷義，你真的很想見陛下麼？」

「哼，賤婢。」薛懷義揚著腦袋，一臉不屑。

「薛懷義，我有辦法讓陛下召見你。」蒼陌雪吹下燈罩上落著的一隻蟲子，轉過身來在薛懷義耳邊道。

「你有辦法？有何辦法，說。」薛懷義半信半疑地望著蒼陌雪。

「你哭。」

「哭？」

「對，哭得越傷心越好，陛下畢竟是個女人，你一哭，她就心軟，自然就讓你進去了。」蒼陌雪裝作一本正經地建議道。

薛懷義暗自想了想，覺得蒼陌雪說得似乎有點道理。為了能見女皇陛下，什麼辦法都得試試，哭就哭，薛懷義努力扭起五官，嗚嗚咽咽放聲大哭起來。

蒼陌雪捂嘴偷笑回到殿中，端著茶碗故意灑了些茶水在龍榻上，上前對武則天道：「陛下，今晚就在裡書房的龍榻安寢吧。剛才我不小心灑了一些水在龍榻上，現在還沒乾呢。陛下，時候不早了，該睡了。」

「薛懷義走了嗎？」武則天擱下筆，問道。

「陛下且安心，他會走的。」

蒼陌雪讓武則天睡在裡書房的龍榻上，剛好就聽不見薛懷義在殿外嚎哭的聲音。漫漫長夜難入夢，武則天睡著，薛懷義，你就哭著吧。

李隆基打點好車馬，約了翌日卯時一刻在右掖門等蒼陌雪。蒼陌雪一夜沒合眼，看著壺水滴過卯時，輕輕穿好衣服，換過珍妮來守護武則天，偷著步子移出大殿。

殿外，薛懷義還在小聲啼著，眼皮半開半合地跪著，腦袋歪在柱子上靠著，好一副可憐樣。

「陛下。」蒼陌雪輕輕走到薛懷義身旁，俯身在他耳邊喚道。

「陛下，陛下，懷義在此。」薛懷義迷迷糊糊聽到有人喊陛下，驚得忙睜眼細看，一手揉著惺忪睡眼還不忘大哭。

薛懷義跪在地上未來得及看清楚是誰，蒼陌雪笑哈哈地快步下了石階。薛懷義雖未看清蒼陌雪的樣子，但心中已然想到是她，氣得在心裡恨恨發誓日後一定要報被蒼陌雪幾番羞辱之仇。

賈得桂已等在長生殿外，並牽來烈焰鐵血。二人駕馬直奔右掖門，右掖門巡夜的守將正在換崗，宮門已開。

「雪兒，這裡。」李隆基招手，輕聲喊道。

「得桂，照看好阿紫，別等我回來的時候被人偷走了。」蒼陌雪下馬上了李隆基的馬車，對賈得桂叮囑道。

「放心吧，老大，都交給奴婢了，老大您保重啊，早去早回。」

賈得桂牽過烈焰鐵血返回仙居殿去，李隆基的車馬直直出了皇宮的右掖門，往定鼎門去。

「雪兒，這裡是五十兩銀子，裡面還有張地圖，你收好。雪兒，你這一去還會回來嗎？」馬車內，李隆基把銀子遞給蒼陌雪。

「謝謝你隆基，等我辦完事，我會再回來的。」蒼陌雪接過銀子，對李隆基笑笑。

「站住，車上什麼人？」定鼎門守門將士攔下車馬，盤問道。

「大膽，這是本王的車馬，你也要查，還不放行。」李隆基探頭，向馬車外高聲令道。

　　守門將士見是臨淄王的車馬，便命人放行，出了洛陽城，天已經完全亮了。

　　蒼陌雪拿上銀子下了車，也沒有囉嗦著一番離別叮嚀，示意李隆基趕緊回宮，免得被人發現。李隆基調轉車駕進了城，蒼陌雪懷抱著銀子往城外走去。

　　「糟了，忘了叫他留一匹馬給我，現在往哪兒走啊？」蒼陌雪一拍腦門，茫然環顧四周。

　　東、南、西、北？蒼陌雪拍著腦袋辨不清這方向到底哪裡是哪裡！

　　現在出了洛陽城，第一站往哪裡去？

　　先看看地圖吧，這地圖上各州各道倒是標注得仔細，可蒼陌雪還是感到看不明白這路怎麼走。

　　長生殿內，裡書房的龍榻上，武則天從睡夢中驚醒，口中直喊著「安定，安定，朕的女兒。」

　　「陛下，陛下您怎麼了？」珍妮扶起武則天，順了順武則天心口的氣。

　　「蒼陌雪，蒼陌雪呢？」武則天看了看殿中，下了龍榻問道。

　　「回陛下，奴婢……奴婢不知。」珍妮攙著武則天，直低著頭道。

　　「更衣。」

　　殿外，薛懷義腫著一雙哭紅的眼睛，隻手撐地正欲起身，武則天換好衣裳從大殿出來，薛懷義低頭只見武則天的腳剛邁出殿門，便放聲大哭跪過去抱住武則天的腿，伏在武則天裙袍下委屈道：「陛下，陛下終於肯見懷義了。陛下，可憐懷義思念陛下不能自已，跪在殿外等候了一夜……」

　　武則天環顧殿外四周，不見蒼陌雪的影子，俯身扯開薛懷義的手，問喜公公：「蒼陌雪人呢？」

　　「回陛下，老奴不知啊。」喜公公跟上前，探著四周。

　　「蒼陌雪？哼，她一早就走了。」薛懷義抹著眼淚，心下恨恨道。

「走了？」武則天用力拽開薛懷義的手，嚴聲令道：「起駕，出宮。」

「陛下，陛下，陛下不能不理懷義就走啊陛下，懷義可在殿外跪了一夜啊。陛下不能不理懷義就走啊陛下，陛下……」薛懷義伏在地上涕淚哭喊道。

「薛懷義，朕命你速回白馬寺去，不要在朕面前煩朕。」武則天肅目看了看薛懷義，不耐煩地令道。

「陛下，陛下不念懷義，懷義此去，再也不入宮了。」薛懷義望著武則天，賭氣道。

「與朕起開。」武則天拉開薛懷義的手下了玉階。

「蒼陌雪，你這個賤婢，你讓陛下冷落本寺主，本寺主斷難饒你。」薛懷義望著武則天的背影，心中暗暗發誓道。

武則天沒有多看薛懷義一眼，就匆匆離了長生殿，起了鑾駕出宮而去，留下憤憤不已的薛懷義，揉著跪得生疼的膝蓋。

薛懷義白跪了一個通宵，白哭了一個通宵，就是在殿外跪殘了，女皇也沒將自己放在心上。

薛懷義咬牙切齒地恨死了蒼陌雪。此仇不報，只怕以後女皇身邊，再沒有自己的位置了，薛懷義目露凶光，把拳頭攥得「咯咯」直響。

金吾急急在前方清道，右掖門守門將軍接到皇帝出宮，顫顫跨馬來報，卯時一刻，臨淄郡王的車馬從右掖門出了皇宮。此音未落，定鼎門守城將軍亦報，卯時四刻，臨淄郡王的車馬出了定鼎門。

武則天知道了，是李隆基把蒼陌雪送出城的，當下裡，直命鑾輿快步出城。

洛陽城外，蒼陌雪正思量著不知往哪兒走，迎面只見一個蓬頭垢面的乞丐笑笑呵呵地朝自己走來。

蒼陌雪見這乞丐沖自己傻笑，便往左讓，癲乞丐則往右站；往右讓，癲乞丐又往左站；左左右右幾個回合下來，蒼陌雪直搖頭，真是怕了他了。

「喂喂喂，丐大哥，咱別玩了好不好，你你你想怎麼樣啊？」

蒼陌雪怕怕地直往後退，癲乞丐盯著蒼陌雪呵呵呵地不停傻笑。蒼陌雪打開包袱，將一兩銀子遞給乞丐，乞丐接過銀子，還是不肯走，蒼陌雪無奈，只好再給他一兩。

癲乞丐舉著手裡的銀子一味呵呵傻笑，就是不放蒼陌雪過去。蒼陌雪看看四周，路前邊有一小攤，籠屜裡正冒著熱氣，蒼陌雪也顧不上自己有沒有吃早飯，跑上前去遞出銀子道：「老闆，來兩個包子。」

老闆見蒼陌雪身後跟著一乞丐，捲上包子沖蒼陌雪點頭笑笑。蒼陌雪把包子遞給乞丐，乞丐拿過其中的一個塞在嘴裡開心得直拍手。

蒼陌雪趁癲乞丐吃包子的工夫，快速往旁邊跑過去，不等癲乞丐轉過身來追，蒼陌雪愕然地瞪著眼睛腳下步步退了回來，癲乞丐一回頭，沖他的一群小夥伴們招手。

只見一群叫花子手持竹竿敲著破碗，兩眼放光地朝蒼陌雪跑來。蒼陌雪頓時嚇得小臉失色，哆哆嗦嗦甩手丟了包袱，一溜煙地往定鼎門內跑回去。

「媽呀。」蒼陌雪兩手抱頭跑進城內，癲乞丐也跟著追上來，這一幕，把守城的將士看傻了，回過神時只攔下後面那群叫花子。

正這時，武則天的鑾駕已行至城門前，李隆基快馬趕來，兩邊的百姓低頭跪了一地。

前方金吾攔下癲乞丐，蒼陌雪大叫著跑上武則天的車駕，上氣不接下氣地望著武則天，指指後頭，「有……有有有……有癲子……癲子追我，一群癲子追我。」

「蒼陌雪，朕說過不准你私自離宮。」武則天拉過蒼陌雪，厲聲道。

「我……」蒼陌雪垂頭喘著粗氣，已無力辯解。

「姐姐，姐姐。」癲乞丐舉著蒼陌雪剛才丟下的包袱，沖鑾輿上大喊。

「真的，真的別玩了好嗎？」蒼陌雪歎著氣，直晃腦袋。

「哼，你才出宮就認了個弟弟？」武則天望著癲乞丐打趣道。

蒼陌雪蹲在武則天腳下不吭聲，金吾捧上包袱上前奏報：「啟奏陛下，這是那叫花子給雪尚宮的銀子，還有一個包子。」

蒼陌雪接過包子咬了一口，探頭看看前方，那癲乞丐已沒了蹤影。武則天搖頭嗔了蒼陌雪一眼，命鸞輿回宮。

蒼陌雪計畫了三次出宮，三次均宣告破產，最遠的一次還只走到定鼎門外，又灰溜溜地跑了回來，真真是丟死人了。

莫不是要在武則天身邊待到她駕崩了才能離開洛陽？天吶，那還得等上十二年，乾脆老死在唐朝算了，蒼陌雪心酸地想著那少年，那龍圖，那那那，那以後的自己。

蒼陌雪不知少年身在何處，不知自己身歸何處！

這冥冥之中，到底是怎麼安排？哈，這冥冥之中，當然是自有安排！

第十八章 累女皇，罹難上終南

蒼陌雪再一次違背了武則天的旨意私自出宮，這死罪能免，活罪難饒。武則天命「主犯」蒼陌雪一人在殿外院中罰跪，令「幫兇」李隆基回顯仁殿閉門思過。

蒼陌雪將銀子還了李隆基，灰頭土臉地頂著太陽在院子裡罰跪。衛尉少卿魏知古有政事稟報，武則天令魏知古紫宸殿見駕。

蒼陌雪見喜公公與珍妮二人一同侍駕往紫宸殿去，偷笑著爬起身來撣撣膝上的灰塵，進殿洗了把臉。冷水澆在臉上也沒能醒了這濃上心頭的睡意，蒼陌雪左右看了看，悄悄溜進武則天的裡書房，打算躲在這兒靜靜睡個午覺。

武則天從紫宸殿回來，到處不見蒼陌雪，進到裡書房，只見蒼陌雪坐在自己的龍椅上，伏在案臺上睡得滿頭大汗。武則天退了宮女內侍，望著睡熟了的蒼陌雪笑笑，取下金絲玉扇，坐在蒼陌雪身旁，搖扇給她扇扇。

武則天慈眼凝望著蒼陌雪的側臉，想起她第一天出現在萬象神宮的情景。這個能說會道古靈精怪的小丫頭，武則天見到她，心中便常常想起早逝的女兒安定公主。

那個女兒，武則天甚至沒能聽她喊一聲娘，她就早早地離開了，這是武則天心中難以言說的痛。

武則天看著蒼陌雪，就像看著自己的女兒安定，尤其是睡著了的蒼陌雪。武則天常常有種錯覺，她覺得蒼陌雪就是安定，是安定再來這世界，再回到自己身邊。

所以，蒼陌雪不能走，武則天不能讓她走。她的安定再回到她身邊的時候，她一定不能讓女兒再一次離開自己，武則天要留下這個女兒，留住她，並且，保護她。

太平公主到長生殿謁見武則天，從一側半開的窗子處，見書房裡頭，蒼陌雪正坐在龍椅上沉沉睡覺，而自己的母親皇帝，竟然在一旁給她扇扇子。

太平公主驚愕地望著這一幕，怒上心頭踢門闖進，指著蒼陌雪破口大罵道：「不知死活的賤婢，竟敢坐在皇母陛下的龍椅之上，本宮要殺了你。」

太平公主怒衝衝地望向一旁架上的寶劍，上前抽出寶劍。武則天起身抓住太平公主的手，嚴聲呵斥道：「住手太平，爾膽敢在朕面前放肆？」

二人爭吵的聲音驚醒了蒼陌雪，蒼陌雪揉明白了這雙睡眼，才看清自己居然坐在龍椅上，嚇得趕忙起身，愣愣地望著怒不可遏的太平公主。

「皇母陛下，蒼陌雪這賤婢可是坐在您的龍椅之上。」太平公主憤然激動道。

「天下有誰不想坐朕的龍椅，唔？」武則天扔下劍，含威望著太平公主。

「皇母陛下必是被這賤婢的妖術蒙了心，我才是您的親生女兒，可母親您處處護著她，處處責罵兒臣。兒臣不是皇種倒也罷了，可她算哪個野種，竟也敢在陛下面前爭寵？」太平公主怒目洶洶地扳倒了一旁擺放的花盆。

「住口太平，你太放肆了。」武則天望著地上摔碎的花盆，嚴聲令道：「回你的公主府去，朕沒有召見，不得入宮。」

「母親要兒臣回去可以，兒臣先為皇母陛下誅殺這賤婢。」太平公主撿起寶劍，指向蒼陌雪。

「來人，將太平押回公主府，一月之內不准入宮，違令者，杖八十。」武則天一把奪過太平公主手中的劍，厲聲道。

太平公主一臉愕然，心中倍感委屈地望著武則天，直流下眼淚。殿前金吾入內將太平公主帶出長生殿，交由外行金吾押送回公主府。

蒼陌雪傻愣愣愣望著武則天，驚得一時說不出話來。

「朕嚇到你了？」珍妮欲入內收拾摔碎的花盆，武則天擺手令她出去。

「陛下，你怎麼對太平公主這麼嚴厲，她有什麼錯啊？」

「太平太放肆了，竟敢目無君王。」

「陛下說得不對，在太平公主心中，陛下首先是她的母親，女兒在母親面前撒嬌原本就很應該。陛下這樣喝斥她，公主心中難免不滿。」蒼陌雪轉過案臺，走近武則天，「陛下，我回仙居殿養鳥去了，陛下若沒有什麼要緊的事，就不要召見蒼陌雪了，免得大家起什麼莫名其妙的誤會。」

「朕要你作朕的女兒，你可願意？」武則天笑笑，望著她。

「不願意，你有女兒，我有娘。」蒼陌雪想都沒想直搖頭，躲開武則天的眼睛。

「可你說你娘已經去世了。」

「可她永遠活在我的心裡。」

「蒼陌雪，你就這麼不願做朕的女兒？」武則天蹙著眉頭，直視蒼陌雪的眼睛。

「陛下，以一個母親的心去哄哄您的女兒太平公主吧，她才是陛下割捨不斷的血脈至親，蒼陌雪告退。」

武則天仰頭閉起雙眼，久久站著，一動不動。蒼陌雪呆呆地出了長生殿，她感到自己又惹禍了，因為她，武則天竟對太平公主發那麼大的火，這是為什麼？蒼陌雪想不透，她開始想躲著武則天。

太平公主回到府中後，怒火攻心肆虐地到處摔東西，口中直咒著蒼陌雪恨不得她立刻碎屍萬段，永不超生。

太平公主的乳母張夫人見太平公主竟然受了這樣的委屈，立刻近前給太平公主謀起主意來，心下已有一計，遂附在太平公主耳邊道：

「公主殿下，那鬼國蠱毒無色無味，只需一滴便能銷魂蝕骨。莫說那御醫診斷不出，就是鬼國的鬼醫也找不出那巫蠱。公主放心，憑她是誰斷不能懷疑到咱們的頭上來，老身會讓那毒液悄無聲息地在那賤婢體內滲透，慢慢的她就會變得全身僵硬形如死屍，開始出現假死之象。等她葬進棺材裡，遇地水風火，五臟六腑便開始腐爛，她會遭受撕心裂肺的苦痛再次痛醒過來，就讓她在地底下棺材裡痛不欲生，受盡折磨而死。憑那小刁婦在陛下面前再怎麼得

寵，這一次，斷不能再礙著公主半步。」

「好，就這樣，張媽媽，切記不可走漏半點風聲，要做得乾乾淨淨。」太平公主咬牙定下這個主意。

蒼陌雪自是渾然不知自己接下來的命運，想著武則天不讓太平公主進宮，仙居殿又有左右金吾護衛，耳邊安靜到只有院中的蟲鳴聲。

蒼陌雪宅在仙居殿，已有三天沒去長生殿了，武則天也沒有宣她。李隆基這幾日跟司空鷹槊練劍，也忙得沒空來找蒼陌雪玩。

蒼陌雪待在殿中，不是睡覺就是睡覺，無事可做地只有睡覺，把她這一向戀床的毛病也給睡煩了。

這一晚，蒼陌雪實在睡不著，便在殿中擺開一排的茶葉，有黃芽、蒙頂石花、東白茶、含膏茶、柏岩茶、石廩茶、露生茶、碧澗茶、緊陽茶、納溪茶、麥顆茶、廬山茶。

蒼陌雪將這些貢茶一一泡上，共沏下十二盞，一字排在案臺上。忽然聽得外頭一陣吵鬧，蒼陌雪命賈得桂先出去看看，自己則不緊不慢地收起茶葉。

「死太監，滾開，給本寺主滾，叫蒼陌雪，蒼陌雪出來受死，本寺主今天要她的命。」薛懷義醉醺醺地揮著禪杖在殿外叫囂，守門金吾團團將其圍住，礙於他的身份也不敢上前擒拿。

「薛大人，陛下有旨，擅入仙居殿者，施以杖刑。薛大人這麼晚鬧上仙居殿，是要抗旨嗎？」賈得桂站在殿階上，沖薛懷義喊道。

蒼陌雪收放好茶葉，聽得外面還是叫喊聲不斷，便將茶蓋一一擱下，將茶先晾晾，一會兒罵完薛懷義肯定口渴。

蒼陌雪笑笑，揉著鼻子打著哈欠命人打開殿門，站在殿階前沖薛懷義喊道：「薛懷義，你這潑皮，到我仙居殿撒酒瘋來了？喂，我到底哪裡得罪你了，啊？你這麼不依不饒地，看見我就喊打喊殺？醋和尚，你不在白馬寺好好念你的佛，大半夜的是想來我仙居殿吃杖刑啊？」

「你個賤婢，自從……自從你入入入宮，陛下就不再召見我。

你讓陛下冷落冷落我，冷落我薛懷義，這個仇，我豈能不報，我豈能饒……饒你？陛下，懷義委屈，陛下，懷義的陛下，懷義心裡苦，苦啊，太苦。都是你，賤婢，都是因為你，本寺主蒙陛下專寵，你這個小妖精，你迷惑陛下不理我，陛下不理我。我今天，我今天，我薛懷義一定要要要要殺了你。」薛懷義醉得左搖右晃，揮著手中的禪杖一通亂舞，後頭的一群小沙彌只合掌低頭，不敢上前阻止，也不敢動手幫襯。

「老大，奴婢這就去稟報陛下。」賈得桂見薛懷義大撒酒瘋，擔心道。

「不要去煩陛下了。」蒼陌雪搖搖頭，轉身欲回大殿，又停下腳步，「醋和尚，你要陛下見你，你就老老實實多念佛，我又沒叫陛下不要見你，真是的，你們什麼關係我懶得知道那麼清楚。勞煩各位兄台將他轟走，不要以為這是我蒼陌雪住的地方，這裡可是陛下的宮殿。」

仙居殿外，薛懷義不依不饒纏著蒼陌雪一通叫嚷。大殿之中，一道黑影立在梁上望著底下案臺上的那十二杯茶一通疑惑。

此處，看官們該想到了，這個梁上的黑影便是張夫人派來的殺手。殺手帶著蠱毒潛入仙居殿潛伏在殿中房梁上，正望著底下十二杯茶不知該將蠱毒下在哪一盞中，這個殺手不確定蒼陌雪到底會喝哪一盞，便在這十二盞茶碗中全部滴上一滴毒液，完成任務，跳梁而去。

蒼陌雪懶得跟薛懷義多費唇舌，便先回了大殿，剛走到殿門前，窗子上似乎斜著一道躍動的黑影，蒼陌雪扭頭望了望院中的大樹，想是風吹動樹影迎著月光映在窗子上，蒼陌雪點點頭，也就不再多心進了大殿。

賈得桂見薛懷義氣勢洶洶絲毫不肯退去，便跨馬入宮向長生殿急趕。蒼陌雪回到殿中，看看自己晾的茶，因案臺旁的燭火未罩上燈罩，竟有幾隻死了的小蟲子掉在茶碗裡，蒼陌雪歎了口氣罩上燈罩，倒在床榻上瞇起眼睛。

賈得桂一路飛馬趕到長生殿，急急忙忙跌跑入大殿奏報：「陛

陛下，陛下，薛寺主大鬧仙居殿，眾金吾束手無策，請陛下速起駕仙居殿救救咱大人吧。」

「什麼，薛懷義？」武則天正批閱奏章，見賈得桂這副慌張的神色，擱下筆道。

「是，陛下，是薛寺主，薛寺主在仙居殿外叫嚷著要殺了咱大人。陛下，奴婢求陛下速速起駕，救救咱大人吧，陛下。」賈得桂顫抖著跪在地上一通磕頭。

「起駕仙居殿。」

武則天蹙起眉頭，即命車馬快步往仙居殿去。蒼陌雪躺在床榻上聽得薛懷義叫嚷的聲音直心煩，猛地起身欲出殿外去罵他，前腳剛走到殿門口又折了回來，「等等，先喝一口茶，備好口水好罵他。」

蒼陌雪折回案臺，端起其中沒落下蟲子的一碗茶一股腦兒咽下，想著喝了這碗茶，索性今晚就不睡了，陪這薛懷義好好玩玩，用漢語、英語、鳥語，只要是說得出的語言，通通搬出來，罵死他。

可這放下茶碗沒走三步，蒼陌雪直感到身體輕飄飄的像要離開地面，腳下一軟，腦袋一沉，眼前一黑，倒在地上瞬間沒了知覺。

「哈哈哈哈，賤婢，滾出來，今天本寺主就要送你這賤婢去見如來佛。」

薛懷義叫囂著一舉砸壞殿門，闖入院中，揮起禪杖將桌凳花圃等一通搗毀，殿院一片狼藉。眾金吾圍也不是，擒也不是，只步步提防著別讓薛懷義闖進大殿傷了蒼陌雪，至於他要砸壞殿院，金吾們自然是不敢上前阻攔的。

武則天鑾駕行到仙居殿，見薛懷義狂喊狂叫不停砸東西，遂下了鑾座厲聲令道：「來人，把薛懷義拿下。」

薛懷義一聽是武則天的聲音，立馬收了禪杖，跌跌撞撞跪到武則天腳下，哭喊道：「陛下，懷義拜見陛下，陛下終於肯見懷義了，陛下，陛下終於肯見懷義了。」

「拿下。」

武則天厭惡地看了薛懷義一眼，金吾上前擒住薛懷義押在殿外。喜公公等人隨駕入了大殿，殿門半掩，賈得桂上前推開殿門，驚得目瞪口呆僵在原地，武則天見賈得桂這副驚恐，向裡望去，只見蒼陌雪倒在地上，臉色煞白。

賈得桂咽了咽口水，慌忙跑過去扶起蒼陌雪，晃著她直喊：「老大，老大你醒醒啊，老大，你怎麼了？陛下駕到，老大你快醒醒啊。」

喜公公見狀，忙出外傳令宣御醫，珍妮一時嚇得忙走過去同賈得桂一並扶起蒼陌雪，將她放到床榻上。

武則天望著不省人事的蒼陌雪愣了幾秒，轉身向殿外厲聲令道：「將薛懷義帶進來。」

金吾押著薛懷義進了大殿，薛懷義見賈得桂和珍妮二人立在床榻旁不停喚著蒼陌雪卻不見蒼陌雪睜眼答應，心下正痛快，哈哈大笑道：「蒼陌雪死了，啊哈哈哈哈哈，這賤婢死了，啊哈哈哈哈哈，死了，死了。」

武則天怒目直視薛懷義，抬手重重地甩了他一個耳光，臉色威重道：

「薛懷義，朕一再忍讓你。你搗亂寺宇，毀壞殿院朕都可以不予追究。倘若今天蒼陌雪有個三長兩短，朕不知道，朕還怎麼留你？」

「陛下，陛下，懷義沒有殺她，懷義沒有殺人啊，陛下饒命，求陛下饒命，懷義真的沒有殺她呀。」薛懷義被武則天這臉色嚇得慌忙跪倒在地，重重磕頭求饒道。

「來人，將薛懷義軟禁白馬寺，無朕諭令，若敢踏出白馬寺一步，」武則天俯下身，托起薛懷義的臉，嚴聲道：「你給朕試試。」

「陛下，懷義不敢，懷義不敢對陛下不忠啊，陛下饒了懷義吧，陛下，求陛下饒了懷義吧。」

薛懷義哭喊著被金吾拖出大殿，賈得桂在一旁不停抽泣喚著蒼陌雪，蒼陌雪渾身冰冷，珍妮抱過幾床被褥給她蓋上，一點也暖不起她身上的體溫，眾人一陣焦急。

武則天看了看殿中，注意到案臺上那十二個茶碗，其中一盞茶碗是空著的，武則天看罷，轉向喜公公道：「速宣徐有功詳查光祿寺送往仙居殿的膳食，連同這幾日出現在仙居殿附近一切可疑人物，一律帶回司刑寺堪審，命徐有功立刻堪審此案。」

「老奴奉旨。」

「御醫，御醫怎麼還沒到？」

「陛下，快了，御醫就快到了。」

喜公公出了大殿去傳旨。武則天走近床榻，伸手觸著蒼陌雪的鼻下，蒼陌雪竟沒有了呼吸，武則天不敢相信，微顫的手把了把蒼陌雪的脈搏，竟然沒有跳動，連微弱的脈象都把不到了。

蒼陌雪渾身僵硬冰冷，臉色慘白。武則天慌忙抱起蒼陌雪，在她耳邊喚她：「蒼陌雪，不許嚇朕。你這呆貨，不許你這樣嚇唬朕，聽見沒有，朕叫你醒來，朕不准你死，不許抗旨，朕是皇帝朕是天子，聽朕的話，趕快醒來，醒來呀……」

憑武則天在耳邊怎麼喚她，蒼陌雪始終沒能開口應一聲，武則天抱著蒼陌雪，起了鑾駕將她帶回長生殿。

上百位御醫中，竟無一人能診斷出蒼陌雪所中何毒，眾人不明何症，無從對症下藥，皆惶恐萬分地候在殿外顫顫跪著。

徐有功接到宮中傳諭速速勘察蒼陌雪被害一案，連夜跨馬入仙居殿勘察案發現場，並帶回那十二盞茶碗。

李隆基聞聽蒼陌雪被害，急匆匆跨馬飛向長生殿來，不停搓著蒼陌雪的手喚她，蒼陌雪仍是形如死屍，生命跡象越發微弱。

「擬詔，凡能醫治雪兒者，朕封其二等爵位，享親王封戶，黃金萬兩。令詔天下神醫，能人異士，速集洛陽，為雪兒診治，一刻不得耽誤，八百里加急速速傳令各州道。」

武則天一手撐著案臺，喜公公匆忙出殿去傳令，眾人圍在龍榻邊抽泣不已。

武則天拈過三支香，跪在佛龕前，眼中噙淚，心中默念道：「弟子求佛祖大慈大悲，救我雪兒一命，生生世世，當報佛恩。」

長生殿內，眾人守在蒼陌雪身旁一夜無眠，司空鷹槊增派羽林

金吾嚴密護衛寢宮。

　　武則天突然想起幾天前在書房裡，太平公主對蒼陌雪惡言相向，怒而宣召太平公主入宮見駕。

　　太平公主惶惶思忖，沒想到自己的母親這麼快就懷疑到自己頭上，聖命難違，還是得奉旨連夜進宮。

　　張夫人只叮囑太平公主，無論陛下怎麼問，叫公主都不能承認下毒之事，公主畢竟是陛下的親生女兒，陛下絕不會為了一個外人而降罪於自己的親生女兒。

　　「兒臣太平，跪謁皇母陛下。」太平公主進殿，表面鎮定地跪上前行禮，武則天坐在龍座上，一手撐著頭不吭聲，太平公主言語小心道：「兒臣太平，叩謁母親。」

　　「太平，是你謀害蒼陌雪？」武則天緩緩抬起頭，直視太平公主質問道。

　　「不，母親。」太平公主慌得連忙站起身來否定道。

　　「朕沒讓你站起來，跪下。」武則天一臉凝重厲聲喝道，起身走下龍座，俯身望著太平公主，「太平，你是朕的女兒，不要令朕對你太失望。」

　　太平公主寒心地望著武則天，咬著嘴唇站起身來，哽咽道：「陛下，您是我的母親，也不要讓女兒對您太失望。」

　　武則天仰頭閉著眼睛一言不發，太平公主憤憤地哭著跑出大殿。時間已是卯時，冉冉初升的太陽已將世界喚醒，而蒼陌雪卻不見半點好轉。

　　武則天令宮女們將各國進貢的鐵皮石斛、天山雪蓮、三兩重的紅參、百二十年的首烏、花甲之茯苓、蓯蓉、深海的珍珠、西域的紫靈芝等起死回生的仙草一一煎了來，親手端過藥湯，一口口餵蒼陌雪喝下，而蒼陌雪仍是通身冰冷滴水難進，餵到嘴邊的湯藥大多都流了下來。

　　「陛下，臣徐有功叩請聖安。」徐有功快馬行至長生殿復命，快步進了殿中。

　　「不必多禮，快說，司刑寺可查出謀害雪兒的兇手？」武則天

將湯藥遞給珍妮，起身著急道。

「回陛下，光祿寺送往仙居殿的膳食沒有差錯，眾內侍宮女也無可疑行跡。」

「可是薛懷義所為？」

「陛下，亦非薛寺主所為，想必陛下已經猜到，雪尚宮是中毒所致，微臣驗過茶水，水中確實有毒。」

「貢茶有毒？」

「陛下，貢茶無毒，怕是有人在茶水裡下了毒。」

「陛下，陛下饒命啊陛下，不是奴婢下的毒，奴婢斷然不能謀害老大啊，陛下，陛下饒命啊陛下。」賈得桂聽見徐有功說下毒，慌得兩腿直哆嗦，跪在武則天面前哭喊道。

「起來吧，朕沒說是你。尚藥局所有御醫皆束手無策，斷不出蒼陌雪身中何毒，徐有功，你有何建議？」武則天向案臺走去，問徐有功。

「陛下，微臣識得一位方外之友，或許他能救得雪尚宮一命。」

「何人？快宣。」

「陛下，臣這位方外之友乃是一位『嗜酒癲僧』，人稱破缸禪師，已在酒缸內醉臥三十三載，輕易宣不來啊。」徐有功拱手作禮道。

「禪師身在何處？朕親去迎請。」武則天點點頭，著急問道。

「回陛下，城外西去三十里，有座年久失修的道觀，名崖泉觀，觀中有一垂光湖，湖後有一破缸，便是臣這位老友的居處。」

「你們好生照看雪兒，朕親去崖泉觀迎請禪師。」

由司空鷹槊護駕，武則天跨馬微服出宮往崖泉觀去，隨駕的有李隆基和徐有功。四人快馬趕到洛陽城郭外的崖泉觀中，徐有功引路找到垂光湖畔的破缸，遠遠聽得破缸內的鼾聲大如天雷。

「朕，大周皇帝武曌，奉請禪師法駕。」武則天躬身上前喚道。

這位破缸禪師臥在一口大破缸裡，仍呼嚕聲滾滾，絲毫不理會

武則天在外頭。武則天見禪師不應，遂跪下身叩首道：「大周皇帝武曌，奉請禪師法駕。」

這位破缸禪師停下了鼾聲，笑嘻嘻地伸出一隻腳，舉在武則天跟前晃來晃去。

李隆基見這癲僧抬著一隻又破又髒的腳丫子伸在武則天面前，怒而上前喝道：「大膽癲僧，竟敢對皇帝陛下無禮。破缸和尚，你再不出來，本王就往裡灌水，看你出不出來？」

「隆基，休得無禮，你且退下。」武則天喝退李隆基，再次伏身頂禮道：「武曌，奉請禪師法駕。」

這破缸禪師聽了這話，才慢悠悠地把第二條腿伸出來，鑽身出了大缸，扭著懶腰哈欠連連，一頭散髮蓬亂，身上衣裳襤褸，破爛不堪，而微風吹過，卻聞得陣陣清香。

「徐有功，你個老官頭，老癲沒跟你說不准你告知別人我的老窩嗎？怎麼搞的你？」破缸禪師吹鬍子瞪眼指著徐有功道。

「老友恕罪，恕罪，此乃我朝聖神皇帝陛下親臨。」徐有功笑笑，恭敬作揖道。

「你說你是誰？」破缸禪師摳摳耳朵，湊近武則天問道。

「朕乃大周聖神皇帝武曌。」武則天起身，恭敬道。

「啊啊啊哈欠，是是是，誰？」破缸禪師裝作耳聾，嘻嘻問道。

「大周皇帝武曌。」

「誰？」破缸禪師雙眼一瞪，大喊一聲。

「武曌。」武則天再度耐心地答道。

「誰？」破缸禪師聲如獅子吼。

武則天忽然瞥見樹上一隻雛鳥嘴裡銜的松子掉落下來。武則天會意，從地上拾起一塊石頭，向破缸砸去，「吭」的一聲，破缸禪師哈哈大笑：「你是破缸，老癲是大周聖神皇帝武曌。」

「癲僧非破缸，天子非真龍。」武則天拱手道。

破缸禪師望著武則天點點頭，扯過頭上蓬亂的頭髮哈哈大笑。

「弟子奉請禪師入宮，救我雪兒一命。」武則天站上前，懇切道。

「唔，救不得，救不得。」禪師擺擺手，倒在石崖上半躺著說道。

「如何救不得？禪師之意，雪兒無有生還之望？」

「我是說，我救不得。」禪師笑笑，悠悠道。

「萬望禪師指點，如何救我雪兒？」

「我救不得，自然有人能救得，終南山有位棗玄道人，乃老癲故交。女菩薩所中之毒，唯有這位老道人才救得，破缸，唔，破缸救不得。」

「還請禪師明示，弟子感恩不盡。」

「不可說，不可說。是福不是禍，是禍躲不過。一朝轤繩落，黃豆磨石磨。」

「禪師……」

「緣何？緣何？奈何！奈何！陛下，老癲這裡有烏丹一粒，詼，卻不是救那位女菩薩。陛下，老癲無能，拜送陛下。」破缸禪師從懷中拿出一粒烏丹，交到武則天手上，躬身作禮道。

武則天接過烏丹，還欲再問破缸禪師，破缸禪師對武則天還禮，擺擺手笑笑，復又鑽進破缸，口中只道：「回去吧，回去吧。」

武則天握緊手中的烏丹，與眾人作禮退出垂光湖。李隆基忽然回頭，見破缸的一處口子有源源不斷的清水流出，小傢伙心中暗想：「破缸能盛水？」

武則天回宮，交代宰相狄仁傑與魏王武承嗣監國，帶上蒼陌雪馬不停蹄地趕往終南山，隨行的只有貼身金吾司空鷹槊，侍女珍妮，李隆基央求著要一起去，武則天也沒有允。

初夏的天氣，終南山正值雨期，山中煙霧繚繞，猿藏鳥鳴。一位白衣少年背著竹簍，撐著一片蕉葉，正要返回山門，見蜿蜒小路上，一行人撐傘上山，其中一位高大的俠士背上背著一位昏沉的姑娘，少年走近，作禮問道：「幾位善人，為何冒雨上山？」

「小師父，你可知這山中有位棗玄道人？」武則天看了看少年，問道。

「回夫人，棗玄道人正是家師。」

「哦？快，快帶我們去找他。」

「恕小生多言，這位善人身患何疾？家師剛回轉山中，小生即刻引幾位去見家師。」少年放下竹簍，從司空鷹槊背上接過蒼陌雪，仔細一看，驚訝地認出這昏厥的姑娘便是那日洛水河上，自己救下的姑娘。

是，少年認出了蒼陌雪。這少年就是那日在洛河之上搭救蒼陌雪的那位白衣公子，名喚蘇白離，乃棗玄道人二弟子，一直侍奉在山門，不想因緣之際，竟在這終南之上再遇，只是再見，一個卻已是生命垂危。

外面的雨停了，棗玄道長在三清殿靜坐起身，耳旁聽得蘇白離喚著師父的急促聲，並陣陣腳步聲，棗玄道長一轉身，驚得搖頭，口中喃喃道；「故人，故人。」

蘇白離將蒼陌雪背進大殿，武則天走近棗玄道長跟前，著急道：「求仙道神醫慈悲救度，救救我的女兒。」

棗玄道長望著武則天，躬身行禮。武則天突然瞥見棗玄道長腰間的玉帶，那玉帶之上繡著一柄七彩珠九華玉紋赤霄劍。

武則天退了一步，難以置信地望著棗玄道長，「是你？」

「陛下。」棗玄道長一直垂著頭，未敢起身。

「先救我的女兒。」

武則天忍了忍眼中的淚，棗玄道長命蘇白離將蒼陌雪移進丹房，開始為蒼陌雪診治。

這位棗玄道長早年遊歷四方時，頗見過些巫術毒蠱，尤其在酆都平都山一帶，更是鬼道巫吏盛行，棗玄道長自然不難看出蒼陌雪所中之毒乃是鬼國的蠱毒。

三日過去，蒼陌雪體內的毒蠱在血液中已生出了新蠱，必須有人先中雲丹龍蛇之毒，來分擔蒼陌雪體內的蠱毒，讓吸食雲丹龍蛇的新蠱在血液中化解已成熟的蠱毒。

祁玄觀中，只有蘇白離與武則天二人的血，滴在水中能與蒼陌雪的血相融。蘇白離毫不猶豫地服下雲丹龍蛇，沾上蒼陌雪滲有蠱毒的血液，融在自己體內，待蘇白離體內長出新蠱，那個時候才能

兩頭配合著化解蠱毒。

　　時間需等上三天，武則天心中焦急不已，蒼陌雪雖未見好轉，但也許是多少服下了仙草的功效，病情也沒有再惡化，除了身體冰冷，脈搏微如遊絲，也沒再出現更壞的症狀。

　　棗玄道長在藥房調配解藥，珍妮則料理大家的飲食，司空鷹槊依然日夜守護祁玄觀，保護著大家的安全。

　　畢竟不知三日後，蒼陌雪、蘇白離二人的生命將會如何？三清在上，望乞慈悲靈佑，武則天焚香頂禮，敬叩在三清聖前！

第十九章 陪女皇，再回洛陽

　　這一晚，山中靜謐，月色清涼，武則天躞步至西院，棗玄道長正在院子裡打坐。

　　「六十年了。」

　　「陛下，別來無恙吧？」

　　「你一去，就是六十年。」

　　「孽緣，孽緣。」

　　「既是孽緣，何苦還束著這根玉帶？」武則天噙著眼淚，望著石桌上棗玄道長解下的玉帶。那是六十年前，她一針一線為他縫的玉帶，只那一根玉帶，從此，武則天再沒做過女紅。

　　「陛下，棗玄有愧。」棗玄道長起身，轉向武則天躬身作禮。

　　「六十年前，我多希望我能和你一起仗劍天下，笑眼相對，同看風月。你說你會回來，再同我一起練劍，為什麼？你為什麼要負我，為什麼要負朕？」

　　想起往事依然歷歷在目，若不是再見故人，武則天心中怕已想不起世間還有一位自己的初戀情人，只是想起，卻又那麼心疼。

　　也許，在那個情竇初開的年紀愛過的人，才是她心裡最在乎的。因為純潔，因為美好，因為純潔美好到不被世間任何塵垢所玷染；更因為，自己嚮往了一生，是一生，可一生，終究，也沒能得到。

　　「陛下……」棗玄道長望著武則天的眼睛，百感交集，欲訴還休。

　　「把玉帶還給朕。」武則天抓起石桌上的玉帶哽咽道。

　　「隨我這把老骨頭，化了去吧。」棗玄道長近前，輕輕移開武則天的手，拿回玉帶在腰間繫上，作禮回了丹房。

　　武則天愣坐在石凳上黯然潸淚，棗玄道長回到丹房中取出一件白裘，輕輕披在武則天肩上，「陛下，夜深，露重。」

　　遣盡心中千萬，卻是一切盡在不言中。武則天看著肩上雪白的

裘衣，想起六十年前的那個冬天，楚雨樵稚氣地對她說：「我去抓一隻狐狸，做成裘衣，披在祁兒身上，像白雪一樣美麗。」

她問他，「楚哥哥，你能抓住狐狸嗎？」

他向她保證，「一定能，因為祁兒喜歡。」

這件白裘，他到底珍藏了六十年。六十年，終於在這一晚清冷的月色下，兌了這六十年前欠下的遺憾，卻也成了這六十年後永遠的遺憾。

武則天披著白裘坐在石凳上，坐了很久。棗玄道長站在窗前望著她，望著她的背影，望著那她烏髮下已顯出的白絲，心中愧疚道：「祁兒，終是楚雨樵負了你。許是天命所歸，你自降生就是貴相，當日楚雨樵對著這玉帶之上的赤霄不明何意，幾十年後方知，你竟慧承天命，做了這當今天下的天子，陛下……」

當年，十三歲的武則天，小名還叫武祁兒，常與父親世友之子，寄居家中年方十七的楚雨樵一齊練劍，楚雨樵驍善騎射，武則天的騎射之術便是他教的。

他的出現，他的陪伴，他的愛護，是武則天未入宮前最快樂的日子。

後來，楚雨樵跟隨父親慕名訪道雲遊四方。再回利州時，武祁兒已被送進宮，作了太宗皇帝的武才人，楚雨樵失約，愧疚之下隱於峨嵋學道，這一別就是六十年。

六十年的相望，一個是叱吒風雲的大周皇帝，一個是終南仙山隱修的道醫。

六十年的情，你留我玉帶，我奉你白裘，道一聲故人，夜深，露重！

而今，時光的海棠月下，還有誰輕輕吹起雲簫，稚聲唱道：春日遲遲，卉木萋萋。倉庚喈喈，采蘩祁祁……

時間等過三日，蘇白離的血液中已長出新蠱，棗玄道長將蘇白離服下雲丹龍蛇的血液盛出一盅，將蒼陌雪的蠱毒血盛出一盅，兩者交替讓新蠱吸食運於體內。

如此，又過去七日。棗玄道長沒想到下毒之人狠毒至極，蒼陌

雪所中的蠱非一蠱，乃是蠱中蠱，化解了大蠱之毒，不料小蠱反陰納陽采雲丹龍蛇之毒，異生出比大蠱更厲害的毒液。

此毒一發作，體內有如蜈蚣之百爪扯筋折脈，燥熱冰寒上下併發。眼看蒼陌雪、蘇白離就快撐不下去，棗玄道長用盡內力逼出蘇白離與蒼陌雪身上的毒液引到自己身上，隨即失去了知覺。

「不。」武則天扶起棗玄道長，棗玄道長耗盡內力已經昏厥，武則天抱著棗玄道長的頭在耳邊喚他：「不，不要。」

棗玄道長救下蒼陌雪和蘇白離，生命跡象已微若遊絲。武則天守在棗玄道長竹榻旁，扶他坐起，一直抱著他，她在他耳邊輕聲喚他楚哥哥，可他，始終未能應一句。

時間又過去兩天，珍妮日夜守著蒼陌雪等她醒來。第三天，珍妮喜極而泣蒼陌雪終於睜開了眼睛，蒼陌雪虛弱地醒來，不知自己身在何處，珍妮為什麼哭，珍妮將這些天以來的遭難一一說給蒼陌雪聽。

武則天寸步不離地守在棗玄道長竹榻旁，司空鷹槊引一位道俠模樣的少年進了丹房。

「屠陵拜見陛下。」少俠著一身藍色便袍，持一柄含光劍近前拱手。

「你是何人？」武則天滿臉憔悴地問。

「我是師父的大弟子，三日前在汝州得遇濟應禪師，禪師告知山門有難，我便快馬趕回山門。弟子看過白離師弟，師弟已無大礙，修養幾日便可甦醒。只是，師父的毒……」屠陵低頭擔心道。

「還有什麼辦法，能救你師父？」武則天閉著眼睛，沉重地問。

「回陛下，若要克制師父身上的毒，須旱穀蟾蜍中的金鑲蟾，在春分日脫落的蟾衣及秋分日分泌的蟾酥，配以蠶砂、五靈脂、天南星、商陸等研製成藥，此為輔藥；若找不到與蠱毒相應的主藥，配齊這輔藥也能暫時克制，並不能除盡餘毒。但只要克制住師父體內的毒性不加擴散，外引內疏，或許還有一線生機。」

「陛下，破缸禪師曾給您一粒烏丹。」司空鷹槊上前，對武則

天提醒道。

「是，是有一粒丹丸。」武則天從腰間香纓裡拿出那粒烏丹。

「破缸禪師，法號濟應，乃家師故交，既是禪師交代，這粒烏丹確實能解師父身上的蠱毒。只是，少一味最重要的藥引。」屠陵接過烏丹，凝重道。

「什麼藥引？」珍妮扶著蒼陌雪行到丹房門口，蒼陌雪急切地問。

「雪兒？」武則天聽見蒼陌雪的聲音，睜眼望向門口，微顫地上前扶過蒼陌雪。

「太陰之水。」屠陵立在竹榻旁看過棗玄道長，對武則天道。

「道俠，何為太陰之水？」司空鷹槊問。

「太極生兩儀，陰陽相對化四象，合和則歸道。」

「那，太陰之水，是不是指陛下的眼淚？」蒼陌雪虛弱地嗽了兩聲，問屠陵。

「陛下女主乾坤，當今世上唯有陛下身上才有這太陰、太陽二氣。」屠陵解說道。

「朕知道了，你們都出去吧。」武則天平舒了一口氣，擺手令眾人退出丹房。

武則天望著鶴髮斑斑的棗玄，恍若時光又回到六十年前，她是武祁兒，他是楚雨樵。

這六十年的遺憾，六十年的委屈，六十年的心酸，武祁兒從武才人，到武昭儀，到武皇后，到如今大周天下的武皇帝，六十年的風霜雪雨，足夠蓄滿這一藤罐的眼淚。

她要救他，不管是武祁兒救楚雨樵，還是武曌救棗玄，萬般滋味在心，無語相對，當下唯有這千行紅淚，替垂。

蘇白離的丹房中，蒼陌雪拖著虛弱的身體守在床榻旁，她望著他，守著他，等著他，等他甦醒，等著親口對他說聲謝謝，等著親手將玉佩如約奉還。

蒼陌雪沒想到竟是以這種方式再見這位白衣少年，她遇見他兩次，他救了她兩次。

「姑娘。」蘇白離微微睜開雙眼，望著出神發呆的蒼陌雪，他看見她眼中的淚。

「你醒了？謝謝你，終於醒了。」蒼陌雪望著蘇白離，欣喜地溢出了眼淚。

「我沒事，姑娘可好？」蘇白離撐起身，對蒼陌雪笑笑。

「謝謝你救了我。」蒼陌雪將蘇白離扶起。

「蘇白離在想，有一天，或許能再見姑娘。」

「是，我說過，你的玉佩我一定奉還。」

珍妮端藥進來，蒼陌雪接過湯藥，不許蘇白離再說話，只靜靜餵他喝藥，要他靜養，並快點好起來。

棗玄道長體內的蠱毒也已化盡。屠陵與司空鷹槊二人一道發力將內力輸入棗玄道長體內，引出餘毒，十餘天後，棗玄道長已無大礙。

棗玄道長醒了，武則天便不再日日照看他，改由屠陵細心照料。武則天只每日督促蒼陌雪喝藥，不許她仗著身體一天天好起來就到處亂跑。

平日閒了時，武則天也下廚燒一兩道菜，常常親自給他們三人煎藥，真真應景地過了一回尋常婦人的生活。

如果不再回到世間，就在這仙山之中，守著丈夫，守著兒女，就此平淡和樂地度此一生，也許，會比坐在朝堂龍椅上的那個自己更幸福吧！

這一天傍晚，蘇白離與蒼陌雪在西麓之巒看暮色流雲，晚霞浣洗下的流雲，靈動飄逸，恍若西王母的昆侖仙島，不在人間。

「謝謝你，救了我兩次。」蒼陌雪望著蘇白離，暖暖地笑著。

「蘇白離能再見姑娘，實是三生有幸。母親在我很小的時候就因病逝世，自那時起，我便立志此生不圖入仕惟願行醫。父親甚感世道艱險，辭世前送我入山，拜在道門伺奉師尊。恩師如父，蒙慈教誨，修身以道，入世以仁，恩師明教，弗敢忘心。」蘇白離淡淡說著他的故事。

「就像你的名字，離開世間的濁鬧，離開世間的浮名，伴著這

仙山流雲，常住於心中的安平。」蒼陌雪解下脖子上的玉佩遞給蘇白離，「你的玉佩。」

蘇白離笑笑，沒有接過玉佩，將袖子提了提，露出手腕上的黃色陶藝手錶，正是蒼陌雪丟在他竹簍裡的那隻手錶。

蒼陌雪會心一笑，也提上袖子，露出手腕上的藍色陶藝手錶，兩人相視一笑，真應了那句「此時無聲勝有聲」。

有人說，藍色和黃色是一對情侶色，那代表著清新的浪漫和溫暖。蒼陌雪沒有說她愛蘇白離，她只望著眼前的景色，溫婉地說，她喜歡看西麓之巒的流雲。

蘇白離亦沒有說他愛蒼陌雪，只靜靜地將身上的白袍解下，披在蒼陌雪肩上，輕柔地說，入夜，風大。

蒼陌雪在祁玄觀修養的這段日子，蘇白離常帶她去渭水之畔的江天藥廬為百姓施藥。

蒼陌雪沒想到，她的愛情竟在西元七世紀末的武周朝。她喜歡蘇白離，喜歡他溫潤的笑容，喜歡他不苟世俗的悠然，一如他的名字，那樣不食人間煙火。

如果，從此一心人，白首不相離，蒼陌雪還願再回21世紀麼？蒼陌雪不知道，但筆者知道，筆者什麼都不說，只是笑笑。

時間算來已近兩個月，武則天見大家都已無礙，便是時候返回皇宮了，收拾行李的時候一併帶上了那件白裘。

「蒼陌雪，你不是一直吵著鬧著要離開洛陽，這一次，朕允了你。你就留在這裡吧，這裡，才是你能幸福平安的地方。」祁玄觀山前，武則天撩著蒼陌雪耳邊的髮絲，對她笑笑。

「好哇好哇，走吧走吧。」蒼陌雪俏皮笑笑，沖武則天揮手。

清晨的祈玄觀，棗玄道長在煮銅茶，爐火燃起的青煙，茫了武則天轉身的淚眼。此地一別，從此不再相見，也難懷念，曾經的曾經，而今的而今，她沒有說一聲珍重，他亦不說一句再見。

太多的話只適合放在心裡，並不見得能夠說明！

珍妮與司空鷹槊侍候武則天離了祁玄觀，棗玄道長沒有出來拜別，只在爐火前跪送武則天離開。蒼陌雪與蘇白離、屠陵，三人一

起送到山前的當來峰下，見武則天已走遠，蒼陌雪才跑回丹房去拿自己的行李。

是的，她要離開，雖然她很捨不得離開，但她還是決定要離開，離開祁玄觀，去哪兒？

不是去找龍圖，是陪武則天再回洛陽，兒女情長可以暫且擱下，大恩卻不能不報。蘇白離亦是能理解的，他目送著她離開，告訴她，他會一直在終南山等她，蒼陌雪答應，一定再回終南。

「啊啊啊啊啊，快讓讓，讓讓，我剎不住了，剎不住了。」蒼陌雪搖著包袱飛也似地趕上武則天。

「朕不是命你留在山中？」武則天扶了扶蒼陌雪，望著她道。

「祁玄觀當然好啊，山好水好，雲好風好，可是沒有陛下，沒有隆基，沒有喜爺爺，沒有珍妮，沒有司空大哥，沒有賈得桂。我要是想你們了，又不能跟你們視頻通話，還是回宮方便，我這怡鷥御史才當多久，不要這麼快就撤我的職。」蒼陌雪沖武則天笑笑，「走吧，親愛的。」

離了終南山，一行人快馬回到洛陽。李隆基聞聽蒼陌雪已經大癒了正隨駕回宮，高興得與賈得桂兩人一起拎了鸚鵡多嘴一齊在長生殿等候。

晌午時分，車馬秘密入了皇城，行至長生殿外停下。蒼陌雪高興得跳下馬車往殿內跑去，絲毫沒賣乖要扶武則天下車。

「雪雪雪雪雪雪兒。」鸚鵡撲騰著翅膀大聲喊道，眾人以為鸚鵡亂叫，朝殿外看去，並不見蒼陌雪的影子。

「多多多多多多嘴。」蒼陌雪蹦蹦跳跳跑進殿中，舉起鳥籠轉到李隆基身邊。

「雪兒，你回來了，你好了嗎，你真的活過來了嗎？」李隆基高興地拉著蒼陌雪左看看右看看。

「我回來啦，我真的好了啊，我真的活過來啦。」蒼陌雪看看大家，滿臉開心道。

「老大，您可把咱嚇苦了，您離宮兩個月，奴婢等人都擔心死了。」賈得桂望著蒼陌雪激動地抹著眼淚。

「孩子啊，回來就好，回來就好啊。」喜公公舒了一口氣，對蒼陌雪點點頭。

「嘿嘿，喜爺爺，隆基，得桂，兩個月不見，你們都好嗎？」

「哼，你們一個個的都被蒼陌雪唬了去，倒把朕忘了？」珍妮將武則天扶下車，還沒等眾人先表達完對蒼陌雪的思念與激動之情，武則天含嗔走進殿中。

「奴婢叩請吾皇陛下金安。」賈得桂首先反應過來，忙跪下喊道。

「隆基恭請祖母陛下金安。」

「陛下，金安，陛下，金安。」多嘴聽眾人喊著，跟著學舌起來。

「老奴拜請陛下金安。陛下，您瘦了。」喜公公躬身作禮，望著武則天也垂下淚。

「蒼陌雪，朕救了你，你卻忘了朕，沒良心的。」武則天指著蒼陌雪的額頭，嗔怪她剛才只顧自己一個人跑進來。

「是是是，陛下的救命之恩，蒼陌雪無以為報。」蒼陌雪抱拳作禮道。

「蒼陌雪，朕救了你，你當如何報答朕？」賈得桂搬來高椅，武則天倒沒覺得很累，也就沒有坐下。

「陛下，我不是說了嘛無以為報，無，以為報。」蒼陌雪湊在武則天跟前，俏皮道。

「那你是不報了？」武則天揪著蒼陌雪的耳朵質問道。

「抱抱抱抱抱，我抱，抱抱，你鬆手啊，我耳朵。」蒼陌雪彎下腰，抱著武則天笑道。

「雪兒姑娘，不可玩笑啊，當心陛下的安危。」喜公公直搖頭提醒道。

「陛下，不好意思，我抱不動你。」蒼陌雪鬆開手直起身來，「聽說陛下容人納諫，蒼陌雪有一肺腑之言，不知當講不當講？」

「講。」

「陛下，您真的該減肥了。」蒼陌雪調笑道。

武則天似嗔非嗔道：「朕肥嗎？」

「陛下莊嚴相好，我跟你開玩笑啦。嘿，你們不知道吧，原來陛下不僅皇帝當得好，詩作得好，字寫得好，菜燒得還挺好。看她這段時間把我養得，弄得我回來第一件事就是得減肥。」蒼陌雪賣乖誇誇武則天，賠笑道。

「朕不僅皇帝當得好，詩作得好，字寫得好，豬，養得也挺好。」武則天順著蒼陌雪的話，淡淡玩笑道。

眾人聽了，低下頭一陣偷笑。蒼陌雪見大家都樂了，也合群地嘿嘿了兩聲，拉過李隆基和賈得桂，招呼道：

「來吧，靚仔們，幫我打個下手，中午本御史大人親自下廚，給你們燒幾道好菜。陛下，為了慶祝我活著回來，你就允許我們大家一塊兒吃個午飯吧，皇恩浩蕩一下好不好？珍妮姐姐，你先伺候陛下沐浴吧，我們先去忙啦，一會兒見。」

蒼陌雪拉上兩個「助理」往御膳房去準備午飯，武則天卻有點不放心，命喜公公傳令光祿寺，加備四十二道午膳，並允了大家一起吃這個午飯。

蒼陌雪要來做菜的材料切洗好，先做了兩盤拔絲香蕉當飯前甜點讓李隆基與賈得桂二人先端去長生殿，獨自一人窩在廚房內，秘密忙活著她的拿手好菜。

珍妮伺候完武則天沐浴更衣，喜公公命人在殿中擺下膳桌，放上碗筷。蒼陌雪前後忙活了一個多小時，將燒好的菜盛在食盒裡，動用了兩個小太監抬到長生殿來。

「唔，司空大哥怎麼還沒來？」蒼陌雪看了看眾人，問道。

「已經派人去傳了。雪兒，你到底做了什麼拿手好菜，快端出來。」李隆基趴在膳桌旁催促道。

「由於時間的關係，來不及給你們做法國菜，土耳其菜，就從中國菜中燒了幾道家常小菜，一共是五菜一湯。」蒼陌雪拿開盒蓋，信心滿滿道。

「雪尚宮，這是什麼豆腐？」珍妮見端出的第一盤豆腐，便問蒼陌雪。

「哦，這個是麻婆豆腐。」

「老大，那這個呢？」賈得桂問了第二道菜。

「這是什錦豆腐。」

「這個一定是小蔥拌豆腐。」李隆基指著蒼陌雪端出的第三道菜。

「對，還有肉末蒸豆腐、鍋塌豆腐；五菜一湯，這湯嘛，是魚頭豆腐。」蒼陌雪將食盒裡的菜全部擺在桌上，向大家介紹道。

「蒼陌雪，你就做了一桌子的豆腐？」武則天近前一看，嗔了蒼陌雪一眼，眾人見了，都愕然地搖搖頭。

「豆腐怎麼了？如果非讓我嫁給哪道菜，我就嫁給豆腐。」蒼陌雪不以為然地反駁道。

「雪兒，你這拿手好菜都是豆腐，最傻的是那道小蔥拌豆腐，你沒吃過呀？」李隆基挑著盤子裡的小蔥笑話她道。

「你們能不能不要把豆腐兩個字念得那麼詭異，小蔥拌豆腐，一清二白三常在。陛下，你嚐嚐唄？」蒼陌雪遞過筷子，沖武則天眨眨眼睛。

武則天舉著筷子望著一桌子的豆腐，感到無從下手。

正這時，光祿寺的禦膳到了，武則天放下筷子，命喜公公再置一桌。宮女們依例嚐食，武則天令眾人圍過這桌來坐下，蒼陌雪坐在擺滿豆腐的那桌，一手托著下巴，一手搖著蒼蠅。

嘿，長生殿哪有蒼蠅，只是蒼陌雪不搖搖手，似乎顯得更沒人關注她。

司空鷹槊換了衣服過來，蒼陌雪急忙起身把他拉到自己那桌坐下，司空鷹槊看看蒼陌雪，看看武則天，不知這是什麼情況。

「來來來，司空大哥，嚐嚐，這可是我的拿手好菜。」蒼陌雪將盤子推到司空鷹槊跟前，熱情招呼道。

司空鷹槊看著滿桌子的豆腐，筷子舉起又放下，「雪兒，這怎麼……怎麼都是豆腐啊？」

眾人再次樂了，武則天嗔笑一聲，「司空鷹槊，坐到朕這桌來，那幾盤豆腐，都留給她一個人吃。」

司空鷹槊低頭笑笑，轉過武則天那桌去坐下。蒼陌雪兩手托著小臉，呆呆看著面前這無人問津的豆腐，武則天那桌，女皇已開了金口，大家紛紛動起筷子。

蒼陌雪端起一盤豆腐，蹭到李隆基身邊，賣力地推銷起自己的豆腐：「王，小孩子讀書很費腦的喔，吃豆腐最補腦了，來來來。」

蒼陌雪夾起一塊豆腐伸到李隆基碗裡，李隆基笑而不答兩手蓋住碗。蒼陌雪瞪著李隆基，走到珍妮身邊，「珍妮姐姐，女孩子最愛美的啦，吃豆腐超美容的喔。」

珍妮只顧低頭偷笑，不接蒼陌雪的豆腐。蒼陌雪不洩氣，再接再厲，又轉到喜公公身邊，「喜爺爺你對我最好了，吶，老人家牙口不好，就適合吃豆腐，嚐嚐唄？」

喜公公笑笑，勉強接過蒼陌雪夾過來的豆腐，喜公公接是接下了，可豆腐放在碟子裡就那麼放著，也沒當著蒼陌雪的面捧她這個場。

啊，別絕望別絕望，還有最後一個人。蒼陌雪大步跨到賈得桂身旁，舉著豆腐威脅道：「賈得桂，你想想清楚，你該站在哪一邊？」

「老大，您這豆腐要實在沒人嚐，那，那奴婢就勉為其難吧。」賈得桂捧起碗低頭忍著笑。

蒼陌雪收回手，哼哼唧唧地沖鳥籠那頭喊道：「多嘴，他們都欺負我，你要也敢欺負我，我就拔光你的毛。來來來，親愛的，嚐嚐，嚐嚐姐姐做的豆腐。」

鸚鵡撲騰著在鳥籠裡轉來轉去，聞都不聞蒼陌雪夾放在鳥食上的那塊豆腐，蒼陌雪拍著鳥籠吼道：「笨鳥，你知道你為什麼在這世上只能當一隻笨鳥嗎？就因為你不吃豆腐呀。」

「蒼陌雪，休得嚇唬多嘴，你做的豆腐，你自己吃了。」武則天微嗔令道。

「哼嗚嗚，世上只有媽媽好，沒媽的孩子……」蒼陌雪端著那連鳥都不鳥她的豆腐，回到桌上。

「雪兒，別唱了，還讓不讓人吃飯了。」

李隆基摀著小臉笑話她道。蒼陌雪放下豆腐，嘿嘿地厚著臉皮蹭到武則天那桌，搬過凳子過去坐下，賴道：「陛下，我跟你們一起吃。」

「這桌不要你，回你自己那桌去。」武則天嗔道。

「我不，我怎麼吃嘛，那一桌子的全是豆腐。」

「你也知道全是豆腐啊。」

武則天嗔笑一聲笑話道。這頓飯大家吃得很開心，蒼陌雪沒出現之前，賈得桂、珍妮、喜公公、司空鷹槊，他們這些內侍宮女金吾們，誰也沒有那種殊榮能跟皇帝同一桌吃飯，還像現在這樣樂樂呵呵的，那是他們想也不敢想的事。

武則天該放鬆的時候也不板著眾人必須得遵守儀禮，在蒼陌雪的世界裡，你得學會跟她一塊兒犯二，一塊兒傻愣，才能感受到平常生活中，自然流露的樂趣。

在這皇城的深宮內院之中，這份純真，顯得是那麼的難能可貴，讓女皇一再破例，允了她這暖洋洋的放肆。

下午，武則天在外廳召見狄仁傑和武承嗣瞭解這兩個月來朝廷的軍政事務，二人一一稟奏完畢，武則天令退武承嗣，將狄仁傑留下。

「狄仁傑，朕這案臺上如何沒有徐有功的奏章，朕交代你們務必查出下毒之人，你們為何不向朕回復？」

武則天這麼一問，狄仁傑並沒有馬上回答。蒼陌雪在屏門處聽見武則天的問話，她知道害她的人一定是跟武則天關係密切之人，所指雖未言明就是太平公主，但已有七八分是她了。

蒼陌雪想了想，走上殿去，對狄仁傑笑笑，轉向武則天道：「陛下，狄國老年事已高，還日夜為國事操勞，蒼陌雪這點小事實在不該再煩勞國老費心。陛下，下毒之事，就算了吧，反正我現在也沒事了，請陛下不要再追究了。」

「敢謀害朕身邊的人，就如同謀害朕，豈能饒得？」

「陛下，多一事不如少一事，能饒人處，方得天下太平。」蒼陌雪懇切道。

「狄仁傑，蒼陌雪，你們知道兇手是誰，故意瞞著朕，是不是？」武則天走下龍座，望著二人。

蒼陌雪見狄仁傑只含笑拱手，也已猜到了他的意思，狄仁傑所慮的正是蒼陌雪所慮的，在這件事情上，蒼陌雪與狄仁傑的想法已然合拍。

「陛下，陛下以德教化天下，何不給行兇之人一個改過的機會？蒼陌雪曾聽過這樣一個故事，說是一位山中修行的禪師，晚間披著皎潔的月色在山前散步。忽有一日，山下一個小偷趁禪師散步之際偷偷潛入禪房行竊，這小偷翻了許久也沒找到一件值錢的物件。小偷正欲離開山門，只見禪師步履從容地返回茅屋，禪師望著小偷瞬間明白了這是怎麼一回事，遂解下身上的僧衣，披在小偷身上，語氣如常道：『君遠道而來，老僧無物相贈，唯破衲一條，且披上禦寒吧。』這個小偷披著禪師的僧衣不知所措地離開了茅屋，禪師望著夜空合掌歎道：『可憐的人啊，但願我能送你一輪明月。』第二天一早，禪師起床去山前打水，一打開柴門，只見門口放著一件疊得齊整的僧衣，那僧衣正是禪師前一晚披在小偷身上的僧衣，禪師點頭笑笑道：『老僧贈君明月，君還老僧衲衣，善哉，善哉。』陛下，這位禪師尚且能饒益賊人，陛下大慈大悲，也請送下毒之人一輪明月吧。」

蒼陌雪平靜說罷，武則天似笑非笑地看著她，問狄仁傑道：「狄仁傑，你說呢？」

「陛下，雪尚宮所言，極是。」狄仁傑對蒼陌雪點點頭，含笑道。

「好吧，既然朕的國老大人都這麼說，朕就不問了。」

「陛下聖明，老臣，告退。」

狄仁傑對武則天笑笑，作禮出了長生殿。武則天自然看出來了狄仁傑和蒼陌雪這番饒有默契的配合，心下裡也想到了下毒之人必是與自己關係十分親密之人，為了不讓自己這個當皇帝的為難，兩人竟口吻一致地為兇手開脫。

既然蒼陌雪給了這個臺階，狄仁傑也順勢搭手，那自己就下

吧！若真深究下去，恐怕未必是件好事。

　　其實武則天心中如何想不到蒼陌雪不願追究之人是誰，只是相信也好，懷疑也罷，她又能拿她怎麼樣！

　　「朕離宮數月，太平可安分？」

　　「啟奏陛下，自陛下離宮，公主極少離開府邸。」喜公公回道。

　　「陛下，去看看太平公主吧。」蒼陌雪端過茶，遞到武則天面前。

　　武則天頓了頓，接過茶道：「宣太平。」

　　「老奴奉旨。」

　　「喜爺爺，等一下。」蒼陌雪拉住喜公公，對武則天道：「陛下，就移駕公主府去看看您的女兒吧。陛下宣召公主，和親自去看望公主，這完全是不一樣的意義。陛下，國事安妥，你就寬寬心，多享受一下天倫之樂嘛。你可以陪太平公主吃個飯，跟太平公主一床睡說說貼心話。你要老是對公主那麼嚴厲，母女間顯得多生分啊。乖啊，陛下，去吧，去吧。」

　　蒼陌雪拿過武則天手裡的茶，推著她往殿外去，武則天看了看蒼陌雪，淡淡道：「起駕太平府。」

　　太平公主府邸後花園中，這位野蠻公主正揮劍亂砍竹子，連婢子通報皇帝來了她也沒聽見。

　　武則天擺手令退園中伺候的婢女，上前握住太平公主的手，拿下她的劍，對太平公主笑笑：「誰惹朕的太平不高興了，說來為娘聽聽，為娘給皇兒做主。」

　　太平公主愣愣地望著武則天，回過神來慌忙跪下道：「皇母陛下？兒臣……兒臣不知母親駕臨，兒臣該死。」

　　「起來起來，朕的女兒，就這麼怕為娘？」武則天含笑，扶起太平公主。

　　「兒臣不敢，只是……只是不知母親突然駕臨。」太平公主心中惶惶不安，不知武則天突然到府上來是福是禍。

　　「唔，太平臉色不好，告訴娘親，是誰惹朕的太平生氣了？還

是，太平還生朕的氣？」武則天牽過太平公主的手，一併在閒苑中坐下。

「母親，兒臣不敢。兒臣不敢生陛下的氣，兒臣只是惶恐，那日在長生殿內，頂撞了母親。」太平公主低著頭，不敢看武則天的眼睛。

「唔，朕的傻女兒，天底下哪有母親記恨兒女的，抬起頭來，讓朕看看。」武則天笑著將太平公主摟在懷裡，摸摸她的頭，語重心長道：

「太平啊，朕以前對你是太嚴厲了些，皇兒不要生為娘的氣，娘都是為了你好。太平，你雖是朕的女兒，朕卻希望你能如同尋常人家的女兒一般，心存善念，行存善德，幸福平安度此一生，便是為娘心中最欣慰的事了。太平，你，明白嗎？」

「兒臣……兒臣謹遵母親教誨，兒臣記下了。」太平公主聽見母親這樣說，才稍稍放下心來。

「好，這才是朕的好女兒。」武則天笑著點點頭。

母女二人一番噓寒問暖，看上去倒也其樂融融。武則天留在太平府和女兒一家吃過晚飯，又逗了一會兒小外孫，才起了鑾駕回到長生殿。

蒼陌雪自武則天去了太平府，便和賈得桂二人一起回了仙居殿。武則天回宮不見蒼陌雪，車馬勞頓了幾日，這會兒已有些睡意，珍妮便伺候著武則天睡下。

武則天躺在龍榻上，總覺得身邊少了些什麼，心裡睡不踏實，便命珍妮宣蒼陌雪過長生殿來。

珍妮提醒說這會兒蒼陌雪應該睡下了，武則天坐起身，淡淡地說，那就把她抱過來。

珍妮只得奉旨傳了車駕往仙居殿去。到了仙居殿，蒼陌雪睡在床榻上怎麼也喊不醒，賈得桂說蒼陌雪要是睡著了，天上的雷公老爺都喊不動她。

珍妮無奈，只好命宮女們將蒼陌雪抬上車駕，返回長生殿去。

「這呆貨，睡得這麼沉。」武則天望著龍榻上的蒼陌雪，搖頭

笑笑。

「渴，渴，水⋯⋯」

蒼陌雪沉沉閉著眼睛直喊口渴，武則天便去給她倒了杯茶，看看蒼陌雪那乾乾的嘴唇，將她扶起身來，把水送到她嘴邊。

武則天正要給蒼陌雪擦擦嘴角的水漬，蒼陌雪吞得太猛給嗆著了，武則天又急忙給她拍拍後背。

蒼陌雪咳嗽幾聲驚醒過來，睜開眼睛望著武則天又是一驚，張口沖她喊道：「喂陛下你幹嘛呀？你幹嘛給我喝水，嗆死我了。」

「朕好心給你倒個水，你反倒埋怨朕？」武則天用力拍了下蒼陌雪的後背，起身嗔道。

「你無緣無故的幹嘛餵我喝水呀？還有啊，你這麼晚不睡跑來仙居殿幹嘛？就為了灌我幾口水，嗆死我啊？」蒼陌雪不領情地一陣咳嗽，順了順心口。武則天板起臉看著她，蒼陌雪一看大殿有點不對勁，揉揉眼睛再看清楚一點，果然是，這裡不是武則天的寢宮麼，自己這不是躺在龍榻上麼？蒼陌雪慌地喊道：

「喂喂喂，我明明記得我睡在仙居殿的，陛下你你你你把我偷來的呀？」

「哼，睡得跟頭豬一樣。朕⋯⋯朕習慣了你睡在朕身邊，少了你這猢猻，朕倒睡不著了。」

「陛下別玩了好嗎？現在都幾點了，你還讓不讓我睡覺啊？你真行，把我從仙居殿快遞到長生殿來。喂，我在祁玄觀跟你同床共枕了兩個月，現在回宮了你就拋棄我吧，我不想跟你睡。」蒼陌雪下了龍榻，低頭找著鞋子。

「蒼陌雪，朕費盡心力救你，你怎麼跟朕說話的，你什麼態度？」武則天威立起神情，嗔著蒼陌雪道。

「你睡個覺要求那麼多，不准蜷著腿睡，不准蹬被子，不准開倒車，不准蓋了頭，可我就喜歡蒙著頭睡，你這不准那不讓的，反正我就不跟你睡。」

「好，你走。」武則天生氣地指向殿門。

「你……你叫我去哪兒啊？」蒼陌雪打著哈欠，穿好鞋子。

「既然不想跟朕睡，那你現在就回仙居殿去。」

「喂，你要我現在回仙居殿？你這宮裡從長生殿到上陽宮是有專機啊還是有高鐵啊？我再走回去天都亮了。」

「來人，將長生殿至上陽宮一路宮燈全部熄滅。」武則天大聲對殿外令道，淡淡地轉向蒼陌雪，「蒼陌雪，你現在就給朕回去，黑燈瞎火地走回去。」

「呃呵，陛陛下，我以上所說都是夢話，夢話，啊，乖啦，睡覺覺。」蒼陌雪弱弱地蹲下身抽開鞋帶。

「你現在是不是可以把朕的話當耳旁風？還不奉旨回仙居殿去，朕不想看見你。」武則天拉起蒼陌雪，嚴聲道。

「外面黑乎乎的你叫我怎麼走啊？我要是碰見鬼呢，我要是被妖怪抓走了呢？陛下，你辛辛苦苦從終南山把我救回來，那不白救了嗎？」蒼陌雪倒在龍榻上抱著被子，沖武則天賴道。

「朕看你就是個沒心沒肺的，若真哪個楞頭妖怪把你抓走了，朕倒清靜了，給朕起來，出去。」武則天拽起蒼陌雪，向外推道。

「好吧好吧，我走，陛下早點睡吧，Good night。」

蒼陌雪見武則天龍顏不悅，也就沒敢再頂嘴，溜過身抱起龍榻上的被子披在身上，揮手出了長生殿。

武則天見蒼陌雪出了大殿，懶懶地躺上龍榻，一披被子，才想起被子剛才被蒼陌雪披走了。

武則天真是笑也不是，氣也不是。

這個鬼丫頭，動不動就跟自己頂嘴，耍性子，胡攪蠻纏，歪理連篇。但真要鐵下臉來動怒，武則天卻發現，自己根本沒辦法生她的氣！

第二十章 贏女皇，延載元年祥瑞大典

回到宮中已有幾天時間，蒼陌雪也休息夠了。這次回來，洛陽城似乎比之前還要熱鬧，人聲鼎沸的市井中，百姓都傳聞天下各地出現了諸多祥瑞，像什麼麥生三頭，禾生雙穗，地出甘泉，奇禽異獸之類的吉祥。

武則天聽罷，心情大好，遂傳旨本月十五舉辦延載元年祥瑞大典，上至皇親國戚，文武百官，下至黎民百姓皆可參與，最終勝出者，皇帝重重有賞。

啊呼呼，好動聽好動聽，重重有賞哇！

這一日上午，蒼陌雪閒在仙居殿教李隆基、賈得桂二人做果肉冰淇淋，三人在樹蔭底下一陣忙活。

「雪兒，你大哥叫大白，二哥叫二白，那你叫三白嗎？」李隆基添著蜜桃果肉天真地問蒼陌雪。

「你傻呀，我不會叫小白呀。」蒼陌雪做完手裡的最後一個冰淇淋，舉給李隆基看，「你們好了嗎？我都做好了，對了冰淇淋冰淇淋，冰咧？」

「雪兒，淩室有冰。」

「什麼是淩室？」

「老大，淩室乃宮中藏冰之房也。」賈得桂給百科道。

「我還以為是什麼千年寒潭呢。好了，王，你把這些放到淩室去，別一人偷吃了啊。」

蒼陌雪把大家做好的冰淇淋杯放入食盒小心裝好，李隆基喚來跟班太監將食盒送往淩室去冷凍起來，賈得桂收拾下一桌狼藉的材料。

「雪兒，我回去了，明天再來找你玩，你不許偷偷去淩室把冰淇淋全吃了，不然我讓祖母陛下打你屁股。」李隆基跨上馬，沖蒼

陌雪喊道。

「還打我屁股，你可小心陛下問你課業。」

蒼陌雪送走李隆基，回到院中提過鳥籠坐在樹底下，拍著鳥籠喃喃自語道：「陛下要辦什麼祥瑞大典，都有什麼祥瑞啊。誒，得桂，我不在的這幾個月裡，洛陽城可有什麼新聞？」

「老大，要說這新聞每日都新。比如宮娥姐姐們的蹴鞠又有新的踢法啦，達官顯貴們的水席上又添了新的菜肴啦，鳳首箜篌演奏驃國樂又有新的撥弦技巧啦。」賈得桂端上果盤，削著雪花梨道。

「嘿，兩個月沒見，你嘴皮子也利索啦。我是問你，有沒有什麼特別的事？」

「哦，容奴婢想想。」賈得桂停下手，歪著腦袋想了想，猛然一驚道：「有，有一位叫淨光如來，對，叫淨光如來的老尼姑。您跟陛下離宮這些日子，這個老尼姑可不得了，市井傳聞說此人能知未然，料事如神，深得一些皇親貴冑頂禮供養，好像聽說這位如來最近常出入太平公主府中。」

「如來？哼，陛下才敢稱天子，她就敢稱佛？」蒼陌雪有點懷疑賈得桂說的那個叫淨光如來的老尼姑，莫不是什麼坑人錢財的神棍，這在香港太常見了，蒼陌雪決定會會這個老尼姑，「誒，得桂，陛下在做什麼？」

「哦，老大，聽珍妮姐姐說，陛下正奉請法藏法師入宮問道。」

「入宮問道？陛下以前常誦持哪部佛經，你知道嗎？」

「聽說陛下常在佛堂誦持《金剛經》，今天是初八，乃是陛下八關齋戒之日。」

「唔，幫我找一部《金剛經》來。」蒼陌雪說著，心下裡已有了主意。

「老大，您要《金剛經》作什麼？」賈得桂削完梨洗淨，遞給蒼陌雪問道。

「現在還不知道，先看看，多找幾本經書來翻翻，肯定用得著。」

「老大，您也想參加祥瑞大典啊？依奴婢看，還是算了吧。」賈得桂搖搖頭，勸道。

「什麼呀什麼呀就算了算了的，我就要贏到陛下那個封賞，順便為民除害戳穿那個神棍。」蒼陌雪大口咬下雪梨，小眼神堅定道。

「老大，奴婢聽說陛下昨晚夜夢金象，還有人說太平公主府內就有一頭金象。這什麼祥瑞大典嘛，不比也知道誰贏啊。」賈得桂湊近蒼陌雪耳邊小聲道。

「哼，凡事沒到最後一刻都只有天知道。哎呀，別囉嗦了，快去找經書來。」

賈得桂把蒼陌雪這想法告訴李隆基，李隆基一向是蒼陌雪的啦啦隊，給她加油打氣不在話下，莫說找幾本經書，天堂藏經閣中百千萬卷的經典李隆基都能給她弄來。

離祥瑞大典還有一周的時間，蒼陌雪天天趴在書堆裡「備戰」，當看到武則天寫的那首《雲何梵》時，心中靈光一閃，瞬間全部有了主意。

「多嘴，上次我說你沒有鶯歌、黃鸝動聽的歌喉，沒有孔雀、鳳凰高貴的外形，沒有天鵝、仙鶴美麗的身姿。呐，sorry，sorry，我收回。現在，我封你為天底下最聰明的鳥類，你要給我贏回祥瑞大典的桂冠來聽見沒，Understand？」

「No，No，No，壞壞壞壞雪兒。」多嘴撲騰直喊。

「老大，這樣行嗎？」

「你要是不答應，那就跟我一起蕩秋千吧。」

蒼陌雪讓賈得桂把鸚鵡從籠裡抓出來，頭朝下腳朝上綁在旁邊的秋千上，自己一邊蕩著，一邊晃著綁著鸚鵡的那架秋千，把多嘴晃得大叫：「陛下駕到，陛下駕到，蒼陌雪該死，蒼陌雪該死。」

「乖，聽話呢，我就放了你，還給你開個葷。」蒼陌雪夾著一條蟲子舉到多嘴跟前誘惑道。

「聽話，聽話。」畢竟鳥類打不過人類當中的「敗類」，只好投降。

「不對，佛祖面前不能給你開葷。」

蒼陌雪把蟲子放回罐子裡，讓賈得桂全部放掉，對此，多嘴只能直接暈掉。

十五的時間已到，各地進獻祥瑞的臣民彙聚洛陽，神都一片歡騰。宮內，祥瑞大典該部署的旗樂賓司各個方面業已備妥。

太常寺開班奏樂，武則天一早駕臨則天門樓接受完百姓朝拜，文武百官隨駕同入萬象神宮觀看各地官農工商獻上的祥瑞。

神宮殿上，眾人見識了上百件各地官民進獻的祥瑞，如嘉禾、朱草、木連理，蒼鳥、白燕、白鳩、赤雁等；黎民小吏進獻祥瑞看罷，皇親貴冑、達官顯貴進獻的則是銅鼎、玉磬，白狼、白狐、白熊、白猿、赤兔等。

一個上午看下來，眾人已是眼花繚亂。嘿，可別眼花繚亂，擦亮眼睛，高潮還在後頭咧，武三思、太平公主二人的祥瑞還沒獻出，到壓軸上場的時候可千萬別眨眼。

蒼陌雪等在殿下連連打了上百個哈欠，太平公主才命人將車載的金象拉進神宮大殿。

這大象通身金黃，看上去一塵不染，四蹄皆以綢布包裹，連那象車都裝飾著精美華麗的幡蓋，眾人見了金象連連讚歎。

蒼陌雪望著這頭龐然大物直搖頭，果然是個大傢夥。蒼陌雪想起以前在網頁上瀏覽過非洲象，據說那是世界上體形最大的大象，但眼前這金象又不像非洲象，問李隆基也說從未見過這種大象。

「皇母陛下，兒臣太平有稀世祥瑞進獻。」太平公主高調出場道，身後跟著一個老尼姑並四個比丘尼。

蒼陌雪見四個比丘尼向武則天行禮，而那個一直面無表情合掌站立的老尼卻是一動不動。啊，想必她就是那個「淨光如來」了。

四位比丘尼皆是一色青灰緇衣，獨這老尼不同，她身上穿的不是袈裟也不是尼袍，卻是一身紫衣，身上墜著各式珠寶瓔珞。

「你是何人？」武則天端坐龍椅，打量老尼道。

「陛下，本尊乃淨光如來下界，陛下夜夢金象，乃是本尊坐騎。」老尼端著神態道。

啊呼呼，夜夢金象可不是件小事。當初佛母摩耶夫人夜夢白象，那是釋迦牟尼佛來入胎。武則天夜夢金象，自然也該有一解，到底該怎麼解，咱且先聽聽這老尼將如何解。

老尼裝模作樣的話音剛落，蒼陌雪放聲大笑從殿下走上殿中，李隆基與賈得桂跟著一齊上了大殿。

文武百官還在思量這老尼的話是真是假，蒼陌雪這一笑，完全打亂了眾人的思緒，皆望向蒼陌雪。

不待武則天說什麼，太平公主怒目上前喝斥道：「大膽蒼陌雪，你敢在陛下同佛尊面前無禮？」

「佛尊？哈哈哈，好笑，我只聽過有釋迦牟尼佛、阿彌陀佛、藥師佛、彌勒尊佛。請這位佛尊說說，淨光如來是哪裡的佛？」蒼陌雪繞著老尼看了兩圈，張口問道。

「釋迦牟尼佛在《稱揚諸佛經》上告訴過爾等，南方去此得勇力界，度十億佛剎，有世界名曰雲厚無垢光，其國有佛，號曰淨光如來、至真、等正覺、明行成、為善逝、世間解、無上士、道法禦、天人師、號曰眾祐度人無量，此乃本尊名號。」老尼斜了蒼陌雪一眼，大聲道。

「陛下，佛經上有這麼說過嗎？」蒼陌雪笑笑，問武則天。

「嗯，如是。《集華經》乃元魏時期，天竺三藏法師吉迦夜共曇曜所譯製，經中確有記載。」武則天點點頭道。

「那我只能說你經書背得不錯，你說你是淨光如來，那你下界幹什麼來？」蒼陌雪盯著老尼，繼續發問。

「度陛下成佛。」老尼淡定地答道。

「你從哪裡來度陛下成佛？」

「本尊，從雲厚無垢光世界而來。」

「度陛下成佛後，又往哪裡去？」

「自然是往雲厚無垢光世界而去。」

「好，雲厚無垢光世界在何處？」

「本尊方才說了，南方去此得勇力界，度十億佛剎，乃本尊教化之雲厚無垢光世界。」

「那這裡又是什麼地方？」

「此乃五濁惡世，娑婆世界。」

「娑婆世界與你的世界有什麼差別？」

「娑婆世界謂之五濁惡世，眾生輪迴受盡諸苦；本尊教化世界琉璃珠寶享之不盡，眾生常樂。」

蒼陌雪不依不饒地問，老尼也能鎮定自如地答。這蒼陌雪要打假得做功課，老尼姑要騙人更是做了不少的功課。

蒼陌雪吐了口氣笑笑，繼續PK道：「哦，這樣啊，那我請問娑婆世界可有淨土？」

「娑婆世界污穢不堪，哪有淨土？」老尼再次掃了一眼蒼陌雪，神色輕蔑道。

眾人皆靜默而聽蒼陌雪與這「淨光如來」的問答環節，話到此處，蒼陌雪暗笑不已，摸摸小臉快速恢復正經，近前對武則天道：

「陛下，我只知道釋迦牟尼佛說過，如來者，無所從來，亦無所去，是名如來。不知這位淨光如來，到底是什麼如來？佛經上說，心淨則國土淨，淨土不離自性。既然如此，為什麼說只有雲厚無垢光世界有淨土，娑婆世界就沒有淨土？六祖惠能大師到五祖弘忍處參學時，五祖說他，你是嶺南的獦獠，怎麼能成佛呢？六祖回答說，人雖有南北，而佛性無南北。既然佛性無南北之分，難道還有國籍之分？既然淨土是自性之中的淨土，而佛說人人皆有清淨圓融的自性，那不就等於說處處都是淨土麼？既然處處都是淨土，我們幹嘛非買張機票飛到雲厚無垢光世界去？陛下，諸位大人，佛性不二，不生不滅，不垢不淨，一即一切，一切即一，又哪分什麼娑婆世界與雲厚無垢光世界？這位如來的分別心可一點都不少啊。」蒼陌雪望著武則天與殿中百官，轉向老尼繼續說道：

「《金剛經》上有言，佛說世界，非世界，是名世界。世界哪是什麼世界，佛又哪是什麼佛。六塵非有五蘊本空，你說你是哪門子的如來，度陛下成哪門子的佛，又往哪門子的世界去？我再問你，何謂莊嚴與污穢？豈不知一念覺，青青翠竹盡是法身，鬱鬱黃花無非般若；若是一念迷，你以為你名字叫個淨光如來就是真佛？

真是阿彌陀佛。世上本無事，就你在這裡妖言惑眾哄騙人。」

蒼陌雪一口氣向那位「淨光如來」砸了一大車的話，把那老尼噎得一時說不出話來，心下裡開始有些慌了，口中只道：「你……你，本尊，本尊……」

「皇母陛下，蒼陌雪誹謗佛尊，該下阿鼻地獄。陛下，佛尊坐騎金象，象鼻力大無窮，可豎鼻立地，反身朝天，此乃南方佛國祥瑞，皇母陛下當信佛言啊。」太平公主見淨光如來被蒼陌雪的一車話砸得暈頭轉向，急忙站上前解說道。

「太平公主說得不錯，我也相信這隻大象有這能耐，但又能說明什麼呢？」蒼陌雪笑笑，遊刃有餘地享受這打假進行時。

「凡間陛下，本尊確乃淨光如來，非彼國中頑劣眾生所能知之。」老尼深吸一口氣，調整了下心跳，再次裝模作樣對武則天道。

「陛下，我有辦法證明這位淨光如來到底是不是真佛。」蒼陌雪撩著額前瀏海耍酷道。

「蒼陌雪，何以證明？」武則天望著二人，頓了頓，淡然問道。

「很簡單啊，既然佛三身圓滿具足，就請淨光如來當眾示現彼國佛土莊嚴妙相，給陛下及文武百官看看，眼見為實嘛。」

「嗯，不錯不錯，請這位淨光如來示現佛土妙相與我等瞻仰。」殿中大臣紛紛就蒼陌雪這個提議表示贊同。

「爾可依蒼陌雪所言，示現佛刹淨土？」武則天起身，走下金鑾，望著老尼問道。

「陛下，你這神宮太小，如何裝得下本尊的佛國？」老尼語氣鎮定，合掌道。

「哈哈哈哈，我說你是來講笑話的吧。陛下，讀過佛經的人都知道，《維摩詰經》中，維摩詰居士向東方須彌燈王佛借了三萬二千師子座，一個師子座就是高八萬四千由旬，而維摩詰居士的房間只有方丈之寬。我看不是裝不下，是你沒本事。」

蒼陌雪對老尼一通笑話道，蒼陌雪這嘴上說得頭頭是道，至於經意知道不知道，嘿，多半是不知道。維摩詰居士借個凳子就有那

麼大的本事，蒼陌雪哪用費腦子多想，直接當神話故事記下了。

「這……凡間陛下，爾所國土中，眾生業障太重，無有天眼可觀吾無上莊嚴妙土。」老尼聽蒼陌雪這一通反駁，心中又緊張起來，而表面仍故作鎮靜。

「你說得不錯，我們是沒有天眼看得見，你可有天眼？」蒼陌雪覺得戲弄這老尼越來越有趣，順著她的話一步步把她套進自己的袖子裡，著實好玩。

「哼，本尊豈止是天眼，本尊亦具足法眼、佛眼。」老尼不屑道。

「呼，呼呼呼呼呼呼，那就太好了，剛才我讓司空鷹槊將軍在明堂頂尖之上放了一樣東西，就請淨光如來開佛眼看看，我放的是什麼東西？」蒼陌雪鼓著腮幫沖那老尼擠眼道。

「嗯，不錯，爾可依蒼陌雪所言看來？」武則天點頭，問老尼道。

「這，這……本尊臨凡，不便運用神通。」老尼手顫心虛，額前已經冒出冷汗。

「哈哈哈，笑死我了簡直。哎，這位親愛的淨光如來小姐，不，大姐，我真是不能原諒你，知不知道就這麼一會兒的工夫，我因為你多了好幾條魚尾紋呢，你說你怎麼賠償我呀？佛說，凡所有相皆是虛妄，你卻在這裡誹謗淨光如來。勸你呀，回去多念幾遍《地藏菩薩本願經》，好好懺悔懺悔，尤其記住經中這麼一段話：若有眾生，偽作沙門，心非沙門，破用常住，欺誑白衣，違背戒律，種種造惡。如是等輩，當墮無間地獄，千萬億劫，求出無期。南無淨光如來，南無地藏王菩薩，南無陛下，南無諸位大人，我說得對嗎？」

蒼陌雪合掌一笑，李隆基豎起大拇指直贊蒼陌雪。大臣之間也是連連點頭，都說在理，太平公主一時也愣得想不出什麼道理跟蒼陌雪辯駁。

「你，你這頑劣婢子，竟敢對本尊不敬？當知妄言辱佛，罪在阿鼻地獄，永無出期。」老尼急了，指著蒼陌雪怒目道。

「喲喲喲，還裝還裝？我說，你不僅不是淨光如來，你那頭金象也不是什麼聖物，依我看，你這頭金象是用金漆塗的吧？」蒼陌雪拍拍象車，已斷定出了幾分結果。

「蒼陌雪你放肆，豈容你一而再地口出狂言辱罵佛尊，誹謗佛國聖物？殿前金吾，還不速速將蒼陌雪押出大殿，立刻杖斃。」太平公主向殿中金吾，厲聲令道。

「蒼陌雪，說下去。」武則天擺手退下金吾。

「陛下，請陛下及諸位大人上明堂二樓，蒼陌雪自有辦法證明大象不是金象。」

蒼陌雪已在心中思量好主意，武則天點頭允奏，殿中百官亦隨駕上了神宮二樓。

蒼陌雪請司空鷹槊小心拆下大象腳底包裹的綢布，李隆基接過綢布，不解蒼陌雪到底要幹什麼，遂問她：「雪兒，如何證明大象不是金象？」

「答案就在你手裡。」蒼陌雪指指從大象腳底拆下來的布。

蒼陌雪命殿中金吾將象車拉出大殿，將大象從車上卸下。太平公主著急地看著蒼陌雪，礙於皇命又無法上前制止，問一旁的老尼如何對策，老尼只微閉著眼睛，口念阿彌陀佛，叫太平公主只管放心。

賈得桂捧上金鈴，蒼陌雪搖著鈴鐺引大象在殿外高臺上來來回回地繞圈圈，眾人一時都不明白蒼陌雪到底在幹什麼。

「蒼陌雪，你別在這裡浪費時間了，大象本就是聖物，豈容你狂妄侮辱。」太平公主搶過蒼陌雪手裡的金鈴，蒼陌雪不理她，繼續帶著大象轉圈圈，太平公主怒目嚷道：「蒼陌雪，本宮叫你停下，給本宮停下。」

蒼陌雪扭頭對太平公主笑笑，「公主，要這笨傢夥給陛下和文武百官表演表演它的絕活嗎？」太平公主怒得直撇過頭，蒼陌雪高聲對樓上的武則天喊道：「陛下，不如傳上象師，讓這金象給陛下和諸位大人表演一番，助助興如何？」

武則天允了蒼陌雪的提議。太平公主的象師打了幾個手勢，吹

著奇怪的哨子，大象果真「嗷嗚」一聲巨嘶，象鼻立在地上，反身將四蹄朝天，前後支撐約有半分鐘時間，樓上眾人隨著女皇的點頭連聲稱好。

一時間，大家都只顧著看這大象表演，並未注意到最重要的一件事。太平公主見武則天點頭稱讚，忙跑上二樓到武則天跟前說明自己所獻的祥瑞非虛。

「陛下，是真是假不用我多說了吧。」蒼陌雪走到武則天跟前，張開手掌，伸給武則天看，又在眾人面前傳了一遍，「陛下，諸位大人，這些金漆屑就是從那頭大象腳底磨下來的，大家若是不信，可叫象師再引大象表演一次。」

「蒼陌雪，你胡說，分明是你弄虛作假欺騙陛下。皇母陛下，金象確是真物，兒臣怎敢欺瞞陛下？」太平公主緊張道。

「公主，真相不是靠嘴說的，你要不信，就自己下去看看大象的足底，你自然就明白了。我想大家應該都清楚了，這個什麼佛國聖物，不過是金漆塗成的金象。」

「雪兒，那個老尼姑不見了。」李隆基跑上二樓，在蒼陌雪身邊小聲道。

「陛下，臣馬上去追。」司空鷹槊聽罷，對武則天道。

「不必了，回正殿去。」

武則天心裡自是明白的，可表面上卻不能說什麼，只淡淡令眾人返回神宮大殿。蒼陌雪自然也明白，沒有再說下去，跟著武則天一起下了二樓。

眾人回到正殿，武則天坐上龍椅。武三思命人小小心心地捧上錦盒，親手接過將錦盒打開，舉向武則天道：「姑皇陛下，侄臣有萬年靈芝進獻，祈祝我皇帝陛下萬壽無疆，我大周江山萬載千秋。陛下，此靈芝為朝陛下天威而出世，萬年才得一見啊。」

武則天聽罷，淡淡地笑笑，她知道這不可能是一顆萬年的靈芝，也就沒有令珍妮將武三思進獻的靈芝捧上金鑾座來。

蒼陌雪見武三思說完了他的靈芝，也叫賈得桂拎過鳥籠，提過鳥籠舉向眾人，高聲道：

「陛下，多嘴才是我大周當之無愧的祥瑞，請陛下觀賞，諸位大人，來來來，一起看看。」

蒼陌雪拎著鳥籠遞到眾大臣面前，一一過了一遍，武三思狂笑一聲道：「哼哈哈哈哈，蒼陌雪，你一隻破鸚鵡，也敢拎上明堂來與本王的萬年靈芝相爭，簡直是自取其辱。」

「誃誃誃，梁王，梁王，我糾正你一句啊，這不是我的破鸚鵡，這是你姑姑的破鸚鵡，你最好清楚，你在罵誰。」蒼陌雪對武三思戲笑一聲，拎著鳥籠走上殿中，「我所獻上的祥瑞是不是自取其辱呢，待眾人見識之後，相信陛下自有聖裁，諸位大人自有公斷。」

蒼陌雪拍拍鳥籠，命令道：「多嘴，Let's begin。」

多嘴遂站在鳥籠的餵食竿上，一口流利地學舌道：雲何得長壽，金剛不壞身。復以何因緣，得大堅固力。雲何於此經，究竟到彼岸。願佛開微密，廣為眾生說。

多嘴背完雲何梵偈，武三思、太平公主等人笑得前仰後合，捧腹不止。

「蒼陌雪，這就是你獻上的祥瑞？笑煞本王也，哈哈哈哈哈。」武三思狂聲戲謔道。

「好個梁王武三思，你罪該萬死。雲何梵乃是陛下所作，你竟敢當著陛下的面嘲笑陛下，目無君王，你欺君犯上。」蒼陌雪沖武三思吼道。

「姑皇陛下，陛下，蒼陌雪妖言惑眾，罪該萬死。」武三思緊張地收了笑，對金鑾之上拱手道。

「蒼陌雪，有人不明白，你就當眾說個明白。」武則天神情淡然望著底下，平聲令道。

「奉旨，适才多嘴背誦的乃是陛下研習大乘般若經典《金剛經》所作佛偈《雲何梵》。《金剛經》是真佛宣說的經義，《雲何梵》是真龍所作的佛偈，剛才明堂殿上豈不是真佛真龍的祥瑞？武三思這顆靈芝號稱萬年，且不說靈芝不是萬年，就算它是一顆萬年的靈芝，萬年有多久？與浩瀚宇宙相比，萬年也不過彈指一揮間。

既是彈指一揮間的東西，又有什麼可珍貴？多嘴雖然是一隻鸚鵡，而佛說萬物皆有佛性，萬物皆能成佛，萬年有限，佛性則不生不滅。所以，究竟哪個算祥瑞？相信陛下自有聖裁。還有，諸位大人也別閒著，給我和梁王二人斷斷，我們誰贏誰輸？」

蒼陌雪淡定地笑笑，把鳥籠遞給李隆基。武則天含笑起身，望著底下眾人交頭接耳的議論，建昌王武攸寧欲開頭為武三思拉票，才出班說了一句：「姑皇陛下，梁王殿下所獻祥瑞，乃稀世罕有……」

這武攸寧話還未說完，武則天打斷他的話，望向魏元忠道：「魏元忠，你怎麼看？」

「回陛下，自然是蒼陌雪勝出。」魏元忠出班，點點頭道。

「婁師德，你說呢？」武則天笑笑，又問道。

「陛下，蒼陌雪之言，有理。」婁師德將蒼陌雪這番表演一路看下來，自然是明白的。

「文武眾卿，你們的意思呢？」武則天最後問道。

「陛下聖明，吾皇萬歲萬歲萬萬歲。」班中以狄仁傑、婁師德為首的一群大臣皆齊聲作禮道。

而一些攀附武三思、太平公主等人的官吏則面面相覷，只垂頭作揖。大家見女皇打斷了建昌王的話，就已看出女皇對於這場勝負的傾向，誰也不敢再開口討那個沒趣。

「好，蒼陌雪，朕宣佈，你所獻祥瑞乃獲大典之冠。」武則天開了金口，宣佈道。

「姑皇陛下，祥瑞大典乃以實物為准，豈憑口舌之說？」武三思見眾人都站向蒼陌雪那邊，滿臉不服道。

「今日祥瑞大典到此為止，文武眾卿已作公斷，朕亦覺蒼陌雪之言合理。朕說了，勝出者，朕有重賞。」武則天眼神淡淡地看了看武三思，向底下眾人道。

「陛下，陛下說的重賞，是我要什麼陛下都依麼？」蒼陌雪沖武則天擠眼道。

「朕當著文武百官的面應承你，你要什麼，朕都依你。」武則

天可不是隨便就答應蒼陌雪，這話中的深意，狄仁傑自是點頭笑了。

「好啊，不過我現在還沒想到要陛下封賞什麼，這個賞賜先放著吧，等我想到了我再管你要。」

祥瑞大典的結果是，太平公主與武三思皆敗給了蒼陌雪。他二人心中雖有萬分的憤懣與不服，但在女皇的威嚴之下，二人也不敢再公然強爭什麼。

祥瑞大典的桂冠，最終戴在了蒼陌雪這小腦袋瓜上，李隆基等人自然也為她感到高興。

拆穿了老尼姑騙人的謊言，贏到了武則天的祥瑞大獎，這呆貨竟玩了個漂亮的一箭雙雕。

蒼陌雪會利用這個封賞來做什麼呢？反正現在是沒啥可幹，等用得上了就管女皇要來！

第二十一章 蒙女皇，偷救上水莛秋

　　祥瑞大典落幕，蒼陌雪憑著她那張刁嘴又出了一次風頭，武三思等人雖表面上不敢有什麼動作施以報復，背地裡自然不會善罷甘休。

　　這一天午後，蒼陌雪與賈得桂、李隆基一起偷偷溜進長生殿看武則天是不是在午休，想著趁武則天不注意，偷偷去玄武門北的曜儀城玩一玩。

　　三人剛移步走到樹園的窗臺下，只聽得殿內有武三思的聲音，蒼陌雪便悄悄隱在窗臺邊偷聽殿內說話。

　　「姑皇陛下，突厥可汗默啜再次遣使朝貢，亦修書上表請奏聯姻。姑皇陛下，可准其和親？」

　　「理上應准，但他一個區區部落蠻首，豈配朕遣皇室郡主出使和親？」

　　「姑皇陛下，侄臣舉薦一人，可出使突厥和親。」

　　「何人？」

　　「上水莛秋，請姑皇陛下封其為太和郡主，送往突厥和親，將功折罪。」

　　「武三思，你乃禮部尚書，這事就由你去辦吧。」

　　武三思奸猾竊笑地算計起上水莛秋，並得到武則天允准，其後又是一番阿諛奉承稱頌武則天之詞。

　　蒼陌雪在殿外聽得一字不差，武則天交代武三思負責和親一事，武三思終於等到機會一泄心頭之恨。蒼陌雪想了想，當下拉起賈得桂和李隆基一起改面喬裝，駕馬出宮往瑞儀樓去。

　　「賈得桂，你行不行啊？」李隆基坐在馬車裡，看著渾身發抖的賈得桂，懸著心問道。

　　「得桂，你穿上這身錦緞圓袍，那就是王侯公子，你沒吃過豬肉，還沒見過豬跑嗎？照樣學樣就行了。」蒼陌雪一通鼓勵道。

　　「郡王殿下，老大，我我我……我美嗎？」賈得桂一直照著鏡

子，難以置信地欣賞著自己被蒼陌雪給打扮成的秀氣公子樣。

「美美美，但你別只顧著臭美，記住啊，一定要把紙條當面交給莛秋姐姐，別露出馬腳叫老鴇看出來。得桂，挺直腰板，忘記自己是太監，一定要把這個花花公子演好，我跟隆基在後巷等你。」蒼陌雪心中也打鼓，一路上不斷叮囑道。

「老大，你放心，我一定不會讓您失望的。」

賈得桂拿上摺扇，堅定地保證完成蒼陌雪交代的任務。車馬行至瑞儀樓右街的巷子裡，賈得桂帶著「殺身成仁」的勇氣和決心，大步朝前邁進瑞儀樓。

老鴇見錢眼開，如數撿起賈得桂扔在她腳下那成色上好的黃金，滿臉賠笑地說，引見自然引見，至於上水莛秋接不接客她就不敢保證。

賈得桂一打摺扇命老鴇前面帶路，老鴇熱情地將賈得桂引到上水莛秋房前，命小廝開鎖，讓賈得桂入了廂房，自己則留了個心眼，伏在門外偷聽裡頭的動靜。

「上水莛秋，果然人如其名，美豔驚鴻，怪不得是個男人就想與你一度春宵。哼哼，今兒個爺可是花了重金一親芳澤，莛秋姑娘，還不過來陪爺好好樂樂。」賈得桂故意高聲調戲道，邊使眼色邊將紙條攤開遞給上水莛秋。

上水莛秋之前沒認出賈得桂，隨手舉起房裡的燈檯砸向賈得桂，直到賈得桂遞出字條，上水莛秋半信半疑地接過一看才瞬間明白了這位「花公子」的來意。

「你別過來，你再走近一步，我便死在絞剪之下。」上水莛秋邊喊邊將紙條塞回賈得桂手中。

「哼，想死，沒那麼容易。」賈得桂與上水莛秋假裝扭打起來，二人糾纏至窗臺，上水莛秋半推窗戶，見蒼陌雪和李隆基站在後巷的角落對她點頭。

老鴇聽見屋內扭打叫喊的動靜越來越大，忙命守門小廝踹開房門，入內拉開二人，奪過上水莛秋手中的剪刀。上水莛秋跌在地上，額前撞到桌子角，碰出淤青，老鴇即命小廝將上水鎖起，好

言賠笑地引賈得桂出了廂房。

「賤貨，我呸。爺花錢是來這兒找樂的，老鴇子，你個糙糟的老貨，你看看你給爺弄的什麼貨色？趕緊把爺的銀子還來，若敢遲怠片刻，爺叫人拆了你瑞儀樓，你信不信？」賈得桂暴著粗口，一路下樓冲老鴇吼道。

「哎喲，爺爺爺，這這這，這莛秋姑娘不識趣得罪了大爺，老身也沒辦法啊。大爺您息怒，息怒，大爺花錢尋樂，老身斷不能叫大爺敗興而回，我瑞儀樓的姑娘們，那是個個天姿國色，爺您儘管挑，老身保管您呀……」老鴇滿臉賠笑，招呼一群女子圍了過來。

「糙糟的老貨，滾你媽的蛋，爺我有錢還愁沒女人，你瑞儀樓啊瑞儀樓，敢得罪爺，走著瞧。」賈得桂打斷老鴇，撂下狠話，大步出了瑞儀樓。

「我呸，你算什麼東西。」老鴇在身後輕蔑罵道，她只管得了錢財，再將黃金陶醉地看上一遍，便滿意地去招呼其他客人，絲毫沒對賈得桂起疑。

馬車趕了好遠，確定周圍沒有可疑之人，蒼陌雪才將賈得桂接應上車。賈得桂坐在馬車裡，兩腳不停哆嗦，額前直冒汗。

「得桂，你怎麼了？」蒼陌雪望著癱軟的賈得桂擔心道。

「老大，以後再有這種事，求您饒命吧。」賈得桂嗚咽地望著蒼陌雪，眼淚直下。

「你不會演砸了吧？」李隆基問。

「用老大的話說，OK了。」賈得桂平了平心氣，打著手勢道。

「Well done。」蒼陌雪拍拍賈得桂的後背，笑笑。

「哎，想我賈得桂自幼被送進宮當了太監，這可是我平生第一次進妓院，第一次說渾話，第一次裝了一回大爺，第一次罵人，罵的還是妓院老鴇子。」賈得桂悶著臉色，心有餘悸道。

「你罵他什麼？」李隆基拽過賈得桂手中的摺扇，問道。

「回郡王殿下，我說糙糟的老貨，滾你媽的蛋。老大，殿下，我是不是很厲害？」賈得桂一陣抖瑟。

「哎，得桂，做回你的身份吧。」蒼陌雪搖搖頭，真是難為他了。

「老大，我啥身份啊？」

「公公。」

信已送到，賈得桂出色地完成了蒼陌雪佈置的任務，接下來，該各自準備了。

晚上，蒼陌雪在長生殿伺候，如常睡在武則天龍榻上。這呆貨，故意整晚說夢話，磨牙，踢被子，鬧得武則天一夜沒睡好，銅漏才滴到卯時，外面天都還沒亮，武則天實在沒法睡，喚珍妮伺候起床，也把蒼陌雪一併生生叫醒。

梳洗妝罷，武則天想著一早就問蒼陌雪的罪倒攪了自己心中的清氣，便命宮女捧上供果，在寢殿佛龕前頂禮上香。

蒼陌雪換完衣服出來，見佛龕前換上了新鮮的供果，又看武則天跪在蒲團上閉著眼睛，便伸手悄悄從供盤上拿了一個橘子。這手上還沒來得及剝開，就被武則天一把搶過，放回到供盤上去。

「蒼陌雪，朕還沒禮完佛，你就偷吃供果，還有點規矩沒有？」武則天望著蒼陌雪嚴聲道。

「陛下，我就吃他一橘子，放心啦，佛祖沒那麼小氣的。」蒼陌雪再次伸手，拿下供盤上的橘子。

「給朕放下。」武則天指著蒼陌雪手裡的橘子，神情威重地令道：「跪下，向佛祖叩頭謝罪。」

「哎呀，我餓嘛，那光祿寺的早膳又還沒有送來。陛下，這麼早打擾佛祖不好，指不定人家也還在睡覺呢。」蒼陌雪滿不在乎地剝起手中的橘子。

「你一天到晚除了關心你那張嘴饞吃耍习的，你還會幹什麼？早膳，今天的早膳你不用吃了，現在就給朕去福宣寺，誦完一百遍《大乘三聚懺悔經》再回來。」武則天再次奪過橘子，恭敬放上供盤，迎著蒼陌雪愕然的眼神，再度強調道：「不如數誦完佛經，明天以後的早膳，朕也給你免了。」

「陛下，我都沒吃早飯哪有力氣念經啊？我不念，我不去，橘子不吃就是了，幹嘛呀，老是嚇唬我。」蒼陌雪縮著手，嗔怪道。

「蒼陌雪你又要抗旨，你動不動就抗旨。」武則天板起臉，生

氣道。

「陛下，你溫柔一點好不好，溫柔。」

「來人。」武則天看著蒼陌雪這死性不改的樣子，沉下臉命金吾入內。

「別別別，陛下，我念我念，別讓我去福宣寺了，那麼遠，眼前就是佛祖，就在宮裡念好不好？」金吾剛聞令走到殿門，蒼陌雪擺擺手讓他們下去。

「朕的話要說幾遍？」武則天退了金吾，含嗔道。

「朕的話要說幾遍……」蒼陌雪學著武則天的口氣，在蒲團上跪下。

「蒼陌雪，你幾次三番在朕面前無禮，你就當真不怕朕？」武則天搖了搖頭，問道。

「陛下在佛前修佛，難道是因為怕佛祖嗎？」蒼陌雪沖武則天笑笑，起身反問道。

「朕何來怕佛祖？」

「既然不怕佛祖，陛下怎麼這麼乖啊，陛下這麼虔誠地學佛，是為了什麼？」

「朕修佛，自是為了永斷無明，出離生死。」

「陛下怕無明怕生死所以修佛，那佛還怕無明怕生死嗎？」

「佛得大覺大悟大解脫，功行圓滿，一切自在，圓融無礙。」

「那既然有法子解脫，陛下還怕什麼呀？」

「朕不怕，你也不怕？」

「不怕啊，等陛下成佛，你來度我就好啦。」

「蒼陌雪，朕到底在跟你說什麼？」

「我不知道啊，你自己說了這麼久你都不知道，我怎麼知道？好好成佛吧陛下，我走啦，拜拜。」

蒼陌雪嬉笑著沖武則天揮揮手，出了長生殿。好一通不知所云的對話，武則天看見蒼陌雪就得頭疼，好了，這會兒這呆貨走了，再回龍榻躺躺，咳，真是頭疼。

淡淡的天空中，只見瓣瓣朝霞，太陽還未露出微笑，蒼陌雪卻

是一陣偷笑，一切正按計畫進行，自己順利地被武則天打發上福宣寺。

李隆基、賈得桂亦早早等在宮門，三人依計，悄悄離宮往福宣寺去。

上水莛秋在瑞儀樓如常用過早膳，對老鴇道：「今日初一，按例我應到寺中上香還願。原因延隆寺近日閉門修葺佛殿，請派一行人送我上福宣寺，上水莛秋要在福宣寺為陛下祈福。」

武三思要將上水莛秋送去突厥和親一事，已知會過老鴇，命其務必看好上水莛秋，不得出半點岔子。

但每月初一上水莛秋都要到寺中燒香誦經，對於這個常例，老鴇也不得不答應，遂吩咐管家老邱帶上四十個小廝一齊護送上水莛秋去福宣寺。如此，一番細交代下來，臨出門之際，仍叮囑邱管家道：

「老邱，你與婢子小廝們都給老娘看緊那賤貨，擦亮你們的狗眼給老娘盯緊嘍，出一點差錯，不僅老娘要你們的狗命，梁王殿下更是要你們的九族。」

邱管家滿口保證一定不會出半點差錯，在未時二刻之前，一定將上水莛秋安安妥妥送回瑞儀樓。

時，上水莛秋的轎子已起程，邱管家哨戒著城中擁嚷的人流，於前方開道，四十個小廝緊步隨行，於轎子左右及後方小心保護。

蒼陌雪與李隆基、賈得桂早早抄小路趕到福宣寺，欲在寺中布下偷天換日的計畫。

天剛濛濛亮，小飛飛來到後院舂米，見蒼陌雪回到福宣寺，高興得抱起蒼陌雪旋了好幾個圈圈。

「師姐，師姐，放我下來，求你了，放我下來，暈了暈了。」蒼陌雪求饒道。

「白果，我就知道你不會忘記我，你會回來的。」小飛飛動情地抹著眼淚，又看看李隆基和賈得桂，問道：「他們是誰啊？」

「噓，師姐，小點聲，他們兩個是我朋友。師姐，我們不是來玩的，我們有很重要的事要請你幫忙。」蒼陌雪拉過小飛飛隱在院

中的矮牆下。

「啊，什麼重要的事？白果，莫不是陛下又讓你到福宣寺當尼姑了？」小飛飛驚訝道。

「噓噓噓，噓啊師姐，你能不提尼姑這兩個字嘛，我這活得好好的。呐，是這樣，我有一個很好的朋友有人要害她，我約她今天來福宣寺上香，就是要幫她逃出洛陽。師姐，你這麼有愛心，幫幫我們好嗎？」蒼陌雪拉著小飛飛蹲下身，對她小聲道。

「嗯，白果你放心，你的事就是我的事，我小飛飛，一定幫你。」小飛飛撈起袖子堅定道。

「哎呀，不是要你跟他們打架，你聽我說……」蒼陌雪附在小飛飛耳邊交代著她心中的計畫，「聽清楚了嗎？」

「嗯，我都知道了，沒問題。」

「好，大家馬上行動。」

賈得桂、李隆基二人東西哨探著後院的情況，蒼陌雪交代完小飛飛她要做的事，大家正準備各自依計行事。忽然，蒼陌雪感到有隻手在身後拍她腦袋，蒼陌雪緊張地扳過這人的手起身一看，真是驚了她一跳，更喜了她一臉。

「翻牆很酷是不是，下來嘛。」蒼陌雪笑笑，示意大家別緊張，又向眾人介紹道：「屠陵師兄，棗玄道長的大弟子。」

「雪兒。」屠陵從牆頭翻下，對大家點點頭。

「屠陵道俠，何故到此啊？」蒼陌雪問。

「你呀你，還有心思說笑，自然是前來助你一臂之力。」

「又是那個破缸禪師告訴你我有難，讓你顯靈救苦救難來的？」

「不是，我來洛陽已有幾天時間，本想進宮去看你，不想昨日在北市追一賊人入了小巷，竟見你與這位小王爺在巷子一角說著什麼救人之事。我不小心偷聽了你們的話，今早便跟上福宣寺來看看。」

「幸好是師兄你聽到，不然我們的計畫就敗露了。既然師兄仗義相助，那我就不跟你客氣了。」

　　蒼陌雪遂對屠陵交代下他的任務，如此，該部署的人力都已齊全，希望此番能救上水莲秋出虎口，才不枉二人相識朋友一場。

　　上午巳時一刻，上水莲秋的轎子在福宣寺山門前落下。邱管家命二十個小廝清散寺內的香客，將閒雜人等趕出福宣寺，並將尼師們所住的寮房一一查看，確保寺中沒有躲藏半個可疑之人；其餘二十個小廝派置於山門四周戒備，自己則與兩個婢女步步緊跟上水莲秋入了大雄寶殿。

　　蒼陌雪一干人等佈置好了計畫，一併藏在小飛飛的寮房裡。當搜查的小廝搜到小飛飛的寮房時，悄無聲息地就被屠陵一手摀住口鼻摀暈過去，蒼陌雪為了確保萬無一失，給這小廝灌上一大碗迷藥，夠他迷迷糊糊睡上三四天的。

　　賈得桂將小廝身上的衣服解下，穿在自己身上，跟著其他的小廝一起到正殿院中向邱管家復命。

　　清散完香客，搜查完各殿院、齋堂及寮房，確定已無閒雜可疑之人在內，二十個小廝如數稟報了邱管家，邱管家命這二十個小廝與外頭的二十個小廝一併將福宣寺四周包圍住，不准放進半個人來。

　　賈得桂便在這個空檔之中潛回寮房，再換上自己的衣服。

　　上水莲秋在佛前上完香，淨意住持正從偏廊入殿，上水莲秋轉向淨意住持作禮道：「住持大師有禮，今日初一到寶寺上香，小女深感陛下活命之恩，依例該為陛下在佛前誦持《藥師經》九九八十一遍，叩謝皇恩，方遂心願。」

　　「什麼，九九八十一遍？那得念到什麼時候去？不行，未時之前必須回去。」邱管家厲聲阻攔道。

　　「阿彌陀佛，施主請息怒，女施主有此佛心積修功德，真是善哉，善哉。無行師，為女施主將佛經奉上。」淨意住持合掌道。

　　「尊師命。」

　　無行尼師將《藥師經》奉到佛案前，恭敬稽首頂禮之後，將佛經呈給上水莲秋。

　　上水莲秋跪在蒲團上開始誦經，淨意住持令寺中尼師於大殿之

內做誦經儀式。

　　左右兩排尼師相互穿插著在殿中敲著木魚繞佛三匝，將上水莛秋完全包圍在內。兩個婢女站在大殿門口守著，邱管家防著心怕尼姑們作手腳，每繞完一次就進去看一次誦經之人還是不是上水莛秋。

　　連續看了三四遍後，邱管家也就懶得再進殿去看了，只站在大殿門口往裡瞧瞧。蒼陌雪見邱管家放鬆了警惕，便令小飛飛偷偷將上水莛秋換出來，再由小飛飛回到蒲團上去誦經。

　　蒼陌雪將上水莛秋悄悄拉到寮房，急切囑咐她道：「莛秋姐姐，這位是屠陵師兄，他會保護你離開洛陽。好了，話不多說，你們保重，趕快走吧。」

　　「雪兒妹妹，我今天來就是告訴你，別再因我而連累你們了，上水莛秋報答不起你們的大恩啊。」上水莛秋流下淚，拒絕蒼陌雪為她冒這種險。

　　「我就知道你會這麼說。」蒼陌雪朝屠陵遞了個眼色，屠陵快速出手點了上水莛秋的風池穴，上水莛秋瞬間暈厥過去。

　　李隆基悄悄從後院牽過馬車，屠陵輕輕將上水莛秋放上馬車，連同那個被蒼陌雪灌了迷藥的小廝，屠陵將他二人藏入馬車裡，臨行前向蒼陌雪保證一定平安將上水莛秋帶上祁玄觀。

　　李隆基從偏門放出一匹快馬，驚得偏門外的小廝猛地叫喊這頭有情況，以此聲東擊西，給屠陵駕馬下山贏得時間。

　　時辰已是正午，邱管家進殿喊道：「上水莛秋，隨本管家回吧。」

　　邱管家連喊兩遍，見蒲團上跪著的人抱著籤筒毫無反應，邱管家心下起疑覺得不對勁，跳入殿中扳過人來一看，慌叫道：「你是誰？」

　　「啊，夫君，哦，夫君，感謝菩薩，菩薩顯靈，小女子感謝菩薩顯靈啊。」小飛飛扔了籤筒，張開雙臂抱向邱管家。

　　「醜八怪，給老子滾開。」邱管家一時被小飛飛嚇得掙扎起身，怒吼道。

「嗚嗚嗚，人家好好地求個姻緣，你你你，你這個沒良心的，你卻這樣傷害人家，嗚嗚，人家還是未出閣的黃花大閨女呢。」小飛飛手帕遮臉，賴哭起來。

「老子的禍禍，上當了。」

邱管家忙跑出大殿，只見小廝慌忙跑進殿中稟報有人驚了馬匹，放走一輛馬車出了福宣寺，此刻正下山而去。

邱管家攥著拳頭，跳出寺門，只見山前的坡道上，趕車的馬夫一副俠士裝束，正轉過頭沖邱管家得意一笑，揚著馬鞭駕起馬車快速往山下奔去。

「給我追。」

邱管家急急跨馬，帶著眾小廝，幾十號人馬朝屠陵狂追而去。賈得桂望著疾馳的人馬，心中擔心道：「老大，屠陵道俠和莛秋姑娘能平安到達終南山嗎？」

「放心吧，一切盡在我的掌握之中。」

蒼陌雪對屠陵是百分之百放心，有他相助，上水莛秋定能平安突圍，等出了洛陽再行遠一點，屠陵便會將那小廝找間客棧放下。

這小廝醒了以後為保性命斷不敢再回洛陽，自是尋向他方逃命去了，如此，也可保全他一條小命。

此刻，蒼陌雪還不能離開福宣寺。她不能讓淨意住持和福宣寺的所有尼師背這個黑鍋，上水莛秋失蹤了，武三思必定要上福宣寺來拿人問罪。

好吧，那就靜候梁王殿下大駕光臨了。

屠陵駕著馬車向長安方向飛奔而去，邱管家帶著眾小廝窮追不捨，命一小廝去回稟上水莛秋被劫一事，恰在圓壁城碰上武三思的大隊人馬。

武三思聽報上水莛秋被劫，即令人馬速速出城。邱管家見武三思跨馬而來，慌張地下馬稟報：「啟稟梁王殿下，上水莛秋被賊人劫走，已向長安方向逃竄，殿下快追啊。」

「你可看到上水莛秋上了馬車？」武三思望著馬車飛馳揚起的風塵，問邱管家。

「回殿下，小的……小的沒有看見。」

「蠢貨，你們中了賊人的調虎離山之計，還不速回福宣寺。」

武三思立刻命大隊人馬趕上福宣寺，邱管家半信半疑地不敢再說話，只得跟著武三思的判斷一起再上福宣寺。

蒼陌雪料定，生性多疑的武三思一定會這麼猜。如此，這盤棋，是乾坤已定。這會兒，若沒有風火輪、筋斗雲是再難追上屠陵的。

福宣寺山門前，蒼陌雪、李隆基、小飛飛、賈得桂四人坐在山前水井上，扮著手舞悠悠唱道：我在這兒等著你回來，等著你回來看那桃花開，我在這兒等著你回來，等著你回來把那花兒采⋯⋯

「蒼陌雪，說，你將上水莛秋藏在哪裡？」武三思一行在山前下了馬，手執馬鞭上前盤問道。

「武三思你個蠢貨，你讓我怎麼說你呢？」蒼陌雪似笑非笑地望著武三思。

武三思怒而揮鞭抽向蒼陌雪，李隆基一把拽住鞭子，與武三思交手。武三思甩了鞭子，從腰間抽出寶劍欲刺向李隆基，山林中突然飛來一塊石子擊落武三思手中的劍。武三思大喊是誰，四下裡望去，並不見半個人影，大隊人馬也絲毫沒看見石子從哪裡飛來，更別說那暗中之人藏在何處。

蒼陌雪心下裡猜著了，應該是司空鷹槊，定是武則天派他暗中監視自己。好在司空鷹槊為人正直仗義，一向幫了蒼陌雪不少的忙，且未在武則天面前出賣過她。

武三思捂著生疼的手，命人將整個福宣寺裡裡外外徹底搜查。而反覆搜查了幾遍，都沒有搜出上水莛秋，武三思一怒之下，便捆了蒼陌雪四人連同淨意住持一併押回皇宮，另外留下一隊人馬封鎖福宣寺。

武三思半刻未歇，將蒼陌雪等人押到貞觀殿，要在武則天面前當眾令蒼陌雪等人伏法。

「姑皇陛下，蒼陌雪那賤婢，勾結李隆基、賈得桂並福宣寺的淨意老尼，一干人等合謀劫走和親之女上水莛秋。」武三思怒目，

向武則天稟報。

「武三思，你怎麼知道又是蒼陌雪幹的？」武則天問。

「姑皇陛下，蒼陌雪無端出現在福宣寺，上水莛秋就失蹤了，不是她放走的，還能有誰？必是這賤婢與這老尼姑一道，伺機劫走上水莛秋。」

「是朕命蒼陌雪一早到福宣寺誦懺悔經，怎麼，朕也有嫌疑？」武則天反問道。

「姑皇陛下，侄臣不敢。可是天底下哪有這麼巧的事，蒼陌雪一出現，上水莛秋就憑空消失了。依侄臣看來，蒼陌雪定是此案之元兇，侄臣懇請姑皇陛下速速聖裁，將蒼陌雪一干人等打入死牢。」

「哼，我要有那本事放走上水莛秋，我不會跟她一起逃走嗎？我幹嘛要回來被你當作嫌疑人審問？一會兒說我謀反，一會兒說我放走上水莛秋，武三思，我怎麼那麼煩你呢。」蒼陌雪沒好氣地吼著武三思。

「姑皇陛下……」

武三思不依不饒地還欲說明，武則天看了蒼陌雪一眼，打斷武三思道：「人丟了就去找，在朕面前憑空猜測能把人找回來？武三思，你這個禮部尚書，還要朕教你怎麼做嗎？休得在朕宮中喧鬧，都給朕退下。」

武則天下令給眾人鬆綁，並放回淨意住持和小飛飛，又命武三思撤掉對福宣寺的封鎖，讓福宣寺恢復平靜，李隆基和賈得桂也奉旨回了上陽宮。

武三思不明白這姑皇陛下為什麼總也不治蒼陌雪的罪，反倒一而再地駁斥自己？心中想不明白又如何，嘴上還是不敢問。這皇帝姑姑開了金口，自己也只能遵命退下，如此，武三思心中又憋了一肚子的氣。

眾人一一退下了，蒼陌雪知道武則天有話要問她，揉著捆得生疼的肩膀等武則天開口。

「蒼陌雪，上水莛秋真不是你放走的？」武則天嗔了蒼陌雪一

眼，淡淡問道。

「哼，我有三頭六臂啊我？我自己都自身難保，我拿什麼救她？」蒼陌雪反駁道。

「朕只讓你去福宣寺誦經，隆基何故出現在福宣寺，唔？」

「當然是我拉他去的啦，你還真當我不吃早飯啊，我叫他和賈得桂兩人去弄野雞，我們好溜去後山烤叫花雞嘛。」蒼陌雪編著謊，面不改色心不跳地騙著武則天。

「算是一種解釋，那你再給朕背背《大乘三聚懺悔經》裡的經文。」武則天接著試探道。

「我不背。」蒼陌雪歪著頭不理，心下卻想著那經文開頭幾句。

「背是不背？」武則天嚴聲道。

「哎呀，我現在哪有心情背經書啊。我都不知是誰劫走了上水莛秋，雖然我很高興她沒有落在武三思手裡，但我畢竟不知道劫走她的人是助她還是害她。陛下，不是你朋友出事，你當然一點都不關心，因為你根本就沒有朋友，你一點都不能體會這種朋友之間的感情。」蒼陌雪表現出一臉擔心，垂著頭。

「蒼陌雪，朕看你沒有去福宣寺誦經，你在蒙朕。」武則天指著蒼陌雪的額頭，抬起她的腦袋，看著她的眼睛道。

「如是我聞，一時婆伽婆在毘舍梨大光明林，與大比丘眾千餘人俱。複有無量諸菩薩等，爾時世尊與於無量百千諸眾前後圍遶而為說法，爾時長老舍利弗在彼會坐……」

蒼陌雪料定武則天多多少少會試探她一番，早已做了點功課，默背一段經文以遮掩過去。

武則天並不對上水莛秋的事上心，加之蒼陌雪偶爾犯點小錯她也不想追究，就算真是蒼陌雪使計放走上水莛秋，武則天也不打算把她交給司刑寺去嚴辦。如此，給蒼陌雪警個醒，也不深究下去逼問她，上水莛秋被劫一事，自然隨武三思自己鬧去，武則天不再多問。

屠陵不負蒼陌雪重托，將上水莛秋平安護送回祁玄觀。蒼陌雪

托屠陵帶去一顆紅豆種子，請他交給蘇白離，沒有帶什麼話，只有那一顆紅豆。

蘇白離自然能明白蒼陌雪的心意，蒼陌雪也多有替蘇白離著想，交代屠陵不要告訴蘇白離自己在冒什麼危險，只告訴他自己一切都好，讓他安心，讓他安心在祁玄觀等她，等她再回終南。

上水莛秋雖逃離了虎口仍不能心安，時時擔心蒼陌雪會否因為自己逃出洛陽而受到牽連。

屠陵安慰她放寬心，為消上水莛秋的牽掛，也為確保事後蒼陌雪真的平安無恙，屠陵再度快馬潛回洛陽去打探消息。

第三日晚上，屠陵潛入上陽宮仙居殿的房頂，見蒼陌雪與賈得桂二人正在院中丟沙包，聽著蒼陌雪爽朗的笑聲，屠陵也就放下心來，當下不宜現身與蒼陌雪多說什麼，只擲下一枚棗以示平安，便於茫茫夜色中隱身離開。

蒼陌雪聽到有物落地的聲音，見地上乃是一枚棗，遂明白了一切，也就沒有追尋屠陵的身影，只管與賈得桂開心地扔沙包，比誰扔得遠。

蒙混過武則天那一關，蒼陌雪已能確定上水莛秋平安脫險。至於和親一事後面會如何，啊哈，夜深了，該睡了，後面的事嘛，就後面再說！

第二十二章 謝女皇，冊授鳳閣鸞臺平章事總政大夫

話說上水莛秋被劫，武三思氣急敗壞地率軍在洛陽城外搜尋了好幾天，仍不見有人供出上水莛秋的藏身之處，亦沒見著半點上水莛秋的影子。

一時間，懸賞捉拿上水莛秋的告示不僅貼滿了洛陽城，連長安、雍州、兗州，甚至將告示傳下各州道，佈告捉拿。

半個月時間過去，依然未傳回半點消息。一位青衣劍客那日從長夏門跨馬進城，見城牆之上貼著捉拿上水莛秋的皇榜，劍客橫眉怒目，懸起劍鞘揭下皇榜，入城而去。

這一天晚上，武則天在長生殿內批閱奏疏，蒼陌雪在院中和李隆基一起蕩秋千。

武則天習慣了蒼陌雪在耳邊唧唧喳喳，沒了她的聲音，批閱奏章倒坐不安心了。如此，武則天也就允了蒼陌雪把秋千掛到長生殿來，允了她和李隆基二人一起蕩著秋千賞月，說些童言無忌的俏皮話，自己一邊批示奏章，偶然聽上一兩句，說到開懷處，也能會心一笑。

晚風沙沙抖著樹葉，月光皎潔。蒼陌雪心酸地想著此刻的自己不是與蘇白離一起賞月，竟是與李隆基這小屁孩拌嘴逗樂，心下正出神，耳邊忽聽見一陣利劍交戰的聲音。

一時之間，打鬥聲驚動了長生殿的護衛金吾，眾人持槍一齊圍入殿中護駕。李隆基聞聲，忙翻身跳下秋千入殿保護他阿嬤，晃悠悠的秋千上，只剩蒼陌雪的腦袋還沒反應過來，此刻到底發生了什麼事。

刺客著一襲青風袍，手持一柄寒光烈烈的寶劍，正在屋頂與司空鷹槊交戰，二人幾個回合下來，難分勝負。護衛金吾將軍見有刺客潛入長生殿行刺皇帝，忙調集上千弓箭手團團圍住長生殿。

司空鷹槊將劍纏住刺客，刺客分身乏術，難以隱遁而去。兩人正打鬥激烈，忽然，司空鷹槊將劍連番掀起屋頂的琉璃瓦，刺客一一用劍擋下，不料其中一塊瓦片被劍甩飛直朝蒼陌雪襲來。

司空鷹槊來不及擋下飛快襲向蒼陌雪的瓦片，刺客懸起劍鞘擊落飛向蒼陌雪的瓦片，那瓦片距離蒼陌雪的臉不到三公分，哇嗚，差點毀容捏。

司空鷹槊只此幾秒愣神之際，刺客已避開司空鷹槊的劍直向殿內逼近。李隆基挺劍護衛在武則天身邊，武則天卻像個沒事人一樣，只管低頭批閱奏章，連頭也不抬，不看外面發生什麼事，究竟是何人要行刺她。

阿武就是威武，臨危不懼該是做為一個統治者應有的基本素質，武則天何止臨危不懼的氣場，更有處變不驚的神情。

一時之間，蒼陌雪是嚇得呆了又呆，幾秒鐘之前才慶倖自己沒有被瓦片打得毀容；此刻，眼睜睜見刺客舉劍朝武則天刺去，下意識手中一抓，竟無半點力氣，女皇不著急，蒼陌雪可嚇得不輕。

雖有上千羽林軍護駕，又有司空鷹槊日夜在側，但眼下，這刺客的武功深不可測，武則天已然處在極度危險之中。

「退下，誰敢上前，我要她的命。」刺客直入殿中擊落李隆基手裡的劍，並沒有傷他，喜公公、珍妮二人嚇得瑟瑟發抖，直呼羽林金吾速速救駕。

陳將軍已命弓箭手包圍上來，司空鷹槊業已提劍入殿。刺客眼神冰冷，將劍指在武則天左項，武則天悠悠放下筆，緩緩站起身來，刺客跟著女皇站起的身體移動著手中的劍。

「說吧，為什麼要行刺朕？」武則天望著刺客目露凶光的眼，淡淡問道。

刺客橫眉劍指武則天，眼中佈滿仇恨，一言不發，李隆基與陳將軍等人皆緊張地喊著放了皇帝。

蒼陌雪瞬間似乎想到了什麼，一股腦兒沖進弓箭手中，跌倒在刺客腳下。刺客見自己被弓箭手重重圍住，遂將劍指向蒼陌雪，蒼陌雪配合著站起身，任憑刺客挾持她作人質。

「大膽逆賊，快放了雪兒。」李隆基怒喊道。

「都給我退下，不然我殺了她。」刺客挾持蒼陌雪步步後退。

武則天擺手，令弓箭手退開，讓刺客往殿外退去，大家只能遵照女皇的命令，誰也不敢亂動。

蒼陌雪示意刺客往南退，烈焰鐵血正拴在那頭的馬廄裡，刺客會意，按蒼陌雪所示退向馬廄，抽劍砍斷韁繩，提著蒼陌雪躍上馬背。

弓箭手拉開弓弩，沒有女皇的命令誰也不敢放箭。武則天淡淡地看著刺客挾持蒼陌雪跨上馬背，並不下令弓箭手射殺，司空鷹槊似乎也明白了一些，只護著武則天的安危，並不上前與刺客交戰救下蒼陌雪。

李隆基年少氣盛地見刺客挾持了蒼陌雪正飛馬而去，忙搶過身旁金吾的弩箭，向刺客射去。

果然，李隆基不愧是武則天的孫子，騎射之術不在話下，刺客應聲中箭，箭頭直刺入左肩。

蒼陌雪知道刺客中了箭，拉過韁繩揚起烈焰鐵血向城外疾馳，一路宮門守衛接到女皇諭令，奉旨開宮門放刺客出城。

「祖母陛下，為何要放刺客走？隆基請奏速帶一行金吾救回雪兒。」李隆基急忙向武則天道。

「哼，你們當朕沒有年輕過？隨她去吧。」武則天自是看出了這其中的貓膩，望著蒼陌雪消失的背影，淡淡道。

武則天命陳將軍撤下弓箭手，羽林金吾如常歸位守護。

大家心裡著急蒼陌雪的安危，又不解女皇到底是何用意，只能這般萬分焦急地擔著心，卻無能為力。

蒼陌雪與刺客跨著烈焰鐵血逃出了洛陽城，正往終南山方向去。刺客中箭血流不止，忽然勒住韁繩，支撐不住滾下馬背。蒼陌雪著急地跳下馬，扶起刺客，看著他背上的箭，擔心道：「我幫你把箭拔出來吧。」

「你走，不用你管。」刺客推開蒼陌雪的手，冷冷道。

「我憑什麼不管，你救了我，我卻不救你，你當我是什麼

人。」蒼陌雪倔道。

「我不管你是什麼人，總之我是死是活不用你管。」刺客反手拔出箭，撕開一處衣袍捂住源源流出的鮮血。

「哼，我非管不可。正好呢，我還少一師父，我一定得救你，不然我就沒有師父了。」蒼陌雪用力咬開袖子，扯下一條衣袖，給這「刺客」包紮起傷口。

「世上怎麼會有你這麼傻的人？」刺客搖搖頭，任蒼陌雪給他包紮好傷口。

「你也很傻呀，傻到作為一個刺客只用劍鞘傷人。喂，英雄，你心裡不想殺人對不對？你要真是個殺人不眨眼的魔頭，那就算我活該倒楣了。」蒼陌雪順了順烈焰鐵血的腮幫，讓它蹲下身。

「哼，你錯了，我就是要殺人，殺的就是武曌那個妖婦。」刺客咬牙，目露凶光道。

「你跟皇帝有什麼仇，你為什麼一定要殺她？」

「你是妖婦身邊的人，與你多說無益。」

「英雄，先療傷吧，我們馬上趕去終南山。」蒼陌雪伸手扶起刺客。

「我叫你走。」刺客甩開蒼陌雪的手，大聲吼道。

「我走了你就死了喔。」

「與你無關。」

「當然有關，我不准你殺皇帝，也不准好漢慘死。」

「我跟武曌的仇豈是你能阻止得了的。」

「少廢話，先活命要緊。」蒼陌雪站起身，拉起刺客的右手。

「放開。」刺客掙脫開右手，冷臉轉過頭。

「你雖然中了箭，傷得不輕。但你僅用一成功力就可取我性命，你認為我會害你？」

「將死之人，何期苟延殘喘。」

「我再說一遍，我不准你殺皇帝，我也不准你死。我敬你是俠士，我就得給我自己找個這麼厲害的師父。」

「哼。」

「別哼了，留點力氣護住自己的心脈吧。我叫蒼陌雪，未來的師父，現在跟我走吧。」蒼陌雪坐上馬背，向刺客伸手道。

「在下……在下獨孤夜澄。」刺客頓了頓，抓住蒼陌雪的手，一同跨上馬。

「好，記下了。」蒼陌雪拍拍烈焰鐵血，烈焰鐵血站起身來，伸了伸前蹄，蒼陌雪抓起韁繩，高聲喊道：「阿紫，我們走。未來的師父，抓緊了，駕。」

入秋的天氣已是瑟瑟寒風，得得飛奔的馬蹄載著二人消失在迷蒙昏暗的夜色中。蒼陌雪帶著獨孤夜澄馬不停蹄地趕往終南山，以期治好他的傷，並化解他心中對武則天的仇恨。

蒼陌雪這麼做是為了誰？為了武則天？為了這個俠士？是，兩者都是，也為了心中追求的美好和正義。

二人快馬加鞭地趕到祁玄觀已是第二天傍晚。獨孤夜澄因失血過多，已昏厥在馬背上，蒼陌雪只能伏下背來吃力地撐著他，當看到祁玄觀三個字映入眼裡，蒼陌雪也累到閉上了眼睛。

不知過了多久，蒼陌雪迷迷糊糊中聽見有人在耳邊低聲抽泣著喚她阿雪，自己的手被兩隻溫暖的大手握著，溫熱的眼淚顆顆滴在手背上。

這樣靜聽一個人沉浸地為自己哭，真是好幸福。這邊丹房裡蘇白離為蒼陌雪而哭，那邊丹房裡也有人在為一人而哭，哭的人不是別人正是上水莛秋，哭的也不是別人，正是獨孤夜澄。

有道是十年生死兩茫茫，難思量，未能忘。上水莛秋活在世上唯一的念頭，便是想著有朝一日能再見獨孤夜澄，能再回到他們相識相知的泌陽，遠離爭奪殺戮，甘於山野，終此一生。

十年前，上水莛秋的父親單都復辟隋楊兵敗，母親歿，單莛秋入掖庭為奴，武則天念其極善音律，賜名上水莛秋。

同年九月，徐敬業發動揚州叛亂，裴炎下獄，獨孤夜澄的父親獨孤巡然時為正諫大夫。因其為裴炎門生，又證裴炎無通敵之罪，被酷吏誣陷為徐敬業的同黨一併獲罪下獄，與裴炎一同被斬於都亭。

　　從此，上水莚秋緊鎖深宮，獨孤夜澄天涯漂泊。不想十年後的今天，二人竟因蒼陌雪於終南重逢。

　　這十年來說不盡道不明的艱酸苦楚，但願從此有情人終成眷屬。他們的世界，不要天下，不要榮華，不要仕途，不要權利，不要廝殺，只要平平安安地守著心愛的人，粗茶淡飯；有清風相伴，明月相照，天涯便可安好。

　　「師父，你還沒告訴我，你跟陛下到底有什麼深仇大恨？」避開蘇白離，蒼陌雪與獨孤夜澄、上水莚秋於祁玄觀後院靜坐。

　　屠陵為獨孤夜澄清洗傷口敷上藥，養過幾日，獨孤夜澄已甦醒過來，漸漸有了好轉。

　　獨孤夜澄望著上水莚秋，頓了頓，才慢慢開口向蒼陌雪說道：「我孤獨氏本是元貞皇后堂叔父那一脈，獨孤夜澄自小與莚秋青梅竹馬。十年前，家父獨孤巡然因遭賊人誣陷，牽入徐敬業討武謀反一案，被武曌下令滿門抄斬。那一年，我因遠在江陵學藝才免遭橫禍，時隔十年重回洛陽，本想入宮救出莚秋，可一進洛陽城就見你們的皇帝要將莚秋送去突厥和親。殺父之仇，奪妻之仇，堂堂男兒豈能任人凌辱，武曌這個妖婦害得我與莚秋家破人亡。你說，我該不該殺了她。」

　　孤獨夜澄的臉寒若冰霜，眼中充滿了仇恨。上水莚秋望著獨孤夜澄淚眼哽咽，能夠幾次三番死裡逃生，如今再相逢，上水莚秋只望獨孤夜澄心中不要再有仇恨。可是雙親之仇弗與共戴天，她又該怎麼勸他放棄報仇的念頭，可以為了她，從此不再踏入濁世半步。

　　「師父，陛下處死你父親的事，恐怕是有人蒙蔽聖聰，罪不在皇帝，罪在佞臣。師父，我會讓陛下駁回莚秋姐姐與突厥的和親，也會查明是誰謀害你的父親。請給我一點時間，我自去處理一切。只求師父，不要再以身犯險，再動刺殺陛下的念頭，一切的一切，我都會給你一個交代。如若最終不能使你信服，蒼陌雪願代陛下，在師父面前以死謝罪。」

　　蒼陌雪為了幫助朋友，她可以矇騙武則天。同樣的，一旦有人威脅到武則天的安全，她亦會挺身而出去救武則天。蒼陌雪不允許

有人傷害她的朋友，傷害她心裡重要的人，她要肩負起這份擔當，盡力保護自己身邊的人都平安無恙。

「雪兒，你是武曌什麼人？」獨孤夜澄望著蒼陌雪頓了頓，問她。

「我不是陛下什麼人，但我相信陛下不是一個真正的壞人。師父，請你相信我，我會給你們一個交代，你與莛秋姐姐暫且隱於祁玄觀好生修養。這裡，是女皇統治的帝國裡，最安全的地方，有棗玄道長在，有屠陵師兄和阿離照顧你們，我便可放心回去。」

「雪兒妹妹，姐姐求你，與我們一同留下吧，不要再回洛陽了……」

上水莛秋還欲再勸蒼陌雪，蒼陌雪主意已定，別了二人過去馬廄牽出烈焰鐵血。雖然獨孤夜澄認下了她這個徒弟，並不希望她為了自己與上水莛秋的事再入虎口，可蒼陌雪打定了主意不可更改，獨孤夜澄也就沒有再多說什麼。

蒼陌雪囑咐大家不要對蘇白離說起什麼，屠陵欲送蒼陌雪返回洛陽，蒼陌雪堅持自己一個人回去。

採藥而歸的蘇白離回到山門得知蒼陌雪剛跨馬下山，蘇白離連背簍都沒來得及放下，一路跑下山去，在蒼陌雪身後追著她的馬，遠遠揮手朝她喊道：

「阿雪，你要保重，切切保重，早些回來，我等你。」

馬背上的蒼陌雪迎風流下眼淚。這世上，最打動她的就是蘇白離喚她阿雪，看著蘇白離一塵不染的笑容，那便是蒼陌雪心中最大的幸福。

她何嘗不想留下，留在蘇白離身邊，不讓他擔心自己，可是有太多未完的事她要去解決，她不能只想著自己。等到有一天，她離開洛陽回到終南山，那個時候，有蘇白離、屠陵、獨孤夜澄、還有，還有司空鷹槊。這域中四帥若能與他們心愛之人一起隱在這仙山之中，逍遙山水，那應該是人間最美的事了。

會的，會有那麼一天的，蒼陌雪所有的努力，都是為了那一天！蒼陌雪的馬不能停下，任憑蘇白離在身後怎麼喚她，她都不能

停下，她只能在心中告訴他：

「阿離，謝謝你等我，我一定會回來。」

話說洛陽宮裡，李隆基等人日著急蒼陌雪的下落同安危，武則天卻始終不對此多說一句。同樣坐臥不寧的還有武三思，沒抓回上水莄秋送去和親，武三思斷難善罷甘休。

這日早朝明堂殿上，就是否與突厥和親及捉拿上水莄秋的問題，朝中兩派大臣各執一詞。狄仁傑這邊主張駁回突厥和親的上疏，武三思死咬不放，堅持要抓回上水莄秋送去和親，各說各的理，聽起來都有根有據。

「臣，鳳閣鸞臺平章事總政大夫蒼陌雪有本啟奏。」武則天正考慮兩派的意見，蒼陌雪一聲高喊出現在明堂殿前，望著殿內的文武百官，又看看金鑾之上的武則天。

「蒼陌雪？」武則天端坐龍椅望著突然出現的蒼陌雪，未料她竟這麼突然地回來了。

「雪尚宮？陛下，真是雪尚宮。」珍妮向殿前仔細看了看，對武則天道。

「大膽蒼陌雪，你竟敢擅闖朝堂，殿前金吾，速將蒼陌雪拿下當庭杖斃。」朝臣們個個聞聲望向殿前，武三思轉過身定睛一看，厲聲喝令金吾拿下蒼陌雪。

金吾長槍直指蒼陌雪，武則天擺手，命金吾收槍，示意蒼陌雪進殿。蒼陌雪大步走進殿中，走到武三思跟前，沖他道：「武三思，我問你，你是什麼職位？」

「哼，本王大周梁王殿下，身兼右衛將軍，春官尚書。」武三思瞟了蒼陌雪一眼，輕蔑得意道。

「你是宰相，我是宰相之首，你敢在本官面前如此無禮？」蒼陌雪吼著武三思大聲道。

「哈哈哈哈，蒼陌雪，本朝可從未聽說過有鳳閣鸞臺平章事總政大夫一職，何況你一卑賤宮婢，擅闖明堂已是死罪。」武三思背過手，揚著頭高傲道。

「陛下，當日祥瑞大典，陛下親口在文武百官面前應承蒼陌

雪，不管蒼陌雪要什麼陛下都依，陛下，君無戲言。」蒼陌雪轉向武則天，大聲向金鑾之上道。

「不錯，你要朕賞你什麼？」武則天淡淡問道。

「我剛才已經說了，鳳閣鸞臺平章事總政大夫，正一品官銜，官居眾宰相之首。」蒼陌雪淡然笑笑，看著左右兩班朝臣的反應。

此言一出，朝中大臣交頭接耳低聲議論，有人說蒼陌雪不知天高地厚實在太狂妄了，有人說蒼陌雪是個奇女子真真不可思議，好的壞的都有人評說。

「放肆，蒼陌雪，宰相都是三品官銜，豈容你在殿前撒野？你要陛下封你為總宰相，難道你要帝位，陛下也要給你不成？你分明是要挾皇帝。」武三思站上大殿，指著蒼陌雪怒道。

「陛下，陛下禮賢下士，不拘一格用人才。陛下除每年一次的常舉、制舉及殿試中選拔人才，官員亦可自薦並推薦真賢；另外，陛下在黔中、嶺南、閩中等江淮以南地區還設置南選，用以選拔賢才，為國效用。我本是陛下所封怡鸞御史，現自薦為鳳閣鸞臺平章事總政大夫有何不可？所謂泰山不讓土壤，故能成其大；河海不擇細流，故能就其深；陛下用人，不也是如此，我如何就做不得這當朝總宰相？」蒼陌雪冷笑一聲，毫不示弱站在大殿上反駁道。

「哼，陛下雖皇恩浩蕩厚待人才，然對選拔之人量才授職。蒼陌雪，你連這也不知，還敢站上朝堂，簡直是自取其辱。」武三思不屑地看著蒼陌雪，輕蔑道。

「武三思，你這個蠢貨，我真是懶得理你。」蒼陌雪不想再跟武三思胡攪蠻纏說下去，轉向狄仁傑，躬身作禮道：「狄大人，請狄國老為蒼陌雪做主。」

「狄仁傑，朕要聽聽你的意思。」武則天起身，站在金鑾之上，看著狄仁傑。

「陛下，陛下用人確為量才授職，然陛下往往對智能之士破格錄用。陛下有諾在先，君無戲言，就請依蒼陌雪所請，臣無異議。」狄仁傑含笑，捧笏出班道。

「眾愛卿之意如何？」武則天看著底下交頭接耳的群臣，又問了一遍。

「臣等……臣等無異議。」朝中一部分大臣見國老狄仁傑當眾保舉蒼陌雪為相，思忖之下便紛紛應聲道。

「姑皇陛下，陛下不可聽信奸臣之言啊，蒼陌雪無半點軍功政績，何以得授如此高位？姑皇陛下，若答應蒼陌雪所請，此例一開，文武百官必定競相爭逐，誰肯居人之後？」武三思見這麼多大臣支持蒼陌雪為相，心下慌張道。

「陛下，梁王殿下所言極是，不可答應蒼陌雪所請啊，不可聽信奸臣之言啊。」武氏皇親及一部分依附武三思的朝臣，紛紛跪請幫襯道。

「哼，我謝你們為我這般操心，我蒼陌雪若只是條溝裡的泥鰍，不用梁王多慮，自會被吞噬於大海之中。」蒼陌雪望著一通跪下反對她的大臣，搖搖頭鄙視道。

「陛下，不可受蒼陌雪蠱惑啊姑皇陛下，蒼陌雪女流賤婢也敢高攀宰相之位，簡直是癡心妄想。」武三思怒火難抑，狂聲吼道。

「梁王啊梁王，你真是蠢到我蒼陌雪智商所不能理解的範疇了，你敢說明堂之上坐的不是真龍？你詆毀女流，是在譏諷當今聖上嗎？唔？」蒼陌雪慢條斯理地說著，淡淡戲謔道。

「姑皇陛下，侄臣不敢，侄臣絕對沒有譏諷姑皇陛下。蒼陌雪，你明目張膽在朝堂之上離間我們姑侄關係，陛下，這賤婢罪該萬死。」武三思心下打顫，冒著冷汗道。

「住口，明堂之上哄吵成何體統。朕在祥瑞大典之上，當著眾百官之面曾應承蒼陌雪，今日朕是履行祥瑞大典之諾對蒼陌雪冊授封賞，武三思，你不必多言。」武則天含威喝止二人，頓了頓，「蒼陌雪。」

「臣在。」蒼陌雪得意上前，在金鑾前跪下。

「朕，冊授爾為鳳閣鸞臺平章事總政大夫，賜正一品官銜，官居眾宰相之首。」武則天金口諭令，又補充了一句：「由狄仁傑代朕親擬冊書。」

「老臣，奉旨。」武則天為什麼要補充那一句，由狄仁傑來寫冊書，狄仁傑與武則天何等默契，他自然是明白的。

「姑皇陛下……」

　　武三思見武則天當眾御封蒼陌雪為當朝總宰相慌忙阻攔道，話還未說出口，只聽武承嗣喊了聲梁王，朝他遞了個眼色，示意他莫要再說下去。

　　「謝陛下隆恩，吾皇萬歲萬歲萬萬歲。」蒼陌雪跪在金鑾殿下依儀謝恩，高呼道。

　　「陛下聖明，吾皇萬歲萬歲萬萬歲。」狄仁傑對蒼陌雪點頭笑笑，與朝臣躬身作禮恭送武則天下朝。

　　呃，等等，此處，容筆者，緩緩。蒼陌雪不是當上了宰相，她這是當上了帝國的總宰相，這以後連狄仁傑見了她都得給她行禮呢，誒喲，感覺有點飄啊。

　　哎，當朝總宰相，實在是動聽極了！蒼陌雪是有心栽花還是無心插柳，恐怕她自己也分辨不清了。她就這樣，三言兩語地在大周帝國象徵最高皇權的明堂殿上，被武則天金口冊授為當朝總宰相，且是女的當朝總宰相喔。

　　蒼陌雪的人生軌跡實在是太出人意料了，當上總宰相應該是連她自己也從未想過的事。她的穿越，不是一次簡單的時空旅行，可以慢節奏悠閒自在地在武則天統治的帝國裡，做一個旅行家、攝影家、美食家。

　　蒼陌雪的骨子裡雖說不上有什麼遠大的抱負，卻著實透著那麼一股倔勁。她無意謀取什麼政治權利為自己安身立命，但眼下，出於幫助朋友的道義，蒼陌雪需要掌握政權。

　　武則天已有一位巾幗宰相上官婉兒，蒼陌雪這個新任的大周帝國女宰相，能令武則天滿意麼？

　　新官上任，她又有哪些舉措？

　　她的封相，又將威脅到哪些人的利益？

　　蒼陌雪的結局將何去何從？

　　從武周帝國的「UFO」一步步變成武周帝國的「CEO」，是福還是禍？

　　想來，蒼陌雪與看官們都不該忘了破缸禪師說的那偈：是福不是禍，是禍躲不過。一朝驢繩落，黃豆磨石磨！

第二十三章 哄女皇，巧令「殘荷複生」

　　下了朝，武則天令蒼陌雪隨駕回長生殿。珍妮與喜公公一同向她道喜，武則天令退殿內的內侍宮女，珍妮便讓內侍往顯仁殿去告訴李隆基蒼陌雪回宮的事。

　　「蒼陌雪，你一回來就給朕出難題。」武則天靠在金玉胡床上，揉著睛明穴道。

　　「沒有啊，蒼陌雪事事都在理上。」蒼陌雪近前，蹲在武則天腳下給她脫了鞋，扶武則天靠上墊子。

　　「刺客可曾傷害你？」

　　「陛下連捉拿刺客的皇榜都沒貼，就知道刺客不會傷害我。」蒼陌雪挨著床沿坐下，給武則天捏腳，心下正想著該怎麼對武則天說明獨孤夜澄的事，便試探著問道：「陛下，你怎麼不問我刺客是誰？」

　　「朕看你還沒想好怎麼跟朕說，朕就是問了，你也是蒙朕，索性就不問了。等你想好了，朕看不用朕問起你，你也要對朕說，是這樣嗎？」武則天識破道。

　　「陛下你太恐怖了，你會讀心術。」蒼陌雪咽咽口水，低下頭。

　　「你倒說說，狄仁傑與多數朝臣皆不反對你當這個當朝總宰相，是何道理呀？」武則天淡淡問道。

　　「這有什麼可奇怪的呀，狄大人相信陛下，百官相信陛下同狄大人，我請狄大人保薦我，封相當然不成問題。」蒼陌雪得意地笑笑。

　　「你最好不要給朕惹禍。」武則天含嗔道。

　　「Come on，別對我這麼沒信心。」

　　「朕是怕……」武則天凝起長眉，若有所思。

「陛下也會害怕？」

「朕怕你樹大招風，有人傷害你。」

「這簡單呀，把蒼陌雪送去突厥和親，離開大周，不就安全了？」

「胡說，朕豈能讓你去和親。」

「上水莛秋原是前隋亡室的郡主，現在不過煙花之地的花魁。我蒼陌雪可是堂堂大周宰相，帝國的CEO咧，如此殊榮，突厥可汗默啜豈敢不受？」蒼陌雪見武則天皺起眉頭，故意激將道。

「哼，你不要以為朕不知道上水莛秋失蹤是怎麼一回事。」武則天嚴肅起神情，看著蒼陌雪道。

「我也沒打算瞞著陛下啊，是，上水莛秋就是我放走的。」

「那你還回來做什麼？」

「自然還是為和親一事回來。」

「休要胡鬧，你走就走了，隱於終南一生平安也好，朕也沒要你再回來。」

武則天閉起眼睛，她是肯讓蒼陌雪離開的，讓她與蘇白離有情人終成眷屬，也算替她了卻她心中與棗玄道長之間的遺憾。

看著蒼陌雪和蘇白離，武則天總是想起六十年前的武祁兒和楚雨樵。在武則天的心裡，她並不缺少一個女宰相，她缺少一個有如她六十年前初心的小女兒，並希望這個女兒能幸福平安，直到終老。

「上水莛秋也想自己的一生可以幸福平安。」蒼陌雪望著武則天，心中也是感慨不淺。

「不必再說了，和親之事朕已允奏。」

「非說不可，我現在是你的女宰相，就當為你處理百司奏表，參決政務。」蒼陌雪倔道。

「蒼陌雪？」武則天突然睜開眼睛，高聲喊道。

「啊？」蒼陌雪嚇得停住手。

「你不能換一隻腳捏嗎？」武則天嗔道。

「哦，Sorry。」蒼陌雪抬起武則天的腳放在自己腿上，邊揉邊

說道：「陛下，可願聽聽蒼陌雪的看法？」

「你說。」

「在蒼陌雪看來，突厥可汗默啜並非忠心臣服於我大周，和親只不過是一個幌子，用和親之事探探我朝廷的態度。陛下想想看，若突厥沒有野心，為什麼碎葉、龜茲、疏勒、於闐等這些小國不請奏和親？我大周乃是天朝上國，一個突厥部落竟敢跟我天朝提條件？陛下，對於這些附屬小國應恩威並重。我們不隨意侵擾他們的太平，也不能任由他們得寸進尺。他們今日要一位郡主，明日要一位親王，後天豈不是要一座城池？突厥要，契丹也要，碎葉、龜茲、疏勒、於闐等紛紛都跟著要，陛下雖是真龍，卻有幾座江山來餵這些餓虎？」

「依你之見呢？」

「派重兵二十萬征討突厥。」

「蒼陌雪，做一個皇帝，不是你能徹底打敗誰，而是你能絕對制衡誰。如果天下之人都反對你，你就是能夠殺光天底下所有的人那也不是贏家。不是朕示弱於突厥，一旦戰事起，雙方皆有傷亡，到那個時候，水深火熱家破人亡的將是千千萬萬百姓。朕答應突厥和親，僅以一人的犧牲換得千萬百姓的安寧，權衡再三，也當允奏。朕身為天子，不願置蒼生於狼煙戰火之中，亦不能隨意踐踏臣民生命。」

「陛下，突厥是遊牧民族，他們很難集結重兵與我朝一戰，一旦開戰，也是被我軍所牽制。我軍糧草充沛，國庫充盈，大將有勇有謀，即使派重兵征討，只要敵不動我不動，這仗根本打不起來。」武則天指指肩膀，蒼陌雪坐過去伺候，一一揉開事理道。

「諫臣魏征曾上疏太宗皇帝時說，求木之長者，必固其根本；欲流之遠者，必浚其泉源；思國之安者，必積其德義。如今朕這大周天下國泰民安，對於鄰邦附屬，也當以恩施安撫為主，以顯朕大周天朝之威儀仁道。」

「陛下，話雖如此，可默啜並非善類。陛下，不能因為一頭狼小就覺得它沒有殘暴狠毒的獸性，狼現在是小，可它會長大的。陛

下，誰都知道捕一頭小狼比獵一頭大狼更容易，突厥可汗默啜就是這樣一頭正在壯大的狼。

陛下貴為上國天子，賞與不賞全憑陛下喜好，默啜豈敢威逼？陛下允奏和親是垂賜天恩，不允奏和親也在情理之中。倘若默啜因陛下未允和親之事挑起戰亂，那麼是默啜不睦友好在先，我們派重兵征討也是師出有名，奚和契丹等北方部落也不敢公然幫著默啜那個不義之師與我軍對抗。如此一來，一則叫突厥可汗默啜明白明白自己的身份，見好就收；二則用這一招敲山震虎，使四海拱服，萬邦不敢再起異心。」蒼陌雪說得口乾，一連喝了兩盞茶，再坐回來。

「蒼陌雪，朕記得你說過，你不願做君臨天下的帝王，可你這一副口吻，儼然就是九五至尊。」武則天看著蒼陌雪的眼睛，似笑非笑地道。

「我……哪有啊？你這種話夠我殺頭的，不要亂說好不好。吶，只有我能跟你開玩笑，陛下你可不能跟我開玩笑，我開玩笑僅僅是玩笑，你開玩笑誰敢笑啊？這就好像人可以對命運開玩笑，一旦命運跟人開玩笑，這玩笑就不好笑了。」

「休要跟朕說繞口令，允不允奏和親，朕心中已有主意，方才不過試探試探你罷了。既然朕已封你為宰相，你對軍國大事的判斷與建議也須中肯才行，不要以為仗著朕平日裡喜歡你，你就能在朕的天下為所欲為。你若沒有入相之才，朕豈會當著文武百官的面真就封你為一品總宰相，朕豈能叫天下人笑話朕，說朕也像一個小丫頭一樣胡鬧，拿朝政當兒戲。記得朕說過，朕要你成為朕駕下良駒，你雖平日裡傻呼呼的像隻呆瓜，論起事來卻也有模有樣，朕沒有看錯你。」武則天含笑，心中對蒼陌雪這番話自然是贊許的。

「你試探我啊？呼嗚，真是嚇死我了。這麼說，陛下覺得我說得在理，當駁回默啜和親一事？」蒼陌雪鬆了口氣，繼續抬手捶背。

「你這淘氣鬼。你說，朕當派哪位將軍領兵出征？」武則天問。

「陛下可先禮後兵，先派使者答謝突厥朝貢，以禮相待，並回

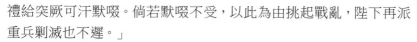

禮給突厥可汗默啜。倘若默啜不受，以此為由挑起戰亂，陛下再派重兵剿滅也不遲。」

「就依你所言。」

武則天點點頭，蒼陌雪突然停下手，站起身，兩手交叉背在身後一旁站立，含笑抿嘴看著武則天。

「你這是幹什麼？」武則天莫名其妙地看著蒼陌雪問道。

「我突然想起，我現在是一人之下萬人之上的首席宰相，我再給你捶背，有失我的身份，我不捶。」蒼陌雪端起架子，擺擺手道。

「不捶？」武則天站起身來，穿上靴子，近前揪著蒼陌雪的左耳，問她：「真不捶？」

「疼嗯，你別每次都揪同一隻耳朵行嗎？我現在是宰相，宰相耶，給本宰相一點面子好不好？有揪宰相耳朵的皇帝嗎？」蒼陌雪拽著武則天的手叫喊道。

「哼，宰相？蒼陌雪，你敢在朕面前拿架子？」武則天換了一隻手，揪起蒼陌雪的右耳嗔道。

「誒誒誒誒，疼疼疼疼嗯，放手嘛，這要被史官看見了，記到史書裡去，不讓後世幾千年的中國人都知道你揪我耳朵嘛，弄得我多沒面子呀，被史書一記載，這丟人得丟多長時間啊，我可丟不起。」

「你這刁嘴，天底下的人都巴不得討好朕，奉承朕，你一定要惹怒朕嗎？你這宰相才當幾個時辰，就要朕降旨給你罷免嘍？」

「我討好你幹嘛，我又不圖你什麼，我也沒想惹怒你啊。陛下你知道嗎，普天之下，除了最壞最壞的人沒有朋友，就屬你沒有朋友了。在朝堂上，你是君我是臣，下了朝堂就不能排排坐食果果，你一個嚛我一個，大家快樂笑呵呵，就不能做個朋友嗎？」蒼陌雪俏皮地瞪著武則天，辯解道。

「朕，真的沒有朋友？」武則天望著蒼陌雪，一本正經地問道。

「呃，抽象地說，狄大人算一個吧，還有……還有我就不清楚

了。」

「朕清楚，還有你，你這個蠻女獨獠。哼哼，普天之下除了最壞最壞的人沒有朋友，朕也有朋友了？」武則天放聲大笑，傳令起駕上陽宮。

蒼陌雪嘿嘿地快步跟了上去，李隆基與賈得桂剛好跑到長生殿，見武則天起駕往上陽宮去，便隨駕一同前往上陽宮九洲池。三人在車後跟著鑾駕，李隆基無非問些蒼陌雪如何逃出刺客的魔爪回到洛陽，又是一通關心她、擔心她的話。

鑾駕緩緩行到上陽宮九洲池，這青山秀水環繞的神都洛陽，南臨伊闕，北靠邙山，西有函谷關，東有汜水關。洛水、伊水、谷水、瀍水川流此地，注入城中。

上陽宮作為武則天的私人御花園，華美秀麗以九洲池為最，占地十頃大的池子，浩有東海九洲之勢。園內水網密佈，殿臺樓閣點綴其間，繁花異草，一一難言其名；鳥翔魚潛，各各舞盡其姿。

如宋朝詞人張熙妻所作《菩薩蠻·西湖曲》中云：橫湖十頃玻璃碧，畫橋百步通南北。沙暖睡鴛鴦，春風花草香。閒來撐小艇，劃破樓臺影，四面望青山，渾如蓬萊間。放到這裡來描述，也不盡然能點出九洲池之華勝幽然。

蒼陌雪正看時，岸上紅樹間，鶯燕曬翅相逐；平湖翠渚上，白鷺挽影相顧；幾點沙鷗悄然掠過水榭亭臺，來不及細數；暗香又勾動心思，尋向遊廊碧園深處。

一行人伴駕行至掬芳亭，武則天望著淺水湖上一片莖葉已枯萎的睡蓮，蹲下身掬起一捧水，歎道：「九月，這睡蓮也殘敗了。」

「呵呵，陛下要賞蓮這有何難，給蒼陌雪一夜時間，明天一早，請陛下御駕親臨掬芳亭賞蓮，如何？」蒼陌雪笑笑，走上前扶起武則天道。

「你能明日一早令殘荷復生？蒼陌雪，信口開河朕亦會治你的罪。」武則天接過珍妮遞上的手帕，擦乾手上的水，走上石階道。

「既然我敢這麼說，我就一定做得到。」蒼陌雪心下已有了主意。

「雪兒，明日一早果真有蓮花？」李隆基立在一旁小聲問她。

「有，不過你得幫我。」

「蒼陌雪，刺客一事有這麼難開口，要你繞這麼大一彎子先哄著朕？」武則天望著蒼陌雪，嗔笑一聲。

「嘿嘿，陛下都猜到啦。是，我若明日一早令池中生蓮，請陛下允奏我一件事。」

「何事？」

「我要重查十年前正諫大夫獨孤巡然牽涉徐敬業謀反一案。」蒼陌雪近前，對武則天道。

「獨孤巡然，正諫大夫獨孤巡然？此人朕記得，那是調露元年，裴炎向朕舉薦他為黃門侍郎。怎麼，蒼陌雪，你要重查十年前獨孤巡然牽扯徐敬業謀反一案，你認為朕錯殺了賢良？」武則天在掬芳亭坐下，淡然問道。

「陛下，聽說當年獨孤巡然謀反一案是周興與來俊臣堪審。陛下，這兩個該死的酷吏一定是蒙蔽聖聰，審出這宗冤假錯案。」

「那晚潛入長生殿行刺朕之人，定是獨孤巡然之子來尋朕報仇了？」

「是，他叫獨孤夜澄，現在是我師父。」

「你這是在責朕罔顧典律，錯殺無辜？就因獨孤巡然是你師父的父親，你就料定他無罪？」武則天斜了蒼陌雪一眼，反問道。

「陛下，陛下命來俊臣堪審周興，周興無半句辯駁就認罪伏法。何故？在他們二人手下的刑囚，多是被施以酷刑威逼認罪的。」

「每一宗謀反案，朕亦派人核查，方予以定罪，如何就審錯了？」武則天神情嚴肅起來。

「陛下，懼於來俊臣等酷吏的刑罰，陛下派去核查的人為了自保也不敢為他們翻案啊。您派去核查罪行的官員對您撒謊，下場只是丟官或一死，可是得罪來俊臣跟周興這些酷吏，九族都難保。那些大人自己都是泥菩薩過河，又哪裡敢據實回奏呢？」蒼陌雪不怕頂撞武則天，據理力爭道。

「來俊臣竟有如此手段？」武則天閉目想了想，對蒼陌雪道：

「好，朕准你重查獨孤巡然謀反一案。但朕明日一早要看到池中生蓮，如若不然，你這欺君之罪亦不可恕。」

「是，我保證，陛下先回寢宮休息吧！我現在就命人準備去，順便跟你說一聲，我現在是宰相，要幾個宮女幫忙能調得動吧？」蒼陌雪笑笑，武則天答應下來，那麼一切都好辦。

「哼。」武則天不予理會，起身出了掬芳亭。

「OK，隆基，得桂，Come on，Follow me。」

喜公公與珍妮侍駕回了寢宮，蒼陌雪帶著李隆基、賈得桂開始忙活起來。

蒼陌雪先到尚食局，挑了二十幾名刀工極好的師傅，又從光祿寺要了幾十名刀工師傅，並一百宮女。

蒼陌雪帶著近兩百人的團隊，在御膳房大院裡一陣搗騰。蒼陌雪命宮女外出到田間去採購色澤上等的萵苣，又命刀工師將採購回來的萵苣削成蓮瓣狀剔透的薄片，層層疊起，剁了秦椒灌在中芯，紅芯綠瓣，一朵朵看起來就像活脫脫的蓮花。

兩百多人忙了一夜，或雕或削，共做出一千多朵萵苣蓮花，李隆基這監工也是辛苦得一夜沒睡。

第二天一早，蒼陌雪到貞觀殿去喊武則天。跨馬行到貞觀殿時，喜公公告知，女皇還沒起呢，蒼陌雪一聽才沒性子等她，乾脆入內去把她叫醒。

「陛下醒醒，醒醒陛下，陛下⋯⋯」蒼陌雪趴在武則天耳邊，輕聲叫她。武則天睡得沉，愣是沒見她睜開眼睛，蒼陌雪急了，捶著龍榻大喊道：「殺人啦放火啦打雷啦下雨啦。」

蒼陌雪簡直暈死，這麼大的聲，武則天愣是睡在龍榻上一點反應都沒有，這要不是瞭解歷史，不該以為她那啥了嘛。

喜公公與珍妮拉著蒼陌雪勸她不可造次，蒼陌雪不聽，掙開二人的手，這招不管用，那就換一招。

蒼陌雪嘿嘿地伸著爪子趴到床尾，往被子裡輕輕移出武則天的腳，朝武則天的腳心一頓亂撓。嘿，武則天還是沒有反應，蒼陌雪奇了怪了，心想這麼撓武則天她怎麼還不醒呢？

呃呵呵，蒼陌雪正出神，突然被一股力量猛地踢來，身體向後一仰，毫無懸念地倒在了地上，後腦勺直接磕在地磚上，好狠的一個kiss呀！喜公公與珍妮二人一時看傻了眼，也不知該不該上前扶起蒼陌雪。

「你不用這麼用力地踢我吧？你就是壞，知道是我，所以才這麼用力地踢我，不對，不對不對不對不對，知道是我所以才更加用力地，踢我。」蒼陌雪誒喲爬起身，摸著磕得生疼的後腦勺，沖武則天嚷道。

「朕還沒問你的罪，你竟敢撓朕的腳心？」武則天嚴肅道。蒼陌雪剛開始喊她的時候武則天就醒了，不過沒睜開眼睛，不想這蒼陌雪實在大膽，連自己的腳心也敢一通亂撓。珍妮趕緊近前伺候武則天起床，跪下給她穿上鞋。

「陛下，我要是剛才倒在地上磕瘋了傻了，你會對我怎麼樣？」蒼陌雪趴到龍榻邊上，望著武則天傻呼呼問道。

「朕就在長安冷宮旁，給你蓋一座瘋人院，你當院長。」武則天起身離了龍榻，淡淡玩笑道。

「咳咳，咳，你可……你可一定記得讓我當院長。」蒼陌雪被武則天如此犀利的回答嗆得不停咳嗽。

「蒼陌雪，幾時了？」喜公公傳上宮女們準備武則天清晨洗漱，過龍榻來給武則天披上衣服，武則天伸了伸筋骨，問道。

「雞都叫了，天都亮了，我都起了，不，我壓根就沒睡過。」

「你果真令池中生蓮？」

「趕緊洗臉刷牙換衣服走吧，隆基他們可一夜沒睡呢，早膳在池邊的掬芳亭吃好不好？我已經給你傳膳了。」

蒼陌雪鬧醒武則天，催她洗臉刷牙換衣服，起鑾駕過上陽宮，到了掬芳亭已近辰時。

司空鷹㮤照例護駕，喜公公與珍妮也侍駕同往掬芳亭。李隆基檢查過各層工序已確保萬無一失，一一向蒼陌雪作了彙報。

嬌嫩純淨的陽光灑在池中，池中的萬茵蓮花看起來栩栩如生。武則天站在岸上，望著池中的新蓮。

「怎麼樣陛下，我沒騙你吧？」蒼陌雪展示著自己的指揮成果，得意道。

武則天含笑點點頭，眾人看了也是一陣歡喜，尚食局的早膳也已到了亭外，正等傳令擺膳。

「陛下，早膳到了。你是要在掬芳亭裡吃呢，還是跟我們一起劃一葉小舟到湖中去吃？」賈得桂的小船已靠在岸邊，蒼陌雪指指湖中，問武則天。

「開槳。」

武則天笑笑，往船上走去。珍妮與李隆基將幾道早膳擺上小船，喜公公年老暈船便留在了岸上，司空鷹槊伺候武則天上了船，與賈得桂一前一後將船兒劃到湖中心處停下。

武則天細看這湖中一片生機盎然的嫩綠，問道：「蒼陌雪，這是蓮？」

「九月當然不可能有蓮啦，這是用萵苣削成的碧蓮，不僅可遠觀，可近賞，還可以吃咧。喏，陛下，蘸醬在這兒。」蒼陌雪把油秦椒、鹽、醬、醋、蒜末、蜂蜜攪拌的蘸醬移到武則天跟前。

武則天半信半疑地側著身子往湖中蓮荷上夾了一片萵苣，蘸上蘸醬，望著蒼陌雪。

蒼陌雪見武則天夾起這「蓮瓣」卻不送到嘴邊，便抓著她的手舉到自己嘴邊，一口嚼下萵苣，對武則天擔保道：「沒毒，只是涼菜少吃，別鬧肚子。」

武則天見蒼陌雪吃過之後，復又夾上一片蘸上醬自己嚐起來。李隆基跟賈得桂緊張地望著武則天，武則天又嚐過幾口，含笑道：「平生第一次嚐蓮，頗為爽口，你們也嚐嚐。」

「謝陛下隆恩。」武則天話音剛落，蒼陌雪快口喊道。李隆基與賈得桂聽到武則天這麼說，才算完全放下這擔著的心。

「蒼陌雪，朕說什麼了？」武則天筷子指著蒼陌雪道。

「陛下說這是蓮啊，你承認這是蓮啊，蒼陌雪沒有欺君對不對？那重查孤獨巡然一案，陛下自然也是允了？」蒼陌雪笑笑，跟武則天確認道。

「隆基與賈得桂等人有功，朕自會封賞。倘若朕吃了這幾片香筍就鬧肚子，蒼陌雪，你這宰相就當到頭了。」武則天夾起萵苣就著細粥，淡淡道。

「我不跟你說了嘛，涼菜少吃少吃少吃，我是答應請你來賞蓮，你要是貪嘴，吃多了鬧肚子可與我無關，我之前已經溫馨提醒過了。」蒼陌雪見武則天還不放下筷子，便一把搶過武則天的筷子，瞪著她道：「還吃，還吃？」

「放肆。」武則天接過珍妮遞上的筷子，望著蒼陌雪含威道。

「臣身為宰相，勸諫陛下，別吃了。」蒼陌雪晃悠悠站起身，搶過武則天手裡的第二副筷子，大聲嚷道。

「大膽蒼陌雪，朕就吃幾口菜你也要諫？拿來。」武則天伸手要回筷子，生氣道。

「陛下自己說的，臣子當外揚君之善，內匡君之惡。現在你就惡了，我就諫了，不是，我就匡了。」蒼陌雪把筷子藏在身後就是不給武則天。

武則天笑笑，也沒有再說什麼，只壓著船的一邊，將船身向右傾斜，暗自顛著船。

蒼陌雪一時沒反應過來，只感覺搖搖擺擺腳下站不穩，李隆基還未來得及伸出手去扶她，只聽得「咕咚」一聲，蒼陌雪整個人完全掉進湖中，濺得李隆基等人滿臉是水。

蒼陌雪在冰冷的水裡一陣撲騰，賈得桂欲跳下船拉起蒼陌雪，李隆基也著急地伸過槳喊著讓蒼陌雪抓住。

武則天止了眾人，命司空鷹槳劃回岸上，大家只能無奈地看著蒼陌雪在冰冷的湖中，一通抓狂。

「你壞你壞你壞，你堂堂一個皇帝，你暗算我，有沒有天理。」蒼陌雪望著船隻劃向岸邊，在武則天後面沖她吼道。

「不著急，慢慢游回來，朕等你。」武則天回過頭，對水中的蒼陌雪淡然一笑。

蒼陌雪這當朝總宰相新官上任第一件事，就是被女皇狠狠地整了一頓。接下來，就好好請個長長的病假，先養著吧，您！

第二十四章 遵女皇，計殺來俊臣

話說武則天一時興起戲弄蒼陌雪害她落水，竟真把這呆貨給害病了。回到宮中，一連發了兩三天的高燒，武則天這女皇帝，也一連陪了蒼陌雪這女宰相兩三天，直到退了燒，才讓賈得桂伺候她回仙居殿去修養。

突厥可汗默啜接受了武則天的回禮，上書叩謝皇恩，上水莛秋和親一事終於和平收尾了。

到此，有個人也該病了，沒錯，武三思。武三思十次有八次都栽在蒼陌雪的手裡，光是氣，就夠把他氣死的了。

武則天給了蒼陌雪近十天的病假在仙居殿修養。啊，突然覺得在武周朝當官待遇真的挺好，薪水高差事少，節假多福利好，勞保、醫保一樣都不少。

呃呵呵，說偏了。

李隆基近來課業武學抓得緊，少有時間來仙居殿找蒼陌雪。蒼陌雪雖名為養病，卻也沒怎麼閒著，徐有功給她找來了當年來俊臣堪審獨孤巡然的結案卷宗。

蒼陌雪與賈得桂一一翻看這些卷宗，希望找到紕漏之處可以為獨孤巡然翻案。武則天偶爾差人到仙居殿問蒼陌雪可安分，賈得桂只說蒼陌雪認真地在仙居殿學習《臣軌》一書，武則天聽罷，便也由她去了。

這天上午朝罷，武則天令蒼陌雪隨駕回寢宮，李隆基迎面而來，也被一齊叫到長生殿去。

「方才朝堂之上，朕以梨花示百官，你為何不作聲？」殿內，武則天望著蒼陌雪問她。

「不是有那麼多人作聲麼，我強出什麼風頭？」蒼陌雪眼內無神，呆呆道。

「難得你知道不逞風頭，你這張刁嘴，何時得理饒過人？」武則天嗔道。

「陛下不是以梨花示百官，而是以梨花試百官，難道我看不出來嗎？」蒼陌雪撇著小眼，淡淡道。

「哼，蒼陌雪，你果真每日裡在仙居殿中學習《臣軌》？朕問你，為臣子者當習《臣軌》以正身，作帝王者可習何書以明德？」武則天嚴肅問道。

「帝王？明德？臣鬼？臣鬼？難道是聊齋？」蒼陌雪暗自嘀咕道。這廝一心想著獨孤巡然的事，一點沒聽進去武則天問她什麼，呆呆抬起頭來，望著武則天答道：「聊齋。」

「你說什麼？」武則天聽得莫名其妙，又問了一遍。

「聊齋。」蒼陌雪呆頭呆腦，又大聲答了一遍。

此話一落，李隆基呆了，筆者也吐了，她可以說她不知道嘛，可她為什麼要胡說八道咧？

李隆基汗而望著蒼陌雪，拉拉她的衣角，小聲提醒道：「雪兒，你胡說些什麼呀？應該是文武聖皇帝所撰《帝範》一書啊。」

「隆基，你可知《臣軌》？」武則天嗔了蒼陌雪一眼，望向李隆基問道。

「回祖母陛下，《臣軌》一書乃是陛下論述為臣者正心、誠意、愛國、忠君之道。」李隆基答道。

武則天復又問：「為臣子者當習其道，對天下英豪賢才，當行何道啊？」

「須各以小大之才處其位，得其宜，由本流末，以重制輕，上唱而民和，上動而下隨，四海之內，一心同歸，背貪鄙而向義理。」李隆基對答如流道。

「你們聊，我先回去了。」蒼陌雪無精打采地看看武則天，看看李隆基。

「蒼陌雪，朝中沒什麼要緊事可處理，你就在仙居殿中好好學習《臣軌》一書，下次朕再問起，你再胡說八道，你這宰相就做回怡鸞御史給朕養鳥去。」武則天含嗔，嚴肅道。

「陛下，我……我學不來臣鬼，我膽小。」蒼陌雪弱弱地望著武則天，直搖頭。

「雪兒,軌為規矩之意,不是鬼。」李隆基更是把腦袋晃得跟撥浪鼓一樣,望著蒼陌雪無奈道。

「啊?這個賈得桂也不說清楚。」蒼陌雪歎氣嘀咕,又對武則天道:「陛下,不騙你,我真的不能學《臣軌》。」

「理由?」武則天問。

「我……」蒼陌雪想了想,不知撒個什麼謊,便弱弱地摀著胃道:「咳,我……痛經。」

武則天搖頭掃了蒼陌雪一眼,擺手命她退下,再多看她一眼,武則天又該頭疼了。

蒼陌雪長吐一口氣出了長生殿,李隆基快步追上來,二人跨馬一同往仙居殿去。

「雪兒,獨孤巡然之事查得如何了?」

「我跟賈得桂翻遍了所有卷宗,但找不到一個破綻為獨孤巡然翻案。來俊臣真不愧是酷吏的頭子,所有罪證口供一一坐實,竟然看不出半點紕漏。唉,我正為這件事鬱悶呢,原本以為當了宰相,手中有了權利就能伸張正義,現在我根本沒有理由逮捕跟堪審來俊臣嘛。」蒼陌雪悶悶不樂道,自封相以來已有近半個月的時間,可為獨孤巡然翻案一事卻毫無進展。

「雪兒,小心隔牆有耳,到仙居殿去說。」

李隆基哨探著四周,與蒼陌雪快馬迴轉仙居殿。仙居殿前,賈得桂正著急地等在殿門,來回探著道上。

「得桂,出什麼事了?」蒼陌雪遠遠見賈得桂一副著急樣,沖他喊道。

「奴婢見過郡王殿下。」賈得桂看了看大殿外的情況,二人下了馬,同入殿中,賈得桂在蒼陌雪耳邊小聲道:「老大,重大消息。」

「什麼消息,快說。」

「聽說來俊臣在東市強行霸佔一處宅子,那宅子本是太平公主乳母張夫人之子豢養姬妾之處,來俊臣不知豪宅主人的身份,命手下的狗腿子們持棍將其活活打死了。」

「什麼時候的事？」李隆基問。

「回殿下，兩天前。」

「看來太平公主也扳不動來俊臣，她乳母的兒子被來俊臣打死了，她也不敢在陛下面前告發此事。來俊臣，你是魔是鬼，真就奈何不了你？」蒼陌雪低下頭，一陣沉思。

「雪兒，以來俊臣強佔田宅為由，將他下入天牢如何？」李隆基出著主意道。

「這有什麼用，人家當事人都不報案，我們就更沒有證據審他了。」蒼陌雪搖搖頭，這招行不通。

「老大，我們該怎麼辦啊？」賈得桂心急道。

「看來只好做一回壞人了。」蒼陌雪想了想，招手讓李隆基和賈得桂靠近，在他們耳邊細說道：

「我們要讓來俊臣與太平公主二人互相猜疑，讓他疑心生暗鬼，狗咬狗。讓來俊臣以為太平公主會在陛下面前告發他，他就會先下手為強誣陷太平公主謀反，來俊臣擁戴武承嗣為太子，我們再斷了他這條後路，讓來俊臣前有勁敵後無援兵，到時候我自有辦法讓來俊臣親口招供。」

「雪兒，我們怎麼做？」李隆基贊同這個主意，遂問道。

「得桂，秘密派人放風給來俊臣的親信，就說太平公主要在皇帝面前密告來俊臣強佔田宅殺人斂財，來俊臣做賊心虛一定會相信。隆基，你讓陛下下旨宣召太平公主入宮，等太平公主的車馬行至則天門時再宣旨讓她返回府邸，用什麼理由你自己想，得自圓其說別露出破綻。來俊臣得到線報太平公主要告發他，必定派人監視太平公主的動向，見太平公主入宮不成，來俊臣狗急跳牆一定會搶在太平公主二次入宮之前，向陛下密告太平公主謀反。接下來，所有的事就順理成章了。」蒼陌雪在兩人耳邊小聲交代道，起身之前又叮囑了一句：「記住，千萬不能暴露我們的身份。」

蒼陌雪佈置下計殺來俊臣的計畫。第二天，李隆基尾隨來俊臣的親信，那人跟蹤太平公主的車駕行至端門前，見太平公主的車馬行到則天門不一會兒又返了回來，知太平公主入宮面聖不成，便速

將消息傳回來俊臣耳中。

來俊臣聽罷果然起疑，心下裡正想著如何對策。當晚，蒼陌雪派司空鷹褧潛入武承嗣府中去執行另一番任務。

武承嗣正在王府後花園中，與武三思一起花亭飲酒，鼓瑟舞樂。一番興致過後，武承嗣退了舞姬，單與武三思在亭中說話。

「王兄，當日明堂殿上，為何不與王弟一同勸止姑皇陛下，讓那個該死的賤婢得了這麼大一便宜。」武三思攢著拳頭，眼中恨恨道。

「王弟你糊塗，我們是什麼身份，那蒼陌雪是什麼身份，弟豈可把心思用來對付她？我武氏一族最大的敵人，是那幫妄圖擁戴李哲、李旦復辟李唐王朝的大臣。王弟不要忘了，大周天下是我武氏的天下，只要這大周姓武，莫說殺一個蒼陌雪，就是殺十個狄仁傑也易如反掌。」武承嗣旋著酒杯，將酒傾灑在魚池中，一口教訓道。

「王兄教訓得是，只是那賤婢屢屢與本王作對，不殺之而後快，難泄本王心頭之恨。」武三思起身拱手，又捶著亭柱咬牙切齒，一想起蒼陌雪，武三思這心裡就恨得不行。

「王弟不可意氣用事壞了我武氏千秋帝業，姑皇陛下至今未立太子，你我手中掌控的大權也不足以控制整個朝堂，一旦姑皇陛下動搖傳我武氏帝業之心，到那時你我二人將死無葬身之地。你現在對付蒼陌雪，狄仁傑那個老匹夫就會螳螂捕蟬黃雀在後，你以為狄仁傑等人如何就敢保蒼陌雪為相？小不忍則亂大謀也，諒那賤婢也成不了什麼氣候，況她現在正得姑皇陛下恩寵，我們萬不可因蒼陌雪之事，損了你我兄弟在姑皇陛下心中的位置。」武承嗣一副老謀深算的樣子，對武三思叮囑道。

「王兄深謀遠慮，本王慚愧，弟當謹記王兄教訓，為我武氏一族千秋帝業，暫且讓那賤婢多活幾日。」

武三思說罷，司空鷹褧將字條插在飛鏢上，暗中將飛鏢擊在花亭柱上。武三思聞聲慌忙喊了句誰，向四周警戒望去，武承嗣摘下字條，字條上寫著：來俊臣欲告太平公主謀反，魏王其後，請王速

拿主意。

武承嗣看罷字條一陣發慌，遞與武三思，武三思看罷半信半疑道：「王兄，來俊臣真的會告我武氏謀反？」

「這飛鏢乃是我府中的飛鏢，這張字條定是我安插在來俊臣身邊的線人傳回，不會有假。來俊臣為人詭譎奸詐反覆無常，此人生性兇惡至極，難保不對你我兄弟二人下手。近日市井流言傳聞，來俊臣打死太平乳母之子，他這一定是先下手為強。」武承嗣凝重神情，分析道。

「王兄，我即刻前往太平府告訴公主表妹。」

「糊塗，回來，你別忘了，太平公主可姓李，凡是李姓宗親，多死一個對我武氏百利而無一害，休張此事張揚出去，你我靜觀其變吧。」

「王兄，倘若來俊臣真在姑皇面前告太平表妹謀反，你我當如何對策？」

「過了明日再看，若來俊臣真要誣告我武氏，那就先發制人，讓他永遠也開不了這個口。」

「三思明白。」

武承嗣望著湖亭月影一番思量，在他想來，蒼陌雪不足為慮，而來俊臣卻不容輕忽。如此，又對武三思秘密地交代了幾句，才讓他回府去。

第三天的早朝，武則天受了風寒沒有上朝。來俊臣早早入宮，焦急地等在寢宮殿外等候宣召。

「來大人，陛下說了不見，您有什麼事到政事堂找宰相大人們商議去吧。」喜公公通報了幾次，再次勸他道。

「公公，公公大人，小臣確有十分機密緊要之事一定要面見陛下，煩請公公再為通報。」來俊臣急切不安，一再求喜公公再通報一聲。

「哎呀來大人，您也不是不知道陛下的脾氣，陛下說了不見，您再不奉旨出宮，這觸怒龍顏大人也吃罪不起不是？來大人，您啊，還是奉旨出宮去吧。」喜公公搖搖頭，被來俊臣纏得實在無奈。

「是是是，公公大人教訓得是，小臣不敢觸怒龍顏，煩請公公大人一定將密奏上呈陛下御覽，此事事關陛下的江山陛下的千秋帝業啊，請公公一定即刻上呈陛下御覽啊。」

「好吧好吧，老奴給您轉呈陛下，有什麼消息，來大人回府候著去吧。」

「老公公，陛下喊您呢。」

珍妮出來喊喜公公，來俊臣又懇求了幾次一定要把密奏快快呈給女皇，喜公公一一應著，接過密奏進了大殿。來俊臣暗懷忐忑地離了皇宮，蒼陌雪隱在花叢邊見來俊臣離開長生殿，心中暗喜，起身進了大殿。

「陛下，聽說你染上風寒，來看看你。」蒼陌雪走近，只見武則天一手拿著來俊臣的密奏，一臉凝重。蒼陌雪笑笑，說道：「陛下，你是風寒嗎？我看你臉色像中毒啊。」

「你們都退下，蒼陌雪，坐朕龍榻上來。」武則天令喜公公等人退出內殿，蒼陌雪在龍榻上坐下，武則天道：「這封是來俊臣的密奏，密告太平謀反。」

「那密奏上怎麼說？」

「太平在城外一處十來頃大的莊園裡，將所有室院房屋全部拆毀，將地種滿海棠，其喻意不是要拆朕武家天下，復以李唐？」

「這也能構成謀反的罪名？未免太牽強了吧？」蒼陌雪搖頭笑笑，拿過奏章。

「蒼陌雪，你說，太平會謀反嗎？」武則天神情威重，問道。

「陛下這麼問，就是對太平公主有所懷疑。」

「皇室之中，為奪皇位，子弒父，弟屠兄，是沒有綱理倫常的。太平，她有這個心思。」

「陛下，表面看起來太平公主確有謀反動機。但這次我為公主擔保，公主沒有謀反。」

「你為太平擔保？何以見得太平沒有謀反？」

「陛下，大概你是習慣了，習慣來俊臣在你面前告誰誰誰謀反，下意識裡只懷疑奏章上密告之人，卻不懷疑告密之人。陛下想

想看，為什麼每次一說謀反就是來俊臣第一個知道？陛下，想必您還沒見識過來俊臣的手段吧？看看。」蒼陌雪放下奏章，向武則天呈上來俊臣所著的那本《羅織經》。

「羅織經？」武則天接過書翻閱起來，蒼陌雪躺在龍榻上蓋上被子，武則天粗略看了一下書中的內容，仰首歎道：「如此機心，朕未必過也。蒼陌雪，蒼陌雪？」

「啊，陛下你看完啦。」蒼陌雪打著哈欠懶懶爬起來。

「你可翻閱了這本《羅織經》？」

「我是沒敢看喔，陛下現在相信了吧？連您都這麼說，何況天下百姓……乎？」

「蒼陌雪。」武則天含威，起身下了龍榻。

「啊？哦，臣在。」蒼陌雪穿起鞋跟上去。

「朕賜你德光劍，持此劍如朕親臨，朕命你全權徹查太平謀反一事，儘快呈報朕知。蒼陌雪，爾既為宰相，當為朕整肅朝綱，嚴明吏治，正本清源，你可懂朕的意思？」武則天走到案臺邊，拿下尚方劍令道。

「是，臣奉旨。」蒼陌雪接過尚方劍，對武則天笑笑。

蒼陌雪從穿越到武周帝國的第一天就落在來俊臣手裡，這一次，來俊臣會死在蒼陌雪手裡嗎？

蒼陌雪看著這柄尚方劍，心裡很複雜，二十一世紀的生活可以很小資，而這裡的生活，每一天都像在冒險。

蒼陌雪再不是能翹著小腿喝著咖啡塗著指甲油的小女生了，她現在可是武周帝國的一號宰相，在她身邊的兇險不可預測，事事得眼觀六路，耳聽八方。而且，她現在對付的可是武周朝最強悍的酷吏來俊臣，蒼陌雪這次能贏嗎？

似乎冥冥之中有一種神秘的力量在推著自己往前走，蒼陌雪不明白那是什麼？平時連隻小雞都不敢抓，指甲大小的蟲子就能被欺負死的蒼陌雪，能為天下百姓誅殺來俊臣這個惡魔嗎？

蒼陌雪狂洗了幾把冷水臉，拿上尚方劍，與司空鷹槊、賈得桂二人帶了五百羽林軍，跨馬朝太平府去。

「來者何人？」太平府的侍衛近前攔下蒼陌雪的馬道。

「本官奉旨徹查太平公主謀反一案，速去稟報。」

侍衛嚇得慌忙跑進府中稟報太平公主，太平公主和駙馬都尉武攸暨並一群家僕走了出來，蒼陌雪坐在馬上似笑非笑地看著太平公主。

「蒼陌雪，你好大的膽子，竟敢帶著羽林金吾擅闖本宮府邸。」太平公主怒洶洶指著馬上的蒼陌雪道。

「太平公主，本官奉陛下旨意徹查公主謀反一案，請公主隨本官到司刑寺過堂。」蒼陌雪淡然一笑，大聲道。

「放肆，竟敢誣衊本宮謀反？你們這群亂臣賊子，本宮定要上告皇母陛下，誅你九族。」

「你自己看吧。」蒼陌雪把來俊臣所呈的密奏扔到太平公主面前。

武攸暨撿起奏章遞給太平公主，太平公主接過看罷，神色慌張道：「誣告，來俊臣誣告本宮，本宮要見陛下，本宮要親自向陛下解釋。」

「太平公主，陛下命本官全權堪審公主謀反一案，就不必驚動陛下了。公主，隨本官到司刑寺走一趟吧。」蒼陌雪揚手，大聲令道：「來人，將太平公主拿下。」

「誰敢？都給我退下，你們瞎了眼了，不知本宮是什麼人？」太平公主喝退眾禁軍道。

「你當然是犯人，羽林金吾，速速將其拿下。」蒼陌雪坐在馬背上令道，金吾進退兩難，看看慌張憤怒的太平公主，又看看泰然自若的蒼陌雪，不知該聽誰的命令。

「你們誰敢動本宮？我的父兄母後可都是皇帝，敢綁本宮？小心你們的九族。」太平公主傲慢且輕蔑道。

「陛下御賜德光劍在此，見此劍如見陛下。」蒼陌雪見金吾被太平公主嚇得縮了回來，便亮出尚方劍舉向眾人。

「吾皇萬歲萬歲萬萬歲。」司空鷹槊等人下馬，與五百羽林金吾、公主府的侍衛家僕及駙馬武攸暨齊聲跪拜呼道。太平公主直直

站在府前怒視蒼陌雪，武攸暨拉了拉她的袖子低聲勸她依禮下跪，太平公主猶豫了幾秒，才憤憤地跪下。

「好，既然都認得是尚方劍，既然知道本官奉旨查案，爾等膽敢違我之令，格殺勿論。羽林金吾，速將人犯太平公主拿下。」蒼陌雪氣勢嚴威，下令道。

「金吾領命。」四名金吾上前擒住太平公主，「公主，得罪了。」

「放開我，我要見皇母陛下，蒼陌雪，你公報私仇，本宮要殺了你這賤婢，放開我，本宮無罪，本宮無罪，我要見皇母陛下……」太平公主掙扎喊道，金吾將太平公主綁上囚車，武攸暨一頭冷汗顫顫跪在地上。

蒼陌雪帶著五百禁軍將太平公主押往司刑寺，武攸暨急忙命管家備馬往宮裡覲見武則天，來俊臣隱在街角親眼目睹了太平公主被抓一事。

「大人，眼下我們怎麼辦？」來府大堂之上，管家問道。

「陛下竟讓蒼陌雪主審太平公主，還出動五百禁軍到公主府擒拿，蒼陌雪，太平公主……」來俊臣一頓猜測，不知這事於自己是吉是凶。

「大人，一會兒司刑寺就該來人傳令大人上堂作證。大人與那蒼陌雪可是死對頭，此番落在蒼陌雪手裡，只怕是凶多吉少啊。」管家一旁擔心道。

「速速派人告知魏王殿下，請殿下一同前往司刑寺，諒蒼陌雪那賤婢也不敢把本官怎麼樣。」

來俊臣心中惶惶不安，自己三番四次要置蒼陌雪於死地，如今落在她手裡，還有機會逃出生天嗎？

可是細想一番，自己現在與蒼陌雪是一根繩上的螞蚱，對付的都是太平公主，只要自己倒向蒼陌雪這邊，料她一時也不能把自己怎麼樣，來俊臣在廳中來回踱步思量著。

這邊武攸暨在殿外遲遲等不到武則天宣召，喜公公傳武則天口諭，令武攸暨返回府中去等消息，只說司刑寺會依律堪審。武攸暨

心慌意亂地快馬奔去武承嗣府中，請武承嗣出面救太平公主。

「大人，啟稟大人，小的剛從魏王府中回來。陛下沒有召見駙馬武攸暨，駙馬正求魏王出面，魏王卻推說有恙在身，不宜出門。小的稟大人之意，魏王亦如是答覆小的，說他正請御醫問病，不能前往司刑寺。」小廝急沖沖回來，稟報來俊臣道。

「哼，武承嗣，竟敢對本大人過河拆橋，本官這次若能逃過此劫，定要你武氏滿門一個不留。」來俊臣咬牙切齒怒目捶手。

「大人，識時務者為俊傑。陛下恩寵蒼陌雪，賜她尚方寶劍，倘若大人這次能助蒼陌雪剷除太平公主，念在大人有功，料那蒼陌雪也不敢對大人下手啊。」管家想了想，對來俊臣建議道。

「大人，司刑寺傳令大人上堂作證。」小廝進來稟報道。

「你們記著，倘若本大人酉時還未回府，你們把這封密奏交給衛遂忠，讓衛遂忠速速進宮覲見神皇陛下。」

來俊臣急急寫了一封密奏交代下管家。司刑寺天牢裡，太平公主被關進當日蒼陌雪關押的那間牢房，來俊臣到了司刑寺，得知蒼陌雪與司空鷹綮、賈得桂三人正在天牢，便悄悄躲在天牢暗門處偷聽裡面的動靜。

「太平公主，很熟悉吧。你現在被關的這間牢房，就是我當日被關押之處，怎麼樣，公主大人，世事難料吧？你不是想方設法要置我於死地麼？現在呢，現在你是我手中待宰的羔羊。」蒼陌雪放聲大笑，站在牢房前神情猙獰道。

「蒼陌雪，你這賤婢，本宮一定要殺了你。來人，來人，快來人啊，我要見皇母陛下，我要見皇上。」太平公主怒而驚恐，捶著踹著牢門大聲呼喊道。

「陛下年事已高，我只要稍稍在陛下的茶裡放點藥，就夠她睡上一整天的。公主放心，明日一早，我會通知陛下祭奠您的。」蒼陌雪執鞭狠狠地抽了一下牢門，淡淡道。

「蒼陌雪，你未經堪審過堂，就暗殺本宮，你不得好死。」太平公主驚慌失措，叫嚷道。

「我得不得好死你是看不見了，不過，你怎麼死，我倒是可以

勉為其難欣賞欣賞。」蒼陌雪轉過身，走到天牢入口的石階下，招手道：「賈得桂。」

「是，大人。」賈得桂提上一個布袋，提到蒼陌雪跟前。

「來俊臣，你躲在暗門偷聽什麼，還不給本相滾出來？」蒼陌雪斜了一眼暗門，大聲吼道。

「下官來來俊臣，叩見大大人。」來俊臣見蒼陌雪已識破，只得慌張近前，在蒼陌雪面前跪拜道。

賈得桂把毒蛇從布袋裡抓了出來，舉到來俊臣面前。蒼陌雪俯下身，望著來俊臣道：「來大人，認得嗎？」

「啊……」太平公主一見毒蛇嚇得縮到牆角，渾身抖瑟，口中含糊不清地說著自己無罪。

「李太平，當日你是怎麼對我的，今天我蒼陌雪就以其人之道還治其人之身。」蒼陌雪扭頭看看嚇傻了的太平公主，轉向來俊臣道：「來俊臣，本官問你，認得嗎？」

「這這，這……」來俊臣嚇得臉色煞白，趴在地上不敢動。

「你要是不認得它，本官就讓它認認你。」蒼陌雪示意賈得桂將毒蛇伸到來俊臣面前，毒蛇吐著舌芯子欲撩舔來俊臣的臉。

「認認認得，小人認得，此乃……洞簫蛇，毒蛇之王。」來俊臣嚇得連連後退，伏在地上渾身不停地哆嗦。

「不錯，是洞簫蛇，來大人果然見多識廣。」

「宰相大人，大人，當日來俊臣對大人不敬，那都是太平公主教唆謀害大人，不關小人的事啊大人。太平公主，太平公主不僅曾謀害大人，現在更是暗中蓄勢意圖謀害神皇陛下，來俊臣手中握有太平公主所有罪證，求宰相大人饒過小人，饒過小人吧？」來俊臣驚恐萬分，不停跪在蒼陌雪腳下磕頭求饒。

「饒過你？要饒過你也不是什麼難事，這就要看你對本官忠不忠心了。去，當日你是怎麼給我放蛇的，現在就怎麼給太平公主放蛇，本官要是看不出你的忠心，真不知道怎麼饒了你。」蒼陌雪一腳踩在來俊臣肩頭，拍著他的烏紗淡淡道。

「是，是大人，小人一定對大人忠心，小人不敢再有半點不

忠。」來俊臣咽了咽口水抓過毒蛇，掐住蛇頸七寸，顫顫地往牢房走去。

太平公主見來俊臣抓著毒蛇靠近自己，還未罵出口，兩眼見了蛇就瞬間嚇暈了過去。

來俊臣見蒼陌雪與賈得桂、司空鷹槊三人出了天牢，忙將毒蛇甩進牢內，抱頭鼠竄跑出天牢。

天牢門口，蒼陌雪譎笑一聲看著驚魂未定的來俊臣道：「你進去看看，那個賤婢李太平死了沒有？」

來俊臣無奈只得遵命，顫抖著雙腿慢慢移近天牢，下了石階，只見太平公主倒在地上，滿地是血。毒蛇伸著頸子，吐著舌芯子正朝來俊臣躥來，來俊臣沒敢上前看個仔細，見毒蛇就快躥到自己腳下，嚇得絆著腳跑出天牢，向蒼陌雪回稟道：「大大人，啟稟大人，太平公主已死。」

「是嗎？賈得桂，你去看看，來俊臣所言是否屬實？」

賈得桂領命進了天牢。蒼陌雪回到刑堂，坐上高椅，來俊臣跪在底下不敢抬頭，蒼陌雪望著他淡淡道：「來大人，本官問你，太平公主是怎麼死的？」

「回回大人，公主是是畏罪自殺，割脈而亡。」來俊臣渾身顫抖，望著蒼陌雪答道。

「好，說得好，都說來大人聰明，果然不假。」蒼陌雪拍了兩下手，又拿起案前的官印，舉起問道：「來大人，你說本官手中，是件什麼東西？」

「此乃刑部大印。」

「來俊臣，本官說這是皇印，你說呢？」

「是是，大人英明，這就是皇印。」

「來俊臣，本官再問你，除了太平公主謀反，魏王武承嗣，梁王武三思，這二人就沒有謀反？」

「有，有有有，大人放心，大人要誰謀反，誰就一定謀反。」

「若是陛下問起來，武承嗣謀反罪證何在？本官當如何回答陛下呀？」

「大人，有我來俊臣在，包管大人高枕無憂，來俊臣今日得遇明主，願肝腦塗地誓死效忠大人。」

蒼陌雪見來俊臣嚇成這樣，真是不知他以前的狠毒都哪裡去了？ 人就是這樣吧，只有死到自己身上來的時候，才會害怕。蒼陌雪笑笑，繼續問道：

「來俊臣，十年前正諫大夫獨孤巡然牽涉徐敬業謀反一案，可是你審的？」

「回大人，正是小人，獨孤巡然那老匹夫敢得罪小人，他就是沒有謀反，小人也要滅他九族。大人，如今誰敢得罪大人，來俊臣也一定為大人鞍前馬後，保管叫他死無葬身之地。」

「來俊臣，你是說，你想要誰謀反，誰就一定獲罪，是這樣嗎？」

「大人不相信小人？太平公主沒有謀反，小人密告公主謀反，今日不是為大人除去了大患？小人效忠大人之心天地可鑒，絕不敢對大人有半點不忠啊。」

來俊臣舉指立誓，蒼陌雪仰倒在椅子上，翹著腿，把官帽摘下蓋在臉上，喘氣喊道：「啊喲，真是累死我了，陛下你還不喊CUT啊？都聽清楚了吧？」

武則天臉色沉重從屏門後走上堂前，來俊臣見女皇君威，慌忙跪到武則天面前，哭喊求饒道：「陛下饒命，陛下饒命啊陛下。蒼陌雪殺害太平公主，威逼小臣指控公主謀反，小臣冤枉啊陛下，小臣冤枉啊。」

「來俊臣，你也有今天。」太平公主推開刑堂大門，指著來俊臣喊道。

「啊？陛下，公主，陛下，來俊臣對陛下忠心耿耿，求陛下饒過小臣這一次吧陛下。來俊臣願為陛下粉身碎骨，報答陛下的大恩啊陛下，求陛下饒命吧陛下……」

來俊臣抬頭見太平公主活生生地站在自己面前，哭喊著伏在武則天腳下求饒，金吾上前將來俊臣擒住。武則天勃然大怒道：

「來俊臣，你竟有這等本事，敢在朕的朝堂指鹿為馬？不殺你

難以平民憤，蒼陌雪。」

「臣在。」蒼陌雪戴上官帽，整整衣冠，走下高椅，在武則天跟前跪下。

「明日午時，將來俊臣斬於西市，陳屍示眾，以雪天下蒼生之恨。命徐有功將來俊臣以往所審案卷一律推翻重查，若實有冤屈者，佈告天下為其昭雪，安撫遺孤。」

「陛下聖明，吾皇萬歲萬歲萬萬歲。」

武則天令下口諭，眾人作禮恭送女皇出了司刑寺。來俊臣絕望地被衙役押下死牢，只待明日午時，於西市處斬。

蒼陌雪回到仙居殿，如釋負重地倒在床上，鞋也沒脫，蒙上被子倒頭就睡。蒼陌雪剛演了一回壞人就把她累成這樣，那要真做一個壞人，成日裡勾心鬥角爾虞我詐的，那還能活嗎？

當然不能活，不是累到不能活，而是天理昭昭，善有善報，惡有惡報。

第二天上午，來俊臣被押往西市刑場。全城百姓男女老少幾十萬人齊齊湧到刑臺下看來俊臣處斬，河道兩岸，四周屋舍，擠滿了前來圍觀的百姓。

刑場下，兩重禁軍都抵擋不住圍觀民眾的激憤。眾人激動地議論道：

「蒼天有眼，來俊臣這個魔頭總算不能再害人了。」

「皇上聖明，今日可算處斬來俊臣這個惡魔，今後我們可以後背貼著席子睡覺了。」

「這位新上任的女宰相真有魄力，頭一件事就是為我們老百姓誅殺酷吏來俊臣，這以後的世道可就太平了。」

「是啊是啊，也不知這位女宰相是什麼來歷？」

「聽說深得陛下恩寵，還是狄仁傑大人保舉為相。」

「太好了太好了，從此天下地平天成，海晏河清，我等都有好日子過啦。」

底下百姓議論不斷，全民激亢。蒼陌雪帶著李隆基、司空鷹槊、賈得桂並一行禁軍乘馬來到刑場，前驅鳴鑼開道，高聲喊著：

「宰相大人到，回避。」

百姓們見女宰相跨馬而來，一名男子湧上前頂禮跪拜，大聲呼道：「女相大人英明，為天下百姓誅殺酷吏來俊臣，實是社稷江山之福啊。」

「女皇陛下萬歲，女相大人萬福，女皇陛下萬歲，女相大人萬福……」人群中，幾十萬百姓齊齊下跪，對蒼陌雪高聲呼道。

蒼陌雪被這一場景嚇傻了，他們這是跪拜自己，給自己叩頭，讚揚自己？蒼陌雪沒想到她在神都洛陽瞬間收穫了各個年齡層的粉絲，一眼看去，足足有幾十萬呢。

「雪兒，你怎麼不說話？」李隆基拍拍蒼陌雪的手，喚她道。

「各位洛陽的父老鄉親，大家請起。我蒼陌雪沒那麼大本事，不敢受大家跪拜之禮。這都是女皇陛下心繫天下蒼生，也是作惡之人必遭的下場，謝謝大家對我上任的支持，大家快快請起。」

蒼陌雪下馬，對百姓們點點頭，走上行刑臺。看著跪在地上鐫上枷鎖的來俊臣，昔日的惡魔型男，今時的待斃刑犯，蒼陌雪看著來俊臣臉上的鬍渣，一副潦倒頹敗樣。

「來俊臣，到頭來，你還是要死在我手裡。」

「哼，少廢話，人終有一死，何必假惺惺地活著。」

「來俊臣，你真的不怕死？」

「人之情多矯，世之俗多偽，豈可信乎……」來俊臣放聲大笑，高聲念道。

蒼陌雪搖搖頭，沒有再理會來俊臣，與李隆基等人走上監斬臺坐定，禁軍上前拱手道：「啟稟大人，午時已到。」

蒼陌雪仰頭看了看天空中的太陽，並手趴在案桌上，望著刑場之上的來俊臣，一言不發。

李隆基見蒼陌雪不吭聲，推了推她的肩膀，喚道：「雪兒，午時已到，下令處斬啊。」

「下令處斬會怎麼樣？」

「來俊臣當即身首異處。」

「斬首之後會怎麼樣？」

「來俊臣就死了啊。雪兒，你怎麼了？」

李隆基疑惑地看著愣愣的蒼陌雪，蒼陌雪心裡卻有一種說不出的感覺。

本以為可以殺了來俊臣應該是件很開心的事，可是當自己坐上監斬臺，要喊行刑令斬殺來俊臣時，心裡竟有些遲疑。

此刻，蒼陌雪感到，自己在決定一個人的生死，只要從自己口中喊出「行刑」二字，就能當場斬殺一條人命。蒼陌雪咬著嘴唇望著群情激動的幾十萬百姓，下著決心挺起身板，拿起令牌，手舉在半空，口中還是沒法喊下「行刑」，擲下令牌。

兩岸四周的百姓情緒激動地喊道：「殺了他，殺了他，殺了他……」

「雪兒，你怎麼了？快擲行刑令啊？」李隆基急切地催促道。

「我……我突然不想監斬了。王，要不你來？」蒼陌雪把令牌遞給李隆基，呆呆道。

「雪兒，你胡說什麼？你是監斬官，你看底下百姓多激動啊，快下令將來俊臣處斬吧。」

「是啊，老大，趕快下令吧，來俊臣這種惡魔，不能留他在世上多活一刻。」賈得桂看著底下百姓，也著急起來。

「雪兒，拿起令牌，喊行刑吧。」司空鷹槊對蒼陌雪點點頭，抓起她的手，望向刑場。

蒼陌雪望著眾人歎了口氣，把高椅調轉方向，盤腿坐上椅子，背對著刑場；從口袋裡掏出棉花塞住耳朵，罩上眼罩，拿起令牌，深呼一口氣，再一口氣，緊閉著眼睛，揚手向後一拋，高聲喊道：「行……刑。」

蒼陌雪不知自己怎麼喊出這句行刑令，只在拋了令牌之後兩手死死捂住耳朵垂著頭，不想看刑場，不想聽到任何聲音。

劊子手一刀下去，鮮血四射。百姓們個個激動地湧上刑場拿刀割下來俊臣的肉，挖心掏肺，拔筋抽髓，剝皮碎骨。片刻工夫，刑場之上除了那一灘觸目的汙血，來俊臣已經死得連渣都不剩了。

蒼陌雪就這樣，在幾十萬人的刑場上，監斬了武周朝最令人毛

骨悚然的酷吏來俊臣。百姓們抑制不住激動之情，歡呼雀躍，而蒼陌雪坐在高椅上，整個人卻是完全僵住。

李隆基與賈得桂摘下蒼陌雪的眼罩，掏出耳朵裡塞的棉花，在旁邊喊了她許久。蒼陌雪怔得像靈魂出竅，完全不理會李隆基等人喊她，連睫毛都沒眨一下。

無奈，司空鷹槊與賈得桂兩人，一人一邊抬起椅子，將蒼陌雪從刑場抬到長生殿。

「司空將軍，您也走慢點啊，您是練武之人力氣大，奴婢可累殘了。」賈得桂放下椅子，捶著酸疼的手臂。

「她這是怎麼了？」武則天從殿后出來，問眾人。

「回祖母陛下，雪兒在刑場喊完行刑就成這樣了，一直僵在椅子上一動不動，喊她也沒有反應。」李隆基擔心地望著蒼陌雪，實在不明白她這一下子中了什麼邪。

「拿下她的手。」武則天看了看蒼陌雪那比僵屍還標緻的僵硬神情，淡淡道。

「是。」司空鷹槊與賈得桂一人一邊，掰開蒼陌雪死死捂住耳朵的手。

「雪兒，雪兒，你到底怎麼了？你說話呀。」李隆基湊在蒼陌雪耳邊，大聲喚她。

「你們都退下。」武則天令道。

大家作禮退出大殿，武則天把眼罩重新給蒼陌雪罩上，把棉花重新塞回她耳朵裡。

「陛下，我殺了人。」蒼陌雪抓住武則天的手，摘下眼罩，望著武則天愣愣道。

「你殺了誰？」武則天問。

「我不知道，我想哭。」蒼陌雪淚在眼中，悶著頭道。

「你想哭來俊臣？」

「不是，我就是想哭。」

武則天攬過蒼陌雪的頭靠在自己懷中，安慰她道：「朕的宰相大人想哭，好，那就哭吧。」

　　蒼陌雪抱著武則天放聲大哭起來，邊哭邊說道：「陛下，以後你別叫我殺人了，我害怕，嗚嗚……」

　　「全城百姓都喊著女相大人萬福，女相大人萬福。你這個百姓的女宰相，讓你監斬一個人，人得而誅之的來俊臣，就把你嚇成這樣？」武則天指著蒼陌雪的額頭，口中嗔道。

　　「我平時連隻剛孵出來的小雞都不敢抓，半條蟲子都能欺負死我，我剛才說了兩個字就殺了一個人，這有多恐怖你知道嗎？」

　　「哼，蒼陌雪，朕還真不知道你這麼膽小。你不是恨不得殺了來俊臣？朕讓你親自監斬，你反倒怕了？」

　　「陛下，為什麼世上不能全都是好人，為什麼要有壞人？」蒼陌雪擦了擦眼淚，望著武則天道。

　　蒼陌雪的心中突然想到，她不是要殺盡天底下所有的壞人，而是希望天底下沒有一個壞人。就算是世人眼中最壞最壞的來俊臣，也讓蒼陌雪動起一絲的惻隱之心。

　　「朕的女宰相果真還是個孩子呀！是啊，為什麼世上就不能全部都是好人？為什麼世上要有壞人？為什麼，朕有的時候，也是個壞人？」武則天摸摸蒼陌雪的腦袋，一陣感慨。

　　「陛下，我不敢去仙居殿住了，我不敢一個人睡。」

　　「那你就住朕的寢宮吧。你不是說，在朝堂上我是君你是臣，下了朝堂就排排坐吃果果。」武則天笑著抹了抹蒼陌雪眼角的淚，牽起她的手走到案臺，拿起一塊九瓣玉露酥遞給蒼陌雪，沖她笑笑：「嚐嚐。」

　　「陛下，你不許把我剛才哭的事說出去。」蒼陌雪接過玉露酥，望著武則天。

　　「如何不能說啊？朕還想明日在朝堂之上，就此事與大臣們分享分享。」武則天笑道。

　　「不，你不能給我說出去。我現在是宰相嘛，一個宰相老是哭，這，像什麼話？」

　　「哼，你本來就不像話。」

　　人生在世，長生、久視、建功、避禍、善終，如何順應天之道？

人活一世，到最後究竟給了自己一份怎樣的答卷，哼哼，天知道！

　　蒼陌雪自監斬來俊臣，似乎讓她想到了些什麼，可又不大明白，那是什麼？她不知道這個混沌之中，到底蘊藏著什麼東西，那個東西可與自己有關？

　　蒼陌雪只是疑惑，心裡說不清，道不明。只隱約有一種要掙脫某種力量的感覺，那是什麼？會是什麼？

　　也許，後面會有答案！

第二十五章 背女皇，智懲薛懷義

處決了來俊臣，武則天也允了當年來俊臣所審案件一律交由徐有功重查，含冤者終能得到昭雪，蒼陌雪也算給了師父獨孤夜澄一個圓滿的交代。

初冬的洛陽，開始下起第一場雪。人們一點沒感覺冬天的寒意，依然沉浸在斬殺來俊臣的興奮之中，文人墨客也就著雪景開始各處走訪賽詩文會。

皇宮裡，蒼陌雪做了兩個公仔，把它們放在樹枝上相互依偎著看雪。長生殿前，蒼陌雪穿著羽絨服坐在玉階上握著手錶，出神地望著那一對坐在樹上「賞雪」的情侶公仔。

「在想蘇白離？」武則天披著斗篷，走出大殿，看著出神的蒼陌雪笑笑。

「第一次發現下雪這麼美。」蒼陌雪一手托著下巴，一臉傻笑。

「你不用做朕的宰相了，去做蘇白離的新娘吧。」珍妮拿來墊子鋪上，武則天一旁坐下，一起賞著這院中的絨絨白雪。

「誰說我要嫁給他啊？」蒼陌雪看了武則天一眼，低下羞紅的臉，撇過頭道。

「人家捨身相救，你不該以身相許？」

「哎呀陛下，這是臣的私事，你別問行嗎？」

「朕看蘇白離眉宇翩翩，心性超然。朕的曾孫姪女元寧郡主尚待字閨中，朕倒有心將元寧下嫁蘇白離，封蘇白離為郡馬都尉。朕的宰相，你覺得如何啊？」武則天看著蒼陌雪，淡淡玩笑道。

「我覺得我會被你氣死。」蒼陌雪嗔了一眼武則天，眼珠子一轉，壞笑道：「哼哼，我想起來了，陛下，在祁玄觀的那些日子，我覺得你看棗玄道長的眼神不對啊？說，打人家主意了吧？打人家主意了沒？」

「胡說。」武則天緊起臉色，撇過頭。

「喲喲喲，這麼生氣，沒有鬼都有鬼。好了啦，我才沒那麼八卦呢，你也不要有事沒事就消遣我。回大殿去吧，這裡冷，凍壞了你怎麼辦？」

蒼陌雪見武則天沒有起身，只是呆呆地望著漫天飛雪，復小心問道：「陛下，你在想高宗皇帝？」

「想，想朕的先帝，想朕已過世的安兒，弘兒，賢兒，流放房陵的哲兒。」武則天閉起眼睛，滿臉沉重道。

「陛下，說說你跟先帝的故事吧。」

「結髮為夫妻，恩愛兩不疑。」

蒼陌雪低頭笑笑，沒有再問下去。她知道，武則天的心其實很溫柔，她是一個剛毅果敢的皇帝，也是一個多情重情的女人。

從一入宮門深似海到如今皇袍加身，武則天，已不再是一個純粹的女子。可在她心裡，依然有一份純粹的感情，這感情究竟是什麼，怕是只有她一個人懂。

別人是無法窺探她的內心世界的，更無法感同身受這位承載起一個泱泱帝國的女人，她的內心到底強大到何種程度。

可是物極必反，她能掌舵風雲號令天下，卻也沒有一個能在她累了的時候，可以讓她安心停一停靠一靠的肩膀。

平凡的幸福看起來總是微不足道，孰不知高處不勝寒，世上本沒有雙全法，這一場水月鏡花的權傾天下，如何不叫人暗自嗟呀？武則天不是不懂，只是，她還放不下！

這一日，蒼陌雪與李隆基、賈得桂、司空鷹槊三人從城外回來，一路上零星的雪跡已融化，太陽暖暖升起。

司空鷹槊駕著車馬行到定鼎門城下，蒼陌雪解下紫金袋遞給司空鷹槊，向城門守將出示了金龜符。

守將看過龜符，恭敬道：「原來是宰相大人的車馬，小將見過宰相大人，宰相大人請。」

「慢。哼，誰的車馬敢在本王之前進城？」武三思坐在馬車裡，掀開轎簾，耀武揚威地喝道。

「梁王，自然是梁王先請。」蒼陌雪聽見武三思的聲音，從馬

車裡站出來，笑笑。

「蒼陌雪，算你還有點自知之明。」武三思冷哼一聲，揚手命車馬進城。

司空鷹槳將馬車靠邊，讓武三思的車馬先進了定鼎門，隨後才駕車入城。

「雪兒，如何就要讓他？換作本王，決不讓。」馬車內，李隆基撅著小臉，不服氣道。

「呵，小鬼，小小年紀這麼大脾氣？阿瞞，你要知道，朝堂之上不可能全部都是賢臣，奸臣的作用就是在一定程度上制衡朝臣。否則，如果盡是賢臣掌權，那麼賢臣裡也會出現奸臣。武三思雖然壞，對陛下來說也是制衡朝臣的一顆可靠棋子。我們不要太過頻繁與武三思發生衝突，那種草包，成不了大事的。」蒼陌雪拍拍李隆基，解釋道。

「嗯，我知道了。雪兒，時間還早，多玩一會兒再回宮吧。」

「好啊，司空大哥，我們去北市逛逛吧。」

司空鷹槳駕著車馬往洛陽北市去。北市街頭，薛懷義正帶著一幫潑皮沙彌，毆打凌辱道門中人，當眾令道士剃作光頭。圍觀的百姓敢怒不敢言，大家只能無奈地看著薛懷義作惡，無人敢上前制止。

司空鷹槳駕馬經過，見薛懷義氣焰囂張，縱身躍起將薛懷義擒下。賈得桂忙高喊：「宰相大人到，郡王殿下到。」

蒼陌雪與李隆基一起下了馬車，街道兩邊的百姓皆躬身作禮，薛懷義手下的沙彌見薛懷義被擒，群起向司空鷹槳圍攻而來。

司空鷹槳一甩錦袍，將四面圍上的小沙彌全部擊倒在地，收拾這些小嘍囉，都不勞鞘中之劍。司空鷹槳將薛懷義擒至蒼陌雪跟前，用劍鞘壓著他的脖子，摁著他跪在蒼陌雪面前。

「放開我，你們竟敢對本寺主動手，本寺主定要叫你們碎屍萬段。」薛懷義掙扎著叫嚷道，用盡力氣也掙不開司空鷹槳的劍。

「宰相大人，求宰相大人為小道們主持公道啊。」一小道士束起散髮，近前跪喊道。

「小道長你先起來，這事我一定管。」蒼陌雪上前扶起道士。

「我呸，蒼陌雪你這個賤婢，快放了本寺主，不然本寺主要你們死無葬身之地。」薛懷義脹粗了脖子，怒吼道。

「薛懷義，你對下作威作福，對上不把本宰相放在眼裡，今天我要是不教訓教訓你，我就不再當這個大周帝國的女宰相。」

「哼，宰相？你能殺掉來俊臣，可本寺主是什麼人你應該明白吧？蒼陌雪，本寺主是女皇陛下的人，你敢把本寺主怎麼樣？」薛懷義滿口輕蔑道。

「各位父老鄉親，薛懷義欺凌弱小，有辱朝廷威德，我蒼陌雪今日就當著大家的面，給洛陽的父老鄉親一個交代。」蒼陌雪沒有理會薛懷義的囂張，轉而望向兩旁的百姓，高聲道。

「女相大人英明，女相大人英明……」百姓們紛紛抬手呼喊道。

「老大，不可啊。老大深知薛懷義的身份，若是背著陛下當眾教訓他，回宮可怎麼向陛下交代啊？」賈得桂近前，對蒼陌雪勸道。

「是啊，雪兒，不可當眾給他難堪。你是宰相，薛懷義有過也當依律堪審，萬不可壞了國家典律啊。」李隆基心裡雖然也想教訓薛懷義，可礙於薛懷義的身份，暫且只能先勸止蒼陌雪。

「怎麼樣？蒼陌雪，你能奈本寺主何？」薛懷義高聲狂笑，一邊欲掙扎起身。

「司空大哥，你的意思呢？」蒼陌雪頓了頓，望著司空鷹槊。

「雪兒，你怎麼說，我怎麼做。」司空鷹槊將劍重重壓在薛懷義肩頭，使他半點動彈不得。

蒼陌雪繞著薛懷義走了幾圈，正想該怎麼教訓他，該怎麼合理地教訓他，又能在武則天面前有個合理的交代？蒼陌雪忽見一旁有個被剃成光頭的小道士，忽然靈光一閃，有了主意。

「得桂，去拿香案來。」

「老大，拿香案作什麼？」

「別問，快去。」

　　人群中，早有百姓搬來椅子給蒼陌雪坐下，蒼陌雪致謝在街中坐下。薛懷義不停地掙扎、叫喊放開他，司空鷹槊橫眉壓住，被打得倒了一地的小沙彌，懼於司空鷹槊，皆不敢再上前拼救，只得縮在一起，退至街角。說話之際，賈得桂已從附近的延隆寺端來香案，並取來一支高香。

　　「雪兒，究竟要做什麼？」李隆基不解問道。

　　「隆基，把薛懷義頭上的毗盧冠摘下。」

　　李隆基照蒼陌雪的話，把薛懷義頭上的毗盧冠摘下。蒼陌雪點上香，薛懷義見狀，慌張喊道：「蒼陌雪你要幹什麼？快放了本寺主，不然本寺主要女皇陛下誅你九族，快放開本寺主。」

　　「薛寺主，別緊張，本官只是給你修繕修繕形象。」蒼陌雪笑笑，在賈得桂耳邊交代道：「十二個，別點少了。」

　　「老大，奴婢下不去手啊。」賈得桂顫顫地為難道。

　　蒼陌雪看看人群中，沒有出家人在場，只得咬咬牙，自己親自來吧。

　　「得桂，你摀住我眼睛；隆基，你移著我的手，放在薛懷義頭頂，點夠十二個香疤。」

　　蒼陌雪一手拿起香，一手捏住鼻子；賈得桂兩手摀住蒼陌雪的眼睛也撇過頭去；李隆基抓著蒼陌雪的手放上薛懷義頭頂，開始在他頭頂燒起香疤來，「阿彌陀佛，薛寺主，忍著點哦。」

　　「賤婢，你要對本寺主做什麼？賤婢，放開我……」薛懷義奮力掙脫喊道。

　　蒼陌雪把香頭戳在薛懷義光禿禿的頭頂上，薛懷義痛得奮力掙扎直喊，百姓見薛懷義奮力掙扎起身，紛紛上前將其摁住，令他在蒼陌雪跟前「受戒」。

　　「蒼陌雪，本寺主一定要殺了你，我一定要殺了你這賤婢，本寺主一定要上告女皇陛下殺了你這賤婢，本寺主要將你挫骨揚灰，誅你九族。放開我，快放開我……」

　　薛懷義手腳被摁著，頭頂被燒著，痛得奮身掙扎直嚷。片刻工夫，蒼陌雪一共在薛懷義頭頂燒了十二個香疤，圍觀百姓紛紛叫

好，薛懷義痛得差點昏過去。

「阿彌陀佛，薛寺主，現在看起來，你才像白馬寺的住持嘛。」蒼陌雪滿意地看看薛懷義的頭頂，收了手中的高香。

蒼陌雪教訓完薛懷義，去了延隆寺請教住持關於僧人燒戒疤的依據，想著回宮武則天問起，自己也有個交代。

薛懷義摸著自己頭頂上的戒疤，痛得怒不可遏地抓起禪杖跨馬進宮要向武則天告狀。

波斯人拂多誕持《二宗經》入宮朝見武則天，武則天正在龍光殿接見拂多誕。薛懷義欲闖龍光殿被禁軍重重阻攔在外，只得悻悻地摸著自己被蒼陌雪燒了十二個戒疤的腦袋回到長生殿去等。

蒼陌雪與賈得桂回到長生殿，悠哉悠哉地在殿中烤火。司空鷹槩則在殿外盯著薛懷義，薛懷義礙於自己打不過司空鷹槩，只好暫且忍下這口氣，留著力氣等武則天回到寢殿，再全盤哭訴自己這莫大的冤屈。

武則天接見完拂多誕回到寢宮，薛懷義見武則天才踏進殿院，放聲大哭跪過去抱住武則天的腳，哭喊道：「陛下，陛下呀陛下，陛下，陛下呀，懷義的陛下啊，陛下。」

蒼陌雪吃著白果，笑著倚在殿門，看薛懷義哭哭啼啼那可憐樣，一陣發笑。武則天俯身拽了一下，沒拽開薛懷義的手，復淡淡地安慰道：「外邊天冷，進殿說吧。」

薛懷義抹了鼻涕眼淚跟著進了大殿，跪在武則天面前委屈道：「陛下，陛下救懷義啊陛下，蒼陌雪那賤婢……」

薛懷義這委屈還沒來得及說，武則天含威打斷道：「掌嘴。」

薛懷義不明所以地望著神情威重的武則天，只得垂下頭打了自己兩下嘴巴，又抬頭道：「陛下，陛下為何要懷義掌嘴？」

「你辱罵當朝宰相，還敢問為何要你掌嘴。」武則天轉過身，坐上龍座。

「你辱罵當朝宰相，還敢問為何要你掌嘴。」蒼陌雪學著武則天的語氣忍不住發笑，武則天嚴肅地掃了她一眼，蒼陌雪見武則天的眼神，趕緊捂著嘴，立在一旁站好。

「陛下，懷義冤枉啊陛下，陛下看看懷義的頭，被那賤⋯⋯被蒼陌雪在北市街頭燒成這個樣子，求陛下為懷義做主啊陛下。」薛懷義說著，大聲嗚咽起來。

「蒼陌雪，你又把他怎麼了？」武則天板著臉問道。

「回陛下，蒼陌雪不過給薛寺主爇頂，受菩薩戒而已。」蒼陌雪雲淡風輕，正經答道。

「薛懷義，你過來，朕看看。」

薛懷義抹著眼淚，摘下毗盧冠，近前伸著頭道：「陛下，您看。」

「蒼陌雪，你身為宰相，如何能濫用職權毀人身體？跪下。」武則天看罷，含威令道。

「陛下，在我跪下之前，先說兩條道理給你聽。《梵網經》四十八輕戒之第十六條說：『若不燒身、臂、指供養諸佛，非出家菩薩。』」

「你⋯⋯」薛懷義怒衝衝地瞪著蒼陌雪。

「別急，還有，《法華經・藥王菩薩本事品》中說：『有一切眾生喜見菩薩燒身、燒臂供養諸佛。』陛下，我就給薛寺主燃頂受菩薩戒而已，我哪裡毀壞別人身體了？薛寺主身為白馬寺住持，若沒有大修行如何能服眾於天下僧人？我還沒給他燒身燒臂燒指呢！」蒼陌雪慢條斯理地反駁道。

「陛下，休聽那，那蒼陌雪胡言欺君。佛祖哪有規定僧人燃頂，分明是蒼陌雪假借佛經斷章取義，以此為由毒害於我。陛下，陛下呀陛下，可憐懷義的頭，被燒成這個樣子，求陛下為懷義做主啊陛下？」薛懷義跪在武則天面前不停磕頭抽泣道。

「蒼陌雪，你為何無故對薛懷義燃頂？」武則天沉著臉，看著蒼陌雪問道。

「薛懷義常於集市欺凌百姓，有辱朝廷威德，本官身為宰相，不過對其略施懲戒，為陛下，整肅朝綱而已。」蒼陌雪慢慢悠悠道。

「既有此事也當依律堪審，你既身為宰相，如何能踐踏國法罔

顧社稷典律？蒼陌雪，你可知罪？」武則天質問道。

「哼，國法？陛下就是國法，國法就是陛下，王子犯法與庶民同罪說得好聽，21世紀的法律也沒有平等到這種地步。禮不下庶人，刑不上大夫，依法堪審？有陛下你這個背景罩著，我如何審得了他？我才沒那麼笨呢，難道陛下相信這個世間有什麼繩不繞曲，法不阿貴麼？世間何曾得見刑過不避大臣，賞善不遺匹夫？陛下責我罔顧典律，既然典律不能如日所照，如月所明，又如何能使天下之人信服？蒼陌雪，又何罪之有？再說了，我不過給薛懷義受菩薩戒而已，本官堂堂當朝總宰相，難道還不夠資格給他區區一個白馬寺住持受戒？如此論起來，蒼陌雪倒要問問陛下，我到底有什麼罪？」

蒼陌雪滿不在乎地為自己辯解道，好不容易逮著機會嗆一嗆武則天她豈能放過，女皇隨時都可以欺負自己，自己看准機會當然也要反擊一次。

蒼陌雪很有信心武則天不會因為這件事定她的罪。莫說現在薛懷義在武則天面前已慢慢失寵，就是薛懷義正得武則天恩寵權勢熏天時，宰相蘇良嗣當眾打了他的耳光，薛懷義告到武則天面前，武則天也沒有公私不分地治蘇良嗣的罪。

薛懷義實在太天真了，以為深得女皇寵倖自己就能飛上枝頭變鳳凰。對武則天來說，一個是助她治理國家的棟樑；一個是供她取樂的私人玩物。二者孰輕孰重？這薛懷義倒真從未掂量掂量。

唐朝宰相地位之隆崇，堪稱「禮絕百僚」，所以薛懷義當著武則天的面喊蒼陌雪是賤婢，武則天自然要他掌嘴。如此，蒼陌雪智懲薛懷義這一招，實在是合情合理且合法呀！

而武則天，雖覺得蒼陌雪多多少少駁了她的面子，卻也不會糊塗到為了一個男寵，而罷免一朝宰相。

天下只有一個，天下的男人卻是要多少有多少！可惜武則天的男寵們總掂量不清自己的身份，硬要走上歷史的前臺來興風作浪，其結果，只能是自取滅亡。

「陛下，求陛下為懷義做主啊陛下。」薛懷義被蒼陌雪這一通

高大上的理論說得愣了好久，好久才回過神來繼續擠眼揉淚哭喊道。

「好了，既然燒了就燒了，燃頂供佛也是一大功德，薛懷義，你且回白馬寺去吧。」武則天瞪了蒼陌雪一眼，復對薛懷義令道。

薛懷義這一把眼淚一把鼻涕還沒擦乾淨，只見一個溫文爾雅且樣貌清秀的男子躬身進殿對武則天垂首作禮道：「尚藥奉御沈南璆，謁見陛下。」

沈南璆？蒼陌雪一聽這個名字，忙轉過頭仔細打量這個尚藥奉禦，心想這居然就是武則天的第二個男寵，這個沈南璆看起來雖年過中旬卻是一副傳粉何郎樣，怎麼看都比薛懷義順眼。

「你，去貞觀殿侯駕吧。」武則天抬眼看了看沈南璆，淡淡道。

「是，陛下。」沈南璆作禮出了大殿。

「陛下，您可是聖躬違和？」薛懷義繫上毗盧冠，一臉關切道。

「沒什麼，你出宮去吧。薛懷義，若要自己活得太平，就當收斂些別在外面胡作非為。尊卑有序，今日既是宰相教訓你，你領受就是了，奉旨出宮去吧。」

「懷義，奉旨，懷義，拜退。」薛懷義恭敬禮拜退出大殿，心裡卻暗暗發誓一定要報此羞辱之仇。

薛懷義侍奉了武則天近十年，他很清楚武則天的脾氣，既然女皇這麼說，自己也不敢再不依不饒。若是幾年前，自己也許還能在女皇面前撒撒嬌吹個枕邊風。可近幾個月來，女皇已明顯冷落自己，如今只得悻悻地垂著頭出了大殿，不敢再糾纏下去。

蒼陌雪見薛懷義出了大殿，蹲在地上笑個半死，武則天走近，揪起蒼陌雪的耳朵，喝斥道：「笑什麼？」

「道可道，非常道，名可名，非常名，笑可笑，非常笑。」蒼陌雪掙開武則天的手俏皮道。

「蒼陌雪，朕說過不准你胡鬧。」

「蒼陌雪沒有胡鬧，蒼陌雪身為宰相，一言一行都當為陛下

表率。薛懷義在北市見道人就強行令其剃頭，改穿僧衣。薛懷義毀敗佛門，而道門神仙的徒子徒孫遭辱，神仙降罪，豈不降罪於陛下您，責陛下，對家畜看管不嚴之罪。」

「休拿這些小事令朕心煩。你痛經可好了？好了就去學《臣軌》，別在朕跟前胡攪生事。」武則天嗔道，珍妮給武則天披上斗篷，侍駕出了大殿。

「我沒痛經，我不學臣軌，你好好玩啊，別著急回來啊。」蒼陌雪聳聳肩，笑著朝武則天用力揮手。

啊，想想剛才那一幕都覺得可樂。武則天的兩個情人初次碰面，以後這醋和尚薛懷義不定會鬧出什麼爭風吃醋的事呢！

蒼陌雪的穿越也算比較完美的了，唯一有點缺憾的是沒能帶著史書一起穿越到武周帝國來。不然，她也不用當什麼宰相了，直接在洛陽城開個算卦的小攤做個算命先生，專給朝中的大臣們算算他們的命運，就足夠讓自己豐衣足食且發點小財了。

蒼陌雪自然知道薛懷義的結局，只是忘了薛懷義是在哪個時間就徹底地結局了。

話說薛懷義退出長生殿並沒有直接出宮，而是悄悄隱在貞觀殿別院，等武則天鑾駕在貞觀殿落下。

沈南璆在殿中置下酒宴，與武則天一起喝酒彈琴。薛懷義在殿外偷看到兩人在殿內說說笑笑，氣得直想衝進殿中，可迫於武則天的威嚴，想了想，還是憤憤地先回了白馬寺。

薛懷義煩躁地在禪堂走來走去，暗自叫罵道：「前有蒼陌雪這個賤婢令本寺主失寵，現在又來了一個死御醫跟本寺主爭寵。本寺主不會輸的，女皇陛下是我一個人的，你們膽敢蠱惑陛下冷落我，此仇不報，我薛懷義誓不為人。」

此刻，薛懷義應該改名叫「薛失意」。他現在是處處失意，武則天慢慢冷落了他，蒼陌雪又幾次三番捉弄他，現在又出現了一個情敵沈南璆替換了他，這以後的日子還有活頭嗎？

哎，活著，就是這麼辛苦吧！白馬寺眼前就是佛祖，而佛卻救了他，想來這是為什麼呢？啊，原來是道高一尺，魔高一丈！

第二十六章 倡女皇，洛陽全民冬運會

時間已是十一月。洛陽百姓中，中上等人的生活是春天遊江踏青賽花魁；夏天擺冰山水席宴請賓客；秋天則邀三五好友登極樂塔吟詩；到了冬天，有錢有勢的人該出城打獵了。

武則天站在天堂頂樓的廊簷上，拿著望遠鏡環視洛陽城外四周，見許多貴族的打獵隊伍大肆獵殺黑熊，武則天把望遠鏡遞給蒼陌雪，指給她看。

「傳朕旨意，官民一律不得捕殺黑熊，違者處以重刑。」武則天對一旁的喜公公道。

「就這樣嗎？」蒼陌雪看罷，笑笑。

「還要怎樣？」武則天問。

「陛下曾下旨國民一律禁葷食素，結果呢？結果還不是陛下妥協，改令國民於每月當中的六日修持齋戒，培養福德。」

「蒼陌雪，你想說什麼？」

「陛下，禁是禁，可禁了之後你讓他們幹啥呢？冬天出城打獵這已經形成了貴族社會的時尚風氣，你這麼降一道旨意表面上是禁止得了，也會有人偷偷去獵殺黑熊。比如，武三思去獵殺黑熊，陛下你罰不罰呢？」

「依你的意思？」

「冬天是一年當中最閒的季節，閒著沒事幹就容易出事。既然這個年代不愁吃穿，那就豐富豐富他們的精神生活。」蒼陌雪想了想，心下已有了主意。

「說下去。」

「陛下，不如鼓勵百姓們多參加一些健身運動，有一個健康的身心才能活出幸福感啊。」

「你有何建議？」

「唔，不如咱就辦一屆洛陽全民冬運會吧，怎麼樣？」

「全民冬運會，是為何意？」武則天看著蒼陌雪，淡淡問道。

「就是讓閒著的人都動起來鍛煉身體，現在這個季節連農夫不也是閒在家裡烤火嘛。這個冬運會呢，男女都可以參加，再適當地給一些獎勵。」

「以什麼作為獎勵？」

「比如說一個農夫獲勝，就獎勵他一頭牛，這也體現了陛下重農桑的安民富國思想；再比如一個漁夫獲勝了，就獎勵他一張結實的漁網，實用嘛，這也對應了陛下提倡禁浮巧的風氣。要是貴族獲勝了，就賞他一個榮譽稱號，反正他不缺錢，以一物替一物，潛移默化中引導人們將喜歡打獵的風氣，改為崇尚運動，健康為美。」

「一頭牛自然比一張漁網貴重，如此不平的獎賞，參賽者豈不都說自己是農夫？」武則天嗔道。

「笨呐，我們自己知道就行啦，幹嘛非說出去呢？對百姓只要說，獲勝者，皇帝親自頒獎。陛下，獎賞雖不貴重，但如果陛下您親自為百姓頒獎，那就是最大的獎賞，百姓不會不服的。因為無論貧富貴賤他們都可以得到一個平等的獎勵，就是陛下親自給獲勝者頒獎。要是少了陛下你來頒獎，我設的獎品再貴重也沒意思啊。」

「要朕親自頒獎？」

「陛下已經樹立了親民愛民的形象，就要繼續保持啊。辦吧，辦個冬運會一舉多得，對陛下來說你順應民心，對百姓來說，皇帝重視百姓的身體健康。要說虧呢，就我虧一點，運動會的獎賞就由我的奉銀裡出吧，怎麼樣？」蒼陌雪湊近武則天跟前，如是建議道。

「你說的，運動會的獎賞由你的奉銀裡出。」武則天含嗔一笑，指著蒼陌雪道。

「嘿，陛下，你怎麼老喜歡算計我咧？我就賣個乖，你又不缺錢，你也不說贊助我一點。」

「此事就交由你去辦。這個洛陽全民冬運會辦得好則罷，辦不好，你就引咎辭職吧！」武則天轉身，往殿內走去。

「陛下，我還有話說。」蒼陌雪吐吐舌頭，跟上去。

「說。」

「舉辦洛陽全民冬運會是針對好動的人而言，那喜靜的人怎麼辦呢？不如開放洛陽幾處學館的藏書，讓民間百姓可以免費借閱，利用起這些閒置的社會資源，使更多百姓可以從中獲益。運動則強身，讀書則修心，好不好？」

「借閱書籍可以，若有損壞，增補書籍這筆錢又由誰出啊？還是你出？」武則天笑笑，淡淡問道。

「陛下，你是欺負我欺負慣了，什麼呀什麼呀就又是我出？我從你的近侍尚宮到怡鸞御史再到宰相，你可沒給過我半毛錢工資咧。我說借書是可以，也須得有個章法，如果誰借閱書籍期間有所損壞，無論貧富，一律按原書賠錢。」

「蒼陌雪，這兩件事都由你去辦吧，只一點，別給朕惹禍。」

「陛下，辦我當然會辦，不過你得配合我呀，你不出錢，不出力，你得出面啊，你就贊助我你那一張臉就行了，好不好？」

「蒼陌雪，狗是怎麼叫的？」

「嘿嘿，我可不上你的當，我現在就去牽一條狗來讓它叫給你聽，我可不學那聲音。」

「朕就要聽你叫。」

「陛下，我是宰相好不好，宰相學狗叫，丟的是你的臉好不好？」

「你叫是不叫？」武則天停下步子，轉頭含威道。

「汪，汪汪，汪汪汪……」蒼陌雪瞪著小眼，不情不願地低聲叫道。

「大點聲。」

「汪，汪汪汪汪，汪汪汪汪汪汪汪……」蒼陌雪湊近武則天，噴得她一臉口水。

「現在知道了？是朕要你怎麼樣你就怎麼樣，不是你叫朕怎麼樣朕就怎麼樣。」

「陛下，你真是莫名其妙，我又沒有不尊重你。好吧好吧，來

不來你自己看著辦，懶得理你。」

蒼陌雪只想問武則天還能不能好好作朋友了？這跟她說不上幾句話，就讓人生氣，太不給宰相面子了。

這幾日洛陽連下了好幾天的雪，銀裝素裹的神都，地面鋪得足有七寸厚。

蒼陌雪從太僕寺要來八條純白色的鬆獅犬，交給賈得桂去馴，想著訓好這些狗用來拉雪橇。

賈得桂已照蒼陌雪畫的圖把雪橇做好了，一一將鬆獅犬套上，看起來「wow，perfect！」

「老大，這到底是什麼呀，咱要幹什麼呀？」賈得桂按蒼陌雪所說，一一將鬆獅犬套上雪橇車。

「這個呢，就叫雪橇咯。好了，走吧，我們去顯仁殿找隆基。」蒼陌雪把鞭子遞給賈得桂。

「雪兒。」李隆基搓著小手跑來。

「正要去找你呢，你又沒帶跟班的小太監啊。」

「要他們幹什麼，多煩。雪兒，這是什麼？」李隆基望著眼前這稀奇古怪的東西，直撓頭。

「呵，殿下，老大說這是雪橇。」賈得桂坐上主駕，對李隆基笑笑。

「上來，帶你去洛陽城兜風。」蒼陌雪拉過李隆基一起坐上雪橇。

「雪兒，為什麼要騎狗啊？」李隆基望著一排鬆獅犬，實在不理解。

「因為酷啊，坐穩了，得桂，我們出發。」

三人駕著雪橇出宮，超拉風地逛街去了。第二天早朝，武則天還沒來，眾大臣已齊集明堂殿上等候聖駕。

「蒼陌雪，聽說你昨天騎著八條狗去逛洛陽城？哎呀，宰相大人真是好雅興啊，您要騎狗，怎麼也不跟本王說一聲，本王多送你幾條啊。」武三思走近蒼陌雪，大聲戲謔道。

「梁王，本官自知你這條狗本官騎不起，所以沒好意思開

口。」蒼陌雪閉著眼睛倚著大殿銅柱淡淡道。

「蒼陌雪你這個賤婢，居然敢罵本王是狗。」武三思怒而舉起爪子，就要動手。

「本相就罵你了，怎麼著？你還想咬我啊，好啊，來呀來呀來呀，放心，我很明白，打狗也要看主人嘛。看在陛下的份上，我不會對你怎麼樣的，啊，梁王殿下，三思殿下，武三思殿下。」蒼陌雪拿象笏戳著武三思的胸膛，步步逼近調戲道。

「陛下駕到。」

武三思還未來得及還手，喜公公侍駕上了鑾臺。武則天端坐龍椅，朝臣依禮列位叩拜：「吾皇萬歲萬歲萬萬歲。」

「眾卿平身。」武則天看了看眾人，點點頭。

「謝陛下。」

「今日早朝，眾愛卿有何要事要奏？」

「陛下，經略大使張玄遇六百里加急傳書，嶺南獠反事態已遏制，造反頭目已擒獲。張大人正整肅軍隊，安撫桂、永兩州百姓。」狄仁傑出班啟奏道。

「好，待張玄遇回朝，朕有重賞。」

「陛下，陛下前日裡說要改鴻臚寺掌管僧尼一事，不知陛下考慮得如何？」宰相王及善啟奏道。

「以後就由都臺祠部掌管僧尼，祠部設郎中、員外郎等職務掌管之。至於該派何人任職，你們政事堂且商議個人選，再呈報於朕定奪。眾卿，還有何事要奏？」武則天望著底下朝臣，特地看了看蒼陌雪。

「臣等奉旨。」王及善領了旨意歸位。

「姑皇陛下，侄臣有本要奏。蒼陌雪自封相以來，玩忽職守，不到政事堂主持政事，每日裡帶著八條狗在城中鬧市遊蕩。蒼陌雪既身為宰相，上不能為陛下分憂，下不能為百官表率，陛下何以讓其尸位素餐？侄臣懇請姑皇陛下罷免蒼陌雪總宰相一職，究其失職之罪。」武三思一臉憤憤地怒視著蒼陌雪，躬身向武則天道。

「蒼陌雪，朕交代你辦的事，你辦得怎麼樣了？」武則天倚坐

龍椅，淡淡問道。

「回陛下，誠如梁王所言，我每天帶著八條狗到民間遊蕩。據我瞭解，百姓對運動的興致很高，我看這個洛陽全民冬運會可以選個時間舉辦。」

蒼陌雪朝武三思吐吐舌頭，鄙了他一眼。下了早朝，賈得桂駕著雪橇在殿外等蒼陌雪，蒼陌雪坐上雪橇正準備去顯仁殿，被武則天叫住。

「蒼陌雪。」

「奴婢叩見陛下。」賈得桂下了雪橇，跪拜道。

「啊？陛下，下朝了喔。」

「你又去哪裡玩啊？」武則天故作溫柔問道。

「我哪裡是在玩啊，我不每天都在幹正經事嘛。」蒼陌雪辯解道。

「你能不騎狗嗎？朕這天下沒有馬？你堂堂的一國總宰相，每天騎八條狗，成何體統？」武則天質問道。

「這樣不是很拉風嗎？很酷啊！我要是每天出門騎八匹馬，我早被武三思彈劾一百零八遍了。來來來，陛下，上來上來，我帶你去兜風。」蒼陌雪笑著拉起武則天。

「你要朕也騎狗？」武則天錯愕地望著蒼陌雪。

「陛下，我敢說只要今天你坐了這雪橇，明天武三思那幫人就會屁顛屁顛地跟著騎狗了，誰還敢嘲笑狗拉雪橇？很酷的啦，上來啦。」蒼陌雪硬拉過武則天，讓她坐上雪橇，轉身對喜公公道：「喜爺爺，你們慢慢走啊，小心地滑，得桂，走了。」

賈得桂趕著雪橇，蒼陌雪扶著武則天，乘雪橇將武則天送回寢宮，後與賈得桂回了仙居殿。

蒼陌雪命人將洛陽全民冬運會的皇榜告示張貼在各城門城牆及鬧市。冬運會的方案中，少年兒童組單項比賽如鞭陀螺、滾鐵環、抖空竹、踢毽子；團體比賽如牽鉤，哎，也就是拔河。

青年組的比賽男女都有馬球、驢鞠、騎射、布打球等；老人沒有比賽，全為啦啦隊，痛快地喊上一喊，給兒孫加加油，也算鍛煉

鍛鍊身體,過過熱鬧了。

仙居殿殿內,蒼陌雪和賈得桂正做滑雪板,李隆基一路小跑進殿,直喊:「雪兒,雪兒。」

「跑什麼呀?」

「你交代的事我都做好了,將集賢院部分重疊的藏書移到太學院,太學院各類藏書總量達上萬部,百姓可以集中在一處借閱書籍。借閱者可在太學院少監處登記身份,書籍名稱,借閱時間等,以後再視情況完善細節。」李隆基一一說道。

「好,辛苦了。喏,獎勵你的。」蒼陌雪將做好的滑雪板遞給李隆基。

「這又是什麼呀?」李隆基接過,看不明白。

「滑雪板,還有,拿上滑雪杖。走,我們去殿外滑雪。」

武則天正從皇宮過來,遠遠看見蒼陌雪三人踏著奇奇怪怪的東西,在仙居殿前一個個摔在地上笑得嘻嘻哈哈,殿前過道上的雪,滿是橫豎交叉的痕跡。

「你們在幹什麼?」武則天嚴聲看著三人。

賈得桂與李隆基二人忙丟了滑雪杖,在武則天跟前跪下。蒼陌雪爬起身,撣撣身上的雪,沖武則天笑笑:「陛下來幹嘛呀?」

「武三思說得不錯,你不到政事堂主持政事,成天就是玩笑嬉鬧,你哪裡有個宰相的樣子?」武則天上前,揪起蒼陌雪的耳朵斥責道。

「我去政事堂?我不是為了讓你姪子武三思睡個安穩覺嘛,我要每天去政事堂,武三思還睡得著嗎?有狄大人他們輪班主持政事,我有什麼必要去政事堂啊?天下不是很安定嘛,既然天下很安定,就有我玩的空閒。陛下,我沒猜錯的話,你不是剛喝完酒回來就是正要出去喝酒。現在雪還沒有溶化,冬運會的事也沒有這麼快啊。你不讓我玩,你讓我幹啥呀?」蒼陌雪掙開武則天的手,揉揉耳朵,辯駁道。

武則天沒有進殿,也沒有沒收蒼陌雪的滑雪板,只看了看李隆基,又瞋了蒼陌雪一眼,轉身命車駕回宮,沒有再說什麼。

　　這半個多月裡，蒼陌雪除了滑雪，駕著雪橇去邙山，或安排冬運會的比賽場地和項目設施。其餘的，也沒什麼需要她操心的了。

　　這一天，武則天在殿中批閱奏章。大殿供暖設施十分齊全，殿內暖烘烘的非常舒服，珍妮捧上茶，立在一旁喚武則天。

　　「怎麼許多時日不見蒼陌雪？」武則天接過茶，送到嘴邊，剛要抿一口，又想起蒼陌雪，停了茶碗問道。

　　「回陛下，陛下近些日子未曾傳諭召見雪大人啊。」珍妮答道。

　　「哼，朕不召見她，她也不來見朕。」武則天言語間似有嗔怪道。

　　「陛下，那是宣還是不宣？」珍妮問。

　　「她在做什麼？」

　　「聽說冬運會的佈置已妥，外面雪也溶化了，雪大人和臨淄王殿下正在殿中玩捉迷藏呢。」

　　「都多大的人了還玩捉迷藏？朕讓她去承學府問學，她就在承學府當起博士來；朕讓她學臣軌，她就說痛經。平日裡除了吃就是玩，她這個宰相，快當到頭了。」武則天起身，臉色不悅道。

　　「陛下，不如歇息一會兒再批吧，奴婢給您傳點心。」

　　「宣，宣他們三個到長生殿來。」

　　武則天頓了頓，一說到蒼陌雪她就靜不下心來，索性把她叫到跟前。蒼陌雪接到長生殿傳諭，和李隆基、賈得桂一起跨馬過長生殿去。

　　「陛下，叫我們來幹什麼呀？」蒼陌雪探著步子走上前，嘿嘿道。

　　「聽說你們在殿中玩捉迷藏，三個人沒趣，朕再給你一個人，讓珍妮跟你們一塊兒玩吧。」武則天握著筆，批著奏章，淡淡道。

　　「啊？在這裡玩？陛下你不是在看奏疏嗎？我們嘻嘻哈哈的，會吵到你的喔。」蒼陌雪疑惑地看著武則天。

　　「隨你們鬧吧，你們玩你們的。」武則天沒有抬頭，只淡淡允了他們。

「那好吧，你自己說的啊。」蒼陌雪拉過珍妮，跟大家站一起，「吶，這一盤誰找？不如咱們正反配吧。」

四出配下來，蒼陌雪一個人出手心，他們三個都出手背。蒼陌雪出了大殿去數數，珍妮躲在桌子底下用桌布蓋住，賈得桂搶了一位小太監的拂塵站在柱子旁邊低著頭，李隆基則在大殿內轉來轉去不知藏在哪裡。

「隆基，來。」武則天招招手，示意李隆基躲在自己案臺腳下。

「我數完了啊，我進來了啊，你們都藏好了吧？」

蒼陌雪進入殿中四處望去，只見柱子旁的一個小太監低著頭努力憋著笑，旁邊的小太監則拿著拂塵一本正經垂著臉。蒼陌雪走上前，歪著腦袋看著這位太監的臉，開心喊道：「找到賈得桂。喂，別裝啦，你的同類已經出賣你啦。」

「該死的，誰讓你笑了。」賈得桂把拂塵塞給那位公公，小聲罵道。

「珍妮姐姐，你在桌子底下，出來吧。」蒼陌雪蹲在地上，兩手捂著小臉笑道。

「大人，您怎麼知道啊？您偷看的吧？」珍妮從桌子底下鑽出來。

「我用不著偷看啦，這裡能藏人的地方又不大，你不會功夫當然只能躲在地上了。」

「老大，還有臨淄王殿下沒找著呢。」賈得桂提醒道。

蒼陌雪環視大殿，想了想。李隆基躲在武則天腳下捂著嘴偷笑，武則天只淡淡倚案看奏章。

「陛下，你告訴我隆基藏在哪裡，我請你吃燒烤。」蒼陌雪走近案臺，對武則天道。

「朕不吃燒烤。」武則天依然低著頭，只看奏章並不看蒼陌雪。

「哈哈，你不吃他吃。」蒼陌雪趴在案臺上朝下揪起李隆基的小辮，將他拉出來。

「雪兒，你怎麼知道我躲在這裡？」李隆基愣愣地走下來。

「太簡單了，你的祖母陛下把你供出來了。」

「你怎麼看出來的啊？」

「她說她不吃燒烤啊。嘿嘿，她有必要回答我這句嗎？還回答得這麼完整？我厲害吧，找你們根本不費力。賈得桂，去殿外數數。」

賈得桂出去殿外，珍妮和李隆基又各自找地方藏起來。見二人都躲好了，蒼陌雪在綢幔下放上自己的鞋子，讓鞋子露出一點點鞋頭，又在武則天的龍榻上鼓起被子，自己則從後門繞到殿外，躲在賈得桂身後的柱子後頭。

賈得桂數完數，進了大殿先後找到珍妮，接著找到李隆基。李隆基見綢幔下露出一點鞋頭，提示賈得桂：「那裡，那裡，雪兒一定藏在那裡。」

「老大，出來吧，你的鞋子已經出賣你啦。」賈得桂學著蒼陌雪的語氣道。

賈得桂連喊兩聲也沒聽見半點動靜，李隆基過去掀開綢幔一看，地上只有一雙鞋。珍妮見龍榻上的被子鼓了起來，猜想道：「雪大人應該藏在龍榻上。」

「我去看看。」李隆基走向龍榻，「雪兒，出來，我們看見你了。」

蒼陌雪躲在殿外，從窗戶縫裡望向殿內，忍不住偷笑；李隆基掀開被子還是不見蒼陌雪，眾人一陣疑惑。

「陛下，您能告訴奴婢老大藏哪兒了嗎？」賈得桂近前，對武則天道。

「你也要請朕吃燒烤？朕看蒼陌雪一定躲在朕的龍袍裡。」武則天放下筆，起身朝龍袍走去，一晃龍袍還是沒有人。

「整個大殿我們都找過了，都沒有雪兒。」李隆基悶悶道。

「哦，雪大人要賴，她一定藏到殿外去了。」珍妮恍然想到。

「你們都出去找吧，還有你們，也去找。」

「是，陛下。」

　　武則天遣了殿內宮女及太監一齊出了大殿去找蒼陌雪，蒼陌雪則偷偷從後殿溜回大殿，藏進武則天衣架立起的龍袍裡。

　　武則天站在大殿門口望了望，轉身進殿內，倚案坐下，搖頭笑道：「這蒼陌雪，玩個遊戲還耍賴。」

　　眾人在殿外到處尋找蒼陌雪，連鸝清苑那邊也找過了，還是不見蒼陌雪的影子。李隆基進殿奏報道：「祖母陛下，長生殿四周都找過了，沒有雪兒的影子。」

　　「那就走遠一點找，找到把她押過來，朕要親自審她。」

　　李隆基帶人往長生殿外去找。蒼陌雪躲在龍袍裡暗暗偷笑，許是一直躲在龍袍裡站得久了，眼皮直犯睏，一個哈欠沒忍住，腳下踩到龍袍絆了一腳直撲在地上，檀木衣架直直砸了下來，砸在蒼陌雪身上，痛得她直喊：「疼啊，我的腰啊。」

　　武則天坐在龍座上，望著突然倒下的架子，見蒼陌雪叫喊著從龍袍內爬出來。武則天走近，蹲下身，看著蒼陌雪道：「蒼陌雪，你什麼時候躲進朕的龍袍裡？」

　　「陛下，先關心關心我的傷好嗎？我都不知道骨頭有沒有斷掉，神經有沒有被砸壞，你也不扶我起來呀？」

　　「回答朕的話。」

　　「他們在大殿藏的時候，我藏在賈得桂身後；他們出了大殿找的時候，我折回大殿藏在龍袍裡。我也太倒楣了吧，又被你欺負了一次，哎喲我的腰啊，你這衣架弄這麼大幹嘛？」蒼陌雪撐著站起身來，揉揉小蠻腰。

　　「你活該。」武則天瞪著蒼陌雪，轉身抿嘴一笑朝案臺走去。

　　蒼陌雪，誰讓你耍心眼呢？玩個捉迷藏居然玩傷了腰，你怎麼老幹這種糗事呢，啊？宰相大人！

　　冬運會擇了吉日如期舉行，場面聲勢浩大，全民沸騰。神都洛陽，放眼望去，天闕、天津、天街、天樞、天門、天宮、天堂，處處盡顯通天的氣派。

　　這洛陽首屆冬運會，上要符合女皇氣勢磅礴的氣質，下要實際接地氣讓老百姓感到開心。

　　好在入冬以來，自誅殺來俊臣，智懲薛懷義後，洛陽百姓心情大好，情緒高漲，對於蒼陌雪這個新任的帝國女宰相也是好評如潮。

　　一時間，蒼陌雪是一呼百應，人氣暴漲。連狄仁傑，都笑呵呵地牽著他的曾孫子來參加比賽，給蒼陌雪捧場。

　　哎，可是，這個本該蒼陌雪這女宰相出盡風頭走紅地毯的盛事，最後還是被武則天日月當空的光芒生生地給蓋下去了。

　　女皇一現身，誰還關注她那個女宰相啊，百姓們山呼萬喚地都朝拜在武則天腳下。

　　蒼陌雪太憋屈了，自己出錢出力出腦的沒人知道；武則天就出一張臉，就把整個天下都俘獲了去。

　　此處，容蒼陌雪打個問號吧，這是為什麼呀？

　　哈，洛陽首屆全民冬運會歷時七天，圓滿落下帷幕。蒼陌雪這肚子裡的悶氣，可沒轉換成屁給放出去。

　　這不，這呆貨跟武則天是置上氣了。

　　啊，不不不，是又置上氣了！

第二十七章 慪女皇，薑還是老的辣

蒼陌雪越是跟武則天慪氣，武則天就越是讓她在身邊伺候，時間一長一淡，蒼陌雪想起來的時候就慪會兒氣，不想起來的時候也就算了。

這天上午，武則天在殿中閱覽民間詩會上文人墨客作的詩，口中喚著蒼陌雪。珍妮捧上參茶，武則天見蒼陌雪未應，便接過參茶起身朝蒼陌雪走去。

蒼陌雪全神貫注地趴在龍榻前畫畫，絲毫沒聽見武則天叫她。武則天走近，抬腳踢了踢她的腿，蒼陌雪只顧畫完最後幾筆，一點不理會有人踢她。

武則天見蒼陌雪完全不理自己，遂把喝剩的茶順手潑在蒼陌雪的畫上，將杯盞遞給珍妮端下去，珍妮見武則天把茶潑在蒼陌雪畫上想提醒她可又不敢作聲。

蒼陌雪一點沒注意武則天用茶潑她的畫，看著濕了的畫卷，還納悶地嘀咕道：「長生殿會漏雨？嗯，該叫陛下派人修修了。」

武則天蹲下身來一看，蒼陌雪畫上畫著的正是她的母親，蒼陌雪勾完最後一筆，開心道：「親親媽咪，終於畫完了。」

武則天一手將蒼陌雪推開，拿起畫來淡淡地掃了一眼，隨手往旁邊一扔。蒼陌雪跪過去撿起畫，生氣道：「陛下你幹嘛呀，你幹嘛扔我的畫？」

「哼。」武則天嗔了她一眼。

「我知道了，剛才是你潑我，你憑什麼潑我的畫呀？我媽媽又沒得罪你。」

「蒼陌雪，不要每次都讓朕喊上你三四遍你才應，聽見了嗎？」武則天嚴肅道。

「你要是不喜歡，大可以不叫我。」蒼陌雪撅著小嘴，撇過小眼。

「你這是在跟朕說話嗎？」

「這裡還有別人嗎？憑什麼就潑我的畫扔我的畫，都是你，害

我找不著我媽媽的相片，現在還要來弄壞我媽媽的畫像。我活在世上，已經沒有媽了，唯一的親人就是我兩個爹，還離我一千三百多年，我在這裡什麼都沒有，你還要來欺負我？」蒼陌雪拿著畫像坐到火盆旁，珍妮置上碳。

「你什麼都沒有，那朕有什麼？」武則天走過爐火旁，看著蒼陌雪問道。

「哼，你是皇帝，你要什麼有什麼，普天之下莫非王土，率土之濱莫非王臣。」

「朕跟你一樣，一無所有。」

「好笑，既然一無所有，何苦當什麼皇帝？要是我，既然一無所有，何不青山賞月，幽谷聽琴，倒還樂得逍遙自在。做皇帝，不就是想得到這天底下最好的東西嗎？」

「什麼是天底下最好的東西？」武則天淡淡問道。

「至高無上的權利咯，享之不盡的榮華富貴咯，受萬民朝拜的至尊威儀咯，只要是這世間想得到的，就沒有皇帝沒有的。」蒼陌雪瞪了武則天一眼，撅著小嘴道。

「蒼陌雪，給你這種天底下最好的東西，你要嗎？」武則天笑笑。

「我才不稀罕呢，我從不覺得功名利祿是天底下最好的東西。只要我能跟我老爹，跟我爹地，我們一家人在一起快快樂樂地生活，對我來說就是最大的幸福。我又不是你，我沒你那個本事，也不想有你那個本事，我的世界很小，只裝得下真心的人，多餘的我可不要。」

「朕身為皇帝，卻沒有你這樣的幸福。朕的身邊，何曾有什麼真心之人？」武則天在一旁坐下，若有所思。

「哼，你不是沒有，你是不知足。且不說天下百姓是不是真心擁戴你，就說朝堂上那些正直的賢臣對你這個皇帝可是真心的。比如徐有功大人，以徐大人剛正不阿的秉性，他若不是真心伺奉你這個君主，早就辭官歸隱逍遙放鶴去了，豈會為求苟且為你效用？徐大人真心擁戴你為君王，才能捨生忘死為你扶好國法司法這根擎

天柱，就是後世之人論起來，人家也會說史上有名的大法官是你這個女皇的臣子，有此賢君才出此賢臣。除徐有功大人外，狄仁傑大人，魏元忠大人，姚元崇大人，他們誰對您不是真心的呢？」蒼陌雪望著武則天反駁道，見武則天沒有打斷自己，遂繼續說道：

「再說高宗皇帝，他對你不也是真心的嘛，還真心了一輩子呢，到駕崩之前還留遺詔跟你表白，說什麼有軍國大事不決著，兼取天後進止。既然高宗已為太子選了宰相裴炎，黃門侍郎劉齊賢、中書侍郎郭正一併於東宮平章事，既已有三位顧命大臣，何必再將大權分給你？如此一來，新皇帝手裡有什麼？就算顧命大臣權高位重，皇帝不也還有宗室親王大力輔佐，一旦大權落在你的手裡，你雖是新皇帝的母親，可你畢竟不姓李，如此一來豈不是外戚掌權了嗎？高宗皇帝豈會這麼糊塗，不過是因為人家愛你，才處處讓著你，想著你，到死都信任你，人家對你不是真心的？再說被你殺了一家的上官婉兒，人家爺爺父親族人都死在你的刀下，可上官婉兒對你不也一樣真心。陛下，你福氣已經很大了，還貪個什麼心？世上本沒有真正的可憐人，只有身在福中不知福的人罷了。」

「那你對朕，可是真心的？」武則天笑笑，她並不怪罪蒼陌雪如此無禮拿話噎她，卻只想知道蒼陌雪為何要拒絕做她的女兒。

「不是，你都老欺負我，我還能對你真心？我對你沒心。」蒼陌雪置氣道，烘著自己手中的畫不看武則天。

武則天聽後，站起身來，沉著臉，拿起系鏈銀火箸從火盆裡夾了一塊燒得通紅的碳，隨手扔在蒼陌雪撐開的畫上，蒼陌雪眼睜睜地看著媽媽的畫像瞬間被燒了個大窟窿。

「世上怎麼會有你這種人呢？潑我的畫扔我的畫燒我的畫，你到底想幹什麼？」蒼陌雪生氣地站起身來吼道。

「朕不想幹什麼。」武則天放下系鏈銀火箸，撣撣手。

「是，你不想幹什麼。對於你來說欺負別人就是一種娛樂，我惹不起你我走，我回仙居殿去，我再也不來長生殿了。」蒼陌雪卷起畫，起身踢開凳子。

「普天之下莫非王土，率土之濱莫非王臣。仙居殿，不也是朕

的地盤？」武則天轉過身，淡然一笑。

「你……我……我不活了，我上吊去。」蒼陌雪捧著畫，欲哭無淚。

「上吊？繩子，不也是朕的？」武則天這句話，真是能反反覆覆將蒼陌雪噎死好幾百回，哪還需要上吊呢。

「我……我再理你我就是豬。」

蒼陌雪抱起畫卷走到殿門口，立在門口想了想又折回殿中，一把將畫卷丟在火盆裡，整幅畫像在火中燒了起來。

「這下你睡得著啦？我再也不要理你，我要再理你我就是豬。」蒼陌雪氣呼呼地瞪著武則天發誓道。

「好，你再也不要理朕，你再理朕，你就是豬。」武則天笑著回到案臺，繼續去看詩文。

好不容易跟自己說，冬運會的事算了，不跟女皇慪氣了，這算了才沒幾天，說話間又讓人氣得不行。

蒼陌雪靠在牆角發了一下午呆，生了一下午悶氣。長生殿中，只有賈得桂與珍妮二人在武則天跟前伺候，喜公公這兩日頭疼，在房中修養；李隆基聽說蒼陌雪又放肆了，只得乖乖呆在顯仁殿，不敢這個節骨眼上來找蒼陌雪玩。

晚上，長生殿傳下晚膳，司食女官嚐膳完畢，武則天坐上膳桌，拿起筷子，看了看歪著腦袋半死不活的蒼陌雪。

雖然蒼陌雪常頂撞武則天，但武則天並不真生她的氣。反而有這個好氣好笑又好玩的呆貨在身邊，長生殿才不那麼寂寞，武則天的笑聲也比從前多了許多。

「蒼陌雪，過來吃飯。」武則天笑笑，沖靠在殿內牆角的蒼陌雪喊道。

「哼。」蒼陌雪頭也不抬，絲毫不想理會武則天。

「朕叫你過來吃飯。」武則天收了笑意，令道。

「哼。」蒼陌雪這悶氣還沒消，一點不領武則天的情，把頭靠在角落裡一動不動。

「你們兩個，把她架過來。」

　　珍妮和賈得桂奉旨走到牆角，對蒼陌雪勸道：「老大，奉旨吧，陛下喊您進膳呢。」

　　蒼陌雪癱坐在地上就是不起身，珍妮、賈得桂二人看看蒼陌雪，又看看武則天，不知如何是好。

　　「把她架過來。」武則天再一遍，嚴聲令道。

　　「敢？」蒼陌雪瞪著賈得桂。

　　「老大，別讓奴婢等為難了。」賈得桂怯怯道。

　　「是啊，大人，您聽話吧，陛下想您這會兒該餓了，特地賜您一同進膳呢。」珍妮小心勸道。

　　「哼，她指不定想出什麼招來耍我呢，她才沒有那麼好心。算了算了，你們過去伺候吧，我自己會走。」

　　蒼陌雪為了不讓珍妮和賈得桂難做，撅著小嘴過膳桌坐下。武則天看了看她那個生氣的樣子，實在覺得好笑，「吃飯吧。」

　　蒼陌雪兩眼看了看膳桌上的菜，雖然自己肚子真的是很餓，但不能這麼沒骨氣地就動筷子呀。再說了，這氣還沒消呢，豈能吃這嗟來之食？蒼陌雪抬眼，餘光掃了掃武則天，挺直了身板坐在椅子上面無表情，擺臉給她看。

　　「你吃不吃？」武則天敲敲蒼陌雪跟前的碗道。

　　「普天之下莫非王土，率土之濱莫非王臣。飯，不也是你的嗎？」蒼陌雪頂嘴道。

　　「把她的嘴，掰開。」

　　「啊？陛下？」珍妮看武則天有些生氣，忙對蒼陌雪勸道：「大人，您還是奉旨吃飯吧？切莫觸怒龍顏啊。」

　　「是啊，老大，您就吃飯吧，奴婢求您別跟陛下較勁了。」賈得桂低聲在蒼陌雪耳旁惶恐地勸道。

　　蒼陌雪張著嘴巴，目視前方，就是不動筷子，也不看武則天。武則天搖頭笑笑，夾起一瓣魚香茄子放在蒼陌雪嘴裡，蒼陌雪嚼了嚼，咽下。

　　武則天復又夾起一塊魚，剔了細骨，放在蒼陌雪嘴裡，蒼陌雪照樣嚼了吃下去。

「肯吃了嗎？」武則天問。

「吃，憑什麼不吃？」蒼陌雪一把奪過武則天手裡的碗筷，大口大口地把平日裡武則天喜歡吃的那幾道菜全吃光了，一點不給她剩。

武則天看著蒼陌雪這個狼吞虎嚥的樣子，真是好氣又好笑，「蒼陌雪，你把朕的飯菜吃了，朕吃什麼？」

「吃都吃了，你還讓我吐出來啊？」蒼陌雪滿意地放下碗筷，得意道。

「朕不會讓你吐出來的，朕讓你拉出來。」武則天笑笑，轉向珍妮道：「傳令尚藥局，速給蒼陌雪配一副瀉藥，煎好了，就馬上端過來。」

「你是中國歷史上唯一一個用瀉藥謀害宰相的皇帝，如果我回到21世紀，我一定要告訴全世界，你是什麼樣的人。」蒼陌雪拍案大叫，欲哭無淚地瞪著武則天。

「陛下，饒了雪大人吧。」珍妮忙跪下乞求道。

「陛下，饒了咱大人吧，咱大人身子弱，可禁不起一碗瀉藥啊。」賈得桂也噗通一聲跪下，不停磕頭叩求道。

「這個破地方破地方破地方，我不要待在這裡，我要回家，我不要當宰相，我要回家，我不要死在這個破地方。」蒼陌雪一臉委屈地跺腳嚷道。

「好，那你就走吧。」武則天移過蒼陌雪面前那碗飯，淡淡道。

「走？你讓我走？喂喂喂，君無戲言喔，你讓我走？」

「朕讓你走。」

「這可是你說的啊，那那我真走了啊，真的喔，我真的走了喔。」蒼陌雪探著步子欲往殿外去。

「喝完那碗瀉藥，你就可以走了。」武則天舉著筷子笑笑。

「我就知道你會耍賴你會反悔，你還一國之君一言九鼎呢，你分明就是耍我，我不活了，這次我真的不活了。」

「喝完那碗瀉藥，你也就差不多了。」武則天轉頭，向金吾令道：「來人，將蒼陌雪帶下去。」

　　話說蒼陌雪被帶到側殿，擺在她面前的無疑兩樣東西：一碗瀉藥，一只馬桶；除此之外，只剩她那一聲長長的嘆息，一張鬱悶得隨時像是要被送進ICU的臉。

　　哎，宰相大人吶，好好掂量掂量自己的身份吧，別總在太歲頭上動土不是？這漫漫長夜的，Michelle，你好好玩吧，See you，Good night！

　　第二天一大早，武則天從睡夢中醒來，枕邊卻不見蒼陌雪，遂喚醒一旁的珍妮。珍妮揉揉睡眼一看銅漏，正卯時一刻，便向武則天報了時間。

　　「蒼陌雪人呢？」武則天下了龍榻。

　　「回陛下，雪大人還在馬……馬桶上呢。」珍妮跪在地上給武則天穿鞋。

　　「你們真給她喝了瀉藥？」武則天蹙眉，問道。

　　「陛下之命，奴婢等不敢不從啊。」珍妮顫顫道。

　　「糊塗。」武則天聽罷，忙起身向側殿走去。

　　「陛下，您還沒更衣呢。」珍妮慌忙拿起錦袍追了上去。

　　賈得桂在側殿門前守了一夜沒敢合眼，聽到內殿這邊有腳步聲，忙跑近殿去告訴蒼陌雪女皇來了。蒼陌雪揉揉惺忪睡眼，一晚上坐得腰酸背痛真是難受死了。武則天進了側殿，蒼陌雪人在裡間，與外頭隔著一道夾門，門上懸著一番簾子。

　　「蒼陌雪，蒼陌雪？」武則天敲了敲夾門喚道。

　　「死了。」蒼陌雪有氣無力道。

　　「出來。」

　　「哼，拉了一晚上，臭著呢，我要是出來，熏了你，我不又該死了？」

　　「出來，穿好朝服，隨朕上朝去。」

　　「你去你的，一會兒天亮了，我就該走了。」

　　「朕叫你出來。」

　　「哼，我怎麼出來啊？那麼一大碗瀉藥，夠我拉上好幾天的，蒼陌雪不敢帶著馬桶面聖，恕蒼陌雪無法奉旨，不出來。」蒼陌雪

依然置氣道。

武則天見蒼陌雪這般的倔，便附在賈得桂耳邊交代了幾句。賈得桂聽罷直冒冷汗，顫顫道：「啊……陛下？奴婢，奴婢奉奉旨。」

不知武則天對他說了些什麼，只見賈得桂慌張地出了側殿。蒼陌雪聽外頭沒了動靜，想著再眯一會兒，等到天亮了就出宮去，賭氣也好，真要走也罷，天下無不散之筵席。蒼陌雪想著這次離開之後斷不會再回來，本來想著好聚好散，可女皇偏要這樣捉弄自己，那就別怪自己小有大膽了。

沒過多大一會兒，蒼陌雪坐得腿麻，正想起身伸個懶腰，突然覺得耳邊有一陣窸窸窣窣的聲音，低頭一看，一隻大老鼠正從腳下竄過，嚇得蒼陌雪猛地掀了簾子從裡間跳了出來。

「啊啊啊有老鼠哇，陛陛下有老鼠啊，救我，我怕，我怕老鼠。」蒼陌雪躲在武則天身後，渾身發抖地指著裡間。

「有老鼠？」武則天望著蒼陌雪淡淡道。

「嗯，嗯，真的，真的有老鼠，我不騙你，是真的，好大一隻，你們沒看見嗎？」

武則天拉開蒼陌雪，轉過身抿嘴一笑，這正是她命賈得桂去抓的老鼠，她豈會不知。武則天忍著笑，又故作正經道：「想必……想必是你二哥吧？」

「不是，我二哥是白色的，剛才那是一隻黑色的大老鼠哇。嚇死我了陛下，你的寢宮怎麼能有老鼠呢？」蒼陌雪被嚇得傻愣傻愣，看看旁邊兩手不停哆嗦瑟瑟發抖的賈得桂，「陛下，你看得桂都嚇成那樣了，就知道我沒有說謊，真的有老鼠，是真的，老鼠啊。」

武則天見蒼陌雪小臉嚇得慘白，又看了看面無血色的賈得桂，搖搖頭道：「一隻老鼠就把你們嚇成這樣？蒼陌雪，你拉了一個晚上還這麼有精神？」

「我沒拉。」蒼陌雪嘴快一禿嚕，說漏嘴了，拍著腦門嘀咕道：「該死，怎麼自己招了呢？」

「你沒喝瀉藥？你沒喝瀉藥還敢在這裡怪朕？蒼陌雪，你好大

的膽子，抗旨欺君，你還想幹什麼？」武則天探向裡間一看，裡間只有一條長板凳，並無馬桶，武則天一手指著蒼陌雪質問道。

「嘿嘿嘿，陛陛下，好……好陛下，穿好龍袍，咱們上朝去吧，啊？呃，我先去穿朝服。」蒼陌雪握著武則天的手指一吻，將她的手放下，轉向比剛才平靜了一些的賈得桂道：「得桂，得桂，我官帽朝服朝靴呢？還有，還有我的象笏呢？」

「回回老大，都在仙居殿呢。」

「還不快馬幫我拿來呀，騎阿紫去拿，到明堂側殿外等我。」蒼陌雪急忙差遣道。

「是，奴婢馬上去。」賈得桂晃了晃大受驚嚇的腦袋，忙出了側殿。

「蒼陌雪，你不是要走嗎？」武則天反問道。

「嘻嘻嘻，陛下你不走嗎？走了啦，要那些大人等久了，他們該以為陛下不來上朝了，諫官們該說陛下您倦怠朝政了。走啊，走嘛，求你，走了啦。」蒼陌雪一臉賠笑，用力拽著武則天的手往門外走去，又對一旁的珍妮提醒道：「珍妮姐姐，快傳鑾駕呀？」

「是，是，奴婢這就去傳鑾駕。」珍妮鬆了一口氣，笑著跑出側殿去傳鑾駕。

「呵呵，陛下，起駕，上朝。」蒼陌雪扯著嗓子喊道。

武則天搖搖頭笑笑，這蒼陌雪以後再不老實，她統治的帝國裡，可有的是老鼠用來對付她。

哎，咱將這番慪氣捋一捋吧。武則天潑了蒼陌雪的畫，得一票；

蒼陌雪駁了武則天不知足，算上功勞苦勞，得兩票；

武則天燒了蒼陌雪的畫，得兩票；

蒼陌雪搶了武則天的飯菜，得三票，武則天賜她一碗瀉藥，得三票；

武則天給蒼陌雪放老鼠，得四票；蒼陌雪受不住驚嚇認輸跟女皇去上朝，武則天再贏一票。

最後比分，伍：叁。

事實證明：薑，還是老的辣；更證明，蒼陌雪實在怕老鼠！

第二十八章 救女皇，天堂大火

蒼陌雪自任宰相以來，處理完了上水莛秋與突厥和親一事，及為正諫大夫獨孤巡然沉冤昭雪以外，她這個宰相也沒有別的意義了。

而頂著這個官稱，每天早上天不亮就得起床，就算哪天不上朝，武則天特地賜給賈得桂的那面大銅鑼，也沒能饒過她一雙小耳朵。

蒼陌雪幾番提出請辭，武則天就是不允。無奈，只好每天數著手指頭盼望過年，想著春節放假，到那時就可以去終南山找蘇白離了。

啊，不知那顆紅豆種下，現在長到多大？

真真到了大年二十八，朝廷裡也放假了，蒼陌雪正激動得終於可以離開洛陽去終南山了，可武則天還是不批，只說大年初一要在萬象神宮祭天，朝中大臣及各國使臣都要出席，哄著蒼陌雪到寒食節給她七天假，那個時候再去。

蒼陌雪心酸地算著現在離寒食節的日子，實在覺得武則天一點也不可愛，一點也不體諒人，看來這春節還是得在皇宮裡過。

臨近除夕，宮裡宮外處處張燈結綵，準備迎接一年中最大的日子。宮裡，太常寺的歌舞，光祿寺的酒宴，準備得也是異常的忙碌；宮外，百姓們停市休業，貼換桃符，熱熱鬧鬧備下親來客往的酒席。

大年三十晚上，武則天在貞觀殿擺下年夜飯。列席的是皇嗣李旦及貴妃崔氏、賢妃王氏，並皇孫壽春郡王李成器、臨淄郡王李隆基，及幾位未出閣的小郡主，太平公主同駙馬武攸暨，武承嗣、武三思等人。

武則天這個年夜飯，可不像尋常人家歡聲笑語團團圓圓的熱鬧，一頓飯自是各自吃得誠惶誠恐。雖然武則天並沒有龍顏不悅，也許是這些人平日裡懼怕武則天怕慣了，所以時時處處都多加留

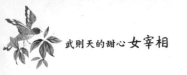

心，不敢散漫有半處不是。

仙居殿院中，蒼陌雪趴在樹上無聊地望著天空。過年了，家家戶戶都團圓呢，老爹又是一個人吃年夜飯吧？爹地呢，Fogg有沒有惹他生氣？

「老大，您不餓啊？」賈得桂看著一桌涼了的菜肴，喚著樹上的蒼陌雪道。

「這個陛下，年夜飯也不叫我。」蒼陌雪嘟嘴嘀咕道，她雖時常覺得武則天欺負她，可這家家團圓的日子，卻很想跟武則天一起吃飯。

「陛下有旨，雪大人接旨。」蒼陌雪剛跳下樹，只聽得一太監領著一班太監捧著食盒進了院中，領班的太監細聲念道：「陛下賜屠蘇酒，陛下賜巴蜀貢魚，上青醋雞，嵩山雪絲；陛下賜金齏玉膾，甘露羹，炙品，膾品，脯品各……」

「哎呀，別念了，都放桌上吧，你們吃了嗎？」蒼陌雪起身打斷道。

「回大人，沒有。」

「不用伺候了，你們吃飯去吧。」

領班的太監帶著眾太監放下奉盤裡的菜，躬身離了仙居殿。蒼陌雪看著桌上武則天賜的一道道菜，還是不想動筷子。

「老大，再不吃，菜就涼了。」賈得桂悶悶提醒道。

「陛下幹嘛不來跟我們一起吃？」蒼陌雪呆呆地望著院門外。

「老大，那是陛下呀。陛下的年夜飯陪席的都是陛下的家人，陛下哪能跟咱們一起吃年夜飯呢。」

「那陛下吃完年夜飯以後，她幹什麼？」蒼陌雪看著院門外靜悄悄的沒有動靜，心裡有些失望。

「陛下吃完年夜飯，宮中會舞起數千人的儺舞，燃起巨大的燭火，陛下會賜椒柏酒與皇親國戚及大臣們大開夜宴，飲酒觀舞作詩，歌頌我朝盛世繁華。」賈得桂說道，見蒼陌雪一副發呆的樣子，又對她道：「老大，咱一會兒也去看儺舞吧，陛下肯定還賜夜宴呢。」

「不去，沒心情。」蒼陌雪懶洋洋地趴在桌子上，又問：「得桂，你想家嗎？」

「老大，奴婢沒有家，奴婢自懂事起就入了內侍，不記得生身父母是誰，更無兄弟姊妹。只有內侍監文公公待奴婢如親人，可是文公公幾年前就病逝了，奴婢也沒能在他老人家跟前盡孝。」賈得桂傷心地垂下頭，直抹眼淚。

蒼陌雪拍拍他的肩膀，自己不開心還可以想想家，可賈得桂連家都沒有。珍妮，喜爺爺，他們的身世也是很淒涼吧？蒼陌雪開始感到這個盛世繁華下的人間，隱藏著許多無聲的悽楚。

「我們吃飯吧，一會兒還有好東西。」蒼陌雪對賈得桂笑笑，給他夾菜。

賈得桂擦了眼淚，和蒼陌雪一起吃過年夜飯，撤了膳桌，正巧李隆基從大殿進來，還帶來了十幾車的煙花爆竹。蒼陌雪不想掃李隆基和賈得桂的興，便喚大家一起燃放煙花爆竹，三人在院中追打玩鬧起來。

年夜飯後，皇城中熱鬧地奏樂起舞，武則天照例賜了皇親國戚與文武百官同享除夕夜宴，眾人開懷暢飲，武則天未等散了宴席，靜靜離宮往仙居殿來。

而蒼陌雪這呆貨，看似平常的玩樂，卻總有那麼幾個不小心，剛一點著煙花，就把剛進院門的武則天，把她龍袍給燒了個大窟窿。

蒼陌雪僵笑著趴在武則天腳下，將窟窿貼在眼睛上，確認自己確實把武則天龍袍給點了，復弱弱站起身來，對武則天道：「陛下，我能說我不是故意的嗎？」

武則天牽過蒼陌雪的手，沒有生氣，只教蒼陌雪把煙花拿來，圍著院子擺開，點了滿滿一夜空的煙花雨。

武則天統治的帝國，富庶，大氣。今晚，在仙居殿的院子裡，還多了一樣情意，那便是溫暖。

夜深了，仙居殿的床上，李隆基睡裡面，蒼陌雪睡中間，武則天睡外頭。珍妮熄了殿中的燈，只留一盞移到床前，給蒼陌雪和李

隆基玩變手影子。

「小賊，看你往哪兒跑？」蒼陌雪作著手影，對李隆基喊道。

「大賊，你來追我呀。」李隆基也跟著晃動手影笑道。

「小賊，休要得意，看我變。」

「大賊，我也變。」

兩人透著燭光在帷帳上玩著手影玩累了睡著了。武則天令喜公公等人各自安歇，將李隆基和蒼陌雪露在被子外的手放回被窩裡，看看李隆基，看看蒼陌雪，這個年，武則天心裡很踏實。

看著睡著了的蒼陌雪，武則天就像看著自己的長女安定。雖然蒼陌雪常常不聽話，老是氣自己，但作為一個母親，也會包容女兒的淘氣吧。

武則天不是要蒼陌雪大年初一跟她去明堂祭天，只是要蒼陌雪留在宮裡陪她過個年。此刻的武則天，以一個母親的眼，慈愛地看著自己的孩子，如果可以幸福地做個平常人，何必又要皇袍加身？

睡吧，乖乖睡吧，親愛的孩子們，做個好夢！

大年初一，武則天在萬象神宮祭天，接受文武百官、皇親國戚、內外命婦、各民族部落首領及附屬國使臣的朝拜，加尊號「慈氏越古金輪聖神皇帝」，改元證聖，大赦天下。

武則天在宮中大宴文武百官、皇親國戚、內外命婦、各民族部落首領及各國使臣，宴中蹀馬而舞，震鼓飛獅，奏十部樂。

座中數萬中外人臣皆伏拜在武則天腳下，高呼大周天朝慈氏越古金輪聖神皇帝陛下萬歲萬歲萬萬歲，蒼陌雪望著此刻猶如神一般的武則天笑笑，依人臣之禮隨眾伺候。

正旦三元過後，又到了初七的人日，熱鬧是一刻不歇，熱情洋溢的百姓們高歌廣舞，享受著太平盛世的吉祥喜慶。

蒼陌雪這個年過得太跟不上節奏了，武則天動不動就大宴群臣，歌舞酒會連番下來，蒼陌雪真是快吐了，還沒尋著空好好睡上一天讓自己緩緩，轉眼又到了堪稱最為熱鬧的上元燈節。

從正月十四起至正月十六，女皇下旨取消禁夜，全民可歡飲達旦，狂歡三日。

　　十五的晚上，武則天在上陽宮宴請群臣同賀上元佳節。宴會之上，歌舞酒樂自不必說；吟詩作賦更是車載斗量；最為壯觀的是武則天一聲令下，十萬宮燈從皇城四面綻放騰空，一時玉穹夜下璀璨明華，盛世氣象直通天上凌霄。

　　蒼陌雪一向不沾酒，卻在這一晚誤喝了武則天的醽淥、翠濤。這酒原是諫臣魏征離世前所釀，以大金罍貯盛，至今已貯藏了五十多年，武則天盛讚這酒，其味當世未有。

　　李世民也曾題詩曰：醽淥勝蘭生，翠濤過玉薤。千日醉不醒，十年味不敗。蒼陌雪卻是因心中恍神，錯把酒當成了茶，生生糟蹋了兩樣遺世極品，還把自己醉得狂吐不止，不省人事。

　　上元夜晚，其後並未發生什麼特別的事。只在武則天過仙居殿去看蒼陌雪時，薛懷義攔駕獻上一副巨大的佛像，號稱用盡半身血液畫就而成進獻女皇。武則天看罷，只淡淡地笑了笑，什麼也沒有說，命薛懷義出宮去。

　　上元節後的正月十六，武則天如常在天堂舉行無遮大會，負責無遮大會的人跟往年一樣，還是薛懷義。

　　武則天上午親臨天堂，法曲高奏，女皇以錢十車，撒向眾人，廣齋僧俗，佈施民眾。

　　蒼陌雪從上元節晚上醉到十六日入夜才醒，好不容易躲開了武則天的眼皮，便興沖沖地拉上賈得桂、李隆基一起出宮去洛陽城裡看花燈。

　　馬車剛行到通仙門，司空鷹槊飛簷而來，坐在前頭與賈得桂一起駕馬。原來武則天晚上與朝臣在天堂誦經禮佛，特命司空鷹槊待蒼陌雪醒後，保護他們出宮去宮外自在自在，盡情玩樂。

　　天津橋上，成群的百姓挽手高歌，於河橋之上賞燈。街市中雜耍，音樂舞會，小吃陶藝玲瑯滿目，市井人聲鼎沸，熱鬧非凡。

　　「司空大哥，你怎麼不來和我們一起玩？」蒼陌雪氣喘吁吁地躲開李隆基，見司空鷹槊倚在街角獨自飲酒，又問他：「司空大哥，你有心事啊？」

　　「雪兒，喝一壺。」司空鷹槊笑笑，把酒壺遞到蒼陌雪跟前。

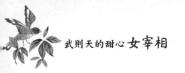

「別，我昨天差點醉死呢，好不容易才活過來。」蒼陌雪拿下司空鷹槊手中的酒壺。

賈得桂突然神色慌張跑來，大聲喊道：「老大，老大，將軍，宮內……宮內著火了。」

司空鷹槊聞聽，一個翻身躍上屋頂望向皇城方向，果然見得天堂處有滾滾濃煙向空中湧起。

「火？」蒼陌雪心下大驚，這火該不會就是歷史上薛懷義火燒天堂的那陣火？啊，武則天還在天堂，蒼陌雪高聲喊向李隆基：「快回宮，救陛下。」

司空鷹槊急馬飛鞭駕著烈焰鐵血趕到天堂，底下幾千羽林金吾慌忙救火，火勢仍無法撲滅。

蒼陌雪見大火已將一樓四面圍住，就快燒到二樓，李隆基驚而不慌地跳上高臺，指揮幾千金吾有序救火。

蒼陌雪曾提醒過武則天，應在天堂每一樓層置放一口大缸時時儲水，以備萬一因上香點燭落了火星好即時撲滅。

天堂之內，武則天早已命大臣們用水打濕袖子掩住口鼻往樓上撤去。眾人一陣擔心女皇的安危，有大臣要冒死衝出火海，架起人牆保護武則天安全出離，武則天神色淡然，只令大家靜心等待救援，誰也不得妄動。

「陛下，諸位大人，別害怕，再堅持一下，我們會把大家安全救出來的。」

蒼陌雪高聲向天堂喊去，武則天聽見蒼陌雪的聲音，點頭笑笑。

蒼陌雪原是知道薛懷義放火燒毀天堂一事的，卻忘記是在哪個時間薛懷義要縱火，只在閒暇之際往天堂內備下了救援繩，卻未向任何人提及這件事。

那時，蒼陌雪並未想過要告訴武則天，她的人生中將會有這樣一次火災。蒼陌雪大方得要死，她總覺得就是那富麗猶如天上宮闕的阿房宮，也是「楚人一炬，可憐焦土」。

武則天的天堂和明堂，自然也難以在歷史的煙塵中保留下來。

所以，她即使知道薛懷義有一天要縱火，也沒打算阻止那場災難，他燒是燒，別人燒也是燒，反正她改變不了歷史。

但這一刻，蒼陌雪慌了。因為她的輕狂，武則天與三十幾位大臣一同被困天堂之內，情況危急，若這其中有一人傷亡，恐怕蒼陌雪這一輩子都難心安。

而眼下，不是自責的時候，一定要最快地將天堂裡頭的人全部平安地救出來。蒼陌雪沒有時間遲疑，司空鷹槊帶她飛上天堂三樓，此時，大火已燒到天堂二樓，就要延及三樓。

「陛下，您沒事吧？」蒼陌雪焦急地看看武則天，看看喜公公，看看珍妮，看看狄仁傑，看看眾位大臣。

「你放心，朕沒事。」武則天淡然點點頭。

「司空將軍，先救陛下出離火海，陛下的安危要緊啊。」一旁大臣紛紛著急道。

「不，司空鷹槊，先救狄仁傑，朕要看著朕的大臣一個個平安落地。」武則天淡定地對大臣們笑笑。

「不可啊陛下，臣等生死是小，陛下萬金之軀，萬不可有半點閃失啊。宰相大人，司空將軍，快救陛下，快救陛下呀。」狄仁傑與大臣們惶恐跪求道。

蒼陌雪讓司空鷹槊將救援繩上頭固定在天堂四樓，避開風向那一面，命底下羽林拖拽繩索，金吾便借繩索落腳旋身騰上天堂，於上頭護持救援。

三面救援繩上下全部準備好，蒼陌雪對眾人安慰道：「大家放心，我蒼陌雪一定保證大家都能平安落地。司空大哥，先救陛下和狄國老。」

「朕說了，朕最後一個下去。」

武則天堅定地背過手，大臣們誓死拜求女皇先撤離，女皇不走，眾大臣亦不走。蒼陌雪拉過武則天，看著她的眼睛，對她道：「陛下，你相信我嗎？」

武則天點點頭。蒼陌雪笑笑，「我向陛下保證，不會將任何一個人留在天堂之內。求陛下，快走吧，再不走就真的沒有時間

了。」

　　蒼陌雪指揮三面金吾開始第一輪救援，司空鷹槊攀著救援繩先
將武則天安全送到地面，百名金吾團團護駕。狄仁傑、珍妮、喜公
公同三十幾位大臣亦先後安全救下，近半個時辰下來，大家都已安
全撤離到地面。

　　「司空大哥，有人傷亡嗎？」蒼陌雪看看天堂之內，只剩最後
一個小沙彌。

　　「諸位大人皆無恙，只有幾位金吾受了些傷，雪兒，快跟我下
去。」司空鷹槊看看廊簷，此時大火已燒到天堂四樓，眼看救援繩
就要被燒斷。

　　「好，你先帶這位小師父下去，我用救援繩下去。」蒼陌雪笑
笑，點頭答應著。

　　司空鷹槊對蒼陌雪點點頭，帶起小沙彌飛下天堂。蒼陌雪看著
四周被火光重重圍困的天堂，突然看見橫面就要燒著的紫金櫃，蒼
陌雪懊悔不已，她差點害死這麼多人，此刻還能作什麼彌補呢？

　　那紫金櫃裡放著的都是高僧大法師翻譯的最新大乘佛經。也
許，這是蒼陌雪此刻唯一能做點補救之事了。

　　大火燒斷的橫樑「轟」地傾倒下來，蒼陌雪奮力推開紫金櫃，
搬出裡頭的經書，將經書疊整一一包裹。

　　武則天望著頭頂熊熊燃燒的大火，一邊著急最新譯製的大乘經
書還藏在天堂之內；一邊火勢已隨風向延及明堂；幾千羽林金吾兩
邊救火，已是杯水車薪。

　　蒼陌雪打包好經書，三面看看，卻見簷外的救援繩都已燒斷，
只得快速撤向頂樓。此時，頂樓四周滾起焦黑的濃煙，火勢越燒越
猛，眼前身困火海已經沒有退路。

　　蒼陌雪一時因吸入大量濃煙，整個人昏昏沉沉縱身倒在地上。
蒼陌雪微弱地抬眼看看，恍惚間竟見火光中的武則天，那莊嚴含
笑的臉在火光中望著自己。蒼陌雪用盡最後一絲力氣笑笑，喊了聲
「媽媽」，便閉上眼睛昏了過去。

　　司空鷹槊救下最後一個小沙彌，卻不見蒼陌雪。賈得桂等人都

說沒有看見蒼陌雪下來，武則天聞聽，心下一顫，驚慌令道：「快，快救蒼陌雪，快救雪兒。」

此刻的天上地下，蒼陌雪命懸一線，武則天心急如焚。眾人望著大火燒斷的救援繩，火勢已將四樓重重圍住，濃煙滾滾，火光沖天，羽林金吾中，就是輕功最好的司空鷹槊也難以飛上天堂頂樓。

司空鷹槊幾番試圖飛上天堂卻再難靠近，眾人束手無策，高高燃燒的火樓灼灼刺眼，眾人沉重地低下頭，皆無力再施救。李隆基和賈得桂二人哭喊著，高聲喚著蒼陌雪，司空鷹槊立劍，單膝跪地默然涕淚。

金吾層層護衛，與眾大臣齊齊跪請女皇馬上離開，撤離到安全地帶。武則天怔怔望著通天的大火，已顧不上再搶救明堂。武則天在發顫，她在害怕，自己作為一個至高無上的皇帝，此刻卻救不了一個小小的蒼陌雪，只能這樣眼睜睜看著她葬身火海，卻無能為力將她救出。

武則天再一次在生死面前感到這樣的無力，世事是這樣的無常。她的口中掌握著整個帝國的生死，可是生死一到，她卻連一個小小的蒼陌雪也救不了。

眼看大火就要燒毀整個天堂。霎時，兩位俠士飛身而降，出現在天堂底下。沒錯，這二人便是屠陵和獨孤夜澄，萬分危難之際，二人與司空鷹槊合力飛上天堂頂樓。

獨孤夜澄在火海中找到昏厥的蒼陌雪，看著她那已經熏黑的臉，懷中還抱著一個包裹，伸手探了探她的鼻息，已經十分的微弱。獨孤夜澄將蒼陌雪扶起，在耳邊喚她：「雪兒，師父來救你了，你要撐下去。」

獨孤夜澄將佛經挎在身上，抱起蒼陌雪，三人在空中接力飛下天堂。武則天顫顫溢出了眼淚，過去抱起蒼陌雪，掐著她的人中喚她：「雪兒，雪兒，你睜開眼睛看看朕，朕不准你死。」

武則天哭了，這位女皇哭了，再一次因為蒼陌雪，她哭了。她險些又失去了這個才回到她身邊的女兒，她怎麼能不哭！

獨孤夜澄心下一驚，他居然看見了武則天的眼淚。在他心裡，

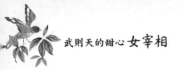

曾視武則天為女魔頭,她殺戮李唐宗室,更害得他家破人亡。此刻,這個女皇帝竟然也有眼淚,她竟然也落下了這樣動情的眼淚。

這場災難有驚無險,好在最後大家都活了下來。大周帝國的神都洛陽,一夜大火形成火災風暴,洛陽上空燒得明如白晝,天堂及明堂均在大火中毀於一旦。

蒼陌雪一直昏迷,御醫雖診斷過她已無大礙,武則天還是寸步不離地守在床榻前。這期間,調查天堂焚毀的大臣向武則天稟告失火之事,武則天擺手不見。她一心只想著蒼陌雪能趕快醒過來,什麼天堂明堂,此刻在武則天心裡,都不會比蒼陌雪重要。

「經書,經書。」蒼陌雪突然睜開眼睛,猛然坐起身大喊。

「雪兒,雪兒,你終於醒了,你終於醒過來了。」武則天抱著蒼陌雪,撫著她的臉喜極而泣,口中又喚:「御醫,御醫。」

「陛下,經書,經書,經書呢?」蒼陌雪望著武則天,著急地問。

「經書在,經書都在。」武則天摸摸蒼陌雪的腦袋,點頭安撫道。

眾人見蒼陌雪醒來,都近前喚她,御醫診過脈,躬身退下去煎藥。蒼陌雪望著眾人笑笑,「屠陵師兄,師父,是你們救了我。」

「是雪兒心善,救了自己。」獨孤夜澄對她笑笑。

「濟應禪師那日拜訪山門,告知師父雪兒將在上元節後有難,師父怕白離師弟擔心,特命我下山暗中保護。」屠陵點頭笑笑,又說:「你這師父不放心你,定要前來,我二人便一同下山,趕往洛陽。」

武則天聽後,合掌道:「深謝佛祖保佑我雪兒。」

蒼陌雪抿著嘴,懊悔地看著武則天,眼中噙淚道:「對不起陛下,我錯了。」

「雪兒何錯之有?是雪兒救了朕,是雪兒救了朕的大臣,救了朕的天下。」武則天抱抱蒼陌雪,將手拭去她臉上的淚。

獨孤夜澄從腰間拿出一片嫩葉,放在蒼陌雪手中,對她道:「雪兒,這是白離公子讓我帶給你的,早些回去吧。」

　　蒼陌雪看著手中的紅豆樹葉，眼中再次溢出了淚。

　　屠陵近前向武則天作禮，對獨孤夜澄道：「獨孤兄，再比一程輕功如何？」

　　「屠兄，請。」獨孤夜澄看著武則天，頓了頓，淡然一笑，躬身作禮退出大殿。

　　二人齊口道了聲「雪兒保重」，便一同向殿外，向宮外，向城外，向世外飄遙而去。

第二十九章 別女皇，燒尾宴

天堂失火之事，大家都心知是薛懷義所為。其實薛懷義也沒那麼大膽敢縱火謀害武則天，不過是見女皇越來越不將自己放在心上，不鬧出個叫她心疼的事來，不符合他那醋和尚的心理。

如此，薛懷義才會安排手下心腹於晚間引燃埋下的火點焚燒天堂，卻也交代過要在武則天離開之後再點火。誰想那沙彌上燈的時候失手引燃一處火點，既然燒起來了，那乾脆早燒早了，反正自己的下場都是替死鬼。既然無人在乎自己的生死，自己又何必在乎別人的生死，此邪念一起，便憤而將佛像底座的火點全部引燃，才使天堂驟然起火。

對此，武則天看罷調查失火的奏章，只淡淡道既然燒了，那就燒了，燒了，再建就是了。

薛懷義的結局不難料想，而大火一事雖不是自己親手所為，蒼陌雪心裡還是難以卸下那份愧疚。如果將自己知道的一切告訴武則天，歷史是不是就會不一樣？

蒼陌雪很矛盾。破缸禪師說「是福不是禍，是禍躲不過。一朝驢繩落，黃豆磨石磨」。

這到底是什麼呢？

幾天後，武則天在紫宸殿上朝。眾大臣一一稟奏之後，蒼陌雪出班，跪在金鑾下，望著龍椅上的武則天，頓了頓，開口道：「陛下，蒼陌雪有本啟奏。」

「平身，奏來。」武則天抬手准她起身。

「臣身為宰相，未能保住天堂及明堂，難辭其咎。請陛下革去蒼陌雪鳳閣鸞臺平章事總政大夫一職，貶為庶民，以謝天恩。」蒼陌雪沒有起身，跪在殿下，請辭道。

「陛下，宰相蒼陌雪大人捨身救出臣等實在功德無量啊。」朝中大臣紛紛出班作禮道，大臣們皆應聲讚歎：「是啊是啊，女相大人無有過錯，不該貶為庶民啊。」

「狄仁傑，你的意思？」武則天聽了蒼陌雪這番話，心下裡頓了頓，望向狄仁傑。

「陛下，請陛下依宰相蒼陌雪所請。」狄仁傑含笑，出班對武則天道。

武則天起身，望著底下眾人，沉思片刻，復笑笑，大聲道：「朕敕令，免去蒼陌雪鳳閣鸞臺平章事總政大夫之位，收回德光劍。」

大臣一陣驚訝，武三思低頭竊喜，蒼陌雪淡然笑笑。武則天繼續說道：

「朕要詔告天下，收蒼陌雪為義女，賜武姓，賜號聖陽，改上陽宮為聖陽府，食邑萬戶。朕要為朕的聖陽公主舉行隆重的冊封大典，四海九州，皆來朝拜朕這個宰相公主的天姿韶顏。」

底下大臣皆點頭稱讚，武三思沒樂幾秒又一陣緊張。蒼陌雪望著武則天，這次她不好再拒絕，蒼陌雪覺得自己有愧於武則天，這是自己欠她的，這一次不會再逆武則天的意。蒼陌雪起身，對武則天道：

「陛下要詔告天下收蒼陌雪為義女，我有三點陛下需允，蒼陌雪方能遵命。一，不可將上陽宮改作蒼陌雪的府邸；二，不可封戶過萬；三，不能舉行冊封大典；請陛下以天下蒼生為重，不要為蒼陌雪勞民傷財。我若領受陛下的封賞，天下百姓該怎麼看我，又會怎樣議論陛下，蒼陌雪深謝陛下隆恩大德，請陛下允蒼陌雪所請，聖陽方行女兒之禮。」

武則天正要說話，狄仁傑再次捧笏出班作禮道：「陛下，公主性若芝蘭，品如孚尹，蕙心紈質，實是陛下之福，百姓之福，我大周天下之福啊。」

「臣等恭喜吾皇陛下，賀喜公主殿下，吾皇萬歲萬歲萬萬歲。」朝臣齊齊跪拜呼道。

武則天聽罷，明朗一笑，便不再執意榮封，只在最後補充道：「既然朕的公主這麼說，朕就允奏。朕還有一賜，賜聖陽與蘇白離明年孟秋在洛陽完婚，願你二人白首成約，同心同德。」

「臣等恭賀公主殿下，恭喜吾皇陛下，萬歲萬歲萬萬歲。」

「謝陛下隆恩，吾皇萬歲萬歲萬萬歲。」金鑾之上，金鑾之下，武則天望著蒼陌雪笑了，蒼陌雪望著武則天也笑了！

啊，此處筆者想到一句歌詞。周杰倫在《聽媽媽的話》中唱道：我會遇到周潤發，所以你可以跟同學炫耀，賭神未來是你爸爸；

此刻，蒼陌雪也可以這麼唱：等我以後回到家，我可以跟小夥伴們炫耀，女皇曾經是我媽媽！

蒼陌雪，武聖陽，自她迷上歷史崇拜武則天那一刻起，蒼陌雪從未想過能在相隔一千三百年的時空中，與武則天有這麼一段緣分。雖然蒼陌雪心中還不敢接受武則天這個媽媽，但還是感恩武則天能再一次理解她，成全她。

這一年來，蒼陌雪下過天牢上過刑場，住過皇宮待過寺廟，種過菜養過鳥，做完御史做上宰相，如今做了公主，還是做了女皇武則天的小公主。

關於蒼陌雪的所請，武則天收回將上陽宮改作聖陽府的諭旨，改令仙居殿為聖陽府；亦收回食邑萬戶，欲封戶五千，蒼陌雪自請降為三百，武則天不允，覺得三百實在太少。太平公主的封戶雖名為三千，實有上萬，同樣是女兒，不可相差這麼多。

蒼陌雪一再請求只受三百，武則天無可奈何，只得答應。不想卻因這件事，武則天將太平公主的封戶降為一千，名以杜驕奢之風。

太平公主為母親武則天認了蒼陌雪為女兒封其為公主，心中已是窩火。不想蒼陌雪為做好人，令自己無故躺槍，被降封戶，雖然實際礙不著自己什麼事，可名義上就不好聽，自己又沒做錯什麼事，竟被母親皇帝降了封戶，想想這口氣加上之前的N口氣，怎麼也咽不下去。

對此，武三思安慰她，好戲，在後頭！

「雪兒，朕留你在身邊多陪朕兩年，你不會怪朕吧？」聖陽府後花園中，武則天與蒼陌雪一同散步，武則天笑笑問道。

「不會啊，只要陛下有閒心跟我鬥嘴，我才不在乎多賴在陛下

身邊惹您生氣呢。」蒼陌雪說著俏皮話笑笑。

「還是叫朕陛下？如何就不肯叫朕一聲娘親？」武則天停下步子，望著蒼陌雪。

「我……對不起陛下，我一時之間還叫不出口。」蒼陌雪低下頭，有些為難。

「好，那朕就等著，等你有一天心甘情願叫朕一聲娘。」武則天牽過蒼陌雪的手，對她笑笑。

「謝謝陛下。」

「對了，雪兒，為何要向朕辭去當朝總宰相一職？朕看天下百姓對你這個女宰相很是擁戴啊。」

「我只是借著陛下的光才比別人耀眼一點而以。陛下，老子說生而不有，為而不恃，功成而弗居；蒼陌雪沒有功，不敢占著宰相之位自居。蒼陌雪人微言輕，但還有這一點自知之明。」

「嗯，好孩子，朕的好孩子。太平若能有你一半通達事理，朕也就安心了。」

「陛下，總有一天太平公主會明白陛下的苦心的。」

「雪兒，朕還有一樣東西要給你。」武則天把脖子上的寶石項鏈摘下來，打開蒼陌雪的手，放在她手心。

「不，陛下。」蒼陌雪望著武則天，遞回去推辭。

「收下吧，你不是說這是你父親送你的生日禮物，朕如何能霸佔一位父親對女兒的心意。」武則天溫柔一笑，握緊蒼陌雪的手。

蒼陌雪看了看項鏈，將項鏈放在口袋裡。從另一口袋掏出一樣東西，轉向武則天，示意武則天微微側一下頭，把當初那個小鹿BB夾夾在武則天頭髮上，那是那個時候蒼陌雪沒有給武則天的一樣東西。

武則天溫婉一笑，拍拍蒼陌雪的手，命喜公公起駕回宮，一眾宮女侍駕離了花園，蒼陌雪掏出項鏈又看了看，跪送武則天離開。武則天走後，司空鷹槊、珍妮、賈得桂、李隆基四人笑著過後花園來。

「雪兒公主，雪兒公主。」李隆基小跑著朝蒼陌雪喊道。

「老大，不是，公主。」賈得桂笑道。

「屁股餓了想吃藤條是不是？別老公主公主的，叫得我都不知道自己是誰了。」蒼陌雪微嗔著兩人道。

「公主，您幹嘛不開心啊？」珍妮湊上來問道。

「我知道，咱公主在想白離公子呢。哎，陛下應該下旨今年孟秋讓我們老大與白離公子完婚嘛，省得我們老大日思夜想，夜思日想，日夜都思，日夜都想，好……」賈得桂轉著手指笑道。

這賈得桂還沒笑完，蒼陌雪突然伸腳一絆，賈得桂喔喲一聲趴倒在地，珍妮偷笑著扶起賈得桂。

「賈得桂，我絆完左腳還可以絆右腳，你想再摔一次你就接著說。」蒼陌雪瞪著賈得桂，賈得桂摔得連聲賠笑道不敢不敢，蒼陌雪又看看司空鷹槊，問眾人道：「誒，你們四個到底來幹嘛呀？」

「按我朝禮節，雪兒晉封公主，當擺上燒尾宴，宴請陛下同朝中百官還有我們幾個同賀大喜。別人的燒尾宴可以不吃，雪兒的燒尾宴一定要吃。」李隆基嘻嘻笑道。

「燒尾宴？我聽都沒聽過，什麼是燒尾宴呀？」蒼陌雪望著眾人，一陣疑惑。

「燒尾宴呢，是指士人新官上任或官員升遷，招待親朋同僚前來恭賀的宴會。燒尾即意為鯉魚躍龍門時，經天火燒掉魚尾，才能化為真龍。」司空鷹槊微微露笑道。

「公主，這宴中有宴，宴外還有宴。比如曲江宴、水席宴、鹿鳴宴、聞喜宴、櫻桃宴。」珍妮一一說道。

「聽說商紂王頓頓不離熊掌；漢高祖劉邦愛吃炙鹿同馬腸；晉元帝司馬睿貪愛項臠；前朝的隋煬帝鍾愛鱸魚鱠、鏤金龍鳳蟹；老大，您會弄出什麼花樣？」賈得桂問。

「聽得我頭都大了，那你們喜歡吃什麼？」蒼陌雪對這些皇帝的愛好直搖頭。

「那可得憑祖母陛下喜歡，只要皇帝喜歡，什麼鹿筋、豹胎、駝峰、犀尾、猩唇、獅乳，無奇不有。」李隆基學著老成的口吻道。

蒼陌雪聽罷，想了想，眼珠子一轉，再轉，心裡已有了主意，

故作神秘地對眾人道：「燒尾宴嘛，這簡單。」

太平公主和武三思聞聽蒼陌雪要擺燒尾宴，樂得簡直笑到駝背。二人想著就憑蒼陌雪還能弄出什麼奇珍異品的菜肴，她就等著出醜，成為天下百姓茶餘飯後的笑料吧。

第四天一大早，蒼陌雪跑到長生殿拉武則天起床，硬把武則天拉到廚房，又在御膳房蒸香房內置起幾口大木甑，和武則天一起生火蒸飯。

上午，聖陽府的後花園中已擺下一張大大的橢圓形膳桌，陸續有官員帶著賀禮進府。

幾名官員行到府前，皆議論道：「不知公主殿下是何用意，特叫我等只備一道風味別緻的家常菜作賀禮？」

大家正議論猜想，見狄仁傑在府前下了轎，遂紛紛上前去作禮問道：「狄國老，國老可知聖陽公主這是何意？國老可也沒備別的賀禮，只備一道家常小菜？」

「諸位大人，諸位，依公主殿下所言就是了，你我且進府赴宴去吧。」狄仁傑笑笑，對眾人點點頭道。

李隆基滿頭大汗地跑到廚房來稟奏道：「祖母陛下，大臣大多到齊了。」又看著小臉烏黑的蒼陌雪在添柴，便問她：「雪兒，你不去招呼眾位大人，卻拉著祖母陛下在後廚做什麼？」

「隆基，還有一個很重要的人要你去請，煩勞郡王殿下替我跑一趟吧。」蒼陌雪揪過李隆基的耳朵附耳交代了幾句，又對武則天道：「好了，陛下，飯差不多熟了，請陛下更衣赴宴吧，我先去洗個臉換身衣服。」

蒼陌雪命人將各官員帶的菜按例試完毒，一一擺上桌，並親自給每位大人盛上飯。武則天也換好衣服就了座，允了眾人依次坐下。

「公主，今日公主殿下宴請陛下同我等百官，為何遲遲不見這名肴奇宴上桌啊？」座中一官員起身作禮問道。

「是啊，公主，如何將我等帶來的小菜擺在桌上，令大家圍攏而坐，卻不見公主殿下款待我等的菜肴上桌？」又一官員起身問

道。

「蒼陌雪，這是什麼亂七八糟的東西，你為何遲遲不上菜，卻叫陛下同百官坐此幹等？你好大的膽子。」太平公主起身怒道。

「眾位大人稍安勿躁。陛下，眾位大人，蒼陌雪無德無能蒙陛下錯愛封為公主，今日的燒尾宴是借花獻佛。蒼陌雪在此有一比，諸位大人好比這桌上一道道鮮美可口的家常菜；而陛下，就好比每位大人面前這碗香甜飽滿的米飯。如此香甜可口的飯菜，吃得天下國泰民安，物阜民豐，還有什麼比這平平常常細水長流更有意義的宴席呢？蒼陌雪在此祝陛下，祝諸位大人健康常在，好運常在，福樂常在。」

蒼陌雪沖賈得桂一招手，賈得桂遂傳令樂師起樂，並司食宮娥啟動開席。蒼陌雪策劃的這出燒尾宴，不謂出奇制勝，卻謂以理服人。

眾大臣點頭連連稱讚，太平公主重重一拍桌子，武則天斜了太平公主一眼，起身拍手，讚賞道：「說得好，你們都瞧見了，這就是朕的女兒。」

「陛下聖明，吾皇萬歲萬歲萬萬歲。」眾人起身作禮呼道。

太平公主鐵青著臉色，憤懣欲離席而去，武則天一個眼色又把她嚇了回來，只得乖乖坐下，不情不願地與眾大臣一起吃席。

李隆基氣喘吁吁地跑來，嘟著小嘴道：「雪兒，那隻死老鼠氣死我了，我騎馬都趕不上它，它跳房頂過來的。」

「噓。」蒼陌雪把李隆基到拉一旁，小聲道：「別嚇著眾位大人，還有，那不是死老鼠，那是我二哥。乖啦，把它帶到亭子裡去吃，替我好好招呼我二哥啊。」

蒼陌雪別出心裁且一毛不拔地弄了這麼一出燒尾宴，連武則天也沒有料到，大家吃得雖不算飽了口福，卻對蒼陌雪這出「借花獻佛」心服口服。

燒尾宴一席結束。翌日下午，蒼陌雪與李隆基伴駕，陪武則天在北郊狩獵。李隆基好不容易追上一隻兔子，武則天遠遠一箭擋了李隆基射出的箭，將兔子放生。

　　司空鷹槊牽過馬，蒼陌雪把弓箭交給賈得桂，跟上武則天。武則天沖她笑笑，問她：「雪兒，昨日何故弄那麼一出？你就不怕天下人取笑你這個聖陽公主是翡翠鼠琉璃貓，鐵打公雞，銅塑羊羔？」

　　「嘴長在別人身上我哪管得了那麼多啊。陛下，酒肉穿腸過，陛下修佛，深集善根，這錢實在不該浪費在吃喝二字上，也不該為了給我道賀讓諸位大人破費。酒宴省下的錢，我不是一毛不拔啊，我的俸祿拿來修造石窟，以為用途。」蒼陌雪解釋道。

　　「雪兒要捐修石窟？」

　　「陛下以自己的真容在龍門修造盧舍那大佛，千百年後的世人還能目睹陛下的天顏，石窟為藝術彙集之處，也當傳給後人。我用的錢也是陛下的錢，天下百姓的錢；我省下錢，也是陛下的錢，天下百姓的錢。如今雖是富庶盛世，繁華富貴處處逼人，可蒼陌雪也聽過陛下曾宴請朝中宰相，要諸位宰相大人向陛下您進善言，宰相周允元卻說恥於君主不如堯、舜。陛下聽後，非但沒有降罪於他，反而讚賞道，周允元此語足以為戒。陛下抗心希古，發心仿效上古賢君治國理政，蒼陌雪雖沒有陛下這般治世之才，也當見賢思齊嘛。」

　　「好孩子，朕的好孩子。」武則天拉過蒼陌雪的手，欣慰地看著她。

　　「陛下，公主的行李已打點好了。」珍妮牽過烈焰鐵血，近前稟奏道。

　　「去吧，找你的幸福去吧。」武則天接過韁繩，交到蒼陌雪手裡，對她點點頭。

　　蒼陌雪牽過韁繩，接過珍妮手中的包袱，看了看眾人，跪在地上向武則天叩頭，武則天將她扶起。烈焰鐵血跪下前蹄靜靜等候蒼陌雪上馬，蒼陌雪摸摸烈焰鐵血的脖子喚它阿紫，從腰間拿出那片紅豆葉子，握在手中。

　　眾人圍了過來，與蒼陌雪互相道了保重。蒼陌雪含淚笑笑，勒

起韁繩走了兩步，又停下馬，轉過頭對武則天道：「陛下保重，等雪兒回來。」

武則天點頭，朝她揮手。蒼陌雪駕著烈焰鐵血，疾馳在揚塵之中，向終南而去，向她所愛的人而去，向她的幸福而去。

迎風的淚是沙子吹進了眼睛？蒼陌雪流淚了，她感謝武則天對她的不殺之恩，對她的寬容，對她的疼愛，對她的理解。

她與武則天之間，是君臣，是母女，亦是亦師亦友的知心人！

回想起往事，恍如昨天，武則天望著蒼陌雪飛馳的背影，心中亦是感慨萬千。當日那個從天而降的小丫頭，今日已是自己寵愛的小女兒。她的任性，她的刁蠻，她的明理，她的退讓，在武則天眼裡都是可愛。

因為她的出現，武則天再一次感受到了做母親的感覺，但願這個女兒，她能幸福平安地生活下去。

世界上每個母親的心都是一樣的，都希望自己的孩子能平安幸福。這一刻的武則天，就是一個母親，一個充滿慈愛的母親。

當過皇后，當過天後，當過太后，當上皇帝，如今的武則天，又再一次當了母親！

這顆溫柔的心，這份溫柔的愛，願女皇從此日月當空，普明照世間！

後記

　　諸位看官受累，這蒼陌雪和武則天的故事到此就劃一段落了。

　　話說蒼陌雪現在是處處得意，無論在女皇心裡或朝臣之間，乃至天下百姓當中，都是備受讚譽！

　　但，

　　蒼陌雪真就賴在武周帝國不回21世紀了嗎？

　　她真就和蘇白離隱於終南，從此雙宿雙棲了嗎？

　　她與武則天之間，真就能這麼和樂地做一對母女了嗎？

　　太平公主、武三思等人真就能對她善罷甘休嗎？

　　還有，

　　破缸禪師偈中的禪機是什麼？

　　司空鷹槊眉間的哀怨又是什麼？

　　棗玄道長的玉帶，武則天的白裘，難道沒有一種對遺憾的安慰麼？

　　上官婉兒在集賢院的書該編完了吧？

　　還有，

　　還有，

　　那張龍圖，那個龍大大，到底在哪兒？

　　回鶻舞姬庫紮娜在武則天壽宴那晚到底是因何離開，她是誰，去了哪裡？

　　蒼陌雪是因為什麼又做回了宰相？古人講出將入相，武則天亦說過蒼陌雪有入相之才，那麼蒼陌雪可有出將之德？

　　武則天曾賜蒼陌雪法號白果，會否一語成讖？

　　魚不貴的老闆朱不貴說過，蘇白離的羊脂白玉只有帝王將相才佩帶得起。那麼，蘇白離的真實身份到底是什麼？僅僅是終南山上的道門公子嗎？

……

啊？哈！

嗎？吧！

一切的一切，盡在《武則天的甜心女宰相Ⅱ》中接著精彩，我和我的小夥伴們，敬請期待喲！

筆者最後附上一首《武則天》的詞，有興趣的讀者朋友們可以試著譜個曲。《武則天的甜心女宰相》第二部中的一些玄機，多少隱藏在這首詞裡，多謝賞析。

鳴笳臨樂猶在耳 青磬紅魚難入心
壽陽妝罷隨駕起 遊翠渚 繞閬苑 芳菲挽初碧
管韻朱弦方奏起 善舞羅裙醉紅暈
浮華氤氳明宮詞 與君好 賞花事 何以待凌虛
暗廂淚燭盡 殿上誦梵音
琴書無憑寄 佛前未托心

鸞輿鳳輦朝樂起 封禪事 風雲始轉承太平
肅坤儀 江山執筆 閱盡天下英豪氣
安車蒲輪下丹墀 告蒼穹 當垂禎祥降福祉
凌絕頂 日暮久視 澤被四海迎盛世

尊賢能 勵相臣 扶搖紫瓊 澤降雲宮
登紫微金闕 收日月乾坤
秉筆成史 仰戴恩隆 九州沐淳風

銅鏡翹首 不復當年勇
而今餘威仍震吼 哪朝史官筆下休
豈向千秋邀名 豈求萬世芳流
無字空碑 空悲傾世之貌 絕世之才 在世難長久
苦海歸舟 浩瀚雲煙裡 即心即佛修

念白：

胭脂描鬃眉，頂戴披盛輝。
指點江山已，坐看風雲懟。
身在高堂上，方知其中味。
問君可有淚？往昔不可追。
天下盡俯首，萬邦來朝歲。
春來花正好，秋去轉涼悲。
龍門燒斷尾，不事有神龜。
憑爾笑談裡，空碑說幾回。

──鹿茗仙

國家圖書館出版品預行編目資料

武則天的甜心女宰相 / 鹿茗仙著.

-- 初版. -- 臺北市：博客思，2015.11　面；　公分

ISBN 978-986-5789-68-8(平裝)

857.7　　　　　　　　104011514

現代輕小説

武則天的甜心女宰相

作　　者：鹿茗仙

編　　輯：高雅婷

美　　編：茵茵

封面設計：塗宇樵

出 版 者：博客思出版事業網

發　　行：博客思出版事業網

地　　址：台北市中正區重慶南路1段121號8樓之14

電　　話：(02)2331-1675或(02)2331-1691

傳　　真：(02)2382-6225

E—MAIL：books5w@gmail.com或books5w@yahoo.com.tw

網路書店：http://www.bookstv.com.tw 、華文網路書店、三民書局

　　　　　http://store.pchome.com.tw/yesbooks/

　　　　　博客來網路書店 http://www.books.com.tw

總 經 銷：成信文化事業股份有限公司

電　　話：(02)2219-2080　傳真：(02)2219-2180

劃撥戶名：蘭臺出版社 帳號：18995335

香港代理：香港聯合零售有限公司

地　　址：香港新界大蒲汀麗路36號中華商務印刷大樓

　　　　　C&C Building, 36,Ting, Lai, Road, Tai,Po, New,Territories

電　　話：(852)2150-2100　傳真：(852)2356-0735

總 經 銷：廈門外圖集團有限公司

地　　址：廈門市湖裡區悦華路8號4樓

電　　話：86-592-2230177　傳真：86-592-5365089

出版日期：2015年11月 初版

定　　價：新臺幣320元整（平裝）

ISBN：978-986-5789-68-8